UN MORSO ETERNO

ALLEANZA DI SANGUE

TRADUZIONE ITALIANA:
CLAUDIA SARTORI
A CURA DI:
BIBA SVEN

AUTRICE DI BESTSELLER PER USA TODAY

LEXI C. FOSS

Titolo originale: *Cruelly Bitten*

Copyright © 2024 Lexi C. Foss

Traduzione italiana: Claudia Sartori / Literary Queens

A cura di: Biba Sven

Edito da: Outthink Editing, LLC

Proofreading: Katie Schmahl & Jean Bachen

Design di copertina: Covers by Julie

Fotografia di copertina: Wander Aguiar

Modelli di copertina: Lucas Loyola & Sophie L

Pubblicato da: Ninja Newt Publishing, LLC

Edizione cartacea

ISBN: 978-1-68530-345-7

Per voi che amate questo mondo quanto me.
Spero che questa conclusione sia tutto ciò che desideravate, e anche
di più.
Grazie per il vostro sostegno.
Vi voglio bene! <3

UN MORSO ETERNO

ALLEANZA DI SANGUE
LIBRO SETTE

Una Nota di Lexi

Grazie di esservi uniti a me per *Un morso eterno*, l'ultimo libro della serie *Alleanza di Sangue*. Come tale, è meglio leggerlo dopo *Un morso crudele*, perché riprende la storia di Cam e Izzy.

Cam e Izzy si sono appropriati di una grossa fetta del mio cuore. Li adoro, così come tutte le altre voci che popolano questo mondo. È intenso. Divertente. Oscuro. E stupendo.

In questo romanzo si intravede un po' di luce, che aiuta a superare il buio di *Un morso crudele*. Ma si tratta di una storia di guarigione, pertanto sono ancora presenti pensieri depressivi o suicidi e tematiche legate alla mancanza di consenso (ma non tra Cam e Izzy). È un mondo governato da vampiri e licantropi, in cui gli umani non sono nient'altro che schiavi.

Beh, è stato un viaggio incredibile, e non vedo l'ora di vedere cosa riserverà il futuro a questo universo.

Buona lettura! E non esitate a lasciarmi una recensione per farmi sapere cosa ne pensate. Adoro sentire le opinioni dei miei lettori in lingua straniera: con voi tradurre diventa più bello!

Un abbraccio,
Lexi

UN MORSO ETERNO

Ero convinta di poterlo cambiare.
Mi sbagliavo.
Cam non è più l'uomo che amavo. È un mostro.

Sono disposta a lottare per lui?
A perdonarlo?
O ucciderlo è l'unica soluzione?

Ora sono i licantropi e i vampiri a dettare le regole.
Ma in realtà il potere è in mano ai loro compagni.
Perché siamo noi a possedere i loro cuori.

Il problema è che non so se Cam ne abbia ancora uno.
Un tempo, ero destinata a essere la sua regina.
Ora non sono nient'altro che un giocattolo.

Un giocattolo che sta per spezzarsi.
A meno che non sia io a spezzare Cam…

Nota dell'autrice: *Un morso eterno* contiene tematiche oscure, ed è la conclusione della serie *Alleanza di sangue*.

Un tempo, il genere umano governava il mondo, mentre vampiri e licantropi vivevano nell'ombra.
Ma ora non è più così.
Benvenuti nel futuro, in cui a dettar legge sono le stirpi superiori.
Procedete a vostro rischio e pericolo.

L'ALLEANZA DI SANGUE

La legge internazionale sostituisce ogni governo nazionale e sarà amministrata dall'Alleanza di sangue, un consiglio composto in egual misura da vampiri e licantropi.

Tutte le risorse devono essere distribuite equamente tra vampiri e licantropi, compresi i territori e gli schiavi. La posizione sociale e la ricchezza, tuttavia, saranno a discrezione di ogni casata o branco.

Uccidere, ferire o provocare un essere superiore è punibile con la morte. Tutte le controversie devono essere presentate all'Alleanza di sangue per il giudizio finale.

Le relazioni sessuali tra vampiri e licantropi sono strettamente proibite. Le collaborazioni commerciali, se appropriate e fruttuose, sono invece permesse.

Gli umani sono considerati beni di proprietà e non hanno alcun diritto legale. Ognuno sarà giudicato attraverso un sistema basato su merito, intelligenza, ascendenza, abilità e bellezza. La classificazione sarà effettuata alla nascita e finalizzata nel Giorno del sangue.

Ogni anno, dodici mortali saranno selezionati dall'Alleanza di sangue e dovranno competere per l'immortalità. Di questi dodici, due riceveranno il morso che li sottrarrà allo scorrere del tempo. Gli altri soccomberanno. Creare un vampiro o un licantropo al di fuori di questo processo è illegale e punibile con la morte.

Tutte le altre leggi sono a discrezione dei branchi e dei reali, ma non devono sfidare l'Alleanza di sangue.

CAM

Questo posto è un maledetto labirinto.

Corridoi senza fine. Scale. Cripte.

Nonostante riuscissi a orientarmi nei tunnel sotterranei costruiti da Lilith sotto la Città del Vaticano, non avevo trascorso molto tempo in superficie. Le poche visite alla sede dell'Organizzazione non contavano.

Avevo bisogno di trovare una via d'uscita.

Un luogo dove portare in salvo la donna svenuta tra le mie braccia.

La mia *erosita*.

La mia compagna.

Merda.

La sua mente mi stava rivelando così tante verità, così tanti ricordi, che riuscivo a malapena a udire i miei pensieri.

Stava vivendo ripetutamente la notte in cui ci eravamo

incontrati, pensando a come l'avevo salvata da uno stupro di gruppo. Quel ricordo si fondeva con il presente, mentre la parola "appropriato" continuava a riecheggiarle nella mente.

«Mi sembra appropriato».

Parole pronunciate dalla mia voce. Solo che non mi erano mai uscite di bocca. Avevo ordinato a Michael di stare alla larga da lei, non di trascinarla in una stanza piena di vampiri.

«Ti ritroverai a gemere di piacere mentre ti fanno a pezzi» le aveva detto.

Se lo avessi incontrato, mentre uscivamo da lì, avrei fatto a pezzi *lui*.

Cosa cazzo gli è venuto in mente?, mi domandai, teletrasportandomi lungo diversi piani di scale per raggiungere le catacombe.

C'erano numerose scalinate nel complesso sotterraneo; avevo scelto quella perché volevo evitare la sede dell'Organizzazione, che si trovava nel cuore del Vaticano, a piano terra.

Non sapevo di chi potessi fidarmi, là sotto. E non volevo rischiare di incontrare qualcuno.

I ricordi di Ismerelda mi avevano messo in guardia su una specie di arma con cui Lilith era riuscita a neutralizzarmi.

Impossibile, mi ripetei per l'ennesima volta. Ma non potevo negare la legittimità di quell'affermazione.

La stessa arma era stata usata su Ryder, che era stato salvato dalla sua *erosita*.

E poi lei lo ha aiutato a uccidere Lilith, pensai meravigliato, ricavando le informazioni dalla mente di Ismerelda. Ryder aveva finito il lavoro con un'ascia, ma era stata la sua compagna, un ibrido, a mettere fuori gioco Lilith.

Affascinante.

Mi persi di nuovo nei suoi ricordi; la sua testa possedeva un'enormità di informazioni che mi aiutavano a rimettermi in pari.

Solo che ciò che ascoltavo era in conflitto con tutto quello che credevo di sapere.

I rapporti di Lilith mi avevano dipinto come il creatore del nuovo mondo, convincendomi che il dominio incondizionato di vampiri e licantropi fosse stata una mia idea. Che fossi stato io a ridurre gli esseri umani a bestiame e a progettare un sistema basato sul sangue. *Che fossi stato io a voler eliminare il legame erosita.*

Ero stato uno stupido a credere a una voce proveniente da un computer. Ma anche Michael aveva recitato bene la sua parte, fingendo di essere il mio assistente. Fingendosi sottomesso.

Cazzo, che fosse realmente la mia progenie?

Quanto c'era di vero in tutto quello che mi avevano raccontato?

La mente di Ismerelda conteneva molte delle risposte di cui avevo bisogno. Risposte che ascoltai distrattamente, cercando invece di concentrarmi su ciò che mi circondava.

Non c'era tempo per esaminare adeguatamente lei o i suoi ricordi. Dovevo portarci al sicuro. In un luogo dove avrei potuto assorbire con calma mille anni di informazioni e capire cosa cazzo stesse succedendo.

Un luogo dove potessimo essere soli e guarire.

Ismerelda si era trincerata nella sua testa. Continuai a trasportarla attraverso la catacombe, in silenzio, consapevole che in quello stato sarebbe stato impossibile parlarle, anche sfruttando le mie abilità telepatiche.

Ma le nostre menti sembravano intrecciate; le mie domande interiori suscitavano le risposte che cercavo nei suoi pensieri, accompagnandole con i relativi ricordi.

Come in quel momento: mentre stavo percorrendo i

sotterranei, richiamai il ricordo dell'ultima volta che eravamo stati lì insieme.

C'era una scala che portava al livello del suolo, con una porta di cui gli umani non erano a conoscenza, perché i vampiri avevano manipolato le loro menti.

L'istinto mi spinse verso quell'uscita. Anche perché non mi fidavo di quello che sapevo. O che *pensavo* di sapere.

C'erano telecamere ovunque.

Inclusa la mia stanza, mi resi conto, mentre un altro dei ricordi di Ismerelda mi affiorò nella mente attraverso il nostro legame. *L'ha trovata sul soffitto, accanto al mio letto, e ha visto il filmato sul mio laptop.*

Avrei potuto chiederle perché non me ne avesse mai parlato, ma conoscevo già la risposta: non le avrei dato retta.

Era un'umana. Poco più di un animale da compagnia. Una schiava da sfruttare per il sangue e il sesso.

Eppure, una parte di me aveva già iniziato a riconoscerla come una pari. Una potenziale partner. *La mia regina.*

Mi ero domandato perché non l'avessi trasformata. Purtroppo, non lo sapevo ancora.

Ma quella donna era chiaramente stata mia in ogni modo possibile.

Perché ti ho tagliata fuori dalla mia mente?, chiesi. *Perché ho bloccato la nostra connessione?*

La risposta mi travolse con un'ondata di dolore, mentre Ismerelda ricordava il momento in cui avevo deciso di erigere quel muro impenetrabile e di affrontare Lilith da solo, senza nemmeno discuterne con la mia *erosita*.

«*Pensavo che Cam ti avesse spiegato tutto il piano. Chiaramente, non è così*» aveva detto Luka. «*I... Izzy...*».

«*Cam ha appena inscenato la tua morte per farsi catturare da Lilith*» aveva aggiunto Mira. «*Sa che non lo ucciderà. Il suo* sangue è troppo potente per essere sprecato. Ma Cam spera di riuscire a parlarle, a farla ragionare. E ha bisogno che nel frattempo tu resti qui, al sicuro».

È davvero ciò che ho detto?, mi domandai. O è solo un'altra bugia?

Michael mi aveva detto che Mira aveva fatto da babysitter alla mia *erosita*, assicurandosi che Ismerelda fosse protetta e serena mentre dormivo. Aveva anche servito il duplice scopo di spiare il clan Majestic e i suoi alleati, vampiri e licantropi che non accettavano i cambiamenti introdotti dal nuovo ordine mondiale.

Sembrava che fosse in gran parte vero, ma la spiegazione lo era altrettanto? Avevo veramente abbandonato Ismerelda solo per parlare con Lilith?

Perché cazzo avrei dovuto farlo?

Un ricordo recente rispose alla mia domanda.

«*Non ha mai voluto nulla del genere*». Ismerelda aveva un tono insistente. Arrabbiato.

«*Per te*» aveva ribattuto Michael. «*Ma, come previsto da Lilith, senza la tua influenza è un vero e proprio vampiro. Dovevamo solo esserne certi, prima di sguinzagliarlo in giro per il mondo*».

Il ricordo si trasformò in un'ammissione da parte di Michael: l'aveva portata lì per testare la loro teoria.

Aveva affermato che ero "passato" perché non mi importava più di lei, e lo avevo dimostrato lasciandola con quei mostri.

Cazzo. Se avessi potuto farli a pezzi di nuovo, lo avrei fatto. Soprattutto sentendo Ismerelda che continuava a rivivere quel momento. La sovrapposizione tra l'evento appena accaduto e la notte in cui ci eravamo incontrati per la prima volta aveva gettato i suoi pensieri nel caos.

Volevo costringerla a smetterla. A *svegliarsi*. Ma non potevo. Non lì. *Non ancora.*

Finalmente apparve la scalinata che avevo visto nella

sua mente, la zona circostante era vuota e buia. Nessun segno di vita. Solo la polvere e l'odore di calcare. Ma salii comunque cautamente, con i sensi all'erta, in attesa che qualcuno si mettesse sulla mia strada.

Michael aveva parlato al plurale. Si stava riferendo a lui e Lilith? A lui e Mira? O c'era qualcun altro a capo dell'intera operazione? *Forse un burattinaio che non ho ancora incontrato…*

In ogni caso, dovevo essere pronto a tutto. Inclusa l'arma a cui continuava a pensare Ismerelda.

L'arma che mi aveva distrutto. L'arma che aveva annientato la mia mente. Il mio amore per lei. La mia anima.

Sistemerò tutto, mia regina, le promisi uscendo nel buio della notte, concentrato sulle ombre del cortile lastricato di pietra.

Non c'era niente che si muoveva, nessuno che respirava. Me incluso. Non mi fidavo del silenzio, non dopo tutti i dettagli che avevo scoperto.

Michael aveva detto che si era trattato di un test, un test che avevo passato. Ma non era così. Come dimostrava la donna svenuta tra le mie braccia. Era ancora coperta dal sangue dei vampiri che avevo ucciso. La loro essenza era appiccicosa, non secca.

Perché erano passati solo pochi minuti da quando l'avevo trovata.

Ciò significava che probabilmente Michael ci stava dando la caccia.

Provaci, pensai, digrignando i denti.

Solo che l'arma ignota minò la mia sicurezza. Da quello che mi aveva spiegato la psiche di Ismerelda, il dispositivo manipolava la sezione del cervello connesso alla propria *erosita*.

Ismerelda sospettava che fosse quella la causa della mia

perdita di memoria. Ciò spiegava perché qualsiasi evento collegato a lei fosse svanito dalla mia mente, nonostante fossi perfettamente in grado di ricordare altre cose.

Come quel cortile.

Sono già stato qui. Una deduzione scontata, visto che Ismerelda me lo aveva appena mostrato.

Ma dovevo essere stato lì anche senza di lei, perché c'erano dei dettagli che ricordavo e che non avevo colto nei suoi pensieri. *Come l'unica uscita del cortile.*

Mi teletrasportai oltre l'arco che conduceva a un'antica stradina. I miei sensi esaminarono il vicolo in lungo e in largo, alla ricerca di potenziali minacce.

Niente.

Perché lì eravamo all'esterno delle mura della Città del Vaticano.

E tutti i vampiri erano nelle profondità del bunker, a proteggere le altre risorse immortali.

Sapevo che quello era vero, che sul posto non c'era personale soprannaturale. Lilith non si fidava della maggior parte dei membri della nostra specie, preferendo non renderli partecipi dei nostri… No, dei *suoi* segreti. Di conseguenza, mi sarei ritrovato ad affrontare soprattutto vigilanti umani.

Almeno finché Michael non ci avesse sguinzagliato dietro altri vampiri.

Ammesso che abbiano davvero intenzione di darci la caccia.

Okay, non avevo tempo di rimuginare sui piani di Michael, né di formulare ipotesi. Avevo bisogno di allontanarmi da quel posto. *E dall'arma che può rendermi inerme.*

Mi teletrasportai in fondo al vicolo, entrando su una strada più ampia, facendo affidamento sulla mia memoria.

Purtroppo, Roma era completamente diversa da come la ricordavo.

Silenziosa. Abbandonata. Desolata.

Gli edifici non erano fatiscenti né distrutti, solo... *vuoti*. La polvere vorticava nell'aria, disturbata dai miei movimenti lungo le strade deserte.

Ho bisogno di un'auto, conclusi, senza vederne nessuna in giro.

Ma, grazie al viaggio verso l'aeroporto, la settimana prima, sapevo che c'erano diverse auto e moto vicino al complesso.

E che ce n'erano ancora di più sui confini della città, che avevamo attraversato lungo il tragitto.

Era tutto sorvegliato da umani. Niente vampiri o licantropi.

Ciò mi dava un vantaggio.

Lilith non avrebbe affidato ai mortali un dispositivo potenzialmente letale per la sua stessa specie. Avrebbe concesso loro solo armi da usare contro altri umani. E aveva sempre educato i mortali a sottomettersi ai vampiri.

Cos'altro ha insegnato loro?, mi domandai, teletrasportando me e Ismerelda lungo una strada familiare. Era la stessa che avevo percorso con Michael per raggiungere l'aeroporto, ed era anche quella vuota come tutte le altre strade e gli edifici intorno a noi.

Ah, quel giorno ero così arrabbiato. Dover andare a prendere la mia *erosita* mi era sembrato degradante.

«*Dovrebbe essere lei a venire da me, non il contrario*» avevo detto a Michael. «*Perché cazzo me ne sto qui ad aspettare un cazzo di giocattolo?*».

«*Perché ha insistito*» mi aveva risposto Michael. «*Vi avevo avvertito, mio signore. Non si comporta come gli altri umani. Sembra convinta di essere una specie di regina*».

L'idea mi aveva disgustato, ed ero rimasto ancora più interdetto quando era corsa verso di me sulla pista di atterraggio.

Tutta quella speranza nei suoi occhi…

Quella felicità…

Deglutii, abbassando per un attimo lo sguardo su di lei. Sangue e altri fluidi sporcavano il suo bel viso, il suo corpo nudo era inerte tra le mie braccia.

Niente più speranza. Sicuramente nessuna felicità.

Né vita.

Strinsi i denti quasi fino a farmi male, avanzando di un altro chilometro in un batter d'occhio. Ma poi rallentai, cercando di non andare troppo in fretta, soprattutto perché stavo portando Ismerelda. Non volevo rischiare di farle del male. Non più di quanto gliene avessi già fatto.

Per fortuna, non ci volle molto per raggiungere il posto di blocco sul confine della città. Consisteva in una lussuosa cancellata, che era stata installata sulla strada per costringere auto e moto a fermarsi.

La maggior parte delle altre strade che conducevano a Roma erano state demolite, oppure occupate da complessi residenziali che ospitavano i vigilanti e altri servitori mortali.

Quei complessi avevano due funzioni: offrivano un luogo dove gli umani potevano dormire, e costringevano chiunque volesse avventurarsi a Roma a fermarsi.

I vampiri e i licantropi davano per scontato che lo scopo fosse di regolare gli accessi alla sede dell'Organizzazione, e a tutti i vergini di sangue che venivano addestrati là dentro.

Non avevano torto, ma c'era dell'altro. Solo che la mancanza di curiosità aveva impedito loro di scoprire cosa ci fosse nascosto nel sottosuolo.

Un laboratorio pieno di esperimenti immortali. Almeno sapevo che quello era vero. Tutto il resto era ancora da verificare.

Al mio arrivo, cinque umani entrarono in azione. Il loro shock era evidente.

Due si inchinarono immediatamente.

Uno strinse un po' di più la pistola.

E gli altri due mi fissarono a bocca aperta, per poi ricordare quale fosse il loro ruolo e inchinarsi come avevano fatto i primi.

Nell'aria si levò un coro di "mio signore", i vigilanti erano chiaramente incerti sul da farsi.

Dovevano proteggere i confini della città e segnalare qualsiasi arrivo, che di solito avveniva in auto o al massimo in moto, non a piedi.

«Ho bisogno di una macchina» dissi loro. «E di un telefono». Non sapevo se il telefono avrebbe funzionato – *anche i problemi sulla linea erano una bugia?* – o che numero avrei composto, ma avere un modo per comunicare mi sembrava una buona idea.

A meno che non fosse dotato anche di un dispositivo di tracciamento.

Cazzo. E se me ne avessero impiantato uno? Michael era stato ossessionato dalla possibilità che ne avessero impiantato uno a Ismerelda. Era per quello? Perché avevano fatto lo stesso con me?

In quel caso, dovevo allontanarmi il più possibile dalla città.

Dobbiamo attraversare un confine. Entrare in un territorio in cui Michael e Mira non oserebbero mai mettere piede.

La regione di Hazel, decisi un istante più tardi, ricordando come ne aveva parlato Mira.

«*Hazel non ha mai amato Lilith*».

Avrebbe potuto essere una bugia. Mi misi a frugare nella mente di Ismerelda e non colsi nessun accenno di antipatia nei confronti dell'antica reale.

Una reazione molto diversa rispetto a quando pensava a Mira e Lilith.

La mia piccola leonessa era inferocita con la "dea"

ormai morta. Era al tempo stesso entusiasta e gelosa del fatto che fosse stata l'*erosita* di Ryder a farla fuori. Avrebbe voluto ammazzarla di nuovo. Farla soffrire. *Prosciugarla lentamente fino all'ultima goccia di sangue.*

Ringhiai internamente di approvazione, condividendo lo stesso desiderio.

Ma c'erano cose più importanti che richiedevano la mia attenzione, come per esempio il fatto che nessuno degli umani mi aveva ancora risposto.

«Forse non sono stato abbastanza chiaro?» chiesi, inarcando un sopracciglio. Non che mi potessero vedere. Stavano ancora fissando il suolo, incluso quello con la pistola. «Ho bisogno di una macchina e di un cellulare. E di un umano che possa aiutarmi a fare una telefonata».

Perché non avevo la più pallida idea di che numero avessero le persone che volevo contattare. Qualche settimana prima, Michael mi aveva aiutato a chiamare Jace, ma poi ogni connessione con l'esterno era stata interrotta.

Avrei dovuto telefonare prima a Hazel, per informarla che intendevo entrare nella sua regione.

A meno che le telefonate non siano monitorate.

Ma Michael avrebbe mandato comunque qualcuno a cercarci. *E forse abbiamo dei localizzatori impiantati da qualche parte.*

Ciò significava che avevo bisogno che quegli umani si dessero una mossa. «*Adesso*». La mia impazienza fu sottolineata dal tono di voce, che suonò quasi come un abbaio.

«Chiave» mormorò quello con la pistola. «*Chiave*».

Aggrottai la fronte. «Sì, ho bisogno anche della chiave per aprirla».

Ma il coglione cominciò a scuotere la testa, tremando

in un modo che mi fece domandare perché si fossero fidati di mettergli in mano una pistola. «N… no, è…».

«Stava parlando di me» disse una voce profonda, mentre un uomo dalla pelle scura compariva nella mia visuale periferica. Era sulla soglia di uno dei nuovi edifici residenziali, anche se in realtà quello veniva usato come un deposito di sicurezza.

«La mia unità mi chiama "Chiave"» continuò, venendo verso di me. «Sono il Vigilante Uno, e sono il responsabile di questo posto di blocco. Come posso aiutarvi, mio signore?». Pronunciando le ultime parole, abbassò la testa, mostrando il suo rispetto un po' in ritardo. Almeno secondo le nuove usanze.

«Ho bisogno di una macchina, di un telefono e di un umano che sappia usare entrambi» gli dissi. «E ne ho bisogno *adesso*».

Alzò la testa, sollevando le sopracciglia castane. «Solo due di noi qui sanno guidare, e uno sono io. E sono anche l'unico a essere stato addestrato per usare dei dispositivi di comunicazione».

«Allora immagino che sia tu quello di cui ho bisogno, *Chiave*». Lo guardai, in attesa.

Nonostante nella mia testa regnasse un groviglio di verità e bugie, non avevo dubbi sulla gerarchia della realtà in cui vivevamo: i vampiri e i licantropi governavano, gli umani erano i nostri servi.

Solo che, grazie al lavaggio del cervello di Lilith, pensavo che fosse stata una mia idea.

Chiave si schiarì la voce. «Giusto. Sì. Ehm…».

Fu interrotto dal suono di un allarme, che lo fece trasalire visibilmente. Gli altri umani reagirono in modo simile, raddrizzandosi e osservando il confine alla ricerca di possibili intrusi.

I miei sensi si agitarono quando un ronzio, proveniente dal polso di Chiave, mi riempì le orecchie.

Lui se ne accorse dopo almeno un secondo, i suoi riflessi umani erano più lenti dei miei. Gli afferrai l'avambraccio prima che potesse rispondere alla chiamata, e il corpo di Ismerelda si spostò, instabile, sul mio petto.

«Ignora l'allarme. Togliti l'orologio e gettalo a terra. Poi concentrati sul trovarmi una macchina e un telefono». Intrisi ogni parola con le mie abilità persuasive, sfruttandole al tempo stesso per colpire gli altri umani, ordinando loro mentalmente di dormire.

Solo pochi vampiri possedevano tale potere.

Ma io non ero un immortale qualsiasi.

Ero il più antico vampiro esistente.

Quello che avrebbe dovuto essere re.

Il fottuto legittimo re.

«Sì, mio signore» rispose Chiave, deglutendo a fatica. Si tolse l'orologio, osservando con un'espressione vacua i corpi che giacevano intorno a noi.

«Ignorali» gli ordinai. «Concentrati su quello che ti ho detto di fare».

Sistemai Ismerelda tra le mie braccia, poi calpestai l'orologio del vigilante. E feci lo stesso con il mio: lo sfilai dal polso, lo gettai a terra e lo feci a pezzi con il piede.

Un gesto privo di un reale scopo, ma che placò la rabbia che ribolliva dentro di me. Almeno temporaneamente.

«Di qua, mio signore» disse l'umano con un tono distaccato, obbedendo ai miei comandi.

Lo seguii mentre l'allarme continuava a suonare dagli orologi dei vigilanti che ci eravamo lasciati alle spalle. Il suono riecheggiava in lontananza, facendomi capire che avevano mandato altri umani a cercarci. Usai ancora una volta i miei poteri, facendo cadere in un sonno simile a un coma tutti i mortali nel raggio di mezzo chilometro.

Non ce n'erano tanti, forse poco più di una trentina.

E i miei sensi non colsero la presenza di altri vampiri o di licantropi.

Forse erano ancora nel sottosuolo, oppure non si erano preoccupati di darmi la caccia.

Perché davo per scontato che l'allarme fosse stato lanciato a causa della mia fuga con Ismerelda.

Non che degli umani potessero fare molto contro di me, nemmeno se si fosse trattato di un intero esercito. Tranne forse spararmi e mettermi temporaneamente fuori combattimento. Ma ciò avrebbe richiesto che fossero svegli, scaltri e abbastanza coraggiosi da provarci.

Ci sono delle falle nel tuo sistema, Lilith, pensai, rivolto alla sua anima defunta. *Anzi, ne è pieno.*

Chiave mi condusse dentro una casa, estrasse una carta dalla tasca e la usò per aprire un armadietto incastonato nel muro accanto alla porta. «Che auto preferite, mio signore? Abbiamo…».

«Voglio l'auto più veloce che avete e che vada il più lontano possibile senza mai fermarsi».

Annuì e prese un mazzo di chiavi dalla fila superiore. «Questa può percorrere millecinquecento chilometri, a un massimo di cinquecento all'ora».

Le mie sopracciglia minacciarono di sollevarsi. «Davvero?». Era… notevole. La tecnologia aveva chiaramente continuato ad avanzare, mentre dormivo. «Okay, questa andrà bene».

Invece di rispondere, si chinò per soddisfare la mia seconda richiesta. «Telefono satellitare» disse, porgendomelo. Poi recitò una serie di cifre, spiegandomi che si trattava del codice per le chiamate esterne.

«Tienilo tu e portami alla macchina» dissi, ignorando il telefono.

Lui obbedì, camminando in modo rilassato, non rigido. Quasi come se essere vittima della mia persuasione vampirica gli piacesse.

Quando raggiungemmo un'elegante berlina nera, feci un cenno verso una delle portiere posteriori. «Aprila».

Lo fece senza che dovessi usare il mio potere.

Mmh. Posai delicatamente Ismerelda sul soffice sedile di pelle. I miei gesti erano più cauti del solito, a causa del sangue e dei lividi che le coprivano il corpo; non volevo rischiare di farle ancora più male. «Sai il numero per contattare la regione di Hazel?» chiesi a Chiave.

«Sì, so il numero del posto di blocco al confine» rispose.

«Bene. Voglio che lo chiami per informarli che stiamo arrivando». Mi raddrizzai e lo guardai. «E che sarai tu a guidare».

CAM

Chiave fece la telefonata.

Poi si mise al posto di guida, impostò il navigatore per condurci verso la regione di Hazel e partì.

Tre ore più tardi, quando entrammo nella città che un tempo era nota come Bologna, non aveva ancora aperto bocca. I suoi occhi erano incollati alla strada. Non ci avevamo messo molto, eppure stava guidando più lentamente di quanto avrei fatto io.

D'altro canto, non sembrava che ci stessero seguendo.

Quindi gli permisi di proseguire come riteneva più opportuno, mentre io osservavo l'ambiente circostante, e ogni suo movimento, dal sedile posteriore.

Mi ero tolto la giacca del vestito per avvolgerla intorno a Ismerelda. Era stesa con la testa appoggiata sul mio grembo e gli occhi chiusi. Non si era mossa di un centimetro. La mia regina si era rifugiata nelle profondità della sua mente. Avrei voluto farla uscire, ma, per riuscirci, avevo bisogno di capirla. Di capire *noi*.

Perciò la mia concentrazione continuava a rimbalzare tra l'esterno e l'interno, tra la strada e i suoi ricordi. I *nostri* ricordi. Ricordi che forse non sarei mai stato in grado di recuperare.

Come sono diventato così?, mi domandai, confuso dalla dolcezza con cui trattavo Ismerelda. Era stata la mia bambola di porcellana, una splendida creatura che avevo il terrore di danneggiare. Per questo l'avevo lasciata su uno scaffale, facendo tutto il possibile perché nessuno potesse ferirla.

Non mi sono mai accorto della leonessa in agguato nel suo sguardo? Forse ero stato troppo accecato dal mio cuore, o troppo spaventato all'idea di perderla, per concentrarmi su qualsiasi altra cosa che non fosse proteggerla.

A un certo punto, però, dovevo aver perso di vista chi sarebbe potuta diventare. *Cosa saremmo potuti diventare.*

L'avevo lasciata alle cure di un altro maschio, *un licantropo*, ed ero andato a salvare il mondo senza di lei.

Che comportamento arrogante ed egoista.

Niente avrebbe dovuto essere più importante della vita di Ismerelda. Eppure l'avevo abbandonata. Avevo anteposto il destino dell'umanità a quello della mia *erosita*.

Forse egoista non era il termine giusto, ma era così che mi sentivo.

Avevo anteposto i miei obiettivi alla mia relazione con Ismerelda. Non le avevo chiesto cosa ne pensasse. Non l'avevo trattata da pari. Avevo soltanto… agito.

Per questo nutriva un certo risentimento nei miei confronti. Tuttavia, quel risentimento era intriso di senso di colpa.

Perché non voleva biasimarmi per la mia decisione. La capiva. Anzi, mi ammirava per le mie scelte.

Sotto sotto, però, era ferita. Arrabbiata. E *spaventata*.

Una decisione del genere avrebbe richiesto una conversazione. Eppure non c'era stata.

Mi ero limitato a tagliarla fuori dalla mia mente.

Ed ero sparito.

Passai le dita tra i suoi capelli arruffati, con un groppo alla gola, mentre continuavo a sfogliare i suoi ricordi. Scoprendo di più sulla nostra storia, su di noi.

A tratti mi sembrava tutto sbagliato, come se stessi osservando un passato che apparteneva a lei, non a me. E in un certo senso era così. Solo che in tutti i suoi ricordi c'era un uomo identico a me. *Capelli neri. Occhi azzurri. Mascella scolpita. Naso diritto. Corporatura snella e muscolosa. Vita stretta. Un gran bel sedere.*

La sua descrizione mi attraversò la mente, facendomi sorridere.

Forse al suo risveglio mi avrebbe odiato, ma una parte di lei mi desiderava ancora.

Anche se, perdendomi in quei pensieri, percepii il suo disagio. Un disagio che non avevo minimamente colto, mentre mi godevo il suo corpo.

Era stata una settimana orribile.

A volte si era abbandonata all'estasi, ma, in generale, era stata incredibilmente infelice. A pezzi.

E ciò l'aveva condotta al suo stato attuale.

«Cazzo» mormorai, passandomi una mano sul viso. I suoi pensieri e i suoi ricordi mi assalirono, ma il loro calore mi colpì dritto al petto, invece che all'inguine.

Le era piaciuto quello che le avevo fatto, ma allo stesso tempo lo aveva odiato. Perché l'avevo trattata come se non contasse nulla. Un giocattolo da scopare. *Una persona che non conoscevo e non rispettavo.*

Ismerelda non aveva torto.

Ma non aveva nemmeno ragione.

Ero stato violento con lei perché ero certo che poteva sopportarlo. Inoltre, sapevo che avrebbe reso il suo piacere ancora più intenso, e così era stato.

Solo che era troppo sconvolta per goderne davvero.

Era abituata a un maschio che la trattava come un fragile esserino, non una sua pari.

Un errore del Cam del passato, pensai, rivolto a lei. *Un errore che correggerò.*

Ismerelda non era una bambolina, era molto di più.

Sei la mia regina, le sussurrai. *Perché non ti ho mai trasformata?*

La sua psiche non mi diede alcuna spiegazione, non sembrava che ci fossero ricordi legati a quell'argomento.

Non ne abbiamo mai parlato?, mi domandai.

L'avevo tenuta com'era per il sangue? O perché la preferivo debole?

La prima sarebbe stata una motivazione pratica. La seconda… una dimostrazione di egoismo.

Sospirando, tornai a concentrarmi sull'ambiente circostante, notando come la natura si stesse rimpossessando degli edifici che incontravamo lungo la strada. La vegetazione avvolgeva negozi vuoti, stazioni di servizio e altre strutture. Era chiaro che quell'area fosse stata disabitata per più di cento anni. E nessuno sembrava prendersene cura, se non per la manutenzione stradale.

«È così dappertutto?» chiesi a Chiave. «Edifici fatiscenti e vegetazione fuori controllo?».

L'umano alzò per un attimo lo sguardo sullo specchietto retrovisore, per poi tornare a concentrarsi sulla strada. «Non… non lo so, mio signore. Non sono mai andato più in là dell'aeroporto. A parte quando ho frequentato l'Università del sangue. Ma là… là non era così».

Lo osservai per qualche istante. «Com'era? All'Università del sangue, dico».

«Faceva freddo» rispose senza esitazioni. «C'era ghiaccio dappertutto».

«Mmh… allora eri in una delle sedi al nord» ipotizzai, ricordando la mappa dei vari campus.

Ce n'erano dieci disseminati in giro per il mondo. Alcuni si trovavano su qualche isola sperduta, altri in luoghi che né i vampiri né i licantropi volevano reclamare, come le terre coperte dalla neve.

«Eri alle Svalbard o in Groenlandia» conclusi. «Non che questi nomi possano significare qualcosa per te».

Non disse nulla, restando concentrato sulla guida, ma colsi un sottile interesse nei suoi tratti: il dilatarsi delle narici, il modo in cui deglutì, il suo sguardo che si azzardò a incontrare ancora una volta il mio nello specchietto retrovisore.

«Non hai idea di chi sia, vero?» chiesi. E rendermene conto fu come uno schiaffo in pieno viso.

I rapporti di Lilith affermavano che gli umani imparavano tutto ciò che c'era da sapere su alfa e reali, che le nostre identità erano ben note e che venivamo venerati.

Ma Chiave non aveva menzionato il mio nome, nel corso della telefonata.

Non ci avevo fatto caso, ero troppo preoccupato ad andarmene da Roma il più in fretta possibile.

Ora, però, capii di aver commesso un errore.

«Hazel non sa che sto arrivando» mormorai. L'umano sembrava impietrito. «Il personale del posto di blocco non ti ha chiesto un nome?».

«Siete un vampiro, mio signore» disse lentamente il vigilante. «Non spetta a noi fare questo genere di domande».

Fui quasi sul punto di scoppiare a ridere. «Ma certo».

Perché nel nuovo mondo gli umani non sono nient'altro che schiavi.
«Non mi conosci. Non sai come mi chiamo. Non hai la più pallida idea di quale sia il mio status».

Le spalle dell'umano si irrigidirono ancora di più, e il suo sguardo tornò sullo specchietto, indugiandovi abbastanza a lungo da far sbandare l'auto.

«Concentrati sulla strada» lo esortai in tono disinvolto.

«Non sono arrabbiato». O almeno, non con lui. «Sto solo… assimilando il fatto che non sai chi stai portando in Slovenia».

Le sue labbra si incurvarono all'ingiù.

«Scusa, *nella regione di Hazel*» chiarii. «Il confine del suo territorio inizia in Slovenia, un paese del vecchio mondo. Immagino che tu non ne abbia mai sentito parlare».

Scosse la testa con un movimento rigido.

«Perché conosci solo regioni e clan» dedussi ad alta voce. «Sono le uniche cose che vi permettono di imparare». Accarezzai di nuovo i capelli di Ismerelda, lasciandomi sfuggire un altro sospiro. «Ottima strategia. Tenere i mortali all'oscuro di tutto rende più facile controllarli. Lilith mi ha convinto che fosse una mia idea».

Aveva senso. Razionalmente, capivo la sua decisione.

Ma ascoltare la mente di Ismerelda mi aveva mostrato che in tutto questo mancava un pezzo fondamentale: la mia umanità.

Sei tu il motivo per cui riesco ancora a provare emozioni, pensai, guardando l'angelo che era steso sul mio grembo. *Mi aiuti a ricordare la mia parte umana. Ti assicuri che non diventi un mostro.*

E io l'avevo ricompensata abbandonandola e gettandomi in una missione per salvare i mortali.

Affascinante, pensai. *Affascinante e irritante.*

«Mi chiamo Cam» dissi al vigilante, riportando la mia attenzione su di lui. Respirava a stento. Avevo bisogno che si desse una calmata e si concentrasse sulla guida. Perché io sarei sopravvissuto senza problemi a un incidente, ma Ismerelda forse no.

Oh, prima o poi si sarebbe svegliata.

Ma non avevamo tempo da perdere aspettando che si riprendesse.

E perderebbe la memoria come quando l'ho uccisa, pensai, accigliandomi per l'ennesima volta. *Cazzo, sono proprio uno stronzo.*

Era stata così sollevata nel vedermi ancora vivo, così elettrizzata dalla mia presenza, e io... *io l'avevo dissanguata.*

La sua mente si riempì di ricordi di quel giorno, ma dalla sua prospettiva, mostrandomi la sofferenza che le avevo inflitto. Sentii il suo cuore spezzarsi. La sua ipotesi che non si trattasse realmente di me, ma di un sosia malvagio creato da Lilith.

Non è il mio Cam, aveva pensato spesso.

Solo che *ero* il suo Cam, e a un certo punto se ne era resa conto anche lei. Quel momento era stato quasi altrettanto doloroso. Anzi, forse era stato ancora più doloroso.

Era difficile dirlo.

Ismerelda aveva molti ricordi orribili delle ultime due settimane.

Per colpa mia.

Mi morsi l'interno della guancia, sentendo la necessità di stringere i pugni.

Era tutto un casino. *Io* avevo fatto un casino. *Maledetta Lilith.*

«Siete... siete un nuovo reale?» chiese l'umano dal sedile anteriore. La sua domanda mi colse di sorpresa, distogliendomi dai miei pensieri rabbiosi. «Se lo siete, vi chiedo scusa per non avervi riconosciuto».

Sbuffai. «Sono molto più di un reale. Sono il fottuto re.

Il vampiro più antico di tutti. Ma puoi chiamarmi Cam. Non ne posso più di questi convenevoli».

Le mani di Chiave si strinsero sul volante, facendo tendere i muscoli sulle sue braccia nude. Considerando quello che mi aveva detto sul luogo in cui era andato all'Università, non mi sorprendeva che fosse vestito in quel modo. La regione in cui ci trovavamo doveva sembrargli calda come l'inferno, in confronto all'Artico.

«Il più antico?» ripeté. Lo vidi aggrottare la fronte nello specchietto.

«Immagino che non te l'abbiano insegnato, nei corsi sui vampiri».

«Ci hanno insegnato i nomi di tutti i reali, dandoci alcune informazioni su ciascuno. Kylan era descritto come il vampiro più antico». Deglutì. «Non... non ricordo nulla su... su di voi...».

La sua esitazione non sembrava dettata dall'incredulità quanto dal nervosismo, come se temesse di aver appena fallito un esame o qualcosa del genere.

«No, immagino di no. Sembra che la mia esistenza sia stata tenuta segreta». Tutto il contrario di quello che mi avevano fatto credere.

L'ennesima bugia. *Scioccante.*

«Sono più vecchio di Kylan, ma non di molto». Probabilmente di qualche secolo. Non ne ero sicuro. «Vivendo per migliaia di anni, il tempo diventa irrilevante».

Il tempo, e non solo, pensai, con le dita che ancora accarezzavano i capelli di Ismerelda. *Quando ci siamo incontrati, avevo quasi perso la mia umanità. E tu mi hai aiutato a ritrovare fiducia nel genere umano.*

O almeno era quello che avevo capito leggendole la mente.

Forse ci sei riuscita troppo bene.

Altrimenti, perché avrei sacrificato tutto per salvare i mortali?

«Cos'altro ti hanno insegnato all'Università sul mondo?» gli domandai, curioso di scoprire cosa sapessero i mortali. «Descrivimi come si svolgeva una giornata qualsiasi all'Università e cosa ti insegnavano».

Il vigilante si schiarì la voce, l'odore della sua paura inacidiva l'aria. Fui quasi sul punto di dire qualcosa, ma lo vidi darsi subito una calmata. Raddrizzò le spalle e si concentrò sulla strada, poi iniziò a parlare.

Mi illustrò la sua giornata tipo, che comprendeva l'addestramento sessuale, l'addestramento fisico e i corsi di preparazione al mondo.

Corsi di politica dei vampiri, come mi aveva già detto prima.

Studi sulla gerarchia dei licantropi.

Esercitazioni sull'industria dei servizi.

Corsi di cultura generale, tra cui matematica, comunicazione scritta, obbedienza verbale.

Storia.

Gli feci qualche domanda su quest'ultima, e il mio divertimento aumentò di minuto in minuto.

«Sono tutte stronzate». Ogni cosa che gli avevano insegnato era una bugia. «Erano gli umani a governare. I vampiri e i licantropi si sono ribellati dopo che i governi dei mortali avevano provato a usare i mutaforma come armi».

Non sapevo perché mi stessi preoccupando di raccontargli tutto.

Forse perché avevo bisogno di ammazzare il tempo durante il viaggio. Forse perché il suo atteggiamento mi aveva colpito; avevo usato i miei poteri di persuasione solo all'inizio, ma poi aveva sempre obbedito. Senza essere troppo spaventato.

Almeno finché non aveva capito chi ero.

Ma ora era di nuovo rilassato e ascoltava le informazioni senza problemi.

«Sei abituato ad avere vampiri che ti parlano?» gli domandai. «Visto che sei il capo della tua unità, presumo che capiti spesso».

Alzò una spalla. «Di solito, ne incontro uno o due a settimana. Ma le conversazioni durano al massimo cinque minuti. Niente di simile a quello che sta succedendo adesso».

«Allora sei stranamente a tuo agio in questa situazione».

«Molto tempo fa, ho imparato che non ha senso vivere nel terrore costante di ciò che potrebbe accadere. Bisogna accettare le cose così come sono».

«Un atteggiamento molto saggio» ammisi. «E che va contro gli obiettivi di Lilith. Ma sono sicuro che non se ne sarebbe mai resa conto».

Il vigilante non rispose, ma colsi il modo in cui il mio tono lo fece trasalire. O forse era dovuto al fatto che l'avessi chiamata "Lilith"; probabilmente gli avevano insegnato a rivolgersi a lei solo come "Dea".

Il pensiero mi fece quasi grugnire.

Non c'è da stupirsi che la sua voce mi irriti così tanto, borbottai tra me e me. *L'ha usata per torturarmi per più di un secolo.*

Il mio sguardo tornò su Ismerelda, e ricominciai ad addentrarmi nella sua psiche, setacciando altri ricordi. Altre verità. Altro *dolore*.

Si era rannicchiata da qualche parte nei recessi della sua mente, rifiutandosi di uscire. Come se avesse rinunciato alla vita. All'esistenza. A noi.

Avevo cercato di darle un po' del mio sangue, quando eravamo entrati in macchina, ma non lo aveva ingoiato. La mia essenza era ancora lì, sulle sue labbra. Il suo corpo rifiutava il mio.

Non puoi nasconderti là sotto per sempre, mia regina, le sussurrai. *Se necessario, verrò a cercarti e ti trascinerò fuori.*

Probabilmente era il modo sbagliato di affrontare la situazione. Ma volevo che si svegliasse. Stavamo per entrare nella regione di un altro vampiro, in un mondo che non conoscevo e di cui non mi fidavo. Ismerelda era l'unica persona su cui potessi contare.

E volevo anche… *scusarmi.*

Il termine mi fece aggrottare la fronte. Non riuscivo a ricordare l'ultima volta che avevo sentito il bisogno di scusarmi per qualcosa. Certo, l'ultimo millennio era un po' confuso, ma i ricordi che precedevano l'incontro con Ismerelda erano ancora intatti.

Forse Cane?, pensai, accigliandomi ancora di più. *Che sia stato lui l'ultimo con cui mi sono scusato?*

Avevo accidentalmente ammazzato il suo animaletto umano. Non direttamente. Mi aveva offerto la sua vena. Io avevo accettato, e poi l'avevo lasciata nella sua capanna, in attesa che lui la guarisse.

Solo che non era stato Cane a trovarla quasi dissanguata sul suo giaciglio, ma un altro uomo.

Un uomo che aveva approfittato della sua debolezza e poi le aveva tagliato la gola.

Una scena raccapricciante, per la quale avevo provato un pizzico di rimorso. Anche se a Cane non era importato. Si era stretto nelle spalle, e una settimana più tardi aveva già trovato un'altra. Ma avevo comunque sentito l'esigenza di esprimere il mio rammarico.

Ma quello che era successo con Ismerelda aveva scatenato ben più che un pizzico di senso di colpa.

L'avevo ferita in un modo che mi attanagliava l'anima. Le dovevo molto più che delle semplici scuse.

«Chi è…?». Le parole uscirono dalla bocca di Chiave

in un sussurro, che l'umano cercò di camuffare con un colpo di tosse.

Inarcai un sopracciglio, guardando il suo riflesso nello specchietto. «Stavi per chiedermi qualcosa sulla mia *erosita*?». Le stavo ancora accarezzando i capelli biondi, pettinandoli con le dita. Avevo sciolto tutti i nodi già da un po', nonostante alcune ciocche fossero ancora appiccicose di sangue.

Aveva bisogno di un bagno.

Di cibo.

Di *compassione*.

«*Ero...?*» cominciò a ripetere l'umano.

«*Erosita*» dissi di nuovo. «È un termine ricercato per indicare la compagna umana di un vampiro. È una situazione piuttosto rara, perché la mia specie si annoia facilmente. Tuttavia, non mi sono mai stancato di Ismerelda». Una verità che non traspariva soltanto dai suoi ricordi, ma anche dal modo in cui in pochi giorni ero diventato ossessionato da lei. «È mia».

Chiave mi lanciò un'occhiata, per poi tornare a guardare la strada, con un'espressione volutamente impassibile.

La sua abilità nel mascherare ogni reazione era notevole. E forse un po' triste. Più che altro perché immaginavo che glielo avessero insegnato a forza di botte.

Il regime di Lilith prevedeva che gli umani spegnessero le loro emozioni, diventando delle sacche di sangue disponibili e silenziose. Silenziose al di fuori della camera da letto, ovviamente.

Avevo assistito ad alcune sessioni di addestramento delle vergini di sangue.

L'Università doveva usare metodi simili.

«Puoi parlare e reagire liberamente in mia presenza,

Chiave» gli dissi. «Anzi, sarebbe piuttosto piacevole, dopo tutte le bugie che mi hanno raccontato».

Strinse la presa sul volante, come aveva fatto prima. Era l'unico segnale del suo disagio.

«Non è un test» aggiunsi. «Non puoi fallire. E non ti farò del male». Avrei addirittura potuto ricompensarlo.

Ammesso che nella regione di Hazel fili tutto liscio...

Avevo incontrato Hazel diverse volte nel corso della mia lunga esistenza, ma non avevo idea di che genere di vampira fosse diventata nell'ultimo secolo. «Dimmi quello che sai di Hazel».

Perché in quel momento mi serviva tutto l'aiuto possibile. Anche i più piccoli dettagli mi sarebbero stati utili.

Ad esempio, se Hazel sostiene o meno questo nuovo stile di vita, o se invece si oppone a ciò che è diventato il mondo...

CAM

«La principessa Hazel governa la sua regione» mi informò Chiave, sottolineando l'ovvio. E facendomi perdere tempo. «Ha cinque sovrani, due...».

«Non me ne frega niente della politica. Voglio sapere com'è Hazel come vampira. È gentile? Crudele? Era tra i tirapiedi di Lilith? È stronza? Com'è la sua personalità?».

Chiave si irrigidì di nuovo. Il suo shock si propagò nell'auto in un'onda tangibile. «Non... non so come rispondere, mio signore».

«Senza troppi giri di parole, se possibile» gli dissi. «E smettila di chiamarmi "mio signore", o prenderò in considerazione l'idea di lasciarti qui».

Non lo avrei fatto davvero. Nonostante conoscessi appena quell'umano, mi piaceva. Forse perché mi stava aiutando in un momento in cui ne avevo estremamente bisogno.

Non che avesse altra scelta.

Ma non si stava nemmeno opponendo.

«Non... non conosco la principessa Hazel». Le parole gli uscirono in un sussurro, le sue emozioni sbirciarono verso di me da sotto la sua maschera impassibile.

«Di sicuro parlerete dei reali in privato, no? Non condividete qualche pettegolezzo?».

Scosse la testa. «No, mio...». Tossì di nuovo, cercando di coprire le parole che stava per pronunciare. «È contro le regole. In più, non ho nessuno con cui potrei parlare di queste cose».

«Neanche con gli uomini della tua unità?».

Incrociò il mio sguardo nello specchietto. «Ci concentriamo sulla sicurezza, non sulle chiacchiere».

«Non avete bisogno di comunicare, per svolgere al meglio il vostro lavoro?» insistetti.

«Le nostre conversazioni si limitano a ciò che vediamo. Quando non siamo di turno, ci alleniamo, mangiamo o dormiamo».

«Non socializzate» mormorai.

«Socializzare è vietato». Lo disse in maniera automatica, come se stesse riportando una regola ripetuta migliaia di volte.

«Capisco». Non avevo prestato molta attenzione ai file sull'Università del Sangue. Mi ero limitato a studiare alcuni dettagli dei curriculum di alto livello, senza soffermarmi su come venissero impartiti tutti quegli insegnamenti.

«Ci è anche permesso pregare tre volte al giorno» aggiunse. «Di solito, prima di ogni pasto, per ringraziare la Dea per tutto quello che fa».

Scoppiai a ridere. «Pregate Lilith tre volte al giorno?». Mi aveva detto di aver assunto il ruolo di "dea", spiegandomi come fosse stata una *mia* idea. «Ah, questa è bella».

Ora capivo perché Ismerelda fosse gelosa dell'*erosita* di Ryder. Anche a me sarebbe piaciuto ammazzare quella stronza.

L'auto sbandò un po', e un'altra ondata di sorpresa incrinò l'espressione di Chiave.

«Non è una dea» lo informai. «È una vampira. O meglio, *era* una vampira. Finché Ryder non l'ha uccisa».

Il piede del vigilante slittò, facendo sobbalzare il veicolo. «Co... *cosa*?».

«Fa' un bel respiro, umano. Il tuo cuore sta battendo troppo in fretta per il tuo corpo mortale». E non volevo che facesse un incidente.

Stavo per costringerlo a calmarsi usando il mio potere, ma ancora una volta riuscì a controllare le sue emozioni da solo. Nel giro di un minuto, stava già respirando normalmente.

«Presumo che la notizia della morte di Lilith non abbia ancora raggiunto tutti» mormorai. «Forse i problemi di comunicazione di cui parlava Michael c'erano davvero».

Anche se la mente di Ismerelda mi diceva che ne dubitava. Quando il problema si era verificato per la prima volta, aveva messo in discussione la sincerità di Michael. Soprattutto perché aveva notato che il mio portatile non era mai stato collegato a internet, ma solo alla rete intranet. Ciò significava che il mio computer aveva accesso solo ai file interni, non a quelli esterni.

Mmh... allora sei più esperta di computer di quanto tu mi abbia fatto credere, pensai, divertito da quella rivelazione. *Mi hai ingannato come una vera regina. Mi piace.*

Anche il modo in cui mi aveva messo alla prova era stato astuto: aveva dichiarato di aver cucinato spesso per me, sapendo che il *vero* Cam si sarebbe accorto della bugia.

A quanto sembrava, non era minimamente in grado di cucinare.

«Non... Io... La Dea?» balbettò il vigilante. «La Dea è...». Un trillo interruppe qualsiasi altra frase inconcludente stesse cercando di pronunciare, rivolgendo immediatamente la sua attenzione al cruscotto. «È... è il posto di blocco della regione di Hazel».

«Rispondi» dissi tranquillamente. Mi aspettavo quella telefonata. Aveva avvertito il posto di blocco dell'arrivo di un vampiro, ma senza spiegare di chi si trattasse.

Da quello che avevo letto, nel nuovo mondo c'erano diversi protocolli che regolavano le visite di vampiri e licantropi nei vari territori. Chiunque stesse chiamando, voleva conoscere la mia identità e sapere quale reale avesse approvato quel viaggio.

Il vampiro ne sarebbe rimasto sbalordito.

Solo che sullo schermo che comparve sul cruscotto c'era una donna che non conoscevo. *Capelli ricci e castani. Viso magro. Occhi grigi. Carnagione abbronzata.* Un aspetto molto peculiare. Era bella, e sicuramente era una vampira. Solo che non la conoscevo.

«Quanti anni hai?» le chiesi, prima che potesse parlare. Il suo sguardo si spostò dal vigilante al sedile posteriore.

Chiave premette un pulsante per avvicinare l'immagine a me, lo schermo traslucido mi ricordava la tecnologia che avevo visto nei laboratori di Lilith.

«Chi sei?» chiese lei, ignorando la mia domanda.

«Una persona a cui non dovresti rivolgerti così» risposi in tono piatto. «Dimmi quanti anni hai».

Doveva essere stata trasformata di recente. Lo vidi nella furia trattenuta a stento che le scintillava negli occhi grigi. Quella rabbia era troppo vivida per appartenere a un vampiro anziano. Doveva ancora imparare a controllare le emozioni.

Perché, nonostante l'addestramento imposto da Lilith ai mortali, diventare un vampiro costringeva a ricominciare tutto da capo.

«Hai sicuramente meno di un secolo. Forse dieci anni, al massimo venti» insistetti.

Strinse i denti. «Sono stata trasformata dodici anni fa dalla sovrana Deirdre».

Inarcai le sopracciglia. «Capelli neri, carnagione chiara, una passione per la scherma?». Il modo in cui le sue narici si dilatarono confermò la mia descrizione. «Chiamala e dille che Cam è per strada. Saprà cosa fare». Allungai la mano per spegnere lo schermo come mi aveva insegnato Michael qualche settimana prima.

Il mio gesto fece dissolvere l'immagine, l'ologramma non aleggiava più davanti a me.

«Si chiama Abigail» disse Chiave un secondo più tardi. «Ha vinto il Torneo dell'immortalità quando avevo quindici anni».

«Mmh» mormorai, ricordando ciò che avevo letto del famigerato Torneo tra i file di Lilith. «Ogni anno, due umani vincono l'immortalità». Era un abile stratagemma per controllare i mortali, costringendoli a competere l'uno contro l'altro piuttosto che collaborare. «Avresti voluto competere anche tu?».

«Certo» rispose. «Come tutti».

«Quindi vorresti essere immortale?».

«È meglio che essere un mortale».

«Vampiro o licantropo?» domandai. «Quale sceglieresti?».

«Che senso ha sognare qualcosa che non potrà mai accadere?».

«Beh, non mi sembra un atteggiamento positivo» commentai. «Hai il più antico vampiro ancora in vita sul sedile posteriore. Non hai idea di quale potere possegga,

Chiave». Non lo avrei trasformato. Almeno non ora. Ma avrei potuto.

O forse avrei consigliato a qualcun altro di farlo.

«Non posso più partecipare al Torneo dell'immortalità» rispose.

«Non è detto che tu ne abbia bisogno» replicai. «Rispondi alla mia domanda. Licantropo o vampiro?». Sicuramente ci aveva pensato. Soprattutto se aveva desiderato competere.

Tutti gli umani avevano dei sogni.

Così come i vampiri e i licantropi.

Era parte della vita.

A meno che le stronzate di Lilith non abbiano completamente annientato quel lato dell'umanità, pensai. Le mie labbra si incurvarono all'ingiù, e lanciai un'occhiata alla mia *erosita*. *Quand'è stata l'ultima volta che hai sognato, mia piccola leonessa?*

La sua mente me lo disse in un lampo, le immagini del mio viso mi scaldarono il cuore. Finché quei sogni non si sciolsero nella realtà.

Il suo ultimo sogno era stato particolarmente potente. Aveva sognato che i miei ricordi erano tornati, finché non si era svegliata scoprendo che la stavo scopando... e che non ero affatto il Cam che aveva appena immaginato.

Ne era rimasta praticamente distrutta. Quando si era resa conto che ero ancora un mostro, il suo cuore si era frantumato in un milione di pezzi.

Deglutii, il bruciore al petto era piuttosto fastidioso. Non mi piaceva sentirmi chiamare in quel modo. Oh, ero sicuramente una bestia. Un predatore vestito con eleganza. Ma un mostro? Non con lei. *Mai* con lei. Solo *per* lei.

«Un vampiro» disse Chiave, concedendomi una pausa dal dolore di Ismerelda. «Preferirei essere un vampiro».

«Perché?» gli domandai. Avevo proprio bisogno di distrarmi.

«L'idea di trasformarmi in un lupo non mi attira. Preferisco essere agile e veloce su due gambe, invece che a quattro zampe». Si strinse nelle spalle. «Inoltre, i morsi dei vampiri sono più gentili di quelli dei lupi».

«Hai ragione su tutto». Anche se, nel caso in cui la mia bestia interiore avesse potuto essere libera, sarebbe stata sicuramente un lupo grosso e minaccioso.

Ma ero un vampiro. Nonostante la mia anima fosse innegabilmente selvaggia.

Chiave non aggiunse altro, e continuò a guidare un po' più rilassato.

Controllai la mappa, notando che avevamo ancora un paio d'ore prima di raggiungere il posto di blocco, soprattutto perché il vigilante non stava andando molto veloce.

Se fossi stato solo, gli avrei detto di darsi una mossa. Ma, visto che c'era anche Ismerelda, andava bene così. Anche perché la sua guida si stava dimostrando molto efficiente per quanto riguardava il consumo della batteria.

Non c'era nessun altro per strada. Nessun segno di vita. Nessuna guardia. Nemmeno una squadra che si occupasse della manutenzione. Eppure, sicuramente esisteva, perché le strade erano troppo pulite e ben tenute per essere completamente abbandonate.

Probabilmente Lilith aveva assegnato quel compito ai mortali.

Quelli che lavoravano nel settore dei servizi.

Sempre meglio che diventare la portata principale di un vampiro.

Nonostante fosse comunque il destino di tutti gli umani. *Inclusi i vigilanti.*

Le parole di Chiave sulla mancanza di timore per il futuro doveva essere il modo in cui riusciva a mantenere una certa compostezza anche in quel momento, in auto con un predatore nel bel mezzo del nulla.

Doveva domandarsi se stesse per diventare la mia cena.

Aprii la bocca per parlarne, ma il mio commento fu interrotto sul nascere dal telefono.

Chiave lanciò un'occhiata allo schermo. «Non riconosco questo numero».

«Rispondi comunque» dissi, aspettandomi di vedere sullo schermo il viso di Deirdre o di Abigail.

Solo che, quando Chiave accettò la chiamata, non fu la loro immagine a comparire.

Ma quella di Hazel.

I suoi occhi scuri incontrarono immediatamente i miei, e lo shock si impadronì dei suoi lineamenti di porcellana. Il vigilante avvicinò con un gesto lo schermo al sedile posteriore, facendolo aleggiare nell'aria davanti a me.

«Gesù» mormorò Hazel.

«Non mi sono mai fatto chiamare in quel modo» dissi in tono piatto. «Ma "dio" va benissimo».

La vampira sbuffò, poi scosse la testa. «Dove cazzo sei stato?».

«Imprigionato in una cella sotto il Vaticano» risposi sinceramente. Non c'era motivo di perdere tempo. Avevo bisogno di sapere se Hazel era una nemica o una potenziale alleata.

E c'era solo un modo per determinarlo al telefono: testando come reagiva alla verità.

«O almeno questo è quello che ho capito» continuai, per rispondere alla sua domanda su "dove cazzo ero stato". «A quanto pare, Lilith ha creato un'arma in grado di fare il lavaggio del cervello ai vampiri. L'ha usata per soggiogarmi, per poi distruggere mille anni di ricordi».

Hazel mi fissò a bocca aperta.

Era la reazione che speravo, perché confermava che

non aveva la più pallida idea di cosa stesse combinando Lilith. Inoltre, non ne era affatto divertita, ma scioccata. E non in senso positivo.

O forse è solo un'ottima attrice.

C'è solo un modo per scoprirlo...

«La tecnologia compromette la parte della mente in cui risiede il legame con la propria *erosita*» proseguii. «Ryder ne è stato vittima di recente. Penso che tu sappia com'è andata a finire».

Ovviamente, mi stavo riferendo al video trasmesso da Ryder, quello in cui teneva in mano la testa di Lilith, poco dopo che Jace aveva decapitato Lajos.

«Sono... sono delle accuse pesanti...». Le parole le uscirono lentamente, poi si schiarì la gola. «Hai qualche prova?».

«Il mio ritorno improvviso e le mie spiegazioni non sono sufficienti?» ribattei.

«Per telefono?» replicò sbuffando. «No».

Sorrisi. «Allora dovremo incontrarci di persona». Perché, a quel punto, avrebbe saputo la verità.

E di conseguenza anch'io.

«Già» concordò. «Darò un colpo di telefono anche a Ryder, per vedere se conferma la tua storia».

Ciò significava che aveva intenzione di invitare anche lui nella sua regione.

«Ti suggerisco di parlarne con Jace. È sicuramente più loquace di Ryder». Quello che intendevo era che Jace era un politico esperto e rispettava gli altri reali. Sarebbe stato un ottimo intermediario, soprattutto avendo a che fare con la brutalità e la sfrontatezza di Ryder.

Ammesso che Ryder fosse d'accordo.

«Ci penserò su» concesse Hazel. «Abigail ti verrà a prendere al posto di blocco e ti porterà a Deirdre City».

La fissai. «Dove?».

Mi fissò di rimando, poi disse: «Bled».

«Oh». Giusto. Le poche città ancora in funzione nel nuovo mondo erano state ribattezzate con i nomi dei reali e dei loro sovrani. Dovevo ancora finire di imparare tutti i nuovi nomi. «Chiave mi porterà lì».

«Chiave?» ripeté.

«La mia scorta umana. Ora è sotto la mia protezione. E anche Ismerelda». Abbassai lo sguardo per un istante, riportandolo poi su Hazel. Che, a sua volta, aveva lanciato un'occhiata alla mia *erosita*. La reale era stata talmente colpita dalla mia ricomparsa improvvisa da non aver notato la donna stesa sulle mie gambe.

Negli occhi castani di Hazel balenò un'emozione che non riuscii a definire. Sorpresa, forse. Sorpresa e... *sollievo*?

«Non vedo l'ora di incontrarvi entrambi» mormorò Hazel. «Abigail ti raggiungerà comunque sul confine e ti farà da guida. La tua scorta umana, *Chiave*, può seguirla».

Le sue parole rappresentavano un invito formale a entrare nel suo territorio, e gliene fui grato. «Grazie, Hazel».

«Non è ancora il caso di ringraziarmi» rispose, e terminò la chiamata.

Sorrisi. Era passato un bel po' di tempo dall'ultima volta che avevo parlato con la vecchia vampira. Tuttavia, non sembrava che fosse cambiata molto. Ancora abbastanza formale, ricordandomi l'atteggiamento di Jace, ma con una punta di compassione.

Poteva essere una finta. Avrebbe potuto far parte degli alleati di Lilith. Ma l'istinto mi diceva che non era così.

Nei documenti che avevo esaminato, era indicata come una reale neutrale.

Poi Mira aveva affermato che Hazel era inaffidabile, e che era noto che fosse in conflitto con Lilith.

Qual è la verità?, mi domandai. *È al di sopra delle parti, o è contraria al nuovo mondo?*

Lo avrei scoperto molto presto.

Nel frattempo, mi sarei preparato per una battaglia mentale. *E avrei cercato di svegliare Ismerelda.*

JACE

«Ancora niente?» chiesi, entrando nella sala di controllo improvvisata nella mia torre.

Damien alzò per un attimo lo sguardo dai monitor. «Sei proprio come Ryder» commentò. «Sempre a starmi col fiato sul collo, nonostante tu sappia benissimo che ti manderò un aggiornamento non appena avrò trovato qualcosa».

«Magari è solo una scusa per vederti».

«Attento, farai ingelosire la tua bella dottoressa».

«La vedo dura» disse la suddetta dottoressa, la cui voce provenne da dietro di me. «Puoi tenertelo» aggiunse Calina con il suo famigerato tono privo di emozioni, facendomi voltare verso di lei con un sopracciglio inarcato.

La tua mente dice il contrario, piccola strega, la informai. *Così come quel dolce profumo tra le tue cosce. Vuoi invitare Damien a divertirsi con noi?*

I suoi occhi, in cui il verde si mescolava all'azzurro, brillarono quando incontrarono i miei. *No. Mi piace di più vivo. Perché sappiamo entrambi che lo uccideresti, se solo provasse a sfiorarmi.*

Sorrisi. *Allora ci hai pensato.*

Hai accesso alla mia mente, rispose. *Ci ho pensato?*

Mmh, mormorai, frugando tra i suoi pensieri. Ogni interesse a sfondo sessuale era orientato unicamente su di me. *E io che credevo che gli umani fossero vulnerabili alle doti* naturali *dei vampiri, rendendoci tutti affascinanti e irresistibili.*

Quelle parole facevano il verso a una conversazione avuta con la mia *erosita* poco dopo che ci eravamo conosciuti, quando mi aveva informato che la sua attrazione nei miei confronti era solo una reazione naturale alla mia genetica.

«Un predatore dotato di caratteristiche altamente seduttive, concepite proprio per soggiogare la preda, mi sta accarezzando» aveva detto. *«Ovvio che sono eccitata».*

Come abbiamo scoperto di recente, non sono umana, mi ricordò. *Pertanto, non rientro più nei criteri del campione.*

Scoppiai a ridere, e Damien sospirò sonoramente. «Se volete flirtare mentalmente, andate a farlo da qualche altra parte. Ho bisogno di concentrarmi».

Erano pochi gli uomini che potevano permettersi di parlarmi in quel modo.

Fortunatamente per Damien, lui faceva parte di quel gruppo ristretto.

«Come possiamo aiutarti?» gli chiesi. «A parte lasciarti in pace», aggiunsi, anticipando la sua risposta.

Sospirò di nuovo e si stiracchiò. Notai il tatuaggio sul braccio sinistro tendersi sulla sua pelle pallida. «Ho fatto il possibile per superare questa sorta di blackout in cui sono piombati. Si sono connessi solo per dei brevissimi momenti; ciò significa che stanno usando i satelliti per comunicare. Ma, a parte quello, il buio completo».

«Un tipico protocollo di Lilith». Parlando, Calina si

legò i lunghi capelli biondi in una coda di cavallo, senza staccare gli occhi dagli schermi. «Di solito isolava in questo modo anche il bunker, durante le esercitazioni. Ma mai così a lungo».

Annuii, perché era quello che avevo colto dai pensieri della mia *erosita*. Non si era preoccupata quando il bunker dove c'era Cam, e ora anche Ismerelda, era rimasto in silenzio radio per un giorno. Dopo una settimana, però, aveva iniziato ad avere qualche dubbio.

E ora che erano passate due settimane, era seriamente preoccupata.

Damien si passò le dita tra i lunghi e folti capelli neri. «Ho provato con canali e frequenze diverse. Ho tracciato una miriade di reti di server, sperando di trovare qualche altra connessione, ma inutilmente. Ci sono dei satelliti che…».

Fu interrotto dallo squillo del mio orologio. Tutti e tre abbassammo lo sguardo sul dispositivo che portavo al polso. Premetti un pulsante per far comparire uno schermo e aggrottai la fronte leggendo il nome della persona che mi stava chiamando. «È Hazel».

Damien restò interdetto, poi aprì rapidamente qualcosa sul monitor che sembrava collegato al mio telefono. Più tardi avremmo dovuto parlare di come avesse fatto a riuscirci così in fretta. Per il momento, ero troppo incuriosito dalla telefonata in arrivo per interrogarlo.

«Rispondi» mi esortò.

Fui quasi sul punto di ricordargli chi fosse tra noi a comandare, ma alla fine decisi di fare come mi aveva detto. L'ologramma del viso di Hazel apparve davanti a me. I suoi occhi scuri mi osservarono per un attimo, prima di spostarsi alla mia sinistra.

Calina chinò subito la testa. La sua espressione sicura di sé fu sostituita in fretta da una maschera che era il ritratto della sottomissione. Si era esercitata molto a perfezionarla, nelle ultime settimane.

Le narici di Hazel si dilatarono. Ma non riuscii a capire se fosse per l'iniziale audacia di Calina, o per il modo in cui aveva abbassato il capo.

Interessante, pensai. Era sempre stato impossibile determinare a chi fosse rivolta la lealtà di Hazel. La bionda vampira tendeva a stare per conto suo, concentrandosi sulla sua regione, senza lasciarsi coinvolgere negli intrighi politici dell'Alleanza di sangue.

«Jace» mi salutò.

«Hazel» ricambiai con un sorriso di circostanza. «A cosa devo il piacere?».

«Cam». Tre lettere che furono sufficienti a cancellare il mio sorriso in un istante. «Sì, immaginavo che avresti reagito così. Mi ha suggerito di telefonarti per parlare di un'arma che l'ha reso inerme per più di un secolo. Ha detto che è stata usata anche su Ryder».

La fissai a bocca aperta. «Hai parlato con Cam?».

«Non sembri sorpreso dal fatto che sia vivo» rispose, inarcando un sopracciglio biondo. «Interessante».

«Trovo ancora più interessante il fatto che tu l'abbia visto» ribattei, senza preoccuparmi di giustificare la mia reazione.

Ormai eravamo alla resa dei conti.

Non aveva senso perdere tempo con qualcosa di così marginale.

Inoltre, sembrava che Hazel volesse arrivare al dunque tanto quanto me. Non avevo nessuna intenzione di distoglierla dal suo proposito. Aveva chiaramente delle informazioni importanti da condividere.

«Ho visto una sua versione virtuale» chiarì. «Non ero sicura che si trattasse di lui, ma Deirdre ha appena chiamato e ha confermato che è proprio lui. Ora è a

Deirdre City. C'è anche Ismerelda. Ciò significa che quello che ha detto potrebbe essere vero. E visto che mi ha consigliato di telefonarti…». Si interruppe.

«Cam ti ha detto di telefonarmi?». *Perché non mi ha chiamato lui stesso?*

«Sì, per confermare quello che mi ha raccontato sull'arma di Lilith. Ha detto che sei molto più loquace di Ryder».

Quel commento strappò un grugnito a Damien. Hazel si guardò intorno, alla ricerca dell'origine del suono.

«Così hai chiamato me, invece di Ryder». Era un'affermazione, non una domanda. *Perché Ryder me lo avrebbe riferito, se fosse stato contattato da Hazel.*

Ammesso che rispondesse al telefono.

Probabilmente le avrebbe detto di parlare con Damien, o avrebbe riattaccato.

Il filmato con la testa di Lilith gli aveva fruttato una valanga di telefonate. Ma le aveva ignorate quasi tutte.

«Sì» disse Hazel. «Ma ho aspettato finché qualcuno di cui mi fido ha confermato che Cam è ancora vivo. Ora che lo so per certo, vorrei qualche risposta».

«Mmh». Guardai Damien. «Che sia il caso di invitare anche Ryder a partecipare alla conversazione?».

Le fossette comparvero sulle guance di Damien. «Il mio creatore ha indubbiamente una passione per le presentazioni che richiedono una certa *loquacità*».

«O magari tu, Ryder e Damien dovreste salire su un aereo e venire qui» intervenne Hazel. Doveva aver riconosciuto l'accento texano di Damien.

O forse era stato a causa delle sue parole, visto che era l'unica progenie di Ryder.

«Preferisco parlare di persona. Non sai mai con chi stai parlando, se non è di fronte a te» continuò.

Non aveva tutti i torti.

Ma l'invito mi aveva messo in allarme. *Potrebbe essere una trappola*, dissi a Calina.

Potrebbe anche essere un'opportunità. Perché Cam avrebbe scelto di andare là?

Non lo so, ammisi, pensando a quale strategia avrebbe potuto coinvolgere Hazel. *Presumo che sia a causa della posizione. La sua regione non è molto distante dal Vaticano.*

Considerando le zone che circondavano l'Italia, anch'io avrei scelto la regione di Hazel, se fossi stato al posto di Cam. Ammesso di non poter volare.

«Il caos è all'orizzonte, Jace. Non mi interessano né la politica né i giochetti. Se vuoi venire a Deirdre City, fallo, altrimenti no. Darò a Cam una giornata per riprendersi, soprattutto per il bene di Ismerelda, poi lo incontrerò».

«Per il bene di Izzy?» le fece eco Damien. La sua espressione annoiata lasciò spazio a quella di un fratello preoccupato. «Cosa vuoi dire?».

«Quando è arrivato Cam, era svenuta e puzzava di sangue. O almeno questo è quello che mi hanno riferito. Non so cosa sia successo, ma hanno bisogno di un po' di tempo e di privacy. Così Deirdre ha dato loro una suite e li ha lasciati soli».

«Come facciamo a contattarli?» chiese Damien. «Voglio parlare con mia sorella».

«Allora sali su un aereo» rispose Hazel, sostenendo il mio sguardo. «Ho già autorizzato il tuo jet per una visita. Vi ho anche fatto preparare delle stanze nel palazzo di Deirdre. Usatele, oppure no. Come preferite».

Damien si mosse verso lo schermo, ma Hazel aveva già riattaccato. Il vampiro aveva un'espressione furibonda. «Richiamala. Anzi, no. Fanculo. Chiama Deirdre».

Parlando, tornò alla sua postazione davanti ai monitor. Le sue dita volarono sulla tastiera, aprendo la mia rubrica sullo schermo.

«Dobbiamo fare un discorsetto sulla tua palese violazione dei miei dispositivi elettronici» gli dissi. «Non è per questo che sei qui».

«È precisamente il motivo per cui sono qui» ribatté, mentre il telefono iniziava già a squillare. «O così, o avrei dovuto tornare da Ryder. Ma tu volevi tutti qui. Quindi sto sfruttando le mie abilità per lavorare. E perché cazzo non risponde al telefono?».

«Presumo che Hazel le abbia detto di non farlo» risposi, mettendomi le mani in tasca. *Calina, puoi andare a cercare Ryder? Penso sia l'unico in grado di far ragionare Damien, in questo momento.*

Oppure gli darà una pistola e lo esorterà ad agire, mormorò Calina. *Conoscendolo, mi sembra molto più probabile.*

Allora potresti parlare con Darius per far preparare il jet?, suggerii.

Mi guardò. *Se sei preoccupato per la mia sicurezza, dillo e basta. Non c'è bisogno di darmi dei compiti a caso per convincermi a lasciare la stanza.*

Dei compiti utili, la corressi. *Perché abbiamo davvero bisogno di Ryder e di far preparare il jet.*

Verrò con te? Mentre me lo chiedeva, un lampo di azzurro le attraversò lo sguardo. Il suo lato licantropo era in prima linea.

Sì, decisi, dopo averci riflettuto sopra per qualche istante. Avrebbe potuto essere una trappola. Oppure un modo per distrarmi e lasciare la mia regione incustodita.

C'erano così tante considerazioni da fare.

Ma una cosa era certa: non sarei andato da nessuna parte senza Calina. La situazione era troppo instabile. Il mondo intero era troppo instabile, al momento.

Ero sicuro che anche gli altri si sentissero allo stesso modo, per quanto riguardava le loro compagne.

Era meglio stare tutti insieme.

Calina doveva aver percepito la mia determinazione, perché annuì. *Farò sapere a Darius che abbiamo bisogno di preparare il jet per un gruppo numeroso. Hazel ha parlato di "stanze", quindi presumo si aspetti che arrivino diversi ospiti.*

Potrei avvertirla, ma temo che non risponderà al telefono, dissi, seguendo il ragionamento di Calina. *Non ha specificato quanti di noi sono invitati, quindi ho dato per scontato che siamo tutti i benvenuti.*

Esattamente.

Sorrisi. *Grazie dell'aiuto con i preparativi, mio dolce genietto. Nel frattempo, mi occuperò di Damien.*

Calina lanciò un'occhiata al vampiro; era ancora piuttosto agitato. Aveva gli occhi incollati ai monitor e digitava furiosamente. *Buona fortuna*, mormorò la mia *erosita*. *E fai attenzione a come te ne occupi. Sono possessiva quanto te.*

Con quell'avvertimento sensuale, e un sottile ancheggiare, uscì dalla stanza. *Non ho nessuna intenzione di giocare con qualcuno che non sia tu, amore.*

La sua mente accarezzò la mia, confermando la veridicità della mia affermazione. Invece di rispondere a parole, lasciò che percepissi l'eco del suo assenso nei suoi pensieri.

Nonostante la nostra relazione fosse iniziata solo di recente, il nostro legame sembrava esistere da sempre. Come se le nostre anime fossero sempre state unite, da ben prima che Calina nascesse.

«Quando partiamo?» chiese Damien. Le sue emozioni sembravano soffocate da una morsa mentale di determinazione.

Damien mi era sempre piaciuto. E quella dimostrazione di autocontrollo rappresentava uno dei motivi principali. La sorella gemella era stata ferita da chissà chi, e piuttosto che continuare inutilmente a cercare un modo per chiamarla, aveva spostato l'attenzione su ciò che sapeva avrebbe funzionato. Anche se avrebbe richiesto un po' più di tempo.

«Se collaboriamo, possiamo partire entro un'ora» risposi. «E se riesci a convincere Kylan a venire con noi, forse ci lascerà usare il suo jet. È più veloce». Odiavo ammetterlo, ma non era il momento di essere arroganti. Era il momento di essere pratici.

Damien sorrise, ma il sorriso non gli raggiunse gli occhi. «Consideralo fatto. Ci penseremo io e Ryder».

«Ottimo». Sembrava proprio che saremmo partiti per un viaggio.

A Deirdre City, nella regione di Hazel.

Per trovare finalmente Cam, cazzo.

CAM

«Testarda di una leonessa» sussurrai all'orecchio di Ismerelda. Eravamo in bagno, e lei giaceva ancora esanime tra le mie braccia.

Eravamo arrivati a Deirdre City da circa un'ora. Ismerelda aveva dormito per tutto il viaggio. Le avevo fatto la doccia, rimuovendo il sangue e gli altri fluidi dal suo splendido corpo, poi l'avevo insaponata e sciacquata accuratamente per ben due volte. Tutto stando seduto su una piccola panchina all'interno della cabina, tenendola stretta a me. Infine le avevo lavato i capelli.

Quando nulla di tutto ciò l'aveva svegliata, avevo riempito la vasca da bagno, spinto dall'istinto di prendermi cura di lei. Un bisogno insito nel profondo del mio essere, che mi esortava a trovare il modo di farmi perdonare. Di mostrarle che mi importava di lei. Un istinto che mi esortava a esserci per lei, a *confortarla*.

«Hazel sarà qui tra poco» mormorai, riferendole ciò

che mi aveva detto Deirdre al nostro arrivo. Abigail, la sua progenie, ci aveva condotti direttamente a un resort costruito accanto al lago di Bled.

Era da molto tempo che non visitavo quella zona del mondo, di conseguenza mi sembrava tutto una novità. Ma sospettavo anche che gli edifici non fossero molto vecchi, e probabilmente sostituivano qualsiasi cosa ci fosse stata prima.

Le finestre sul retro della stanza in cui ero stato scortato offrivano una vista incantevole; la suite con tre camere da letto era perfetta da condividere con Ismerelda e Chiave.

Avevo deciso di tenere l'umano con me, invece di consegnarlo a Deirdre e Abigail. Avevano parlato di alloggi per la servitù, facendomi sbuffare e rispondere: «Può stare in una delle camere della mia suite».

Chiave non aveva reagito, ma Abigail sì. Le sue sopracciglia scure si erano sollevate per la sorpresa, mentre Deirdre si era limitata a commentare: «Goditi lo spuntino».

Non mi ero preoccupato di correggerla. Avevo indicato a Chiave una stanza a caso, per poi dirgli di ordinare del cibo. Cibo *umano*, non sangue.

Perché volevo nutrire anche Ismerelda, non appena si fosse svegliata.

«Devi mangiare, tesoro» mormorai. «Non ti lascerò morire di fame». Anche se, a essere sincero, negli ultimi giorni mi ero lasciato trasportare e avevo dimenticato quanto potessero essere fragili gli esseri umani.

Aveva bisogno di più di un pasto al giorno.

Ovviamente.

Ma ero troppo occupato a scoparla per tenere in considerazione le sue necessità.

Non avrei più commesso lo stesso errore. *Né tutti gli altri.*

«Non sono perfetto, Ismerelda». Le pettinai le ciocche bagnate con le dita. «Ma per te farò del mio meglio».

E non stavo parlando solo delle ultime settimane. Volevo sistemare *tutto*.

«Non avrei mai dovuto lasciarti» le sussurrai. «Ero debole. Confuso dai miei legami con l'umanità. Avevo la sindrome dell'eroe. Ma non sono un eroe, Ismerelda. Non sono un salvatore, non sono un faro di speranza. Chiunque fosse quell'uomo è morto. Ed è meglio così».

Perché quell'uomo era stato troppo preso dalla sua ossessione di aggiustare il mondo per preoccuparsi di qualsiasi altra cosa, o di chiunque altro.

«Non sono più lui» giurai. «Ma ovviamente lo sai già».

Continuava a pensare a come non fossi il *suo* Cam.

«Dobbiamo solo ridefinire cosa significa» dissi. «Nonostante non sia la stessa versione che ricordi, sono comunque tuo».

Ammesso che tu mi voglia ancora.

Avvicinai il naso alla sua gola e inspirai il suo dolce profumo, desideroso di avere un assaggio.

Ma non volevo morderla.

Avevo preso troppo. Mi ero nutrito di lei fino a farla soffrire. Le avevo causato un dolore che, rivivendo l'esperienza attraverso i suoi ricordi, sentivo fin nel profondo dell'anima.

Quello che ero convinto fosse piacere in realtà era agonia. Il suo corpo tradiva i suoi desideri e le sue necessità, mentre la sua mente crollava più e più volte, sopraffatta dai miei morsi.

Sospirai, sconsolato, il suo tormento mi stava trafiggendo il cuore.

Avrei dovuto proteggere e onorare quella donna, e invece avevo distrutto la sua fiducia. Tradito il suo amore. Danneggiato la sua anima.

Scossi la testa, confuso dall'assalto di emozioni suscitate da tutte quelle riflessioni.

Questa è l'umanità che hai risvegliato nel mio spirito, la accusai. *L'umanità che mi ha spinto a prendere decisioni folli.*

Che avevano causato eventi catastrofici.

Mi morsi l'interno della guancia e allontanai lo sguardo dal suo collo. «Sistemeremo tutto, leonessa. Insieme. Come una coppia». *Come re e regina.*

Solo che… non ero sicuro di voler governare.

Che senso aveva? Quel mondo non rappresentava la mia visione. Non sapevo nemmeno *quale fosse* la mia visione.

Voglio solo Ismerelda, pensai. *Non ho bisogno di sacche di sangue immortali, non con un'erosita. Inoltre, sono più che felice di mantenere questo tipo di legame tra le nostre anime.*

A cosa mi sarebbe servito un mondo pieno di schiavi umani?

Forse la mia opinione sarebbe mutata leggermente, se Ismerelda avesse voluto diventare una vampira. Ma non avevamo bisogno di governare, affinché fosse la mia regina.

«Cosa ne pensi, tesoro?» le chiesi dolcemente. «Vuoi scappare da tutto? Possiamo costruire una casetta sulle montagne e nasconderci da questo disastro di mondo».

Era quello che avrei dovuto fare un secolo prima. Invece, il mio vecchio io arrogante aveva voluto provare a ragionare con Lilith.

Perché?, mi domandai per la milionesima volta.

La mente di Ismerelda cercò di ripercorrere le mie riflessioni, mostrandomi i legami con la mia umanità. Ma rifiutai quella spiegazione, irritato, nonostante sapessi che c'era un fondo di verità.

Solo che si trattava di qualcosa di molto più profondo del bisogno di proteggere gli esseri umani.

Perché io?, pensai. *Perché sono andato da solo?*

Perché ero convinto che sarebbe stato sufficiente. Ma allora, se davvero fosse stato così, perché inscenare la morte di Ismerelda?

Per non parlare di che cazzo era successo alla mia presunta esecuzione.

Ero sotto l'influenza dell'arma di Lilith? Stavo chiedendo silenziosamente aiuto, mentre simulava la mia morte?

Stando alla mente di Ismerelda, era presente anche Darius. Aveva rinnegato la sua fedeltà nei miei confronti perché, a quanto sembrava, gli avevo detto di farlo.

Mi ero confidato più con lui che con Ismerelda?

Ascoltare i suoi ricordi e conoscerla come avevo fatto nelle ultime settimane mi confondeva. Perché non riuscivo a capire come mai il mio vecchio io avesse deciso di tagliarla fuori dalla sua mente.

Per proteggermi, sussurrò. *Hai sempre promesso di proteggermi. Di non farmi mai del male. Di non lasciare che nessuno mi toccasse. Eppure… eppure mi hai lasciata qui… a morire.*

Le afferrai il mento per guardarla bene in viso. Aveva ancora gli occhi chiusi. Stava parlando con me come se fossimo stati in un sogno.

Sono morta, la sentii osservare in tono meravigliato. *Ha lasciato che morissi. Quant'è crudele che l'aldilà mi abbia riportata tra le sue braccia… A meno che… che non sia lui il mio Cam?*

Aggrottai la fronte. *Siamo entrambi versioni del tuo Cam, piccola leonessa.* Solo che la mia versione era chiaramente superiore. Perché non avrei mai abbandonato Ismerelda per qualcosa di così stupido come salvare il mondo.

Gli umani avevano cercato di rendere gli esseri superiori le loro armi personali. In quale versione distorta della realtà si erano aspettati di vincere? Avevano causato una guerra e avevano perso. Ed era giusto così.

Leonessa, ripeté diverse volte Ismerelda. *No, no.* Lui *mi chiama così. Il Cam cattivo. Quello senza cuore.*

La sua disperazione mi colpì dritto nell'organo che, secondo lei, mi mancava, togliendomi momentaneamente il fiato. *Pensi che sia cattivo?*

Lasciata a morire…, ricominciò a dire. La frase spezzata rieccheggiò nella sua mente insieme alle immagini dei vampiri che la circondavano. Che la costringevano a inginocchiarsi. Che le strappavano i vestiti. Che la penetravano…

Basta, ringhiai. Non volevo rivivere di nuovo quel ricordo. Così, imposi alla sua psiche la sequenza della loro morte, mostrandole quello che era successo dal mio punto di vista.

Lasciai che Ismerelda sentisse la mia furia. La mia *agonia*. Le feci vedere al rallentatore come avevo staccato la testa a ciascuno di loro, ammazzandoli all'istante.

Avrei dovuto farli soffrire, le dissi. *Ma dovevo dare la priorità a te, volevo assicurarmi che stessi bene.*

Cercai di deglutire, ma avevo un groppo alla gola. Il dolore di quel momento era reso ancora più intenso dalla sua sofferenza e dalla sua paura.

L'avevano morsa. Avevano giocato con lei. Le avevano fatto del male. Tutto per prolungare il momento, per torturarla, facendole capire chiaramente cosa sarebbe successo dopo.

Ma non è successo, le giurai. *Non ho lasciato che succedesse. Stai bene.* «Sei viva» aggiunsi ad alta voce, parlandole all'orecchio.

Lei si agitò tra le mie braccia, il suo corpo nudo e bagnato scivolava sul mio.

«Sei al sicuro» continuai. «Non ti hanno scopata». O almeno, non nel modo che avrebbe spezzato il nostro legame. «Li ho uccisi». Mi sembrava il caso di ripeterlo. «Va tutto bene».

Udii la sua mente assorbire le mie parole. *Il nuovo Cam,*

aleggiò tra i suoi pensieri. *Cam cattivo*, seguì un attimo dopo.

«Ismerelda, non…».

Un grido squarciò l'aria prima che potessi terminare la frase.

Un grido arrabbiato, un grido che mi raggelò l'anima.

Trasalii, coprendomi istintivamente le orecchie.

La cosa più sbagliata da fare.

Perché nel momento in cui lasciai andare Ismerelda, lei balzò fuori dalla vasca, scivolò sulle piastrelle e cadde sul pavimento.

Il singhiozzo straziante che le sfuggì mi immobilizzò. Soprattutto perché avevo sentito il pensiero che lo accompagnava.

Sono viva. Dio, sono viva. Perché? Perché mi hai fatto questo? Perché non mi hai lasciata morire?

Izzy

Che razza di punizione perversa è questa?

Cam mi ha mandata a farmi stuprare… per poi salvarmi?

Perché? Perché mi sta facendo una cosa del genere?

Così tanta oscurità. Così tanto dolore. Così tanta *rabbia*. Un incendio divampava dentro di me, le cui fiamme somigliavano a fruste di lava e ad artigli affilati che mi graffiavano i nervi.

Mi raggomitolai su me stessa, con le dita affondate tra i capelli bagnati e la bocca spalancata in un grido. Faceva *male*. Mi faceva male dappertutto.

Cazzo! Volevo solo che finisse. Di qualsiasi gioco si trattasse, volevo solo che finisse. Non… *non ne posso più*.

Cam era morto. Lo avevo accettato. Non sarebbe tornato.

E allora perché tenermi lì? Perché torturarmi in quel modo?

«Izzy».

Ringhiai. Il soprannome, pronunciato da quella voce familiare, era come sale su una ferita aperta. Mi aveva lasciata lì a morire come sarebbe dovuto accadere anni prima. Anzi, era stato ancora peggio, perché mi aveva abbandonata con un'orda di vampiri affamati.

Lo aveva definito "appropriato". O era stato Michael? Non ricordavo.

E non importava.

Ero all'inferno. In una realtà in cui Cam esisteva ancora, solo che non era il *mio*…

«*Ismerelda*». Mani violente mi afferrarono il viso, costringendomi a guardare la faccia che un tempo amavo. Occhi di un azzurro profondo come il mare, in cui avrei voluto perdermi. Zigomi cesellati. Capelli scuri. Una faccia *fottutamente perfetta*.

Tutta quella forza, tutta quella bellezza.

Quei tratti da vampiro che lo rendevano diverso dagli altri. Stupendo. Fin troppo affascinante.

Cam non era mai stato umano. Era nato vampiro. E si vedeva dalla simmetria impeccabile dei suoi occhi. Dal naso diritto. Dalla pelle morbida.

Un sogno.

Eppure, era anche il mio peggiore incubo.

La versione crudele del mio compagno.

Un mostro che…

«Izzy» mormorò, accarezzandomi il viso. Il mio soprannome suonava così estraneo e sbagliato pronunciato da quella bocca familiare. «Non ti sto punendo. E anche se volessi punirti, non ti farei *mai* nulla di simile».

Sbuffai. *Bugiardo.* Mi aveva consegnata a Michael, dicendogli cosa fare, e affermando che…

L'immagine di una sala conferenze si abbatté sui miei pensieri, facendomi sussultare, mentre un ricordo che non mi apparteneva si dipanava nella mia mente.

Cam che tamburellava le dita affusolate su un grande tavolo di legno.

La noia che lentamente si trasformava in preoccupazione.

Una strana sensazione nel mio petto... no, nel petto di Cam.

Le barriere tra le nostre menti che venivano abbattute. La preoccupazione di Cam che aumentava. Devastazione. Furia.

Deglutii a stento, le emozioni erano talmente intense che mi sembrava di provarle io stessa.

E tutto si sciolse nella scena che mi aveva mostrato qualche minuto prima, quando aveva fatto a pezzi tutti quei vampiri.

Ma ora il ricordo stava continuando. Rivissi la corsa nei sotterranei e a Roma, dove aveva trovato un vigilante e un'auto.

Tutto mentre scopriva ciò che era successo negli ultimi secoli grazie alla mia mente.

Mi girava la testa per la montagna di informazioni che stavo assimilando, era come se la realtà si fosse capovolta.

Ha distrutto il blocco tra le nostre menti, capii. Il mio stomaco fece una capriola. *Posso... posso sentire Cam.*

Solo che continuava a non essere il *mio* Cam.

Era... era *un nuovo* Cam.

E quella distinzione non gli piaceva per nulla. Avevo sentito il ringhio con cui aveva reagito, perché la nostra connessione era aperta.

Niente segreti. Niente bugie. Solo la pura verità.

Come quella che piombò su di me in quel momento. Non mi aveva abbandonata. Era stato un trucco. Un ologramma.

Non avrei mai permesso a nessuno di toccarti, lo udii pensare. *Sei mia.*

Vero. Ero sua. *Ma tu sei mio?* Perché non conoscevo quel mostro. Non lo capivo. Non sapevo come compiacerlo. Non potevo *amarlo*.

Non come il mio Cam.

Non come prima.

Quell'uomo era un estraneo per me, la sua mente mi

ricordava il periodo in cui ci eravamo appena conosciuti. All'epoca, non mi ero resa conto di quanta poca umanità possedesse. Ma ora sì.

L'ho davvero cambiato così tanto?, mi meravigliai. *E lui, lui mi ha cambiata?*

«Sei la stessa donna che eri mille anni fa?» chiese Cam. Aveva la voce bassa e profonda, quasi rilassante. «Sei la stessa donna che eri cento anni fa?».

Deglutii a fatica, perché le sue domande avevano suscitato un immediato "no" nei miei pensieri. Perché ero molto diversa dalla donna che ero quando Cam se ne era andato, per non parlare di quella che ero quando ci eravamo incontrati.

Ma eravamo cresciuti insieme. Eravamo cambiati per adattarci l'uno all'altra.

E ora… ora non avevo idea di chi o cosa avremmo potuto essere insieme.

«Potenti» mormorò. «Forti. Rispettati».

Lo fissai. Quelle parole non avevano alcun senso.

Mi accarezzò di nuovo il viso. «Ti sto dicendo cosa potremmo essere insieme». La sua mano si allontanò lentamente dalla mia guancia. «Ma solo quando sarai pronta».

Rimasi a bocca aperta, confusa dalla sua gentilezza. Dalla sua *pazienza*. Non era lo stesso Cam che avevo incontrato solo qualche ora prima, quello infuriato perché stavo vagando per le catacombe. Quello…

«Non ero arrabbiato con te» intervenne, aggrottando la fronte. «Ero arrabbiato con Michael».

Sbattei le palpebre, incredula, eppure percepivo la sua sincerità attraverso il nostro legame.

Questo… Non… non ero sicura di come gestire ciò che stava accadendo. Tutti quegli inganni. Tutto quel dolore. Svegliarmi in una realtà di cui non potevo fidarmi…

Immagini di vampiri affamati che mi circondavano assaltarono i miei pensieri, facendomi trasalire e spingendomi a rannicchiarmi di nuovo su me stessa. Era troppo simile al mio passato. Alla notte in cui io e Cam ci eravamo conosciuti.

Appropriato, aveva detto.

Solo che non era stato realmente lui a dirlo.

A meno che non stia sognando di nuovo.

Rabbrividii, incurvando le spalle e cercando di svanire nel pavimento. Di svegliarmi. Di sfuggire agli incubi. Solo che ora era quella la mia vita, un mondo di sangue e terrore. Un luogo dove non sapevo più chi fosse il mio compagno.

Avevo giurato di non arrendermi. Avevo giurato di lottare. A un certo punto, però, non ce l'avevo più fatta. *Più o meno quando ho capito quanto fosse inutile.*

Eppure, ora riuscivo a sentirlo. A connettermi ai suoi pensieri. Vedevo lo spazio vuoto in cui un tempo si trovavano i ricordi della nostra storia.

Avevo un groppo alla gola. Non riuscivo a deglutire. Era troppo secca. Era come se fosse piena di sassi.

Feci una smorfia, per poi strillare quando Cam mi avvolse in un soffice asciugamano. A quanto sembrava, mentre ero rannicchiata sul pavimento, si era messo una vestaglia. Il tessuto gli ricadeva mollemente sul petto.

«Hai bisogno di mangiare» mi disse. «Cominciamo da lì. Poi possiamo parlare ancora».

Il suo tono paziente mi lasciò senza parole, così come la delicatezza con cui mi reggeva e con cui mi asciugava. Mi ricordava quasi il Cam che amavo, solo che la sua mente aveva un atteggiamento completamente diverso.

Non mi vedeva come un qualcosa di fragile, ma come una creatura ferita. E stava cercando di rimediare, confortandomi. Non mi stava coccolando, né mettendo su un piedistallo; si era reso conto dei suoi errori e voleva farsi perdonare.

Non sapevo come reagire. Come accettarlo. Come accettare *lui*.

Non ero ancora riuscita a stabilire se stesse accadendo davvero. *Sembra reale... ma anche un sogno?*

Avevo la mente annebbiata. Ero stanca. *A pezzi.* Sentivo ancora quelle dita di ghiaccio sulla mia pelle, le loro zanne sul collo, sulle cosce.

Il cazzo del vampiro sul...

Cam ringhiò, facendomi sussultare tra le sue braccia. I suoi occhi azzurri catturarono e intrappolarono i miei, con un'intensità che mi tolse il respiro. Perché a quello sguardo si accompagnò un pensiero. *Se potessi ucciderli di nuovo per te, lo farei.*

Visioni di sangue e cadaveri senza testa assalirono i miei pensieri, mentre Cam mi avvolgeva in una vestaglia.

Mi allontanai immediatamente da lui, la sensazione del tessuto sulla pelle mi fece tremare.

È troppo, pensai. *Troppe sensazioni. Troppo calore. Troppa violenza.*

Oh, le loro mani...

È tutto sbagliato.

Non... non voglio questo. Eppure, le mie cosce si stanno già stringendo.

La fottuta compulsione di Michael. Mi farà desiderare tutto questo. Mi farà godere mentre muoio.

Lo odio. Voglio ucciderlo!

Cazzo, non riesco a respirare. Le zanne. Le mani. I loro vestiti che mi sfiorano la pelle mentre si spogliano.

Trasalii, ritrovandomi addosso a una figura robusta e virile. Potente. Letale.

Le sue braccia mi circondarono.

Mi sussurrò il mio nome all'orecchio. «Sei al sicuro. Sono qui. Non ti toccheranno mai più».

Sbattei le palpebre, e la stanzetta sterile mutò in un bagno decorato in toni caldi. *Non... non...*

Premetti i palmi sugli occhi, cercando di riprendermi. *Sono con Cam. Da qualche parte.*

Sono viva.

Posso respirare.

Ma la sensazione di calore mi confuse di nuovo. Gli posai le mani sul petto e provai a spingerlo via.

Lui non si oppose, lasciandomi andare. Barcollai all'indietro, verso una camera da letto con delle tende lussuose che coprivano una parete. *Per nascondere le finestre?*, ipotizzai.

«Sì» confermò Cam ad alta voce, facendomi girare verso di lui. Era sulla soglia, con la vestaglia parzialmente aperta. Ne aveva un'altra in mano, me la stava porgendo.

Perché sono nuda, mi resi conto.

Non avevo spinto via soltanto lui, ma anche la vestaglia.

Non sapevo come procedere. Non volevo che mi toccasse, eppure desideravo il conforto del suo abbraccio.

La sua presenza mi tormentava e mi rilassava al tempo stesso.

Mi faceva sentire persa e al sicuro.

Ecco com'è la follia, decisi. *Un conflitto costante.*

«Cominciamo mangiando qualcosa» disse. Le sue parole mi ricordarono quelle pronunciate in bagno.

Il suo bisogno di ripetersi quasi mi fece arrabbiare. Soprattutto perché non mi piaceva sentirmi così debole.

Sono più forte di così. Non voglio morire. Voglio... voglio il mio compagno.

Solo che ora mi era chiaro che il mio Cam se n'era andato per sempre.

E adesso?

«Adesso troviamo un modo per andare avanti» mormorò, tendendomi ancora una volta la vestaglia.

Non la accettai.

Ma quando si avvicinò a me, non indietreggiai.

Rimasi ferma, mentre lui mi avvolgeva nel tessuto.

Mi osservò per qualche istante con un'espressione impenetrabile. Ma udii i ragionamenti che si dipanavano nella sua mente.

Dopo qualche secondo, mi prese tra le braccia. Attraversammo così l'opulenta camera da letto, entrando in un corridoio che ci condusse in un ampio soggiorno incorniciato da una parete di vetro.

La vista del lago mi distrasse per un attimo, il mio cervello andò in corto circuito e mi ancorò al presente.

Dove siamo?, mi domandai, confusa dal paesaggio. Perché sicuramente non si trattava di Roma.

Mi aveva mostrato come aveva fatto a fuggire, ma non cos'era accaduto dopo.

Bled, mi stava dicendo ora. *Slovenia. Regione di Hazel. O quello che è.*

Deirdre City, risposi. Sapevo della sovrana di Hazel e della città che si era scelta. Ero rimasta aggiornata sulla nuova toponomastica, memorizzando dov'erano andati a finire i vampiri e i licantropi più potenti.

«Perché siamo qui?» chiesi.

«Perché dovevamo lasciare la struttura sotto il Vaticano e la regione di Hazel era l'opzione migliore, essendo in auto». La sua mente mi mostrò com'era giunto a quella conclusione.

Cam aveva esaminato i miei ricordi, raccogliendo informazioni e riempiendo i buchi. Qualcuno avrebbe potuto considerarlo un gesto invasivo, ma io accolsi con piacere la sua intrusione.

Perché significava che finalmente non c'era più nessuna barriera tra le nostre menti. L'unico problema era che ciò significava che la condizione di Cam era permanente.

Non si può tornare indietro.

«Ho ordinato un po' di tutto perché non sapevo cosa voleste» annunciò una voce profonda, distogliendo la mia attenzione da Cam e attirandola verso un uomo dalla pelle scura seduto a un lungo tavolo. Aveva un piatto di cibo davanti a sé e una serie di vassoi disposti sul ripiano di legno.

I suoi occhi castano chiaro catturarono i miei, la sua espressione non lasciò trapelare nulla.

«Ismerelda, questo è Chiave. Ci ha portati qui. Chiave, lei è la mia *erosita*. Ha bisogno di mangiare». Cam sottolineò l'ultimo punto facendomi sedere di fronte al maschio. «Se avete bisogno di me, sarò nell'altra stanza. Voglio organizzare una consegna di vestiti».

Indicò il soggiorno con un vago gesto della mano e mi posò un bacio sulla testa.

Poi si allontanò, lasciandomi a fissare la sua schiena coperta dalla vestaglia.

Tu non mangi?, gli domandai.

Chiave mi ha ordinato del sangue. Sento l'odore provenire dalla cucina. Lo mangerò dopo essermi occupato dei vestiti.

Si sistemò su una sedia davanti a un'altra vetrata, con lo sguardo rivolto al panorama. Uno schermo comparve accanto a lui. Non riuscii a cogliere cosa stesse mormorando, ma la sua mente confermò quello che mi aveva detto: stava ordinando degli abiti. Non solo per sé, ma anche per me e Chiave.

Un umano, pensai, osservando il maschio in questione. *Un vigilante che Cam ha portato da Roma.*

Chiave inarcò un sopracciglio scuro, probabilmente

perché lo stavo fissando. Ma invece di dire qualcosa, si limitò a infilarsi in bocca una forchettata di uova.

Esaminai il suo piatto, notando che si trattava di alimenti semplici, combinati per apportare il giusto equilibrio di nutrienti. Almeno stando ai parametri e alle regole imposte ai mortali in quella versione del mondo.

Piuttosto che imitarlo, mi lanciai sul piatto di waffle coperti di cioccolato, e vi aggiunsi una manciata di frutti di bosco e un po' di panna montata.

Chiave mi osservò, arricciando il naso in un'espressione disgustata. Poi lanciò un'occhiata furtiva verso Cam.

«Pensi che gli importi quello che mangio» indovinai in tono disinvolto, riconoscendo quella paura. «Non gli interessa».

Lo avevo sperimentato anche nelle ultime settimane. A Cam piaceva vedermi mangiare.

Lo confermò con un mugolio mentale.

Ma non mi stava guardando. I suoi occhi erano ancora rivolti all'esterno, e continuava a conversare sottovoce con chiunque fosse sullo schermo.

Infilzai un pezzo di waffle con la forchetta e me lo portai alla bocca, sotto lo sguardo indagatore di Chiave. Dopo circa un minuto, prese un waffle anche lui e lo annusò.

Quando Cam non reagì, ne assaggiò un piccolo morso. «Non mi sembra molto nutriente» mi informò poi, dopo aver deglutito.

«Non deve esserlo» risposi. «Ha un buon sapore. È quella l'unica cosa che conta». Ed era anche ciò che mi serviva in quel momento: *conforto*.

Avevo bisogno di sentirmi me stessa. Più forte. Intera. *Viva*.

Volevo sentirmi viva, ricordarmi che ero riuscita a sopravvivere così a lungo.

Altrimenti, potrei...

No.

Non potevo permettermi di pensarla in quel modo. Non c'erano alternative. Non ancora. Non ora. *Non finché...*

Le mie labbra si piegarono all'ingiù. Non ero nemmeno sicura di come completare quel pensiero.

Ma invece di provarci, mangiai un altro boccone; solo che la necessità di sostituire il sapore che avevo in bocca mi impediva di gustarmi il mio waffle.

Non importava che Cam mi avesse pulita con cura. Non importava nemmeno che mi avesse lavato i denti, un ricordo che recuperai dalla sua mente e che spiegava il sentore di menta che mi aleggiava ancora sulla lingua.

E non importava che Cam li avesse uccisi tutti prima che potessero cambiarmi irrevocabilmente. *Prima che potessero scoparmi.* Spezzando il mio legame con l'immortalità. E facendomi godere di quell'orrore, a causa della costrizione mentale di Michael.

No.

Nulla di tutto ciò importava.

Perché era quasi accaduto.

Com'era iniziato sarebbe rimasto per sempre impresso nella mia memoria. Insieme all'immagine di Cam che si allontanava. Lasciandomi al mio destino.

Con quelle cazzo di parole che riecheggiavano nel corridoio.

Ingoiai un boccone particolarmente aspro. Le mie viscere si contorsero, mentre lottavo contro l'impulso di vomitare tutto.

Il suono della ceramica che colpiva il tavolo mi strappò ai miei ricordi, riportandomi al presente. Cam si stava sedendo accanto a me.

«Ho aggiunto un po' di zucchero di canna per renderlo

meno amaro» mi disse, abbassando lo sguardo sul caffè che mi aveva appena appoggiato davanti.

Aveva in mano un'altra tazza. Non potevo vedere cosa ci fosse dentro, ma immaginai che si trattasse del sangue di cui aveva parlato.

«Dimmi se vuoi del latte intero, che te ne faccio portare un cartone» aggiunse. «In frigo non ce n'è, ma so che ti piace».

Una sottile allusione a tutti i dettagli che aveva estratto dal mio cervello. O forse era un test per vedere se quell'intrusione rappresentava un problema per me.

Era come se stesse cercando di determinare fino a che punto potesse spingersi, ma non ne capivo il motivo. Lo faceva per assicurarsi di non esagerare con me, oppure c'era qualche altra ragione?

In ogni caso, era molto diverso da ciò a cui ero abituata. Cam aveva sempre lasciato aperta la nostra connessione, poteva accedere ai miei pensieri in qualsiasi momento. Lo aveva fatto per monitorare continuamente il mio benessere, per accertarsi che fossi viva e al sicuro.

Ma quello... non era lo stesso.

Ora la sua preoccupazione sembrava dettata dal bisogno di farmi sentire a mio agio, non dalla mia supposta fragilità.

Perché sei una leonessa, non un cigno, mi sussurrò nella mente sorseggiando il suo drink, che i suoi pensieri mi confermarono essere caffè corretto al sangue. Ma non avevo alcun interesse per quell'informazione; tutta la mia attenzione era rivolta al commento che aveva appena espresso.

È per questo che mi chiami "leonessa"? Per prendere le distanze dal vecchio soprannome?

Catturò il mio sguardo. *Non me ne frega un cazzo del tuo vecchio soprannome. Ti chiamo così perché è quello che sei.*

Un ricordo fugace affiorò nella sua mente. Aveva detto che i miei occhi gli ricordavano quelli di un felino, astuti e quasi da predatrice.

Aggrottai la fronte. La sua percezione di me era molto diversa dalla mia. Ero sempre stata la preda. Cam era la bestia. Il predatore che si annidava sotto quello splendido viso.

Cam non reagì alla mia sorpresa, continuando a sorseggiare la sua bevanda e riportando lo sguardo sul lago. Con tutte quelle finestre, era come se l'intera suite desse sul meraviglioso paesaggio del lago di Bled.

C'era anche un balcone, che sembrava circondare l'intero appartamento.

Dovevamo essere al quinto o al sesto piano, probabilmente eravamo in una sorta di attico.

O forse tutte le suite avevano balconi simili.

Non ero mai stata a Deirdre City. Beh, dalla sparizione di Cam non ero stata praticamente da nessuna parte. Mi ero nascosta con il clan Majestic, aspettando che tornasse.

Quindi, nonostante sapessi com'era diventato il mondo, non lo avevo mai visto di persona.

Solo attraverso fotografie mostrate da altri.

Ingoiai qualche altro boccone, con lo stomaco che continuava a protestare. Non avevo mangiato molto nelle ultime… Le mie labbra si incurvarono di nuovo verso il basso. Non ricordavo quanto tempo fosse passato dall'ultima volta che avevo mangiato. Qualche ora? Un giorno?

Probabilmente l'unico motivo per cui mi sentivo abbastanza bene era il sangue di Cam.

Che era anche la ragione per cui mi ero già ripresa dall'*incidente*. Avevo bevuto un po' del suo sangue prima che Michael mi trascinasse via. Una sorta di maledizione, perché mi aveva resa più difficile da ferire.

Per fortuna, i vampiri non se ne erano accorti.

O forse sì.

Mi ero estraniata nel momento in cui mi ero resa conto che stavo per morire. Piuttosto che rimanere nel presente, mi ero rifugiata nei miei ricordi, scegliendo di pensare al Cam che amavo.

A un certo punto, mi ero accorta che non stavo più soffrendo.

Ma non avevo capito cosa significasse. Pensavo, no, *speravo* di essere morta.

Ora non ero più sicura di nulla.

Mi massaggiai le tempie, con i ricordi che mi vorticavano nella testa.

Ma non trovai nulla.

Gli unici ricordi delle ultime ore appartenevano a Cam.

Posai la fronte sul legno e inspirai lentamente. Provai una fitta al petto vedendo di nuovo la stanza insanguinata. I vampiri squartati. Il mio corpo esanime.

Cercai di scuotermi, rivedendo rapidamente ciò che già sapevo, e mi concentrai sulla nostra posizione attuale.

Su Hazel.

E sulla riunione a cui Cam doveva partecipare nel giro di qualche ora.

A cui noi *dobbiamo partecipare*, mi corresse mentalmente. «Abbiamo un incontro domani mattina» ribadì ad alta voce. «Hazel sta organizzando tutto. Parteciperete anche tu e Chiave».

Rimasi di stucco.

E Chiave tossì, stava rischiando di strozzarsi con il cibo. «I... io?».

«Non posso lasciarti qui. Potrebbero provare a trasferirti di nuovo insieme agli altri umani». L'idea sembrava irritarlo.

A quanto pareva, Deirdre aveva già tentato di portarlo via. Ma Cam aveva deciso che quell'umano gli apparteneva, e non aveva nessuna intenzione di lasciarlo andare.

Inarcai un sopracciglio, incuriosita da quello sviluppo.

È una persona interessante, mi spiegò Cam. *Mi piace, e preferisco che resti vivo.*

«Andremo tutti insieme» disse ancora Cam. «E sono abbastanza sicuro che anche Jace parteciperà all'incontro. Forse anche Ryder e Damien».

L'ultima frase mi fece sussultare. «Damien è qui?».

Cam si strinse nelle spalle. «Non lo so. Hazel non mi ha detto chi altri verrà, ma credo che abbia telefonato a Ryder, o forse a Jace».

La sua mente chiarì perché lo sospettasse. «Sei stato tu a suggerirlo». Non solo, aveva anche raccontato a Hazel dell'arma di Lilith.

Perché aveva trovato tutti i dettagli nella mia testa.

«Ma non sai per certo se li ha chiamati o no?» insistetti, sfogliando i suoi ricordi.

«No. Non ha confermato nulla».

«Oh». Quel dubbio avrebbe potuto essere fugato con una semplice telefonata. *Forse non vuole…*

«Non so come contattarli» mi informò Cam, interrompendo le mie riflessioni. «Inoltre, la mia principale preoccupazione era che ti svegliassi».

«Oh» ripetei. «Posso… posso chiamare Damien?». La formulai come una domanda, perché non ero sicura che mi fosse permesso parlare con mio fratello. La situazione tra me e Cam sembrava così incerta, così *precaria*, che temevo di fare un passo falso.

«Puoi fare tutto quello che vuoi, Izzy» mormorò. Sentirgli usare quel soprannome mi fece correre un brivido lungo la schiena. Era al tempo stesso estraneo e familiare.

Come se fosse sbagliato che provenisse dalla sua bocca. Ma era anche stranamente rassicurante.

Non ho intenzione di frenarti o di ostacolarti, aggiunse nella mia mente. *Farò tutto ciò che posso per sistemare le cose. Ucciderò chiunque osi anche solo guardarti storto. Ma non ti dirò mai cosa fare. Non prenderò nessuna decisione senza di te. E non sparirò di nuovo, lasciandoti sola.*

Deglutii, incerta di come rispondere. Prima di tutto, perché suonava come un giuramento. E non ero sicura di poterlo accettare. Eppure, desideravo farlo, desideravo rannicchiarmi su di lui e ravvivare il nostro legame millenario.

Ma invece di decidere, o anche solo valutare le mie opzioni, preferii concentrarmi su ciò che aveva portato alla sua dichiarazione. *Chiamare Damien.*

Cam aveva detto che potevo fare tutto ciò che volevo.

Così decisi di mettere alla prova la sua parola.

Tentando, al tempo stesso, di trovare un minimo di normalità. Qualcosa con cui distrarmi. *Per ancorarmi al presente.*

«Ho bisogno di un telefono» dissi a Cam. «Voglio parlare con Damien».

RYDER

«Stai ancora tampinando la tua compagna?» disse Kylan, prendendo posto accanto a me. «Ero convinto che con il tempo ti sarebbe passata, ma continui a tenerla d'occhio come se avessi paura di perderla».

«Non tutti abbiamo legami mentali con le nostre compagne» gli ricordai. «Alcuni di noi devono affidarsi a ciò che si può vedere e sentire».

Kylan sbuffò. «Tutti ci affidiamo al lato fisico. È la parte migliore del legame».

«Mmh» mormorai. Su quello eravamo d'accordo. Ma io e Willow avevamo portato questo aspetto a un altro livello. Eravamo entrambi visceralmente consapevoli l'uno dell'altra.

Come in quel momento.

Sentiva i miei occhi addosso. Così come poteva udire quello che stavo dicendo; la combinazione dei geni di vampiro e di lupo le forniva un apparato sensoriale unico nel suo genere.

Mi lanciò un'occhiata, e nelle profondità dei suoi occhi azzurro ghiaccio lampeggiò un sorriso complice.

Non reagii, ma non ne avevo bisogno. Sostenere il suo sguardo era sufficiente.

Sapeva cosa provavo per lei. Sapeva quanto ero ossessionato dal bisogno di averla vicino. Era la mia metà. La parte mancante della mia anima. *Il mio cuore.*

Non avevo messo in dubbio nemmeno per un istante la sua presenza nella missione.

E visto che era seduta di fronte a Rae, sembrava che anche Kylan si fosse sentito allo stesso modo nei confronti della sua compagna.

Kylan versò a entrambi un bicchiere di vino corretto al sangue, ma la sua attenzione era rivolta a Rae, non a quello che stava facendo. Eppure riuscì a non rovesciare neanche una goccia, e mi passò un calice, prima di prendere il suo.

«Darius e Jace ritengono che dovremmo preparare le nostre compagne per l'incontro» mormorò. «Ma sono stanco di vedere Raelyn inchinarsi davanti agli altri. Sono l'unico a essersi guadagnato questo diritto».

La donna in questione inarcò un sopracciglio in direzione di Kylan. I capelli ramati le lambivano la pelle chiara come lingue di fuoco. Lo fissò assottigliando gli occhi, il cui colore mi ricordava l'azzurro di quelli di Willow.

«Non credo che sia d'accordo con te» commentai.

«Oh, lo è eccome» mi rassicurò. «E più tardi le ricorderò perché». La promessa sensuale contenuta nelle sue parole fece arrossire Raelyn. Che, per inciso, preferiva essere chiamata Rae. «Ma non accadrà alla riunione di oggi».

Espressi nuovamente il mio assenso con un mugolio, continuando a osservare Willow. «Jace e Darius preferiscono stare al gioco. Ma io non ho mai amato le regole, esplicite o meno».

Kylan sorrise. «È per questo che hai le testa di Lilith nel freezer».

«Avrei preferito bruciarla» ammisi. «Ormai l'hanno vista tutti. Solo che Damien vuole appenderla al muro come una sorta di trofeo di caccia. Ma non sono sicuro di volerla avere sempre davanti agli occhi».

«Forse è meglio conservarla per la riunione dell'Alleanza di sangue» aggiunse Kylan. «Ammesso che non venga rimandata di nuovo».

«Chi è stato a spostarla, esattamente?» chiesi. E non per la prima volta. Avevamo ricevuto tutti un messaggio criptico che annunciava che la riunione prevista per quel giorno era stata cancellata.

Originariamente, era stata indetta da Lilith.

Poi lei era morta.

Tuttavia, per un po' avevamo mantenuto le apparenze, usando Willow come controfigura di Lilith, riprendendo la sua testa bionda solo da dietro e divulgando le immagini.

Damien si era anche tenuto il telefono di Lilith, usandolo per inviare qualche messaggio, facendo sì che tutti pensassero che si era semplicemente trattenuta nella mia regione più a lungo del previsto.

Ma poi Jace aveva ucciso Lajos, e mi era stato dato il permesso di condividere un filmato della testa mozzata di Lilith con il resto del mondo.

Tuttavia, la riunione non era stata cancellata. Solo che una settimana prima era stata misteriosamente rimandata.

E ora, altrettanto misteriosamente, cancellata.

Allora chi è che comanda?, mi chiesi per la milionesima

volta. *Senza Lilith, chi è che muove i fili? E come si inserisce Cam in tutto questo?*

«Forse sarà Cam a dircelo» rispose Kylan in tono sardonico, riferendosi alla mia domanda su chi fosse stato a spostare la riunione. «È il nostro salvatore, no?».

Grugnii. «Così ci è stato detto». Jace e Darius sembravano convinti che Cam avesse un piano, che in qualche modo ci avrebbe messi sulla strada giusta.

Cam sarà anche stato il vampiro più antico di tutti, ma non era un dio. Non poteva risolvere tutto con uno schiocco di dita.

«Non vedo l'ora di saperne di più, non appena saremo atterrati». Il tono della voce di Kylan rivaleggiava con quello dei miei pensieri.

Eravamo entrambi molto scettici.

E la destinazione non aiutava.

La regione di Hazel.

Cazzo, non riuscivo neanche a ricordare l'ultima volta che avevo visto la vampira bionda. Erano passati due o tre secoli? Non avevo la più pallida idea di chi fosse nel nuovo mondo. Approvava le stronzate di Lilith? Era una sua leale tirapiedi? Non aveva un'opinione? *È più come Jace?*

Neanche gli altri sembravano avere una risposta.

Per questo Jace e Darius stavano giocando con le loro *erosite* nella parte posteriore della cabina. Calina aveva molto da imparare su come *comportarsi* intorno ad altri reali, e Jace si stava godendo la sessione.

O almeno era quello che avevo dedotto dalla quantità di gemiti che riecheggiavano dal retro del jet.

Una volta, anch'io avevo sottoposto il mio animaletto a un addestramento simile su un jet. Solo che non era stato soltanto a suo beneficio, ma anche per il mio.

Damien credeva che avessimo bisogno di conoscerci

più intimamente, per convincere gli altri che Willow era il mio giocattolo.

Io avevo acconsentito, soprattutto perché mi aveva dato una scusa per toccarla.

Ma non avevo nessuna intenzione di costringerla a conformarsi alle regole del nuovo mondo.

Jace e Darius potevano divertirsi con i loro giochetti politici. Io sarei stato me stesso. E anche Willow: il mio perfetto animaletto disobbediente. *A cui piace mordere.*

Si voltò e mi guardò come se avesse udito i miei pensieri. Nei suoi begli occhi scintillò una promessa maliziosa. Solo poche ore prima, mi aveva lasciato una ferita a forma di mezzaluna sulla spalla. Ahimè, purtroppo era già guarita.

Avrebbe dovuto farlo di nuovo.

E ancora, e ancora.

Per tutta l'etern…

«Ryder». L'inaspettata interruzione di Damien mi fece distogliere lo sguardo dalla mia compagna, spostandolo in direzione della cabina di pilotaggio.

«Non dovresti essere occupato a pilotare il jet?» gli chiesi con leggerezza.

Mi lanciò un'occhiata. «Questi cosi praticamente volano da soli».

Se lo dici tu, pensai, guardando fuori dal finestrino. «Se in qualche modo fai del male alla mia compagna con la tua imprudenza, giuro che…».

«Ti sparerò» terminò la frase per me. «Sì. Lo so». Alzò gli occhi dorati al cielo e scosse la testa. «Izzy ha appena telefonato».

Okay, quello era un buon motivo per mettere in pericolo le nostre vite. «Cos'ha detto?» chiesi, alzandomi dal sedile. «Raccontami tutto mentre riprendi a pilotare l'aereo».

Mi lanciò un'altra occhiata, simile a quella di prima, poi si girò e tornò verso la cabina di pilotaggio.

«Ha ragione» disse Kylan, unendosi a noi. «Questi jet volano davvero da soli. C'è bisogno di un pilota solo per il decollo e per l'atterraggio. Era così anche all'epoca degli umani».

«Mi sembra di ricordare che all'epoca ci fossero spesso incidenti aerei». Okay, forse "spesso" era un'esagerazione, ma il mio punto rimaneva lo stesso: Damien doveva tornare al suo posto e pilotare quel maledetto jet.

«Di solito il problema era causato da un guasto» ribatté Kylan.

Lo ignorai. Soprattutto perché Damien aveva obbedito, riprendendo il comando del velivolo. «Cos'ha detto Izzy?» gli chiesi. Volevo andare dritto al sodo.

«Non avevo idea che il tuo creatore avesse paura di volare» mormorò Kylan.

«Non ha mai avuto paura di nulla, finché non si è trovato una compagna» borbottò Damien. A quanto sembrava, entrambi avevano deciso di ignorare la mia domanda. «Ora è ossessionato dal bisogno di tenerla al sicuro».

Kylan si guardò per un attimo alle spalle, verso i sedili dove si trovavano le nostre compagne. «Beh, non posso certo biasimarlo».

«Buono a sapersi. Ora possiamo concentrarci su Izzy?» insistetti, stanco della loro conversazione.

Damien si rabbuiò, e i suoi tatuaggi si contrassero sul braccio muscoloso, mentre stringeva il pugno. «Non ha detto molto, ma c'è qualcosa che non va. Non sembrava lei. Proprio per niente».

L'atteggiamento rilassato di Kylan mutò in un istante, e la sua espressione si fece improvvisamente attenta. «Pensi che sia una trappola?».

«Non lo so». Damien allentò la presa, ma poi serrò di nuovo la mano a pugno. Ero convinto che la sua rigidità fosse dovuta alla mia insistenza sul pilotare il jet, ma sembrava andare molto più a fondo di così. «Non riesco a spiegarlo, ma il mio istinto è in allarme».

Conoscevo Damien da molto tempo. Se l'istinto gli diceva che c'era qualcosa che non andava, era il caso di ascoltarlo. «È troppo tardi per tornare indietro e atterrare altrove, vero?». Una domanda retorica, perché conoscevo già la risposta.

Ma Damien replicò lo stesso, dicendo: «Sì, ora le nostre opzioni di atterraggio sarebbero limitate».

Ciò rendeva il tempismo della telefonata di Izzy più che sospetto. Perché contattarci alla fine del nostro viaggio e non prima? Stava cercando un modo per avvertirci? Per dirci di tornare indietro?

Kylan studiò il piano di volo sul monitor. Conosceva quelle cose meglio di me. E, dopotutto, era il suo jet. «Quali sono le nostre opzioni?» chiese in tono serio e sbrigativo.

«La regione di Helias, quella di Sofia o quella di Robyn» mormorò Damien; l'ultimo nome strappò una smorfia a Kylan. «Possiamo anche provare a tornare indietro, verso la regione di Cormac. Tra tutti, penso che sarebbe il più disponibile ad accoglierci».

Sì, lo sarebbe. Ma ciò avrebbe significato sottrarsi alla lotta.

E io non ero il tipo che fuggiva.

«Quante armi abbiamo a bordo?» chiesi.

Kylan e Damien si erano occupati dei preparativi per il viaggio, quindi sapevo che ci sarebbero state almeno un po' di pistole. Forse anche degli esplosivi. Ammesso che Damien avesse avuto il tempo di caricarli e metterli al sicuro.

La mia fidata progenie elencò immediatamente ciò che avevamo a disposizione a bordo, facendo schizzare in alto le sopracciglia di Kylan. «Hai perso la testa? Una mossa sbagliata e rischiamo di esplodere, con tutta quella roba nella stiva!».

«Oh? *Adesso* sei preoccupato?». Lo guardai con un'espressione fintamente sorpresa.

Kylan ringhiò. «Non avevo idea che fossimo seduti su un fottuto arsenale militare».

«Cosa credevi che ci fosse nei borsoni? Vestiti da sera?!». Il tono esasperato di Damien mi disse che ne aveva avuto abbastanza delle nostre preoccupazioni. «Abbiamo abbastanza armi per difenderci, se necessario. Ma saremo isolati, e il nostro alleato più vicino è il clan Ernest. Se perdiamo il jet…».

Non terminò la frase perché era chiaro dove volesse arrivare: saremmo rimasti bloccati lì.

«Dobbiamo mettere in allerta la nostra squadra di riserva» decisi ad alta voce, lasciando la cabina di pilotaggio. «Jace! Smettila di cazzeggiare! Ho bisogno che chiami Ivan!».

«Presumo che ciò significhi che proseguiamo con il nostro piano» commentò Kylan, il cui tono era ancora leggermente irritato.

«Sì» risposi.

Hazel avrebbe potuto avere un esercito ad aspettarci. O forse solo qualche vampiro.

Ad ogni modo, adoravo le sfide.

E soprattutto adoravo uccidere.

«Non pensi che dovremmo decidere insieme cosa fare? Tipo, che ne so, con una votazione?» insistette Kylan, facendomi fermare e girare verso di lui.

«Tu cosa voteresti?».

«Sparare a tutti» rispose senza esitazioni.

«Allora che senso ha una votazione? Siamo due contro uno, e siamo entrambi più vecchi di Jace». Il voto di Darius non contava, perché non era un reale. E anche in caso contrario, sapevo che sarebbe stato d'accordo con noi. Nonostante fingesse di essere un topo di biblioteca, sotto ai completi eleganti c'era una bestia feroce.

«A chi è che dobbiamo sparare?» chiese Jace, unendosi a noi. La sua camicia era abbottonata solo a metà.

«Chiunque sia collegato alla potenziale trappola che ci aspetta nella regione di Hazel» rispose Kylan, per poi spiegare in dettaglio tutto ciò di cui avevamo discusso con Damien.

«Sarebbe più semplice se chiamassi e confermassi con Hazel che è tutto a posto» suggerì Jace. «Ora siamo abbastanza vicini, è probabile che risponda alla mia telefonata».

«Dove sarebbe il divertimento?» intervenni.

«Già» disse Jace in tono piatto. La sua cadenza inglese era più accentuata del solito.

Ma invece di mettersi a discutere con me, prese il telefono. «Hazel, tesoro» mormorò un secondo più tardi. «Kylan e Ryder sembrano convinti che al nostro arrivo ci sarà un esercito ad aspettarci. Considerando quanto può essere instabile Ryder, ti sconsiglio di procedere con quel piano. Ammesso che abbiano ragione, ovviamente».

La reale sbuffò. «Cam ha fatto bene a consigliarmi di contattare anche te, Jace. Ma non mi aspettavo che avresti portato così tanti ospiti».

«Ti avrei chiamata per avvertirti, ma dubitavo che avresti risposto».

«Immagino che non lo sapremo mai, eh?» rispose. Il suo tono era più divertito che irritato. «Chi c'è con te, oltre a Ryder e Kylan?».

«Le nostre *erosite* e compagne» rispose onestamente

Jace, facendomi alzare gli occhi al cielo. «E anche Darius e Damien».

Addio effetto sorpresa, gli dissi con un'occhiata.

Mi ignorò, la sua attenzione era rivolta a Hazel.

«Capisco». Sembrò rifletterci sopra per qualche istante, poi continuò: «Aspetta un attimo, ora ti mostro chi ci sarà ad aspettarvi».

Io e Kylan ci avvicinammo per sbirciare lo schermo, da cui proveniva solo il suono dei tacchi sul cemento. Hazel aveva spostato l'inquadratura, mostrandoci l'hangar e i due jet parcheggiati là dentro.

«Ryder e Kylan pensano che li attaccheremo non appena atterreranno» disse a un'ombra che si trovava accanto a uno dei jet.

Le mie labbra si incurvarono all'ingiù quando l'ombra uscì allo scoperto. Era impossibile sbagliarsi sull'identità del reale incappucciato. Anche perché indossava *sempre* un cappuccio o un copricapo formale.

«Khalid?» chiese Jace, sottolineando l'ovvio.

L'uomo abbassò il cappuccio e ci lasciò intravedere i suoi occhi, pupille di ossidiana e sprazzi di turchese. Un aspetto molto peculiare, che sembrava accentuato dallo schermo.

«Ryder sperava di combattere?» commentò Khalid. «Non mi dispiacerebbe per nulla».

«Ammesso che non ti dispiaccia nemmeno morire» risposi.

L'altro sorrise, mettendosi in primo piano. «Allora abbiamo un appuntamento, vecchio amico. Ma teniamocelo per un altro momento. Per adesso, ti confermo che non abbiamo nessun esercito. Ci siamo solo io e uno dei miei sovrani, e le nostre compagne».

Quell'informazione attirò l'attenzione di Jace. «Compagne? E di quale sovrano stai parlando?».

«Atterra e lo scoprirai» rispose. «O nasconditi e resta all'oscuro».

La chiamata terminò.

Il divertimento mi solleticò gli angoli della bocca. «Oh, ora atterriamo di sicuro». Perché mi aveva appena invitato a partecipare al mio gioco preferito.

Uno che includeva pistole.

Coltelli.

E sangue.

«Willow» la chiamai. «Seguimi. È ora di procurarci un po' di giocattoli».

IZZY

IL COLLOQUIO con Damien non mi aveva distratta come speravo. Al contrario, mi sentivo stranamente diffidente.

Stavano venendo tutti.

Jace. Darius. Kylan. Ryder. Le loro compagne. E mio fratello.

Normalmente, sarei stata entusiasta di vederli. Ma non ora. Non così.

Aprii la borsa con gli abiti che Cam aveva ordinato per me. Mi aspettavo qualche vestitino trasparente; nel nuovo mondo, era quello il classico outfit per un'*erosita*.

Ma quello che trovai non era per nulla trasparente. E non era nemmeno un vestito.

«Un maglione e un paio di jeans?» chiesi, incapace di nascondere la sorpresa.

Cam alzò gli occhi dalla borsa che conteneva il suo completo nero e inarcò un sopracciglio. «Ho letto nella tua mente che è quello l'abbigliamento che preferisci. Ho capito male?».

«Io… No. Non hai capito male» mormorai, incerta.

Non sapevo come gestire quella versione di Cam.

Cazzo, non sapevo come gestire un bel niente di tutta quella situazione.

«Le altre *erosite* non saranno vestite così. Probabilmente avranno degli abiti trasparenti». Forse non era al corrente dei protocolli più recenti. Per quanto personalmente non mi importasse, mi sembrò saggio avvertirlo.

Cam sbuffò. «Non ho intenzione di metterti in mostra per gli altri. Sei mia, finché non mi dirai il contrario».

Lo fissai, nuovamente sorpresa. Solo che, stavolta, lo ero a causa delle sue parole, non del contenuto della borsa.

Mia finché non mi dirai il contrario...

«Cosa intendi?». Forse era una domanda stupida, ma non sapevo come interpretare la sua dichiarazione.

Per buona parte delle ultime due settimane, il suo intento era stato di usarmi finché non avesse trovato un rimpiazzo adeguato.

Una nuova sacca di sangue immortale.

Un animaletto obbediente.

Ma non era ciò che ora implicavano le sue parole.

«Intendo che sarai tu a scegliere come procedere, Ismerelda. Rispetterò la tua decisione, anche se non dovesse piacermi». La sua mente confermò la sincerità della sua affermazione, facendomi annodare lo stomaco.

La situazione era molto diversa da com'era solo qualche giorno prima.

Com'era possibile che le cose fossero cambiate così rapidamente?

O era stato un cambiamento graduale, e io non me n'ero accorta? Forse ero stata troppo accecata dalla crudeltà di Cam per rendermene conto.

Troppo confusa dalla nuova versione, in così netto contrasto con quella vecchia.

Chi è questo Cam?, mi domandai, odiando il pensiero di

doverlo fare. Sarebbe stato tutto più semplice se i suoi ricordi fossero tornati. Se *lui* fosse tornato. Ma non sarebbe mai accaduto. *Quel Cam se n'è andato per sempre.*

«È vero. Non credo che sarò mai più quell'uomo» concordò. «Ma il mio vecchio io era debole. Quella versione ha preferito andare in missione che stare con te. Ha messo il destino del mondo davanti a te. Non sono più così. Non sono altruista. Sono egoista. Arrogante. *Possessivo.* Per me sarai sempre al primo posto, anche i miei bisogni e i miei desideri verranno dopo».

Sostenne il mio sguardo per un lungo istante, dandomi il tempo di assorbire le sue parole. Poi tolse il completo dalla borsa e andò in bagno a cambiarsi.

Doveva aver percepito la mia incapacità di rispondere. Perché non sapevo cosa dire. Come reagire. Come *sentirmi.*

Aveva praticamente affermato che se fosse stata quella versione a decidere, un secolo prima, non mi avrebbe mai lasciata sola.

Perché avrebbe messo i miei bisogni davanti a tutto il resto. I *nostri* bisogni. Non mi avrebbe abbandonata.

Come sarebbero le cose ora, se fosse rimasto?, mi domandai, stendendo il maglione sul letto. *Saremmo ancora vivi?*

Sì, mi sussurrò Cam. *Ma tu probabilmente saresti una vampira.*

Stavo per afferrare i jeans, e il suo commento me li fece scivolare di mano per la sorpresa. *Una vampira?*

Sei forte, Izzy. Se diventassi una vampira, saresti formidabile. Non so perché non ti abbia mai trasformata, ma è un altro errore commesso dal mio vecchio io.

Rimasi a fissare gli abiti sul letto, attonita. *Perderesti la tua fonte di sangue immortale.*

Sì, ma ci guadagnerei una regina. Quello vale molto più del sangue.

La sua sincerità mi colpì dritta al petto, togliendomi il fiato.

Diceva sul serio.

E mi mostrò, attraverso i suoi pensieri, che ci stava riflettendo da almeno una settimana.

Aveva cercato di capire perché non mi avesse mai trasformata, perché ero tagliata per essere una vampira. Per essere la sua regina. Sua pari.

E aveva pensato di parlarmene. Di abbattere la barriera che separava le nostre menti.

Ma lo avevo fatto io, quando Michael mi aveva abbandonata al mio destino. *Per ordine di Cam.*

Solo che non era stato Cam.

Mi vestii, con la testa che girava e il cuore che mi martellava nel petto.

Posso fidarmi di questo Cam? Posso... posso amarlo?

Voleva trasformarmi. Ma solo se era ciò che desideravo. Un'altra cosa che avevo udito nella sua mente. Pensava che fossi più che degna di appartenere alla sua specie, che sarebbe già dovuto accadere secoli prima.

Il mio cervello iniziò a immaginare come sarebbero state le nostre vite, ora, se Cam mi avesse resa una vampira.

Ma lo interruppi in fretta, perché non aveva senso riflettere su qualcosa che non era mai successo.

Dovevo concentrarmi sul futuro e su come lo avremmo affrontato.

Solo che non avevo la più pallida idea di quale cammino intraprendere.

Cam uscì mentre stavo finendo di infilarmi il maglione. I suoi occhi azzurri accarezzarono il tessuto, scendendo verso i jeans. Il suo sguardo scintillava di apprezzamento. Un apprezzamento che condivisi, ammirando il suo look.

Andò verso la borsa con le mie cose e prese un paio di calzini e scarpe basse.

Niente tacchi.

Perché aveva letto nella mia mente quanto li odiassi.

Senza dire una parola, si inginocchiò davanti a me e mi afferrò delicatamente una caviglia, sollevandomi il piede. Il mio cuore fece una capriola quando mi infilò un calzino. Ripeté il gesto con l'altro piede, poi mi mise le scarpe.

Un'azione così piccola, eppure così intrinsecamente colma di riverenza da togliermi il respiro.

Quando si alzò, avevo la testa leggera per la mancanza di ossigeno.

Mi accarezzò il viso, il suo aveva un'espressione intensa. «Non sarò la tua versione preferita, Ismerelda, ma sono quella *giusta*. Perché neanche tu sei più la stessa persona che eri un tempo. Non sei più un cigno. Sei una leonessa. Una regina. E, se me lo permetterai, io sarò il tuo re».

Il suo pollice mi sfiorò il labbro inferiore, i suoi occhi seguirono il movimento.

«La scelta è tua» concluse, poi si chinò per posarmi un bacio sulla guancia. «Ma non avere fretta, mia regina. Prenditi tutto il tempo che ti serve. Aspetterò la tua decisione. E la onorerò, qualunque essa sia».

Con quelle parole che ancora aleggiavano nell'aria, si voltò e lasciò la stanza.

Deglutii a fatica, i miei polmoni bruciavano per il bisogno di respirare. Quando finalmente inspirai, fui travolta da un'ondata del profumo di Cam.

Menta. Legno. Maschio. *Di natura virile.*

Chiusi gli occhi e lasciai che quella fragranza mi riempisse i sensi, perdendomi per qualche istante nella sua presenza così familiare.

Erano successe così tante cose nelle ultime settimane. Per non parlare degli ultimi centovent'anni.

Il mondo era completamente collassato.

Gli esseri umani erano diventati schiavi.

I vampiri e i licantropi avevano creato un nuovo governo.

Io avevo trascorso l'ultimo secolo come una reclusa, per stare al sicuro, mentre al mio compagno era stato fatto il lavaggio del cervello. Era cambiato irrevocabilmente. Era *rinato*.

Solo qualche ora prima, stavano per stuprarmi a morte.

E ora... ora l'uomo che amavo era un completo estraneo.

Eppure stava dimostrando una pazienza che ammiravo. Una pazienza di cui avevo bisogno.

Strinsi i pugni, concentrandomi sul respiro. *Inspira. Uno. Due. Tre. Espira. Uno. Due. Tre. Quattro. Cinque.*

Cam voleva che partecipassi alla riunione.

E non solo io, ma anche Chiave. L'umano che aveva adottato nelle ultime dodici ore.

Fui quasi sul punto di sorridere, perché era una cosa che avrebbe fatto il *mio* Cam. Era sempre stato il tipo che decideva all'istante se una persona gli piaceva o meno. La maggior parte della gente rientrava in quest'ultima categoria. Quando ciò accadeva, si limitava a ignorarla.

Ma quando il suo istinto lo spingeva verso qualcuno che ammirava o che lo incuriosiva, gli rivolgeva tutta la sua attenzione.

E sembrava che Chiave avesse incuriosito Cam abbastanza da guadagnarsi la sua protezione.

Scossi il capo. Il confronto tra il vecchio e il nuovo Cam mi faceva girare la testa.

Concentrati, Izzy, mi dissi. *Puoi affrontare tutto questo. Basta fare un passo alla volta.*

Damien e Ryder sarebbero stati presenti alla riunione. E anche Jace e Darius. Avevo già riferito tutte quelle informazioni a Cam attraverso la mente. Non aveva reagito né in un modo né nell'altro. Nessun entusiasmo. Ma nemmeno paura. Solo una tranquilla accettazione.

Avrei voluto essere altrettanto tranquilla.

Al telefono, avevo percepito chiaramente quanto fosse preoccupato Damien. Aveva capito che c'era qualcosa che non andava, anche se avevo continuato a rassicurarlo del contrario. Non erano affari suoi. Non c'era bisogno che sapesse dei miei problemi con Cam, né cos'era successo sotto il Vaticano.

La perdita di memoria permanente di Cam era l'unico aspetto della nostra situazione che intendevo condividere con Damien e con gli altri. E solo perché riguardava tutti.

Il resto, invece, sarebbe rimasto soltanto tra me e Cam.

Compreso ciò che era successo con i vampiri.

E anche quello che mi aveva fatto. Come scoparmi mentre dormivo. Usarmi per il suo piacere personale, costringendomi a venire grazie al suo morso.

Rabbrividii, chiudendo gli occhi.

Sembrava che al mio corpo non dispiacesse ricordare quei momenti.

Il mio cuore, invece, provò una fitta che sentii nel profondo dell'anima.

Ero in conflitto. Esausta. *Sopraffatta.*

Trassi un respiro profondo, conficcandomi le unghie nei palmi.

Cam poteva udire ogni mio pensiero, ma la sua mente rimase cautamente vuota. Sembrava che stesse accettando il mio dolore, reagendo con un'altra ondata di pazienza.

Muoviti, Izzy, mi dissi. *Stare qui impalata non serve a niente.*

Inoltre, una riunione del genere sarebbe stata la distrazione di cui avevo bisogno.

A meno che Damien e Ryder non mi sommergessero con la loro protezione fraterna.

Digrignando i denti, mi costrinsi ad aprire gli occhi e uscii dalla stanza.

Izzy

Chiave e Cam erano nell'atrio, indossavano entrambi dei completi eleganti.

Vedo che lo hai fatto diventare il tuo gemello, pensai, rivolta a Cam.

L'ho vestito come un mio pari in modo che gli altri non lo trattino come un servo. Mi squadrò da capo a piedi con un'espressione affascinata. *E te come la mia regina.*

«Ho addosso un maglione e un paio di jeans» risposi ad alta voce. «Non è un abbigliamento molto regale».

«Le regine non hanno bisogno di vestiti formali per regnare» ribatté. «Lo fanno semplicemente esistendo».

«E i re?» chiesi, lasciando che quella conversazione mi distraesse dai miei pensieri.

Le sue labbra si incurvarono in un sorriso, mentre le sue iridi brillavano come la luna che splendeva sull'oceano. «I re si vestono per impressionare le loro regine».

Le mie guance si scaldarono a causa dell'ovvia insinuazione nel suo tono. Sapeva di piacermi vestito così. E aveva suggerito di aver indossato quel completo per me.

Cam non si era mai riferito a me come una regina.

Almeno, non fino a quel giorno. Era… era uno sviluppo interessante.

Non sei più un cigno. Sei una leonessa. Una regina.

Ricordai le parole che mi aveva rivolto qualche minuto prima, e mi ritrovai a raddrizzare istintivamente la schiena. Cam mi vedeva come una donna forte, non come un esserino fragile e delicato. Mi vedeva come una sua pari. Degna di diventare una vampira.

Degna di regnare al suo fianco.

Qualsiasi cosa significhi.

Una partner con cui prendere le decisioni. Insieme.

Tutte quelle informazioni indugiavano nella sua mente, in modo che potessi assorbirle e rispondere come e quando avessi voluto.

Ma non sapevo ancora cosa dire, come reagire, come *gestire* tutto quello che era successo.

Così decisi di non provarci nemmeno. Non ora.

Ho tempo per capire. Un passo alla volta, mi ripetei.

Cam tese la mano, ma non per offrirmela. Stava indicando la porta. Nessuna parola accompagnò il suo gesto, solo un'occhiata complice.

Stava aspettando che seguissi il mio stesso consiglio. *Fare un passo.*

Raddrizzai ancora una volta la schiena e lo feci, conducendo il nostro trio verso la porta. Giunti in corridoio, guardai Cam. Non sapevo dove andare.

Ma invece di superarmi, premette il palmo alla base della mia schiena e mi guidò verso gli ascensori. Man mano che procedevamo, la sua mente mi fornì tutti i dettagli di cui avevo bisogno per orientarmi nell'edificio. Aveva già memorizzato codici e uscite, e ora li stava condividendo con me.

Chiave ci seguì. La sua presenza era stranamente protettiva, come se avesse assunto istintivamente il ruolo di guardia del corpo. Curioso, visto che era un umano, decisamente più vulnerabile di me e Cam. Ma forse gli veniva naturale, essendo un vigilante.

Dopo essere saliti, si mise davanti alla porta dell'ascensore, dandoci le spalle.

Cam tenne la mano sulla mia schiena. Il suo tocco era gentile, ma non cauto. Le punte delle sue dita mi marchiavano attraverso il maglione, il suo istinto protettivo gli ringhiava nella mente.

Eppure, anche quello era diverso dal Cam che conoscevo. Perché quell'istinto non era dettato dal timore per la mia presunta fragilità. Le sue azioni sembravano intrinsecamente ferine, come se fosse stato pronto ad ammazzare chiunque avesse anche solo respirato nel modo sbagliato.

Mi vedeva come sua.

E non avrebbe tollerato nessun tentativo di interferire con quella rivendicazione.

Né avrebbe tollerato che qualcuno provasse a farci del male.

Secondo lui, avevamo già affrontato l'inferno. Si rifiutava di tornare indietro.

Voleva solo andare avanti.

Insieme.

Come una squadra.

L'esatto opposto del Cam che, qualche giorno prima, voleva soltanto scoparmi.

Tuttavia, osservando quei ricordi dal suo punto di vista, capii che si trattava molto più di una semplice ricerca del piacere.

Il suo spirito si era riacceso, come se avesse ritrovato un legame che non si era reso conto di aver perso.

Si chinò per posarmi un bacio sulla gola. Il suo tocco era tanto rilassante quanto terrificante. Perché sapevo cosa poteva fare quella bocca, conoscevo la beatitudine che era in grado di evocare. E il dolore.

Eppure mi ritrovai a desiderarlo. La sua lingua. Il suo conforto. Il suo *morso*.

Rabbrividii, stringendo le cosce al pensiero di tutto quello che mi aveva fatto e che poteva ancora farmi.

Ahimè, si limitò a raddrizzarsi e a darmi una piccola spinta mentre si aprivano le porte dell'ascensore, rivelando un atrio sfarzoso. La sala a tre piani era circondata da finestre che permettevano alla luna di inondare gli interni dipinti di rosso e nero con caldi raggi di luce soffusa.

Le candele tremolavano dappertutto, contribuendo a creare un'atmosfera romantica.

E sembrava che solo tre vampiri lavorasse al piano. Quando entrammo, ci salutarono; la loro posizione, dietro una lunga scrivania, suggeriva che si occupavano della reception.

Una fece un passo avanti, chinando leggermente il capo davanti a Cam. «Il vostro gruppo vi aspetta nella sala conferenze che dà sul lago. Lasciate che vi accompagni».

Cam non disse nulla, limitandosi ad aspettare che la rossa si muovesse.

Quando lo fece, la seguimmo, con Chiave ancora una volta dietro di noi.

La sala si trovava appena fuori dall'area della reception, e sembrava più adatta a una festa che a una piccola riunione.

Tuttavia, il "nostro gruppo" consisteva in almeno una decina di persone. Alcune le conoscevo, di altre avevo sentito parlare da Luka.

Damien fu il primo a reagire, quando i suoi occhi trovarono i miei. Si precipitò verso di me, trascinandomi via da Cam.

Il mio compagno ringhiò internamente, ma esteriormente rimase impassibile.

Va tutto bene, gli dissi, ricambiando l'abbraccio del mio gemello. Mi faceva sentire così piccola, dall'alto del suo metro e novanta. Aveva preso da nostro padre.

Guardandoci, nessuno avrebbe mai pensato che fossimo fratello e sorella.

I suoi capelli erano scuri, i miei biondi. Io avevo gli occhi verdi, lui ambrati. Io ero bassa e snella, mentre lui aveva il fisico di un atleta professionista, con grossi bicipiti e cosce robuste.

Tra il colore dei capelli e la stazza, sarebbe sembrato più plausibile che lui e Ryder fossero imparentati.

Solo che gli occhi di Ryder scintillavano come ossidiana, soprattutto ora che si stava avvicinando a noi.

Avevo imparato molto tempo prima che il suo silenzio non era mai un buon segno.

Tuttavia, Cam non reagì all'invasione del suo spazio personale da parte di Ryder, limitandosi a inarcare un sopracciglio.

«Stai bene?» mi chiese Damien.

«Sì, sto bene». Non era vero. Ma non c'era bisogno che lo sapesse.

Purtroppo, però, sembrò percepire la verità, perché mi scoccò un'occhiata diffidente, prima di rivolgere la sua attenzione a Cam. «Che cazzo stavi pensando?» gli domandò.

«Damien. Sto bene» ripetei.

Ma lui mi ignorò, chiedendo invece: «Sei contento di com'è andata a finire?».

«Non mi sembra molto contento» commentò Ryder in tono disinvolto. «Ma mi sembra compiaciuto. Come al solito».

«Ho detto che sto bene. Lasciatelo in pace».

Ma sia Damien che Ryder continuarono a ignorarmi, preferendo prendere in giro Cam e le sue decisioni arroganti.

Erano incazzati perché mi aveva abbandonata, e sentivano il bisogno di farglielo sapere.

Ero la sorellina da proteggere. E nonostante entrambi mi avessero dato svariate lezioni su come difendermi, non mi avevano mai permesso di provarci.

Per sempre i miei protettori.

Ora, però, non avevo bisogno che mi proteggessero da Cam. Ma che *mi ascoltassero.*

«*Basta*» ordinai, mettendomi davanti a Cam per attirare la loro attenzione. «Smettetela di comportarvi come se non fossi qui. Smettetela di insinuare che non sono in grado di cavarmela da sola. *E smettetela di trattarmi come una bambola di porcellana*».

Ryder rimase impietrito.

E anche Damien.

Nel frattempo, Cam mi afferrò i fianchi, e un mormorio di approvazione si diffuse nella mia mente. *La mia affascinante leonessa*, mi lodò. *Ruggisci splendidamente.*

Ignorai sia lui che il calore che mi lambì le guance in risposta al suo commento.

«Ho più di mille anni» dissi, concentrandomi su Damien e Ryder. «Se avessi dovuto cadere a pezzi, sarebbe già successo. E l'unica persona che ha il diritto di essere arrabbiata con Cam per avermi abbandonata *sono io*».

Guardai Damien e Ryder, poi osservai gli altri volti presenti nella stanza e il tavolo solitario posto sotto un lampadario.

Sì, doveva proprio essere una sala da ballo, conclusi, notando i drappi di velluto che presumibilmente coprivano altre finestre che si affacciavano sul lago. Come dimostrato anche dal nome della sala conferenze.

Mi schiarii la voce, poi mi rivolsi a Jace. «Possiamo iniziare con le presentazioni? Vorrei conoscere ufficialmente la tua *erosita*, oltre che tutti gli altri». Spostai lo sguardo su Hazel, poi su Khalid e sulle tre persone accanto a lui.

Riconobbi solo uno di loro: Cedric. Un vecchio vampiro che pensavo risiedesse nella regione di Silvano. O nella regione di Ryder, come si chiamava ora.

Non avevo idea del perché fossero lì, ma speravo che qualcuno me lo spiegasse. E presto.

«Allora?» li esortai, quando nessuno aprì bocca. «Queste presentazioni?». Mi sembravano un buon punto di partenza, e un modo per stemperare la tensione che stava crescendo nella stanza.

«Avete sentito la mia regina» disse Cam in tono autoritario. «Vuole nomi. Dateglieli. Preferibilmente adesso».

Non erano le parole che avrei scelto per dare inizio a una riunione, ma si dimostrarono efficaci, perché Jace si schiarì la gola.

«Izzy, Cam, lei è la mia *erosita*, Calina». Rivolse un sorriso affettuoso alla bionda accanto a lui. «Calina, ti presento Izzy e Cam».

Ryder grugnì. «Ci vorrà un'eternità». Fece un passo indietro, mettendosi accanto a un'altra bionda con degli occhi incredibili. Immaginai che si trattasse di Willow, la sua compagna.

Da quello che sapevo di lei, era un raro ibrido di vampiro e licantropo. Ciò spiegava lo sprazzo di giallo che colsi nei suoi occhi azzurro ghiaccio.

«Willow, questa è la gemella di Damien, Izzy» disse Ryder. «E quello stronzo vicino a lei è il suo compagno vampiro, Cam. È lui che, a quanto pare, risolverà tutta questa merda. Ma finora non sono affatto colpito».

Kylan sbuffò. «Idem».

Hazel si schiarì la voce. «Magari possiamo sederci?» suggerì.

«Oh? Ciò dovrebbe facilitare il suo trucchetto magico?» chiese Ryder. «Okay». Afferrò una sedia con un gesto teatrale e ne prese una anche per Willow. «Vieni a sederti, piccola».

La donna lo fissò con un'espressione irritata, e una sorta di conversazione silenziosa fluì tra i due. Di qualsiasi cosa si trattasse, sembrò divertire Ryder.

Willow si sedette accanto a lui, e quando lo fece Ryder le posò un bacio sulla guancia. Un gesto insolito per lui. Da quello che ricordavo, le sue dimostrazioni di affetto erano riservate a pistole e coltelli.

Un affetto che tendeva a essere intriso di istinto omicida.

«Mi ero dimenticato di quanto potessi essere buffo» mormorò Khalid, osservando Ryder. «Emine, prendi nota. Vedi com'è brava Willow a obbedire al suo signore?».

La donna accanto a lui lo guardò con un sorriso. Ma non si trattava di un sorriso dolce, anzi. Diceva che Khalid avrebbe fatto meglio a nascondersi. «Preferirei morire, mio principe».

«Di nuovo?!» rispose Khalid, spostando lo sguardo su Cedric. «Ah, che bei ricordi».

Emine alzò gli occhi al cielo.

Cedric non disse nulla.

E Ryder, beh, stava fissando Emine con un'espressione affascinata. «Okay, *quello* mi ha colpito». Riportò la sua attenzione su Cam. «Okay, ora tocca a te. Dicci come hai intenzione di risolvere questo casino».

«Sì, Cam» gli fece eco Kylan, sedendosi accanto a Ryder e tirandosi in grembo una donna dai capelli rossi.

«Non vediamo l'ora di sapere come l'averti trovato sia la soluzione a tutti i nostri problemi».

Alla faccia delle presentazioni. Ma almeno ora l'attenzione non era più su di me.

Purtroppo, però, era su Cam. Perché tutti volevano una spiegazione per le sue azioni.

Una spiegazione che non sarebbe stato semplice fornire, senza alcun ricordo...

CAM

«Quali problemi?» chiesi, osservando l'abito costoso di Kylan e la bella vampira che teneva in braccio. «Mi sembra che tu te la stia cavando piuttosto bene».

Spostai lo sguardo su Ryder, catalogando mentalmente tutte le armi potenzialmente nascoste sotto i vestiti informali. Lo conoscevo da molto tempo. Anche senza tutti i miei ricordi, sapevo che rappresentava la minaccia più grande. Gli altri potevano competere con lui in termini di potere, velocità e agilità, ma di solito mettevano le formalità al primo posto.

A Ryder, invece, non importava nulla delle regole. Gli importava sopravvivere.

E chiaramente gli importava anche di Ismerelda.

Se pensava che, in qualche modo, le avessi fatto un torto – e sembrava proprio che lui e Damien ne fossero convinti – allora avrei dovuto tenerlo d'occhio.

Ma avrei dovuto fare molta attenzione anche a Khalid,

perché era un maestro di segreti e misteri. E non era mai stato un alleato.

Ciò rendeva la sua presenza lì sorprendente. E interessante.

«Hazel» dissi, ignorando qualsiasi spiritosaggine mi avesse rivolto Kylan. Aveva risposto al mio commento sul fatto che se la stesse cavando bene. Ma non ero abbastanza interessato da ascoltare.

Esaminare i presenti, valutandone anche la pericolosità, era molto più importante.

Così come ripristinare l'ordine.

«Hai indetto tu questa riunione» proseguii, rivolto alla vampira che governava quel territorio. «Magari potresti presiederla?».

I suoi occhi castani trattennero i miei per qualche secondo, la sua espressione era accuratamente impassibile. «Non amo le formalità, Cam. Chiamiamolo un incontro, piuttosto che una riunione. E preferirei che iniziassi tu, dicendoci dove cazzo sei stato nell'ultimo secolo».

«Beh, non mi ci vorrà molto» risposi. «Mi sono svegliato qualche settimana fa con solo una manciata di ricordi di quello che mi è successo negli ultimi mille anni. Sembra che il mio cervello sia stato fritto con una specie di arma».

«Lilith gli ha fatto credere che fosse stato lui a creare questo nuovo ordine mondiale, attraverso montagne di file e di registrazioni» aggiunse Ismerelda. «E Michael si è assicurato che il piano venisse portato a termine anche dopo la sua morte».

«Michael?» ripeté Jace, inarcando le sopracciglia.

«È vivo» borbottò Ismerelda. L'odio per il vampiro le riecheggiava nella mente.

Mi sentivo allo stesso modo. *Lo troveremo, e ti guarderò*

mentre lo uccidi, le promisi. *Ti chiedo solo di farlo soffrire.* Perché se lo meritava, dopo tutto quello che aveva fatto.

Lei si irrigidì tra le mie braccia, poi mi lanciò un'occhiata sciaccata. *Lascerai che sia io a ucciderlo?*

Aggrottai la fronte. *Non ti "lascerò" fare un bel niente. La scelta è tua, Ismerelda. Ho solo pensato che avresti preferito essere tu a staccargli la testa o a bruciarlo.* Entrambe le opzioni avrebbero garantito che non si svegliasse più.

Lei continuò a fissarmi. *Oh.*

La osservai, senza riuscire a comprendere la sua confusione. Almeno inizialmente. Perché dopo qualche istante mi fu chiaro: mi stava confrontando di nuovo con il vecchio Cam.

Non mi avrebbe mai permesso di uccidere nessuno, stava pensando.

Se non sbaglio, abbiamo già stabilito che la mia versione precedente era un idiota, le risposi. *Sarò felice di guardarti fare a pezzi Michael. Cazzo, se vuoi lo terrò fermo per te. Ti passerò un coltello o un fiammifero. Qualsiasi cosa desideri, mia regina.*

Era esterrefatta.

Non ti vedo come una fragile bambolina, le ricordai. *Sei la mia leonessa. E le leonesse amano cacciare e uccidere le loro prede. Non mi metterò in mezzo, amore. Ti aiuterò e basta.*

Qualcuno si schiarì la voce, strappando me e Ismerelda dalla nostra conversazione mentale. Tutti ci stavano fissando.

«La morte di Michael è stata la causa scatenante della follia di Lilith» disse Jace, guardando per un attimo Darius, per poi riportare la sua attenzione su Ismerelda e, infine, su di me. «Sai come ha fatto a sopravvivere?».

Ismerelda rimase in silenzio, lasciando che fossi io a rispondere, perché non lo sapeva.

Purtroppo, però, non lo sapevo nemmeno io. «Ha detto che l'ho trasformato in vampiro, ma per settimane mi sono domandato se fosse vero». Perché non sembrava degno del mio tempo e delle mie energie. Inoltre, non mi sentivo minimamente connesso con lui. «Tuttavia, ciò che è successo ultimamente ha reso evidente che non è la mia progenie».

E con "ciò che è successo ultimamente" intendevo quello che aveva fatto a Ismerelda.

Ma non sentii il bisogno di approfondire. E anche lei non sembrava desiderosa di condividere i dettagli con il gruppo.

«Forse sarebbe più prudente iniziare con quello che ti ricordi, e procedere da lì» suggerì Hazel. «Non necessariamente i ricordi di mille anni fa, ma quelli più recenti. Da quando ti sei… svegliato?». Pronunciò l'ultima frase come una domanda, probabilmente perché non era sicura di cosa fosse successo.

A essere onesto, non ne ero sicuro nemmeno io.

Ma il suo suggerimento mi sembrò appropriato.

Solo che non avevo nessuna intenzione di raccontare tutto appena oltre la soglia dell'ampia stanza. Era stata chiaramente pensata come una sala da ballo, il tavolo al centro sembrava lì per caso.

Nonostante fosse abbastanza grande, non apparteneva a quel luogo. Hazel o Deirdre dovevano averlo fatto portare lì all'ultimo minuto, per poter avere un posto dove radunare tutti per il nostro *incontro* improvvisato.

I divani dell'atrio sarebbero stati più comodi, ma non avremmo avuto la stessa privacy.

Ma chi poteva sapere quali dispositivi di ascolto e telecamere fossero celati nel salone?

Non risposi immediatamente a Hazel, preferendo invece avvicinarmi a Ismerelda, posarle la mano sulla schiena e guidarla verso una delle sedie.

Avevamo tutti gli occhi addosso, ci osservavano come

se fossimo una sorta di esperimento. Era una sensazione molto irritante, sia per me che per la mia *erosita*.

Tuttavia, lei camminò e si sedette con la grazia di una regina. Presi posto accanto a lei, con il braccio sullo schienale della sua sedia. Poi indicai il tavolo con l'altra mano, invitando tacitamente gli altri a unirsi a noi.

Mi sembrava un po' infantile, se non addirittura ridondante, ma assecondai la richiesta di Hazel di condividere tutto ciò che sapevo, a partire da come mi era stato detto che avevo trascorso gli ultimi centodiciotto anni a dormire.

Fornii un riassunto delle registrazioni di Lilith, di ciò di cui mi avevano informato per recuperare il tempo perduto. Non entrai troppo nei dettagli, immaginando che conoscessero già la loro stessa storia. Ma approfondii la parte che riguardava gli esperimenti di Lilith e le sue ricerche per creare sacche di sangue immortali.

Nessuno di loro aprì bocca, anche se alcuni sussultarono quando parlai dell'uso dei Benedetti.

Jace e Darius erano già al corrente dei laboratori dei licantropi e di alcuni dei test fatti con le *erosite*, e avevano visto un video dei Benedetti; lo sapevo perché avevo assistito alla loro reazione, osservandoli da una telecamera di sicurezza. Ma non avevano idea della portata delle ricerche di Lilith.

Alla fine, tornai a parlare di Michael e di come mi aveva convinto di essere al comando. Ma la mia connessione con Ismerelda mi aveva fatto capire che era tutta una bugia. «O almeno lo era quasi tutto ciò che mi aveva detto» conclusi.

Calò il silenzio. Sembravano sbalorditi dal mio racconto.

Accarezzai la spalla di Ismerelda, con un gesto delicato che mi permise di ancorarmi al presente, mentre studiavo le espressioni degli altri. Darius e Jace sembravano assorti. Khalid e Ryder avevano un'aria annoiata. Cedric non lasciava trasparire nulla. L'attenzione di Kylan era tutta rivolta alla sua compagna, mentre quella di Damien era riservata a Ismerelda.

E Hazel... Hazel stava fissando un punto alle mie spalle.

Chiave.

Aveva scelto di stare in piedi dietro di me, anche se la sedia a fianco della mia era libera. Forse avrei dovuto dirgli che poteva sedersi, ma avevo pensato che fosse implicito.

Mi voltai verso di lui. «Puoi sederti».

«Sto bene qui, grazie» rispose.

«Non ti morderanno» promisi. «Sei sotto la mia protezione».

«Preferisco stare in piedi» ribadì.

Mi strinsi nelle spalle. «Okay». Se non voleva sedersi, non lo avrei costretto a farlo.

Quando il silenzio continuò ad aleggiare sulla stanza, dissi: «Non so quale sia il senso di questo *incontro*, o quale piano vogliate organizzare, ma l'unica cosa che voglio ora è trovare Michael, così Ismerelda potrà ucciderlo».

Jace e Darius mi fissarono a bocca aperta. Ryder piegò la testa di lato, con lo sguardo che rimbalzava tra me e la mia compagna. «Vuoi che Ismerelda lo uccida?».

«Non c'entra quello che voglio io». E non avevo intenzione di dare alcuna spiegazione al riguardo. «Quando Ismerelda sarà pronta, e se è ciò che desidera, daremo la caccia a Michael. Questa è la nostra parte. Il resto è a vostra discrezione». Perché non mi importava di come sarebbe andata a finire.

L'idea delle sacche di sangue immortali mi sembrava sensata, soprattutto se i numeri che mi aveva dato Lilith erano corretti.

Detto ciò, si poteva lavorare sui metodi per ottenere quel risultato. Ma non sarei stato io a occuparmene, né a dispensare consigli.

Più di un secolo prima, avevo messo l'umanità al primo posto.

Non avrei ripetuto lo stesso errore.

«Abbiamo bisogno di un luogo sicuro dove riposare e valutare le nostre opzioni» continuai, rivolgendomi a Hazel. «Apprezzo la tua ospitalità e ti sono grato per averci permesso di stare qui. Ti ho dato ciò che volevi. Se non c'è altro…». Mi interruppi, lasciando che la frase terminasse da sé.

Perché se l'unica cosa che volevano era la mia versione della storia, allora avevamo finito. Se Ismerelda voleva restare lì con il fratello, avrei capito. Finora, però, quella conversazione non era valsa il tempo né l'impegno impiegati per parteciparvi.

Per fortuna, l'alloggio fornito da Hazel era abbastanza lussuoso da permettermi di ignorare quell'affronto.

Ma se qualcuno non avesse iniziato al più presto a dire qualcosa di importante, me ne sarei andato.

Sono sotto shock, mormorò Ismerelda. *Dagli un attimo.*

Gliene ho dati parecchi, ribattei. *Sembrano convinti che abbia un piano, ma non è così.*

Perché sembrava che ne avessi uno, il giorno in cui sei sparito, mi informò. I suoi ricordi mi riportarono al momento in cui le avevo bloccato l'accesso alla mia mente. *Hai detto a Darius di continuare quello che avevi iniziato.*

La sua mente mi mostrò un incontro tra lei e Darius, avvenuto dopo la mia scomparsa.

«*Perché non mi hai detto cos'aveva intenzione di fare?*» gli aveva chiesto la mia compagna.

«*Ero convinto che lo sapessi, Ismerelda*» aveva risposto lui.

«*È…*». La mia progenie aveva sospirato, scuotendo la testa.

Poi aveva deglutito a fatica e aveva condiviso ciò che gli avevo detto.

«Lo chiamano un futuro armonioso, l'unico modo in cui vampiri e licantropi possono vivere in pace. Schiavizzando il genere umano» era quello che, a quanto sembrava, gli avevo spiegato. *«Ma è un sistema classista, di cui beneficeranno soprattutto i reali e gli alfa. È un gioco di potere, di sangue e di morte. Noi siamo superiori agli umani, su questo non ho dubbi. Ma ciò non significa che dobbiamo torturare il nostro cibo».*

Sembrava proprio qualcosa che avrei detto.

«Sta' al gioco, figlio mio» avevo continuato. *«Metti le pedine dove devono stare e colpisci dall'interno. Conosci la scacchiera meglio di chiunque altro, me incluso. Usa questa conoscenza. Falla tua».*

Se è vero, allora dovrebbe conoscere anche il mio famigerato piano, pensai, rivolto non solo a me stesso ma anche a Ismerelda.

Da quello che mi aveva detto, la tua decisione di sacrificarti era stata improvvisa.

«Mi dispiace darti questo fardello, Darius, ma è l'unico modo» pareva che gli avessi detto l'ultima volta che ci eravamo visti. *«Devi continuare ciò che ho iniziato, altrimenti sarà stato tutto inutile. La mia morte non servirà a nulla. Il mio sacrificio sarà vano. Capisci? Ora sei tu il protettore dell'umanità. L'unica speranza per il futuro».*

Quindi mi aspettavo di morire…? Le mie labbra si incurvarono all'ingiù. *Non può essere vero.*

Volevi parlare con Lilith, provare a farla ragionare. Probabilmente non pensavi che ti avrebbe ucciso, ma volevi essere comunque preparato nell'eventualità che lo facesse, rispose Ismerelda, con un accenno di amarezza nella sua voce mentale.

Un'amarezza del tutto giustificata.

Perché se sapevo che avrei potuto morire, ciò significava che non ero pronto a sacrificare solo la mia vita, ma anche la sua.

E questa è la versione di me che ti manca?!, le domandai.

Quella che ha messo il destino del mondo davanti al tuo? Le avevo già detto qualcosa di simile, prima, ma valeva la pena ripeterlo. *Non sarò mai più quell'uomo, Ismerelda. Neanche per te.*

Avrei preferito ridurre in cenere il mondo intero, piuttosto che sacrificare la sua vita per salvarlo.

L'eroe che amavi è morto. Considerami come un cattivo, aggiunsi, furioso con il mio vecchio io per aver messo a rischio le nostre anime.

Ismerelda si dimenò appena ma non aprì bocca; nella sua mente vorticavano i ricordi del passato, mescolandosi a tutto ciò che le avevo detto.

In più di un'occasione, era stata furiosa per le mie scelte. Tuttavia, si era sempre ripetuta che quello che avevo fatto era giusto, che aveva torto a sentirsi turbata.

Ora sembrava che fosse in conflitto con le sue stesse convinzioni, e aveva cominciato a dubitare dei suoi stessi rimproveri.

Hai tutto il diritto di essere arrabbiata, dissi. *Ho sbagliato. Quantomeno, avrei dovuto discuterne con te.*

Eppure, non avevo fatto nemmeno quello.

Me ne ero semplicemente andato, sfidando la sorte, senza preoccuparmi dell'unica cosa di cui mi importava davvero: *il mio cuore.*

Come ho fatto a non rendermene conto?, mi domandai, studiando il suo profilo. *Come ho fatto a essere così cieco, quando mi sono svegliato nelle catacombe?*

Cazzo, come avevo fatto a non accorgermi della nostra connessione, quando era arrivata a Roma?

Ero stato troppo preso dalle stronzate di Lilith per capire cosa significasse per me Ismerelda.

Per fortuna, la mia leonessa era stata astuta e spietata, ed era riuscita a ricordarmi quale fosse il suo posto: al mio fianco.

Speravo solo che il mio comportamento non avesse rovinato tutto irrimediabilmente.

«Saranno felicissimi di saperlo» commentò Ryder. Le sue parole mi riportarono al tavolo e al gruppetto che aveva iniziato a discutere.

A quanto sembrava, avevano finalmente deciso di parlare proprio mentre ero distratto con Ismerelda.

«Li farà passare dalla nostra parte» sottolineò Jace.

Farà passare chi?, chiesi, ignaro della conversazione che si stava svolgendo tra i presenti.

I licantropi, sussurrò Ismerelda. *Stavano parlando degli esperimenti di Lilith, soprattutto quelli che coinvolgevano i mutaforma.*

Capito. Le accarezzai di nuovo il braccio. *Grazie.*

«E quale "parte" sarebbe?» gli domandò Ryder. «Cosa pensate che succederà? Il vostro re è rotto». Mi indicò con un gesto della mano, facendomi inarcare le sopracciglia. «E tutto il vostro piano si basava sul fatto che lui ci dicesse cosa fare».

«Il nostro piano prevedeva che Cam reclamasse il suo trono» ribatté Jace. Un accenno di irritazione si annidava nel suo tono, accentuando la cadenza inglese. «È il vampiro più antico, e Lilith ha mentito sulla sua morte. L'Alleanza di sangue non la prenderà bene, soprattutto quando scopriranno cosa gli stava facendo».

«Sì, l'arma farà prendere le distanze a molti reali dal regno di Lilith» aggiunse Darius.

«E cosa significa, nella pratica?» intervenne Kylan. «Lilith è morta. Non c'è più alcun regno».

«C'è il regno di Cam» insistette Jace. «È il più anziano. È la posizione che gli spetta. E quando racconterà cosa stava facendo Lilith, nessuno vorrà sostenere apertamente il governo precedente. Saranno più propensi al cambiamento».

«Dai per scontato che voglia comandare». Fino al

giorno prima, lo avrei reclamato come mio diritto. Ma da allora era cambiato tutto. «Non spetta a me sistemare questo casino. E se preferissi mandarvi tutti a fanculo?».

Ismerelda si irrigidì, la sua sorpresa rieccheggiò attraverso il nostro legame. Non si era aspettata una tale reazione da parte mia.

E non sembrava l'unica a essere rimasta spiazzata, perché la maggior parte dei presenti condivideva il suo stupore.

«Avevi ragione, Jace. Valeva assolutamente la pena aspettare» commentò Kylan in tono piatto, indicandomi con un cenno del mento. «È un genio della politica. Siamo salvi».

«Cosa vi aspettavate che facessi?» chiesi. «Che mi tirassi una bacchetta magica fuori dal culo e riscrivessi la storia?».

«Quello sì che sarebbe stato divertente» disse Ryder. «Comunque… no. Credo che si aspettassero che avessi una sorta di piano rivoluzionario per guidare l'Alleanza verso un futuro in cui gli umani hanno qualche diritto in più».

Quando Jace e Darius rimasero in silenzio, dedussi che il riassunto di Ryder fosse corretto.

«Capisco» dissi lentamente. «Beh, se anche avessi avuto un piano, ora non c'è più. E non riacquisterò i ricordi. Come procediamo?». Perché non avevo nessuna intenzione di restare seduto lì a scervellarmi su idee di cui non sapevo nulla.

I file di Lilith mi avevano preparato a guidare la sua versione del mondo, e mi ero trovato d'accordo con alcuni punti. Forse non tutti, ma abbastanza da comprendere cosa stesse cercando di ottenere.

I vampiri avevano bisogno di sangue per sopravvivere. I licantropi avevano bisogno di femmine fertili per procreare e perpetuare i loro branchi.

Quindi, senza gli umani, alla fine saremmo morti tutti.

E gli umani si stavano lentamente estinguendo.

Creare fonti di sangue immortali era una soluzione pratica.

Ma non ci saremmo mai trovati in quella situazione, se i vampiri e i licantropi fossero stati un po' più attenti. Erano diventati avidi e insaziabili. Non avevano fatto altro che sprecare le nostre risorse.

Per questo l'Alleanza di sangue si trovava ad affrontare quel dilemma. Un dilemma di cui, stando ai file di Lilith, molti membri non erano nemmeno al corrente.

«Come consigliate di iniziare a sistemare le cose?» chiesi, curioso di sapere se qualcuno avesse elaborato una strategia, a parte quella che, in teoria, avevo escogitato un secolo prima. «Cosa dovremmo fare, di preciso?».

«Esattamente ciò che è stato fatto centodiciotto anni fa» rispose Khalid. Il suo intervento fu inaspettato, considerando che le mie domande erano perlopiù rivolte a Jace e Darius. «Riscrivere la società e adottare un nuovo stile di vita» chiarì.

Il resto dei presenti lo fissò.

Beh, tutti tranne Hazel. Era troppo impegnata a sorridere. «Penso che sia il momento di mostrarglielo, Khalid».

«Credo che tu abbia ragione» mormorò, togliendosi il cappuccio che gli aveva celato in parte il viso da quando ero entrato nella stanza. Mentre si alzava in piedi, la luce delle candele gli scintillò nello sguardo. «Vieni con me, Emine. È giunta l'ora della nostra piccola presentazione».

DARIUS

ARROGANTE.

Freddo.

Assolutamente privo di umanità.

Non è il Cam che abbiamo perso.

Solo che il modo in cui osservava Ismerelda diceva il contrario. Riconoscevo il luccichio possessivo che gli illuminava lo sguardo. Lo avevo visto milioni di volte, negli anni che avevano trascorso insieme.

Ma tutto il resto mi ricordava una vita precedente. Il suo comportamento apparteneva a un'epoca in cui era molto più distaccato dal genere umano. Vedeva i mortali come uno strumento per nutrirsi e per scopare.

Ma Ismerelda lo aveva cambiato.

Solo che, fino a quel momento, non mi ero reso conto di *quanto* lo avesse cambiato.

I suoi ricordi sono svaniti, pensai. *Ma... come funziona, esattamente?*

Perché era chiaro che non aveva dimenticato proprio tutto. Altrimenti, la sua cadenza inglese sarebbe stata molto più accentuata. Avrebbe usato termini obsoleti, e non sarebbe stato in grado di sfruttare le moderne tecnologie.

E invece era perfettamente a suo agio nella realtà contemporanea, nonostante non avesse idea di come ci fossimo finiti.

Era sconcertante. E mi agitava.

Khalid non era da meno. Aveva fatto comparire una schermata da un dispositivo minuscolo, delle dimensioni del mio pollice. Non avevo mai visto nulla del genere, ma non chiesi chiarimenti.

Osservare in silenzio era sempre stata la mia specialità.

Fu ciò che feci anche in quel momento, studiando sia Khalid che Cam e fingendomi disinteressato.

Emine mi ricorda un po' Rae, mi sussurrò mentalmente Juliet, la mia *erosita*. La donna in questione stava fulminando con lo sguardo Khalid. *Anche se sembra che lo odi davvero, mentre è palese che Rae ama Kylan.*

Le risposi con un mugolio di assenso, udibile soltanto da lei.

Anch'io ero incuriosito da qualsiasi dinamica esistesse tra Khalid ed Emine. Non riuscivo a capire se il loro rapporto fosse realmente conflittuale, o se si trattasse solo di una messinscena.

In ogni caso, mi affascinava. Soprattutto perché Khalid era un'incognita, non avendo mai esplicitato le sue preferenze e le sue antipatie.

Gli piaceva il nuovo mondo? Lo odiava? Non gliene importava nulla?

O provava qualcosa di completamente diverso?

Sembrava che stessimo per scoprirlo. Anche se, almeno stando al suo comportamento, sospettavo che i suoi desideri fossero più allineati con i miei che con quelli di Lilith.

Sembrava che anche Hazel rientrasse nella stessa categoria.

Perché nessuno dei due aveva costretto gli umani presenti a inchinarsi.

E Khalid tollerava la mancanza di rispetto di Emine.

Le cose andrebbero diversamente, se fosse umana?, mi domandai. Sulla base del suo odore e del suo comportamento, avevo concluso che era una vampira. Anche se non riuscivo a capire quanti anni avesse. E non la conoscevo.

Certo, fino a un anno e mezzo prima, avevo condotto un'esistenza molto ritirata. Forse Emine era stata trasformata nel mio periodo di reclusione.

O forse non l'avevo mai incontrata.

C'erano molti vampiri e licantropi che non avevo mai visto prima. Anche se, di solito, conoscevo quelli coinvolti nella sfera politica. Dato che Emine era lì con Khalid, avrei dovuto sapere chi fosse.

Invece no.

E, da quello che avevo colto, neanche gli altri lo sapevano.

Ma tutti conoscevamo Cedric. Il suo arrivo fu una sorpresa, anche perché aveva portato con sé un'*erosita* di cui tutti ignoravamo l'esistenza.

Questo viaggio non è certo come mi aspettavo, pensai, rivolto a Juliet.

Per prima cosa, ero convinto che Cam avesse voluto conoscerla. Solo che al suo arrivo ci aveva a malapena salutati, la sua attenzione era concentrata soltanto su Ismerelda. Anche quando aveva chiesto che tutti si presentassero, era stato unicamente a beneficio della sua *erosita*.

Poi, quando Ryder aveva interrotto le presentazioni, esigendo che Cam ci desse delle spiegazioni, il mio creatore non aveva nemmeno tentato di ricominciare. Si era limitato a suggerire a Hazel di prendere le redini dell'incontro.

Ero scioccato. Dopo aver trascorso mille anni a dirmi quanto fosse meraviglioso il legame con la propria *erosita*, avevo dato per scontato che avrebbe accolto la mia con entusiasmo.

Ma non era sembrato minimamente interessato, né a me, né a Juliet.

Anzi, avevo l'impressione che fosse annoiato. Come se non avesse voluto essere lì.

Senza i suoi ricordi, non aveva alcun interesse nella rivoluzione.

E adesso cosa facciamo?, mi domandai.

Ma non era l'unico dei presenti a comportarsi in modo strano.

Io e Jace ci eravamo aspettati che quella riunione non fosse diversa da tutte le altre a cui avevamo partecipato nell'ultimo secolo: una pomposa dimostrazione di superiorità da parte degli esseri soprannaturali.

Eppure, non c'era nulla di tutto ciò.

Oh, Ryder e Kylan si erano atteggiati un po' con Khalid, ma si era trattato più che altro di un siparietto scherzoso, che nulla aveva a che fare con gli umani.

Juliet si era preparata a inchinarsi e a supplicare, proprio come avrebbe preteso la maggior parte dei miei simili. E invece si era seduta accanto a me a testa alta, fin dal nostro arrivo.

Era una situazione piacevole.

Rilassante.

Giusta.

Oh, ero più che felice di sottometterla in camera da letto. Ma lì? Con tutti gli altri? Volevo che fosse una mia pari, non un giocattolo. O una *bambola gonfiabile*, come si divertiva a chiamarla Trevor.

Anche se, ora che ne aveva una tutta sua, che condivideva con il suo creatore e mia progenie, Ivan, aveva smesso di chiamarla così.

«Allora?» chiese Khalid, fissando la donna accanto a lui.

Lei gli lanciò un'occhiata che avrei definito "ostile". «Hai già tutte le informazioni».

«Sì, ma loro no. Per questo è necessaria una piccola presentazione, mio dolce miraggio». Ci indicò con un vago cenno della mano. «Condividi tutto quello che sai».

Emine strinse i denti, e i suoi occhi grigioazzurri lampeggiarono di violenza malcelata.

La maggior parte dei reali, se si fosse trovata al posto di Khalid, le avrebbe dato una bella lezione. Soprattutto per riaffermare il proprio dominio e il proprio status. Khalid, invece, ridacchiò davanti all'insolenza della vampira.

«Vuoi che sia io a raccontare come ci siamo conosciuti, habibi?» le domandò, sfiorandole la guancia con le nocche. «Come ti ho trasformata nella mia piccola dragonessa?».

«Fai quello che vuoi, mio principe. Come sempre».

«Sì, è vero» confermò lui con un sorriso. «Ci credereste mai che Emine avrebbe dovuto partecipare all'ultimo Giorno del sangue? Che poco più di sei mesi fa era ancora umana?». Lanciò un'occhiata a Jace e poi a Ryder; entrambi stavano osservando Khalid con genuina curiosità. «Certo, non era un'umana qualunque, vero, piccolo miraggio?».

Lei si limitò a guardarlo.

Cedric e Hazel fecero lo stesso. Il primo sembrava annoiato, mentre la seconda aveva inarcato un sopracciglio. Non sapevo se disapprovasse qualsiasi cosa stesse per rivelare Khalid o se non ne fosse a conoscenza.

In ogni caso, il reale si era guadagnato tutto il mio interesse.

«Avanti, allora, habibi» la incoraggiò Khalid. «Fai vedere ciò che sai fare». Detto ciò, si concentrò sullo schermo, aprendo quello che sembrava un grafico.

Emine sospirò e guardò il resto dei presenti. La sua attenzione ricadde per prima su Cedric e la sua *erosita*, Lily, che sembrava un fiore delicato; il suo nome era indubbiamente appropriato. Sostenne lo sguardo di Emine per un lungo istante, ed ebbi l'impressione che stessero avendo una sorta di muta conversazione.

Mi ricordò un po' il modo in cui comunicavano Rae, Willow e Silas. Era come se si conoscessero da tempo e fossero solite indugiare in discussioni furtive, senza sentire il bisogno di parlare a voce alta.

Un tempo, anch'io facevo qualcosa di simile con Cam. Era il mio creatore e il mio più vecchio amico; mi conosceva meglio di chiunque altro.

Eppure, da quando era arrivato, mi aveva guardato a malapena.

Cercai di attirare la sua attenzione, per vedere cosa ne pensasse di tutta quella bizzarra situazione. Ma era troppo impegnato a studiare il profilo di Ismerelda.

Normalmente, non sarebbe stato strano, perché era sempre stato piuttosto preso dalla sua *erosita*. Ma quel giorno non c'era nulla che potesse essere definito "normale".

Emine si schiarì la voce, riportando la mia attenzione su di lei.

«Jace, figlio di Johan e Livia» disse, guadagnandosi un'espressione stupita da parte di Jace. Probabilmente perché aveva nominato sua madre, che pochissimi vampiri conoscevano.

I Benedetti erano noti. Le loro compagne no.

«Accoppiato con Calina» continuò, per poi lanciare un'occhiata alla donna in questione. «Calina, figlia di Mira e Michael». Inclinò appena la testa. «E Milania, una mortale dal sangue dorato, deceduta. Mmh, era anche un'*erosita*. Penso si tratti di una maternità surrogata. Linee di sangue mescolate. Unica».

Khalid distolse lo sguardo dallo schermo, inarcando le sopracciglia nello stesso modo in cui lo stavo facendo io. «Questo non me lo avevi detto» esclamò in tono sorpreso.

«No» rispose Emine. Un accenno di divertimento le sfiorò le labbra, che poi si tesero di nuovo in una linea impassibile, quando la sua attenzione si spostò su di me. «Darius, figlio di Armand e Junia. Accoppiato con Juliet, figlia del maschio umano numero ventisette e della vergine di sangue numero sessantacinque».

I... i miei genitori? La delicata voce mentale di Juliet mi spezzò il cuore. Le sue parole erano intrise di tristezza e sopraffatte da uno shock inusuale per lei. *Sa... sa chi mi ha creata?*

Non ebbi modo di rispondere, perché Emine aveva ripreso a parlare. «Darius è stato trasformato da Cam». E fu il turno del mio creatore. «Cam, figlio di Cronus e Cava. Accoppiato con...».

«Come fai a sapere il nome della mia madre surrogata?» la interruppe Calina prima che Emine potesse proseguire con la sua *piccola presentazione*.

«Conosci... conosci i miei genitori?» le fece eco Juliet. Il suo contegno tipicamente remissivo era svanito di fronte alla schiettezza con cui Emine aveva parlato delle sue origini.

Guardai nuovamente Cam, aspettandomi una qualche reazione. Ma lui stava ancora ammirando la sua *erosita*. La sua mancanza di interesse verso la conversazione era palpabile.

Emine aveva nominato Cava, la *madre* di Cam, e lui non aveva fatto una piega.

Che cazzo sta succedendo qui?

Cava era un tasto dolente. Non gli era mai piaciuto parlare della madre, né tantomeno sentirla nominare.

E come faceva Emine a sapere tutte quelle cose?

Il nome della madre di Juliet era presente nei registri, ma non quello del padre. I campi per la riproduzione rendevano difficile stabilire di chi fosse lo sperma. Di solito, c'erano una decina di uomini assegnati a più di un centinaio di donne; il loro unico compito era scoparle finché non restavano incinte.

E i maschi venivano spesso sostituiti, una volta terminati i loro servizi.

Da quello che sapevo, non esistevano nemmeno file su di loro.

Eppure Emine conosce il nome del donatore di sperma che ha generato Juliet…

Per non parlare di quello che aveva appena detto sull'*erosita* di Jace. Solo di recente eravamo venuti a conoscenza dell'ascendenza di Calina, attraverso i documenti privati di Lilith.

E nessuno includeva il nome della madre surrogata di Calina.

Com'era possibile che quella vampira appena trasformata sapesse una cosa del genere?

«Affascinante, non è vero?» chiese Khalid con un sorrisetto che gli danzava sulle labbra. «Immaginate la mia sorpresa quando si è rivolta a me chiamandomi "mio principe" dopo che avevo vagato nel campus dell'Università del sangue per giorni, senza che nessuno mi riconoscesse».

Aggrottai la fronte. Se c'era qualcuno che poteva andare in giro senza essere riconosciuto, quello era Khalid.

Di solito, celava i suoi lineamenti con un copricapo o un cappuccio. Ma io l'avrei riconosciuto anche a capo scoperto, perché i suoi tratti erano inconfondibili.

Nei corsi che ho seguito, le foto lo ritraggono con gli occhi neri, i capelli lunghi e la barba folta, mi informò Juliet. La sua voce mentale era priva dello shock di prima.

Si era ripresa in fretta, un'abitudine che le era stata inculcata durante la sua formazione. Era ancora sorpresa dalle informazioni condivise da Emine, ma stava sopprimendo ogni reazione esteriore.

Nel nuovo mondo, agli umani veniva insegnato a nascondere le emozioni.

E Juliet era bravissima a farlo.

Non assomiglia per nulla alle immagini dei miei libri, aggiunse. *Capisco la barba e i capelli, ma gli occhi?*

I suoi occhi sono naturalmente turchesi. Diventano neri solo quando si nutre, risposi, riferendole ciò che mi aveva spiegato Cam.

Cam mi aveva insegnato tutto ciò che sapevo sui reali. Sulla politica. Su come avrebbe potuto essere il mondo se umani e creature soprannaturali avessero collaborato pacificamente.

Eppure ora era seduto lì, palesemente disinteressato.

«A parte Cedric, tutto lo staff dell'Università era troppo giovane per sapere chi fossi, anche perché avevo deciso di usare abiti diversi dal solito» proseguì Khalid. «Ma Emine mi ha riconosciuto immediatamente. Non solo, sapeva tutto sulla mia ascendenza».

La guardò con affetto.

Lei ricambiò l'occhiata, ma la sua espressione era il ritratto della noia.

«La mia Emine ha un talento raro, appartiene a una linea di sangue che pensavo fosse stata annientata dalla nostra specie diversi secoli fa. È più rara di un sangue dorato. È un sangue di drago». Gli brillavano gli occhi. «È praticamente immune alla compulsione e ad altri trucchetti dei vampiri. E percepisce l'ascendenza degli altri».

Il mio sguardo saettò immediatamente su Cam. La descrizione familiare mi fece correre un brivido lungo la schiena.

Avevo conosciuto un'altra donna come lei.

Un'umana con la pelle baciata dal sole, gli occhi castani e lunghi capelli neri.

Affascinante.

E fottutamente letale.

Aveva cercato di uccidere Cane; i suoi sensi le avevano permesso di scorgere il predatore che si annidava dentro di lui. Cane, invece, non aveva riconosciuto la sua vera natura, perché il suo lato vampiro si era innamorato di lei quasi all'istante.

Si era approfittata di lui per mesi, raccogliendo tutte le informazioni possibili sui membri della nostra specie e assassinandoli uno a uno, mentre fingeva di essere la sua amante.

Cane aveva valutato l'idea di trasformarla. Non aveva potuto renderla la sua *erosita*, perché non era vergine.

Solo che lei aveva tentato di ucciderlo.

Cam era stato costretto a strapparle la giugulare, subito dopo che lei aveva conficcato una lama nel cuore di suo fratello.

Era riuscito a salvare Cane appena in tempo, prima che la donna potesse tagliargli la testa.

Perché sapeva come ammazzare i vampiri. E il suo corredo genetico le dava la forza e l'abilità per riuscirci.

Un'umana?, chiese Juliet. La sua mente si era connessa alla mia, assorbendo le informazioni del passato.

Non un'umana qualsiasi, risposi.

«Una cacciatrice?» domandò Jace con le sopracciglia

inarcate, pronunciando la parola che stavo per condividere con Juliet.

Khalid si strinse nelle spalle. «Credo che il termine vari a seconda dei reali».

Una cacciatrice?, ripeté Juliet.

Sono esseri umani con forza e abilità soprannaturali. Non sono immortali, ma non sono nemmeno necessariamente mortali. Ne ho incontrata solo una. Da quello che so, la maggior parte è stata uccisa prima che nascessi.

Era stato Cam a parlarmi della loro esistenza e a dimostrarmi la necessità di ammazzarli a vista.

Tuttavia, ora sembrava perfettamente a suo agio. Come se la presenza di una creatura potenzialmente letale non lo preoccupasse.

Forse non ricorda cos'è successo?, mi chiesi. *È uno dei ricordi che sono stati cancellati?*

L'incidente con Cane era accaduto dopo che Cam aveva incontrato Ismerelda. L'intera esperienza aveva portato il fratello a scegliere il sonno eterno.

Cane voleva uccidere tutti i mortali che reputava una minaccia, cosa che purtroppo lo aveva portato a temere e a detestare la maggior parte del genere umano.

«*Dovremmo renderli tutti schiavi. Obbligarli a venerarci. Assicurarci che stronze del genere non possano più esistere*» aveva detto qualche mese dopo il tentato omicidio.

Cane era infuriato per il fatto che una donna bellissima lo avesse ingannato in modo così spettacolare, al punto di rischiare di morire a causa della sua innata attrazione per lei.

Quando aveva iniziato a parlare del fatto che i rapporti con i mortali fossero una debolezza e a sostenere che il legame di Cam con Ismerelda fosse una maledizione, non un dono, Cam aveva convinto il fratello a riposare.

«*Sta perdendo il contatto con la sua umanità*» mi aveva

confidato Cam. «*È lo svantaggio di vivere in eterno: spesso perdiamo di vista il motivo per cui esistiamo*».

Perché sono chiamati cacciatori?, mi chiese Juliet, riportandomi al presente.

Perché riescono a percepire i vampiri, risposi. *E usano le loro abilità innate per dare la caccia, appunto, e uccidere i membri della mia specie.*

Mi lanciò un'occhiata. *Umani? Che uccidono vampiri?*

Annuii, poi tornai a concentrarmi sulla conversazione che si stava svolgendo intorno a noi.

Ryder aveva appena dato dell'assassina a Emine in arabo, facendo sghignazzare Khalid. «Sì, esatto» concordò.

«E così l'hai trasformata, rendendola il più micidiale degli animaletti» concluse Ryder. L'idea sembrava divertirlo.

Ma il resto dei presenti non condivideva la sua ilarità.

Cedric non ne era sorpreso; ciò significava che lo sapeva già. Hazel aveva un'espressione attonita, e questo suggeriva che Khalid non avesse condiviso ogni cosa con lei. Interessante, visto che sembrava essere a conoscenza di tutto il resto.

E Cam rimase completamente indifferente. Non mi aveva guardato nemmeno una volta. Molto insolito da parte sua.

È come se non lo conoscessi, pensai, sconcertato dal suo comportamento. *Che cazzo ti ha fatto Lilith?*

Non poteva trattarsi soltanto della perdita di memoria.

Anche se... immagino che il nostro passato ci definisca in qualche modo. Senza la nostra storia personale a darci una direzione, ci perdiamo. Perdiamo noi stessi.

Ma può riacquistare alcuni ricordi da Izzy, no?, chiese Juliet. *Almeno quelli che condividono...*

Sì, risposi. *Forse è ciò che ha permesso loro di restare legati.*

E il motivo per cui si era mostrato così protettivo nei

suoi confronti, nonostante si trovasse in una stanza piena di alleati.

Sebbene emanasse un'aura di totale disinteresse, il modo in cui osservava Ismerelda tradiva tutt'altra emozione, almeno per quanto riguardava lei.

Se fossi stato al suo posto, mi sarei sentito allo stesso modo. Non solo perché era la sua *erosita*, ma anche perché era l'unico legame di Cam con l'ultimo millennio.

«Non volevo rischiare di perdere la mia dragonessa a causa delle buffonate del Giorno del sangue» mormorò Khalid. La sua risposta catturò ancora una volta la mia attenzione.

Non so se si stesse riferendo a una domanda sull'interferire con il Giorno del sangue o al motivo per cui aveva trasformato Emine. Un atto che, tra l'altro, costituiva una violazione diretta delle regole dell'Alleanza.

Non sapevo chi avesse posto la domanda o di cosa si trattasse esattamente, perché ero stato distratto dalla rivelazione sulla vera natura di Emine. Ma la risposta di Khalid mi incuriosì.

«Per il momento...» continuò. «Preferisco sfruttare le sue abilità nella mia regione».

«In che modo?» domandò Jace in tono tranquillo, nonostante fosse il più vicino alla presunta cacciatrice di vampiri.

Certo, Emine sembrava molto più interessata a uccidere Khalid che ad affrontare chiunque altro nella stanza.

Sa come usare i suoi doni?, mi chiesi. *Li possiede ancora, adesso che è una vampira?*

Probabilmente sì, almeno per quanto riguardava la seconda domanda, visto che aveva percepito le origini di tutti i presenti. Ma fino a che punto arrivavano le sue abilità?

«Si sta occupando del nuovo addestramento per i vigilanti che operano nel mio territorio» rispose Khalid, girandosi verso lo schermo. «Anche se nella mia regione non li chiamiamo vigilanti, ma cacciatori. E il loro unico scopo è proteggere i mortali che si trovano all'interno dei miei confini da vampiri e licantropi».

Izzy

Nella stanza piombò il silenzio.

Cacciatori addestrati per proteggere gli umani da vampiri e licantropi.

Ma non erano *veri* cacciatori. Non erano umani con abilità soprannaturali, in grado di individuare e ammazzare i vampiri.

Di solito, non perseguitavano anche i mutaforma, ma avrebbero potuto. O almeno era quello che mi aveva detto Cam tanto tempo prima.

Solo che, in teoria, erano stati uccisi tutti dai vampiri. C'era scritto anche nei file di Lilith. Tanto per cominciare, non erano molto numerosi; non era stato difficile sterminarli tutti, quando i vampiri e i licantropi avevano conquistato il mondo.

Perfino Cam ne aveva conosciuti solo una manciata, nel corso della sua lunga esistenza.

Eppure, non sembrava ricordare l'incontro più recente, quello che era culminato con la morte dell'amante di Cane. Nonostante non fossi stata presente, ne sapevo abbastanza per condividere con lui tutte le informazioni del caso.

La sua mente accarezzò la mia, catturando i miei ricordi.

Cam era tornato a casa coperto di sangue.

«Aurelia ha cercato di uccidere Cane. È una cacciatrice. O almeno lo era. Adesso è morta».

La freddezza con cui me l'aveva detto mi aveva tormentata, soprattutto perché, all'epoca, consideravo Aurelia un'amica.

Ci aveva ingannati tutti.

Ma l'impatto maggiore lo aveva avuto, ovviamente, su Cane.

«Ha bisogno di dormire» aveva detto Cam. *«Lo aiuterà a calmare la mente, a ritrovare la sua umanità e a rimettersi sulla strada giusta».*

E così lo avevamo aiutato a cadere nel sonno immortale.

Solo che non è più nella sua bara, ricordai, aggrottando la fronte nel rendermi conto che non avevo ancora raccontato a Cam quello che avevo scoperto nella cripta di famiglia.

Ma ora lo sapeva, la sua psiche stava elaborando tutto quello che avevo osservato.

Quando Cam ebbe finito di esaminare ogni ricordo, dal momento in cui ero entrata là sotto fino a quello in cui Michael mi aveva trascinata nel laboratorio, ringhiò. I suoi sensi erano in allerta, l'istinto aveva preso il controllo.

Esteriormente, però, appariva impassibile. Calmo, addirittura.

Proprio come aveva fatto quando Emine aveva dato sfoggio del suo potere. Le sue parole lo avevano messo a disagio, e si era domandato se fosse stata preparata da Khalid.

Ma era stato solo quando Khalid aveva annunciato

cosa fosse realmente che Cam l'aveva etichettata come una minaccia.

La maggior parte dei vampiri sapeva dei Benedetti; conoscevano i loro nomi, il luogo in cui riposavano. Tuttavia, le loro compagne, le madri dei reali, non erano altrettanto note. Perché avevano vissuto delle comuni vite umane, morendo giovani.

Per questo motivo, non erano così importanti per i vampiri. I loro nomi erano ricordi sussurrati dai figli e dai compagni che avevano lasciato.

Che Emine li conoscesse, e che sapesse tutte quelle informazioni su Calina, dimostrava che aveva un'abilità unica.

C'è qualcosa che non quadra tra lei e Khalid, aveva pensato Cam qualche minuto prima. *Qualcosa che suggerisce che la loro animosità è solo una farsa.*

Pensi che siano accoppiati?, gli avevo chiesto.

È probabile, era stata la sua risposta.

Poi Khalid aveva sganciato la bomba sulla vera natura di Emine e su quale fosse il suo compito.

E la mente di Cam si era ammutolita insieme al resto dei presenti.

Almeno finché non lo avevo informato della sparizione di Cane.

Ora nei suoi pensieri si rincorrevano una miriade di scenari possibili.

Lilith mi ha costretto a svegliarlo?

È bloccato in un laboratorio da qualche parte?

Michael sa dove si trova?

È ancora vivo?

L'ultima domanda gli aveva strappato una smorfia interiore. Rimpiangeva di non aver esplorato di più i sotterranei, prendendo per buona la parola di Michael, invece di interrogarlo su ogni dettaglio dell'operazione.

Ho abbandonato mio fratello a un destino peggiore della morte? I suoi ricordi sono fritti come i miei?

La sua mente continuò a turbinare di domande, ma la sua espressione non lasciava trasparire nulla. Nemmeno quando Khalid iniziò a spiegare a tutti il grafico che aveva fatto comparire sullo schermo.

«Finché siete tutti in silenzio…» esordì. «Esamineremo alcuni numeri importanti».

Quei numeri si rivelarono essere una linea di tendenza riguardante la vita dei mortali e la data prevista per l'estinzione ufficiale degli esseri umani.

«Questa era la mia proiezione statistica a un anno dall'inizio del dominio dei licantropi e dei vampiri» disse, dopo aver finito di illustrare i dettagli del drastico declino nel numero dei mortali. «Questa è la tendenza attuale». Aprì un altro grafico, che mi fece trasalire.

Cam, invece, non ne fu per nulla scioccato. La sua mente mi disse che Lilith gli aveva mostrato dei dati molto simili.

Anche gli altri vampiri presenti nel salone non sembravano sorpresi. Khalid se ne accorse con un sorriso, e commentò: «Ma sapete già tutto. Almeno stando a Cedric».

«Damien ha calcolato tendenze simili» chiarì Cedric. I suoi occhi neri come il buio si spostarono sul mio gemello. «I tuoi grafici sono più comprensibili di quelli di Khalid».

Damien lo guardò, inarcando un sopracciglio. «Li hai visti?».

«Li ho visti» gli fece eco Cedric, facendo accigliare mio fratello.

«Quando?».

«Qui e là» rispose Cedric in tono vago. «A proposito, i tuoi sistemi di sicurezza sono notevoli. Una vera e propria sfida. Grazie, è stato divertente».

Khalid ghignò. «Sì, Cedric ne è rimasto veramente colpito, anche se un po' irritato. Per fortuna, Kylan ha rimosso l'ostacolo principale, ossia la testa di Silvano. Così, quando Ryder ha preso il controllo della regione, ha creato una facile via di accesso per Cedric».

«Ci sono molte backdoor nei programmi di Silvano. Forse in futuro te ne parlerò» aggiunse cripticamente Cedric.

Mio fratello lo osservò con un accenno di rispetto a illuminargli gli occhi ambrati. Io non sapevo quasi nulla di Cedric, ma lui e Damien si conoscevano bene. Non erano propriamente amici, erano piuttosto alleati che a volte lavoravano insieme.

Ma sembrava che Cedric avesse spiato mio fratello. Ciò suggeriva che forse era a conoscenza di molte informazioni importanti che Damien era convinto di proteggere per conto di Ryder, di Jace e degli altri.

«Gli ho affidato il compito di tenere d'occhio la vostra piccola ribellione» spiegò Khalid. «Avevo bisogno di sapere quale fosse il momento più opportuno per contattarvi. Tuttavia, il ritorno di Cam ha accelerato la mia tabella di marcia». Lanciò un'occhiata a Ryder. «Così come quello che hai fatto a Lilith». Il suo sguardo si spostò su Jace. «E quello che hai fatto tu a Lajos».

«Grazie per i complimenti, ma preferirei sapere perché ci stavi spiando e quali sono le tue intenzioni con questi *cacciatori*» rispose Jace, con una punta d'acciaio a indurirgli in tono.

Era raro che Jace esprimesse rabbia o che assumesse un atteggiamento autoritario, la sua natura rilassata era una delle sue caratteristiche più apprezzate.

Ma ora era molto serio, e i suoi occhi azzurro argenteo traboccavano di potere trattenuto a stento.

La mente di Cam irradiava approvazione per il cugino, era d'accordo con le sue parole. Solo che, esteriormente, continuava a non mostrare alcuna reazione. Si limitava a osservare la scena, tenendo il braccio appoggiato sullo schienale della mia sedia, accarezzandomi dolcemente la spalla.

Khalid annuì. «Sì, ci sto arrivando». Aprì la visuale aerea di una città, che andò a sostituire i grafici. «Questa è Dubai, o Khalid City, com'è nota al giorno d'oggi. Ma all'interno della mia regione la chiamiamo Blood City. E questa è una trasmissione in diretta».

Toccò lo schermo per zoomare, mostrandoci le strade riprese da quelle che immaginai essere telecamere di sicurezza poste sui vari edifici. O forse possedeva un altro tipo di dispositivo di cui nessuno di noi era al corrente. Era difficile dirlo, perché *tutto*, su quello schermo, sembrava surreale.

Tanto per cominciare le strade erano affollate.

Durante il giorno.

«Sono le otto del mattino» disse Khalid. «E, come sapete, di solito è l'ora in cui i vampiri si ritirano». Cliccò sulle porte di un edificio dall'altro lato della strada; l'inquadratura si mosse con lui, entrando nell'atrio.

«Che razza di tecnologia è questa?» chiese Damien.

«Mmh» mormorò Khalid. «Se ti comporti bene con Cedric, forse più tardi te lo spiegherà». Spostò il cursore lungo una scalinata e verso quello che sembrava un ristorante. «Spuntini di metà mattina» disse. «Ma forse non quelli a cui siete abituati».

Fermò il cursore per farci vedere la tavolata a cui erano seduti sia vampiri che umani. Stavano chiacchierando tutti tranquillamente, mentre si godevano il pasto. Nonostante gli umani sembrassero più sottomessi dei vampiri, non avevano addosso abiti succinti e non tenevano il capo chino. Al contrario, stavano mangiando accanto agli immortali.

L'unica differenza consisteva nelle bevande presenti sul tavolo: vino corretto al sangue per i vampiri, diversi tipi di bibite per gli umani.

«A Blood City abbiamo imposto un rigido programma di donazione di sangue» ci informò Khalid. «Tutti i mortali che vivono nel mio territorio devono subire un prelievo ogni otto settimane. Devono anche trovarsi un lavoro o andare a scuola, a meno che di recente non abbiano avuto un figlio. In quel caso, forniamo loro tutto ciò di cui hanno bisogno finché il bambino non raggiunge i due anni di età. Poi uno dei genitori torna al lavoro, mentre l'altro resta a casa».

«Ci sono bambini nella tua regione?» chiese Jace.

Khalid sorrise. «Sì. Un sacco. E i loro genitori li hanno avuti volontariamente, non sono stati costretti a riprodursi».

Passò a un'altra schermata che mi fece spalancare la bocca.

Perché mostrava un asilo nido.

La tecnologia nascose automaticamente tutti i visi dei bambini, sorprendendomi ancora di più.

«Non può essere vero» disse Ryder. Il suo tono e la sua espressione indicavano chiaramente la sua diffidenza. Non era il tipo di persona che si sarebbe fatta convincere da qualche filmato. E non lo era nemmeno mio fratello.

E neanch'io, mormorò Cam. *Potrebbe essere tutta una bugia.*

Certo, dissi. *Ma a che scopo?*

Creare una distrazione?, suggerì il mio compagno.

«Lo è» confermò Hazel. «L'ho visto con i miei occhi».

«Anch'io» aggiunse Cedric. «Inizialmente non ci

credevo. Ma poi…». Si interruppe e si strinse nelle spalle. «Dovrai vederlo tu stesso per capire».

«Fingiamo che ti creda» disse lentamente Jace, nonostante il suo tono suggerisse che non era assolutamente così. «Come hai fatto a tenere tutto questo nascosto a Lilith? O agli altri reali?».

«Rendendo nota la mia natura poco ospitale, ovviamente» rispose Khalid.

L'espressione di Jace trasmise all'altro reale la necessità di essere un po' più chiaro. Fu sufficiente il modo in cui i suoi occhi si assottigliarono appena, mostrando la sua irritazione, senza il bisogno di esprimerla ad alta voce.

«Quando un reale viene a trovarmi, cosa che accade molto raramente, non lo ospito mai a Blood City» spiegò Khalid. «Le altre città, quelle dei miei sovrani, sono scarsamente popolate e mantengono un aspetto esteriore simile al resto del mondo».

«E Lilith lo accettava?» insistette Jace.

«Non le ho mai dato la possibilità di rifiutare» rispose Khalid. «E ho sempre fatto il possibile per tenere le distanze. Dopotutto, si affidava alla sorveglianza satellitare, come faceva per monitorare gli altri. Ma, come tutti sappiamo, i filmati possono essere manipolati e falsificati senza troppa difficoltà».

«Ed è per questo che continuo a pensare che siano tutte cazzate» intervenne Ryder. «Tutta quella tecnologia all'avanguardia? Umani che cenano con vampiri? È una bella idea, Khalid. Ma è troppo irreale perché possa crederci».

Khalid sorrise. «Speravo davvero che lo dicessi, vecchio amico. È per questo che ho già fatto preparare un jet. È pronto a partire, se accetti l'offerta di visitare la mia regione. Anzi, per essere più precisi, se accetti la mia *sfida*».

LEXI C. FOSS

Calò di nuovo il silenzio.

Ryder fissò Khalid con un'espressione diffidente.

Jace e Darius si scambiarono un'occhiata.

Cam si limitò a continuare a osservare gli altri come aveva fatto fino a quel momento, mentre la sua mente aveva già rifiutato l'idea di andare nella regione di Khalid. Non voleva fare nulla finché non avessimo discusso tutte le nostre opzioni.

E non intendeva lui e il resto dei presenti, ma io e lui.

«L'invito a visitare Blood City vale per tutti?» chiese Kylan. Un accenno di incredulità gli colorava il tono.

«No. Solo Ryder. Sarebbe troppo sospetto ospitarvi tutti». Spostò lo sguardo su Damien. «Ma ti permetterò di accompagnare il tuo creatore. Poi potrete riferire agli altri quello che avete visto». Infine, rivolgendosi al resto dei presenti, aggiunse: «Immagino che crederete più a loro che a me, Hazel e Cedric, non è vero?».

Altro silenzio.

Ryder e Damien si stavano studiando, l'antica amicizia permetteva ai due di comunicare senza parole. Ma poi l'attenzione di Ryder scivolò su Willow, e la sua espressione si addolcì.

Dopo qualche secondo, disse: «La mia compagna accetta. La mia progenie accetta. Quindi presumo di dover accettare anch'io. Ma a una condizione».

Khalid si limitò a inarcare un sopracciglio, in attesa che proseguisse.

«Lasci qui Emine e ci accompagni personalmente. Se qualcosa dovesse succedere a me, a Damien o alla mia compagna, il tuo animaletto muore».

Ogni traccia di divertimento svanì dal viso di Khalid. «No».

«Allora rifiuto la tua *sfida*» disse Ryder.

Khalid studiò Ryder per un lungo momento, le sue iridi

134

turchesi scintillavano alla luce delle candele. «Ho una controfferta».

Ryder si rilassò sulla sedia, un pigro sorriso giocava con le sue labbra. «Ti ascolto».

«Io resterò qui con Emine, mentre Cedric e Lily faranno fare un tour di Blood City a te e Damien». Il suo sguardo rimbalzò intorno al tavolo. «Noi passeremo i prossimi giorni a rivedere tutto ciò che sappiamo e decideremo che approccio usare alla prossima riunione dell'Alleanza di sangue»

«Cosa intendi con "approccio"?» chiese Jace. «Cosa vuoi ottenere?».

«Un cambiamento» rispose senza esitazioni. «Dovrebbe essere relativamente facile da realizzare, non appena mostreremo agli alfa gli esperimenti che stava conducendo Lilith sui licantropi. E dubito che la maggior parte dei nostri fratelli sia felice di quello che stava combinando con i Benedetti».

Si udirono alcuni grugniti di assenso.

«Ma per condividere tutto, abbiamo bisogno di prove». Il suo sguardo si fermò su Cam. «Per questo ho bisogno di mappe e dettagli sul laboratorio di Lilith sotto il Vaticano. Ho diverse informazioni sugli altri bunker, ma su quello no».

Cam lo fissò di rimando, senza aprire bocca.

Ma lo sentii elaborare una risposta nella sua mente.

Se Cane è rinchiuso là sotto, potrebbe essere utile avere dei reali potenti dalla nostra parte.

Una parte più oscura di lui sussurrò: *Sarà anche interessante vedere come andrà a finire questo giochetto tra Ryder e Khalid. Forse Khalid ucciderà Ryder. O viceversa.*

Sarebbe uno spreco di sangue reale, rispose in tono asciutto il suo lato più pratico. *Potrebbero esserci utili per trovare Cane.*

Un basso ringhio seguì quel pensiero: la sua irritazione

all'idea di quello che sarebbe potuto accadere al fratello stava aumentando.

Che cazzo ha fatto Lilith? Era la sua progenie. Che cazzo le è venuto in mente?, si chiese.

Nonostante la domanda non fosse rivolta a me, ma a se stesso, risposi comunque. *Era una stronza egoista che voleva distruggere l'umanità. Non pensava ad altro che ai suoi piani.*

E purtroppo era riuscita a realizzarli, come dimostrato da quello che aveva fatto a Cam. E da come il suo lavoro era proseguito anche dopo la sua morte.

«Willow viene con me» disse Ryder, continuando a negoziare con Khalid.

«Okay. Il tuo animaletto può venire con te e Damien» acconsentì Khalid. «Dobbiamo…».

«La mia *compagna*» lo interruppe Ryder. «A volte la chiamo affettuosamente "animaletto", ma tu ti devi riferire a lei come la mia compagna».

Khalid lo osservò per qualche istante. «Allora tu ti riferirai a Emine come la mia dragonessa».

«Bene».

«Bene» ripeté Khalid. «Allora, abbiamo un accordo?».

«Sì. Quando partiamo?» chiese Ryder. Nel suo tono c'era ancora una punta di risentimento.

«Quando vuoi» rispose Khalid. «Il jet è pronto».

«Allora partiamo subito. Faremo rapporto tra due giorni». Mentre parlava, Ryder guardò Kylan.

L'altro reale annuì.

Ciò che intendeva Ryder era chiaro: se non si fosse fatto sentire nel giro di due giorni, Kylan avrebbe dovuto agire di conseguenza. Presumibilmente uccidendo o facendo del male a Khalid.

Ma vedendo il modo in cui aveva sorriso Khalid assistendo allo scambio, dubitavo che sarebbe stato semplice farlo fuori.

Damien si schiarì la voce. «A quanto pare, andrò a Dubai».

«Beh, le palme e la sabbia ti piacciono» gli ricordò Ryder. «Prendila come una vacanza».

«Forse non voglio andare in vacanza proprio adesso» ribatté Damien. «Forse dovrei rimanere qui con mia sorella».

Ryder aprì la bocca, poi la richiuse e si voltò verso di me. «Non ci ho pensato».

Mio fratello inarcò le sopracciglia. «Oh, ma non mi dire!».

Alzai gli occhi al cielo. «Da quando i vostri piani ruotano intorno a me?» chiesi a entrambi. «Sono mille anni che vivo da sola. Me la caverò».

Damien mi lanciò un'occhiata che lasciava intendere che la pensava diversamente. Spingendomi a fulminarlo con lo sguardo. Perché non avevo bisogno della sua pietà o della sua preoccupazione. Avevo bisogno del suo supporto. E il modo migliore per offrirmelo era fare rapporto su quello che avrebbero trovato a Blood City.

Perché se quello che ci aveva mostrato Khalid era vero… volevo altri dettagli.

Forse era pericoloso riporre le mie speranze in un sogno del genere. Perché, dopotutto, avevo trascorso l'ultimo secolo in una nuvola di speranza, che non aveva fatto altro che essere infranta a ogni passo.

Ma speravo che qualcosa di bello potesse sbocciare da tutto quell'orrore.

Anche se si trattava di una città dove umani e vampiri avevano trovato il modo di coesistere serenamente.

Perché forse allora tutto il dolore e la sofferenza non sarebbero stati vani.

Avrebbero portato a una vita potenzialmente migliore.

Non per me, ma per gli altri. Che poi era lo scopo di

tutti quei sacrifici, no? Trovare un modo per far sì che i mortali e le creature soprannaturali costruissero un futuro insieme, in cui entrambe le parti traessero beneficio l'una dall'altra.

Era sempre stato il sogno di Cam.

Forse Khalid ci avrebbe aiutati a realizzarlo.

CAM

Damien abbracciò Ismerelda, avvicinando le labbra al suo orecchio. «Sei sicura di stare bene?».

«Sì» sussurrò lei. «Ora va' a vedere se quello che ci ha mostrato è tutto vero».

I suoi occhi dorati si spostarono sui miei; nel suo sguardo si annidava un avvertimento. O forse una minaccia.

In ogni caso, lo ignorai.

Ismerelda era in grado di badare a se stessa. Non aveva bisogno di un fratello che la coccolasse o facesse le cose per lei.

Ovviamente, anche Ryder mi lanciò un'occhiata simile, carica di promesse omicide. Mi limitai a sostenere il suo sguardo, accogliendo con gioia la sfida.

Era forte e antico, ma io lo ero ancora di più. Forse lui e Damien sarebbero riusciti a uccidermi, se mi avessero attaccato insieme. O forse io avrei ucciso loro. In ogni caso, sarebbe stata una danza letale.

E Ismerelda ne sarebbe uscita devastata.

Inaccettabile.

«Cerca di non farti ammazzare» disse Kylan, distraendo momentaneamente Ryder dalla nostra gara di sguardi.

Lanciò un'occhiata all'altro da sopra la spalla, inarcando un sopracciglio. «Ti preoccupi per me?».

«No» rispose Kylan. «Ma sembri l'unico, qui, con un po' di buon senso. E mi dispiacerebbe perdere un alleato potente». Diede una pacca sulla schiena a Ryder e se ne andò prima che il suo *alleato* potesse replicare.

«Penso che tu gli piaccia» mormorò Damien. «Forse dovresti portare lui».

Ryder alzò gli occhi al cielo. «Abbiamo già stabilito che tocca a te. Consideralo come un risarcimento per quello che è successo a Londra qualche anno fa».

«È passato più di un secolo» precisò Damien. «E non puoi tirarlo fuori proprio adesso»

«E invece è esattamente ciò che sto facendo» ribatté Ryder. «Ora va' a fare i bagagli».

«È già tutto pronto» rispose Damien. «Non ho ancora avuto il tempo di disfarli!».

«Allora non capisco perché ti lamenti. Una volta Dubai ti piaceva».

Le narici di Damien fremettero. «*Odio* Dubai e lo sai benissimo anche tu. Maledetta umidità».

«Viviamo in Texas, Damien» gli fece notare Ryder. «C'è un sacco di umidità in Texas».

«Non è la stessa cosa» ribatté Damien.

Ryder sbuffò. «È esattamente la stessa cosa».

«Okay».

«Okay».

I due uomini si scambiarono uno sguardo torvo, strappando a Ismerelda una risatina che mi colpì dritto al cuore. «Sono felice di vedere che non siete cambiati per nulla, nonostante tutto quello che è successo».

«È difficile cambiare, quando uno decide di nascondersi» borbottò Damien.

«Ti ho offerto di unirti a me» gli ricordò Ryder. «Hai preferito adeguarti al nuovo ordine».

«Uno di noi doveva pur farlo». Damien incrociò le braccia sul petto, i suoi muscoli massicci si fletterono con il movimento. «Non fingere che non abbia fatto un favore a entrambi, *adeguandomi*».

«Fatemi sapere quando avete finito di… Qualsiasi cosa sia che state facendo» li interruppe Cedric in tono piatto. «Io e Lily vi aspettiamo fuori». Passandomi accanto, mi rivolse un leggero cenno del capo. La sua dimostrazione di rispetto non sfuggì né a me né agli altri due uomini.

«Cedric mi è sempre piaciuto» commentai, punzecchiando di proposito Ryder e Damien; nessuno dei due mi aveva mostrato nemmeno il più piccolo accenno di rispetto, quando ero entrato nella sala.

Ryder grugnì. «Gli inchini bisogna meritarseli. E dopo quello che hai fatto a Izzy, ti ci vorrà un bel po' di tempo per guadagnarti il mio rispetto».

«Vale lo stesso anche per me» disse Damien. E così avevano deciso di allearsi contro di me, invece che continuare a battibeccare.

Imitai la postura di Damien, incrociando le braccia sul petto, e non dissi nulla.

Ismerelda sospirò e si mise tra noi. «Basta, andate a Blood City e fate rapporto. Voglio sapere se quello che Khalid ci ha mostrato è vero».

«Non lo è» rispose Ryder. «Siamo finiti in mezzo a non so quale giochetto. Ma non vedo l'ora di partecipare. In più, tuo fratello ha bisogno di fare un po' di pratica con le pistole. La sua mira non è più come una volta».

Damien emise un suono gutturale. «La mia mira è a posto, stronzo».

«Dimostramelo» lo sfidò Ryder.

«Sparandoti adesso?» chiese Damien. Una pistola sembrò comparirgli magicamente in mano. Non che possedesse abilità soprannaturali; era solo velocissimo. «Okay».

Ryder ridacchiò. «Hai ragione. Sei pronto per partire». Indicò la porta con un gesto della mano. «Beh, non dovremmo far aspettare troppo Cedric».

Damien scosse la testa, e un ringhio profondo gli sfuggì dalle labbra. «Finirò per lasciarti a *Blood City*».

Ryder si strinse nelle spalle. «Per me va bene. Puoi governare la regione in mia assenza. So quanto ami la politica». Ridacchiando di nuovo, si avvicinò a Ismerelda e le posò un bacio sulla guancia. «Fagliela vedere, Iz» mormorò, incontrando il mio sguardo. «Torneremo tra qualche giorno e lo uccideremo per te».

Ismerelda sospirò ancora una volta. «Siate prudenti».

«Mai» rispose Ryder facendole l'occhiolino. Poi si concentrò su Willow, e il suo sguardo si illuminò. «Sei pronta per un'avventura, animaletto?».

«Posso portarmi un martello?».

«No. Ma puoi avere la pistola di Damien». Sfilò l'arma dalle dita dell'altro, controllò che avesse la sicura inserita e la passò alla sua compagna. «Consideralo un premio perché ti sei comportata bene».

Gli occhi della donna diventarono di ghiaccio. «Parole coraggiose, da parte di un uomo che mi ha appena dato una pistola».

«Preliminari, compagna» mormorò. «Si tratta solo di preliminari». Le avvolse un braccio intorno alla vita e la tirò a sé, sussurrando: «Sei perfetta, piccola. Assolutamente perfetta».

Willow rabbrividì in risposta. Il suo corpo sembrò sciogliersi su quello di Ryder, mentre lui la guidava fuori dalla porta.

Damien li ignorò, la sua attenzione era tutta rivolta alla gemella. «Sei sicura che vada tutto bene?».

«Se me lo chiedi un'altra volta, mi faccio dare la pistola da Willow e ti sparo» rispose Ismerelda.

Il fratello sospirò profondamente. «Ho tutto il diritto di preoccuparmi per te, Izzy».

«E io ho tutto il diritto di dirti che sto bene» replicò lei. «Inoltre, sono io quella che dovrebbe preoccuparsi». Pronunciando l'ultima parte, la sua espressione si addolcì. «Pensi davvero che sia una trappola?».

Damien la osservò per qualche istante, poi il suo sguardo guizzò verso l'altro lato della sala, dove c'erano Khalid e la sua cacciatrice. Sembrava che stessero discutendo, eppure nessuno dei due muoveva le labbra.

Sono sicuramente accoppiati, pensai. *O forse a legarli è qualcosa di completamente diverso.*

Khalid mi guardò, e i suoi occhi mi rivelarono una storia che suscitò il mio interesse. Non potevo sapere di cosa si trattasse, ma ero certo che mi sarebbe piaciuto ascoltarla.

Ci conoscevamo da molto tempo. Era sempre stato tacito e minaccioso, le sue origini erano più oscure di quelle degli altri. Si diceva che la madre possedesse un gruppo sanguigno unico nel suo genere. Era morta, proprio come le nostre madri, ma era sopravvissuta più a lungo delle altre.

O almeno così mi era stato riferito.

In realtà, la storia di Khalid era in gran parte ignota. Il

padre, Erinas, era un Benedetto. Ma, a parte quello, aveva sempre tenuto il suo passato per sé.

E sembrava che avesse ancora molti segreti.

E una città piena di misteri.

Forse era riuscito davvero a trovare un modo per far coesistere in pace umani e vampiri.

Un'idea che aveva suscitato l'interesse della mia compagna. Aveva dei dubbi sulla presentazione di Khalid, ma i filmati avevano acceso un barlume di speranza nei suoi pensieri, che aveva scaldato il nostro legame.

Ismerelda voleva credere che il cambiamento fosse possibile, che tutto quel dolore fosse servito a qualcosa.

Non sapevo ancora come reagire.

Sembrava che avesse bisogno di una conclusione positiva, altrimenti il suo sacrificio sarebbe stato vano.

Cosa significa per noi?, mi domandai. *Come posso aiutarla a realizzare i suoi desideri?*

Aveva sentito quelle domande, ma non aveva detto nulla. Tuttavia, non mi stava ignorando; semplicemente non sapeva come rispondere. Almeno, non ancora.

Era una conversazione che avremmo dovuto avere, prima o poi. Insieme a tante altre.

Ma non era né il momento né il luogo adatto. Soprattutto ora che la mia progenie si stava avvicinando, insieme a mio cugino, e Ismerelda stava ancora discutendo con il fratello. Damien pensava che Blood City potesse effettivamente essere una trappola, ma scoprire la verità era più importante.

«C'è anche un'interessante connessione tra Lily e Willow» proseguì Damien. «Quando siamo atterrati, abbiamo scoperto che si erano già incontrate».

«Ah sì?». Ismerelda sembrava sorpresa. Immaginai che avesse senso, considerando com'era regolamentata la vita degli umani nel nuovo mondo. Non c'erano molte opportunità di socializzare, nemmeno all'interno delle università.

«Al campo per la riproduzione» spiegò Damien. «Lo stesso dove ho incontrato Cedric l'anno scorso, quando mi aveva chiesto un favore».

Le sue sopracciglia schizzarono in aria. «Ha sottratto Lily ai licantropi?».

«Sì. E io l'ho aiutato. Quindi mi deve un favore. Inoltre, in passato eravamo alleati. Penso sia per questo che Khalid ha offerto che lui e Lily venissero con noi, quando ha rifiutato la proposta di Ryder».

«Quindi stai dicendo che ti fidi di Cedric?» chiese lentamente Ismerelda. I suoi pensieri erano avvolti in uno speranzoso tepore. Non avrebbe lasciato che il fratello se ne accorgesse, ma, sotto sotto, era preoccupata per la sua sicurezza. E quel nuovo dettaglio smorzava un po' della sua angoscia.

Inoltre, rendeva tutto ciò che riguardava Blood City più reale. Perché, se Cedric era davvero un alleato, allora avrebbe voluto un futuro simile a quello desiderato dagli altri.

E lei aveva già sperimentato in prima persona il modo in cui il clan Majestic trattava gli esseri umani, un modo completamente diverso da quello di altri territori.

Damien alzò le spalle. «La fiducia è mutevole. Ma io e Ryder ci prendiamo cura di noi stessi da secoli. Andrà tutto bene».

Ismerelda lo fulminò con lo sguardo. «Ti ho appena detto praticamente la stessa cosa. Forse dovresti ascoltare i tuoi stessi consigli».

Damien le lanciò un'occhiata indulgente, la sua espressione diceva che si trattava di situazioni diverse. Per fortuna, però, non espresse quel pensiero ad alta voce. Si limitò invece a darle un altro abbraccio. «Torneremo presto. Poi io e te dobbiamo recuperare il tempo perduto, Iz».

«Sì» mormorò, e un barlume di emozione accarezzò il nostro legame. «Mi sei mancato».

«Mi sei mancata anche tu» le sussurrò di rimando, posandole un bacio sulla guancia. Le diede un'altra stretta, poi mi guardò. «Comportati bene, o userò la tua testa come bersaglio per allenarmi a sparare».

Inarcai un sopracciglio, sfidandolo a provarci.

«Ora vai, prima che Ryder parta senza di te» gli disse Ismerelda. Le sue mani sembravano così piccole, appoggiate sul petto massiccio del fratello.

Era come se lui avesse preso tutti i muscoli e tutta l'altezza dal grembo che avevano condiviso, lasciandola minuta e snella, seppur con ogni curva al posto giusto.

Le mie mani fremevano dal desiderio di toccarla, ma mi trattenni.

Dopo tutto quello che avevamo passato, dovevo andarci piano. Lasciare che fosse lei a venire da me. *Lasciarle la possibilità di scegliere.*

Gliel'avevo già sottratta una volta, senza rendermene conto. Era mia. Pensavo che avrebbe voluto stare con me.

Ma ora che avevo vissuto alcuni ricordi dal suo punto di vista, non ne ero più così sicuro.

Dovevo ristabilire un rapporto di fiducia. Ricostruire la nostra relazione dalla base. Creare una nuova connessione, fondata sul presente e non sul passato.

Esplorare chi potevamo essere insieme *ora*, come un re che corteggia la sua regina, non come un predatore che seduce un cigno delicato.

I suoi splendidi occhi incontrarono i miei, la sua mente stava ascoltando i miei pensieri.

Ma prima che potesse dire qualcosa, Darius e Jace si

fecero avanti con un'espressione seria stampata sul viso. «Dobbiamo parlare» mi disse Jace.

Soffocai l'impulso di sospirare. L'unica persona con cui volevo parlare era Ismerelda. Ma considerando come avevamo lasciato le cose l'ultima volta, non mi stupiva che Jace volesse riprendere la discussione.

Quando avevamo parlato, qualche settimana prima, avevo avuto l'impressione che Jace e Darius volessero distruggere ciò che avevo costruito, vanificando il mio duro lavoro.

Ora, però, conoscevo la verità: eravamo tutti dalla stessa parte.

Beh, almeno in teoria.

Non ero d'accordo con molte delle cose che aveva fatto Lilith, e volevo sapere cosa avessero combinato lei e Michael con mio fratello. Ma non avevo intenzione di oppormi all'attuale regime e competere come monarca.

Ora la mia priorità era Ismerelda.

E anche trovare Cane, decisi. *E aiutare la mia leonessa a dare la caccia a Michael e ucciderlo.*

Jace si schiarì la voce. «Cam».

«Jace» replicai. «Ti ascolto».

Mi lanciò una strana occhiata.

Ricambiai, inarcando un sopracciglio.

«Forse staremmo più comodi al piano di sopra» suggerì Darius. «Al nostro arrivo, Hazel ci ha regalato una cassa di vino al sangue. Ha detto che di solito gli umani non sono sul menù, qui nella torre, perché Deirdre City è piuttosto a corto di personale».

«Deirdre non me l'ha detto» risposi, cercando Hazel con lo sguardo e trovandola accanto a Khalid. Entrambi mi stavano osservando con interesse. «È per questo che Deirdre ha cercato di prendere Chiave?».

L'attenzione di Hazel si spostò sull'umano taciturno

alle mie spalle. Era stato la nostra ombra da quando io e Ismerelda eravamo entrati nel salone. Il suo istinto protettivo avrebbe potuto rivelarsi utile, prima o poi.

Hazel si schiarì la gola. «Probabilmente voleva assicurarsi che avesse un alloggio appropriato».

«O voleva trasformarlo in vino» replicai. «Se la mancanza di personale è dovuta alla gola, è un problema vostro. Non mio. E sicuramente non di Chiave. Starà con me, a meno che non decida diversamente».

Khalid e Hazel si scambiarono un'occhiata.

Poi Hazel alzò le spalle. «Qui sei tra amici, Cam. O, se preferisci, alleati. Vogliamo cose simili. Un mondo in cui rispettiamo le nostre origini, invece di sfruttarle. Non ho alcun interesse a far del male a nessuno, qui, inclusi gli umani sotto la tua protezione».

«Mi associo» mormorò Khalid. «Ma sentitevi liberi di discutere tra di voi. Lo strumento che ti ha dato Damien si assicurerà che non ci siano dispositivi di ascolto. Tuttavia, ti consiglio di usare questo scanner per individuare e rimuovere il localizzatore che hai nel collo».

Parlando, si avvicinò tenendo in mano un piccolo oggetto e me lo porse.

«Ti servirà un coltello. Magari vuole occuparsene la tua *erosita*?» suggerì. «A Emine piace ferirmi».

La sua dragonessa sbuffò dall'altro lato della stanza, ma i suoi occhi grigioazzurri scintillarono alla prospettiva di farlo sanguinare.

Sì, hanno proprio una dinamica interessante, commentò Ismerelda.

Ti piacerebbe che fosse così anche tra di noi?, le chiesi. *Posso trovarti un coltello.* Sarebbe stato il minimo, dopo tutte le volte che l'avevo fatta sanguinare nelle ultime due settimane.

Ci rifletté sopra, mormorando: *Vedremo. Ma non adesso. Il tuo collo è un punto un po' rischioso per la prima volta.*

Hai paura di tagliarmi la gola?

Sì, ammise.

Me lo merito. Al nostro primo incontro, dopo più di un secolo di separazione, l'avevo uccisa. Avrebbe dovuto ricambiare il favore.

Non risolverebbe nulla, sussurrò. *Inoltre, al momento mi servi vivo.*

Ah sì?

Sì. Ci sono troppe incognite. E tu sei il mio legame con l'immortalità.

Una valutazione molto pragmatica, mormorai, afferrando il dispositivo che mi stava porgendo Khalid. «Come fai a sapere che ho un localizzatore nel collo?» gli chiesi.

Lanciò un'occhiata alla mia mano. «Ho usato quel dispositivo per controllarvi tutti. È un giocattolino molto utile. Sentiti libero di tenerlo». E con quello, tornò da Hazel e dalla sua dragonessa. «Andiamo a fare due passi? C'è molto di cui discutere».

«Sì» concordò Hazel, guidandolo verso l'uscita. Ma poi si fermò sulla soglia e girò la testa verso di noi. «Oh, se avete bisogno di qualcosa, rivolgetevi a Vincient alla reception. Si occuperà di tutto. Altrimenti, ci vediamo domani. Dopo che avrete avuto il tempo di parlare».

I tre sparirono oltre la porta, lasciandomi con Jace, Darius e le loro compagne.

Kylan e Rae.

E la mia *erosita.*

Beh, questo sì che sarà interessante, pensai. «Chi vuole aiutarmi a rimuovere il localizzatore?» chiesi.

Jace sorrise immediatamente. «Un'occasione per conficcarti una lama nel collo? Il piacere sarà tutto mio».

Izzy

Osservai la nuca di Cam, indugiando sulla sua pelle intatta. Un'ora prima, stava sanguinando. Ma la sua immortalità lo aveva guarito praticamente all'istante.

Era stato tutto molto veloce: un taglio fatto con il coltello, la rimozione del dispositivo con delle pinzette, il lavaggio delle mani e degli strumenti e la distruzione del localizzatore.

Poi Jace aveva usato lo scanner di Khalid per assicurarsi che Cam non avesse addosso altri chip.

I suoi occhi avevano trattenuto i miei per tutto il tempo. Ricordi di Cam che esaminava il mio corpo nudo avevano inondato entrambe le nostre menti.

Rendendolo al tempo stesso eccitato e furioso. Eccitato perché gli era piaciuto accarezzare la mia pelle. Infuriato a causa dell'inganno di Michael.

Non vedo l'ora di assistere al momento in cui lo farai a pezzi, aveva ringhiato Cam nella mia mente. *Basta che tu me lo dica, e ti trasformerò. Poi potrai squartarlo con le tue zanne di vampira.*

Il suo commento inaspettato mi aveva quasi fatta sussultare.

E, da quel momento, non ero riuscita a smettere di pensarci.

Perché diceva sul serio. Se avessi voluto diventare una vampira, mi avrebbe accontentata.

Senza bisogno di discuterne.

Senza nessuna preoccupazione per la perdita della sua riserva di sangue immortale.

Senza nemmeno un pensiero sull'imminente estinzione del genere umano e su quanto sarebbe stato difficile mantenere una fonte di cibo senza di me.

Mi avrebbe trasformata. E poi avremmo deciso come proseguire.

Assicurandomi così la mia indipendenza, e rendendomi anche più forte; vedeva entrambi gli aspetti come un beneficio.

Non so perché non ti abbia offerto l'immortalità, aveva mormorato. *Ma ora mi sembra ovvio che non dovresti fare affidamento su di me per sopravvivere.*

Avrei voluto parlarne ancora, ma Jace, Darius e Kylan lo stavano interrogando su quello che era successo. E lo stavano anche aiutando a colmare alcune lacune, riferendogli ciò che era stato omesso dai rapporti di Lilith.

Ad esempio, il fatto che Cam aveva inscenato la mia morte, o come Lilith aveva costretto tutti i suoi alleati noti a denunciarlo.

«Da quando ha presentato le tue ceneri all'Alleanza, nominarti è diventato praticamente proibito» stava dicendo Jace. «Ti ha usato come esempio, dicendo che chiunque avesse sfidato l'Alleanza avrebbe fatto la stessa fine».

«Ha detto che eri impazzito» aggiunse Kylan sbuffando. «Ha provato a fare lo stesso anche con me, di recente. Non ha funzionato».

Era sul divano, con Rae rannicchiata addosso. L'avevo

conosciuta ufficialmente lungo il tragitto verso la suite che Hazel aveva dato a Cam.

Juliet si era occupata delle presentazioni, poi mi aveva presa da parte per chiedermi se stessi bene.

Sembrava che fosse il tema principale della giornata.

Tutti continuavano a domandarmelo, e odiavo dover rispondere. Perché non lo sapevo.

Erano successe molte cose.

Avevo bisogno di tempo per elaborare ogni cambiamento. Ma quando mi ero risvegliata nella vasca, tutti si erano aspettati che fossi la stessa persona di sempre.

Beh, forse non tutti. Cam si era mostrato molto paziente. Ma mio fratello e gli altri si erano presentati troppo presto; avevo appena ripreso conoscenza dopo…

Mi corse un brivido lungo la schiena.

Ho bisogno di qualche minuto di tranquillità per pensare al da farsi, pensai.

Vuoi che mandi via tutti?, mi domandò subito Cam. Nonostante la sua attenzione sembrasse rivolta a Jace, la sua mente era sempre sintonizzata sulla mia.

No. Ti stanno cercando da più di un secolo. Hanno bisogno di tutto questo. E io non glielo avrei portato via. Non dopo tutto quello che avevamo passato.

Non mi interessa di cosa hanno bisogno, Ismerelda. Mi importa solo ciò di cui hai bisogno tu.

Sto cercando di capirlo, gli sussurrai. *Al momento, l'unica cosa che mi serve è che li ascolti.*

Perché dovevamo trovare un modo per procedere.

La perdita di memoria di Cam aveva scombinato il piano. Ora nessuno sapeva più cosa fare.

Se si aggiungeva la morte di Lilith, non c'era da stupirsi che fossimo tutti in preda all'incertezza.

Chi era a capo dell'Alleanza di sangue? Michael? Mira? Qualcun altro?

Qual era il loro piano? Completare gli esperimenti di Lilith e presentare all'Alleanza delle sacche di sangue immortali?

Questo avrebbe potuto conquistare i vampiri, ma di certo non avrebbe attratto i licantropi. Soprattutto visto che avevano usato membri della loro specie come cavie da laboratorio, alla ricerca della fonte di cibo perfetta per i vampiri.

«Qual è il vostro obiettivo?» chiese Cam, interrompendo qualsiasi cosa stesse dicendo Jace sulla sparizione di Cam. «I miei ricordi non saranno riattivati da questa conversazione. Non sono in grado di illustrarvi qualunque piano avessi avuto all'epoca. Come volete procedere? Cosa volete da me?».

Le sue domande erano sottolineate da un accenno di impazienza. Desiderava arrivare al punto, non perdere tempo a rivangare il passato.

Jace si schiarì la voce. «Hai ragione. Dobbiamo concentrarci sulla prossima mossa, che penso debba includere i nostri alleati licantropi. Gli esperimenti di Lilith sono la chiave per portare l'Alleanza dalla nostra parte. Abbiamo bisogno dell'aiuto dei lupi per sapere come diffondere le informazioni».

«Non solo come, ma anche a chi» chiarì Darius. «Jolene saprà a chi rivolgersi. Così come noi abbiamo già un'idea di quali vampiri contattare».

«Ma abbiamo giudicato male Khalid» fece notare Kylan. «Se controlla davvero una città in cui i mortali non vengono trattati come cibo, su quanti altri ci siamo sbagliati, pensando che sostenessero Lilith?».

«Giusto» disse Jace. «Cosa dicevano i rapporti di Lilith su Khalid?».

«Diceva che era contento. Non c'era altro nei file che suggerisse il contrario. Quindi, se Blood City esiste davvero, Lilith non ne sapeva nulla» rispose Cam. «Ammesso che mi sia stato permesso di accedere a tutti i suoi file».

«Hai motivo di credere che non sia così?» chiese Jace.

«Sì». Cam si schiarì la voce, poi li aggiornò su quello che avevo scoperto nella cripta della sua famiglia. «Non so dove sia mio fratello, e Lilith non ne ha parlato da nessuna parte. Neanche Michael l'ha mai nominato».

«E ciò suggerisce che ti stavano nascondendo qualcosa» riassunse Jace.

«Avevano limitato l'accesso al suo laptop» aggiunsi, ricordando come gli fosse impossibile uscire dalla rete interna. «Dovevo entrare in modalità amministratore per vedere certe cose, come i filmati della sicurezza. Ma anche quello aveva dei limiti».

Cam mi lanciò un'occhiata. Era seduto accanto a Jace, mentre io avevo scelto di prendere posto su una poltrona di fronte a loro, vicino a Darius e Juliet.

Chiave era l'unico assente nella zona giorno. Quando eravamo arrivati nella suite, aveva preso del cibo ed era andato in quella che presumevo fosse la sua camera da letto.

Noi ci eravamo riuniti in soggiorno, dove stavamo ammirando il sorgere del sole dalle ampie finestre.

A breve, la luce avrebbe iniziato a dare fastidio ai vampiri presenti nella stanza. Non sarebbe accaduto niente di serio, ma avrebbe irritato i loro sensi.

Da quello che avevo visto, in cima alle finestre erano state montate delle tende oscuranti; ciò significava che da qualche parte c'era un telecomando che le avrebbe abbassate, quando fosse stato necessario. O forse sarebbe accaduto automaticamente.

In ogni caso, finora era comparso solo qualche raggio

sui toni del rosso e dell'arancione, diffondendo nel salotto un'inquietante penombra, piuttosto che i colori dell'alba.

«Pensi che Lilith abbia lasciato istruzioni per Michael e Mira?» chiese Jace, rivolgendosi a Calina. «O c'è un partner silenzioso che dobbiamo ancora individuare?».

«Come nel caso di Lajos?» suggerì lei, aggrottando la fronte. «È possibile. Sappiamo che aveva altri alleati».

«Jasmine e Ayaz» mormorò Jace. «E anche Helias e Sofia».

«Forse Robyn» aggiunse Kylan. «So che l'aveva punita, dopo tutto quello che era successo con Raelyn, ma poi non se n'è più fatto nulla».

Jace annuì. «Vero. Abbiamo anche così tante incognite, come Khalid e Hazel. È difficile dire da che parte stiano. Siamo diventati tutti troppo bravi con queste sciarade».

«Organizza una riunione e vedi come reagiscono agli esperimenti di Lilith» suggerii, riflettendo ad alta voce. «Così capirai da che parte sta ciascun membro dell'Alleanza. Ma dovrai mettere in atto diverse strategie per gestire le loro reazioni».

«Hai anche bisogno di un obiettivo» sottolineò Cam. «Uno che non preveda che sia io a comandare».

Tutti lo fissarono, me inclusa.

Ma invece di guardare gli altri, Cam si concentrò su di me. «Non ripeterò gli errori del passato, e ciò include scegliere il genere umano invece della mia *erosita*». Solo allora il suo sguardo si spostò su Darius e poi su Jace. «Non sono più quell'uomo. Di conseguenza, non sono il vostro re».

Continuai a fissarlo, la sua affermazione era in conflitto con quello che dicevano i suoi pensieri. Continuava a chiamarmi la sua regina, a sostenere che fossimo uguali.

Ma ora aveva proclamato che non sarebbe mai stato re,

nonostante fosse suo diritto, essendo il vampiro più antico ancora in vita.

Non sono il loro re, mi sussurrò nella mente. *Sono il tuo re, Ismerelda. Non servirò loro, servirò solo te.*

«Credo che per oggi abbiamo parlato abbastanza» concluse Cam ad alta voce. «Io e Ismerelda abbiamo alcune cose di cui discutere. Cose che non vi riguardano. Quindi fate le vostre telefonate, invitate i licantropi. Ci incontreremo di nuovo dopo il tramonto».

E con quello, si alzò e lasciò la stanza.

Vado a rilassarmi un po' sotto la doccia, mi informò dolcemente. *Sei invitata anche tu. Oppure puoi restare qui e parlare con loro. Ma io ho bisogno di una pausa.*

La sua mente era in conflitto, vi vorticavano affermazioni contrastanti. E la sua frustrazione per aver perso la memoria era palpabile. Eppure, sembrava che la persona con cui era più arrabbiato fosse il suo vecchio io, per averlo messo, o meglio, per *averci* messo in quella situazione.

Rimasi a fissare il corridoio che aveva percorso un attimo prima, in cui indugiava ancora il suo profumo. E la sua presenza.

Voglio seguirlo?, mi domandai. *O voglio aspettare?*

Jace tossì delicatamente. «Presumo sia il caso che... che ce ne andiamo».

«Sì, lo penso anch'io» disse Kylan, osservando l'alba illuminare il paesaggio. «Credo che sia giunto il momento di ritirarsi. Inoltre, probabilmente non avremo notizie di Ryder almeno per qualche ora».

«Parlerò con lui» intervenni, non riferendomi a Ryder, ma a Cam. «Ha solo bisogno di tempo...». Mi interruppi. Perché non era solo Cam ad avere bisogno di tempo, ma anch'io. «Io...». Mi schiarii la voce. «Troveremo una soluzione».

Spero, aggiunsi tra me e me. *Forse*.

Volevo trovare una soluzione?

Volevo combattere per noi?

Valeva la pena di salvare quello che avevamo, quando solo uno di noi si ricordava degli ultimi mille anni?

Sarebbe stato come ricominciare da capo. *Voglio ricominciare da capo?* Sarebbe stato con quella nuova versione di Cam, non quella vecchia. *Voglio questa versione?*

Non sapevo come rispondere, non sapevo cosa volessi. Inoltre, erano successe così tante cose negli ultimi giorni, ed era tutto così confuso. Volevo solo… Deglutii. Volevo solo parlare con Cam. Capire chi era. Chi saremmo potuti diventare insieme.

Poi avrei preso una decisione.

Ma non avrei mai potuto fare nulla del genere davanti a un pubblico.

Un pubblico che continuava a fissarmi.

«Ci vediamo dopo il tramonto» dissi, ripetendo, più o meno, le ultime parole che aveva rivolto loro Cam. «Ma se prima di allora avete notizie di Ryder, ditemelo. Voglio sapere se lui e Damien sono al sicuro».

«Ma certo» mormorò Jace.

Li salutai con un cenno del capo e mi alzai in piedi, iniziando ad allontanarmi con un groppo alla gola, lottando contro tutte le emozioni che mi attanagliavano le viscere.

«Izzy» mi chiamò Jace.

Mi fermai, ma non mi girai verso di lui.

«Se hai bisogno di noi, siamo qui» disse dopo qualche istante.

Annuii. *Lo so*, pensai, rivolta a lui. Improvvisamente era diventato troppo difficile parlare. Non sarebbe riuscito a leggermi nella mente, ma speravo che capisse.

Ma invece di aspettare di scoprirlo, seguii i passi di Cam.

Anch'io avevo bisogno di una pausa.

Per respirare.

Per pensare.

Semplicemente per esistere.

E forse anche per dimenticare. Solo per un po'. *Fino al tramonto.*

Poi avremmo potuto ricominciare a discutere.

Perché sembrava che Deirdre City fosse appena diventata il quartier generale dei ribelli. *Che i giochi abbiano inizio…*

CAM

PREMETTI l'avambraccio sulle piastrelle della doccia e lasciai che l'acqua mi scorresse sulla schiena.

Era calda. Quasi bollente. Ed esattamente ciò che mi serviva.

Ma quando sentii che Ismerelda aveva deciso di unirsi a me, allungai la mano e abbassai la temperatura. Non volevo rischiare di bruciarle la pelle o di spingerla ad andarsene. Aveva trascorso gli ultimi cinque minuti in camera da letto, incerta sul da farsi.

Non avevo detto nulla, aspettando che fosse lei a decidere. E alla fine lo aveva fatto. Aveva bisogno di una fuga.

Voleva dimenticare, almeno per qualche istante. Rilassarsi. Essere libera e vivere nel presente.

Quando entrò, mi voltai, memorizzando istintivamente le sue forme sensuali.

Che bella, pensai. *Così fottutamente bella.*

«Non capisco perché non ti ho mai trasformata» mi domandai ad alta voce, meravigliato. Non era la prima volta che me lo chiedevo, almeno mentalmente, ma valeva la pena ripeterlo. «Saresti una vampira meravigliosa».

«Ma cosa mangeresti?» ribatté, facendo un passo esitante verso di me. «Sono la tua fonte di sangue immortale».

Aggrottai la fronte. «Sei molto di più di una fonte di sangue, Ismerelda». Le avvolsi il palmo intorno alla nuca, tirandola verso di me. «Sei feroce. Astuta. Testarda. Coraggiosa».

Chinai leggermente il capo a ogni parola, finché alla fine le mie labbra non aleggiarono sulle sue.

«Attraente» le mormorai sulla bocca. «Una leonessa celata sotto una maschera di fragilità». Le mordicchiai il labbro inferiore. Non abbastanza forte da ferirla. Volevo solo provocarla. «Avrei dovuto offrirti l'immortalità secoli fa. Una riserva di sangue può essere sostituita. Una regina no».

Rabbrividì, la sua mente mi disse che era sopraffatta dai miei commenti. Stava anche combattendo con i ricordi delle nostre docce nel corso dell'ultima settimana, del modo in cui l'avevo scopata selvaggiamente e senza rimorsi. Ismerelda stava faticando a conciliare le differenze, la sua voce mentale vacillava tra la speranza e la paura.

E sotto tutto si celava uno strato di tristezza.

Tristezza per quello che aveva perso.

Tristezza per ciò che non sarebbe mai stato.

Tristezza per la sua incapacità di fidarsi del compagno che conosceva da più di mille anni.

Sentire il suo conflitto mi fece battere forte il cuore e placò ogni istinto di reclamarla.

Aveva bisogno di tempo. Conforto. *Adorazione*.

La possibilità di accettarmi come suo compagno. Di vedere cosa avremmo potuto diventare.

«Non sono lui» dissi, come avevo già confermato diverse volte. «Ma *lui* era uno sciocco».

Sfruttai la presa sulla sua nuca per guidarci entrambi sotto l'acqua.

Alcuni potrebbero dire che quello che ho fatto è stato eroico, un gesto di totale altruismo, ma non è così, pensai, rivolto a lei. *Cosa speravo di ottenere, andando da Lilith da solo? È stata una decisione arrogante. La scelta sbagliata. Non ripeterò lo stesso errore.*

«È per questo che hai detto a Jace che non sei il loro re?» chiese, con la voce attutita dallo scrosciare della doccia.

«Sì». Lasciai andare la sua nuca per passarle le dita tra i capelli bagnati. «Non ho nessuna intenzione di guidare la ribellione».

Piuttosto che spiegarlo ad alta voce, le feci ascoltare mentalmente il mio ragionamento.

Non ne capisco lo scopo. Gli esseri umani sono già praticamente estinti. I vampiri hanno ammazzato la loro stessa fonte di cibo. I licantropi... Sospirai, scuotendo la testa. *So che vogliono che li guidi, ma non si tratta di loro.*

Si trattava di *noi*, io e Ismerelda.

Più di un secolo prima, avevo preso una decisione di fondamentale importanza senza di lei. Non lo avrei fatto di nuovo.

«Avrei dovuto trasformarti» dissi per l'ennesima volta, irritato con il mio vecchio io. Continuavo a non capire perché non lo avesse fatto. «Forse volevo mantenerti in una condizione di fragilità, lasciarti sul tuo piedistallo. Ma è stato egoistico da parte mia. Avrei dovuto offrirti la possibilità di essere più forte».

Fremette quando le accarezzai la schiena. Chiuse gli

occhi, assorbendo le mie parole e abbandonandosi al mio tocco.

La sua mente mi disse che non sapeva come rispondere. Non aveva mai preso in considerazione l'idea di diventare una vampira, il suo scopo era sempre stato quello di placare la mia fame. Di essere la mia compagna.

Trasformarla avrebbe distrutto il nostro legame.

O almeno questo era ciò di cui era sempre stata convinta.

Ma sembra che Rae e Kylan siano riusciti a farlo funzionare, stava pensando ora. *Forse anche io e Cam potremmo riuscirci. Ammesso che possa stare con lui... dopo tutto quello che è successo.*

Non risposi. Ora sentiva le mie intenzioni, sapeva che intendevo sistemare le cose.

Spesso, però, le azioni valevano molto più delle parole.

Così decisi di iniziare a darle una dimostrazione, abbassando le mani sui suoi fianchi e facendola voltare delicatamente verso la parete.

Si irrigidì all'istante, sicuramente si aspettava che volessi scoparla. Nonostante non potessi negare che una parte di me, una parte molto *dura*, lo desiderasse, scelsi di ignorarla, concentrandomi su Ismerelda e sui suoi bisogni.

Quando allungai la mano per prendere un flacone di shampoo, vidi che le era venuta la pelle d'oca. Perché il movimento aveva premuto il mio cazzo sul suo sedere. La mia eccitazione era impossibile da dissimulare.

Era nuda e bagnata.

Era ovvio che la volessi.

Ma ero più che capace di tenere a bada la mia fame, e glielo provai spalmandole lo shampoo sui capelli.

Non si rilassò subito, ostaggio dei ricordi, ripensando a ciò che era accaduto solo qualche giorno prima. Quando mi ero preso cura di lei per qualche minuto, per poi avventarmi di nuovo brutalmente su di lei.

Ascoltai la sua versione degli eventi, mentre la mia mente setacciava i suoi pensieri. Trovando, nascosta in profondità, qualche sommessa ammissione di desiderio.

Sì, le avevo fatto male. Ma le era anche piaciuto.

Era mancata la fiducia. Una connessione aperta. Il nostro legame.

Ora lo avevamo.

Quando l'avessi presa di nuovo, sarebbe stato diverso, perché avrebbe sentito le mie intenzioni, e io i suoi bisogni.

Con le nostre menti spalancate, la nostra unione sarebbe stata come un cataclisma. Un evento dell'altro mondo.

Tuttavia, non era ancora pronta.

Dovevamo continuare a ricostruire un rapporto di fiducia, e ciò avrebbe richiesto tempo.

Le trasmisi quella consapevolezza attraverso il mio tocco, sciacquandole i capelli e sostituendo lo shampoo con il balsamo. Mentre lo lasciavo riposare, iniziai a massaggiarle il corpo con un sapone al profumo di fiori, che le coprì la pelle di schiuma.

I miei movimenti erano lenti e misurati, e lei reagì di conseguenza, in una danza sensuale sotto la doccia. Abbassò lo sguardo su di me quando mi inginocchiai per massaggiarle teneramente le caviglie e i polpacci, poi si appoggiò alle mie spalle per restare in equilibrio, mentre mi prendevo cura dei suoi piedi.

Quando ebbi finito, aveva le palpebre socchiuse in un'adorabile combinazione di stanchezza e desiderio.

Non aveva mangiato molto, ma sentii dai suoi pensieri che non aveva fame. Aveva sgranocchiato qualcosa durante il nostro incontro improvvisato nella suite. E ora era pronta per dormire.

Mi alzai in piedi e la spinsi delicatamente sotto il getto.

Poi afferrai un altro soffione – ce n'erano tre – e procedetti a sciacquarla di nuovo.

Lentamente.

Accuratamente.

Teneramente.

Alla fine, era quasi liquefatta. Il suo corpo era talmente rilassato che era già mezza addormentata.

Mi misi dietro di lei e premetti il palmo alla base della sua schiena per aiutarla a stare in piedi, poi mi chinai per baciarle la gola. «Passerò l'eternità a venerarti» giurai. «Se me lo permetterai».

Le mie parole furono accolte da un'altra ondata di pelle d'oca, e il suo corpo si abbandonò su di me. *Non mi interessa nemmeno quello che potresti farmi in questo momento. Sono troppo rilassata per sentirlo.*

La mia risata non era proprio divertita, ma nemmeno del tutto autoironica.

«L'unica cosa che ho intenzione di farti, adesso, è asciugarti e portarti a letto. A dormire». Le baciai di nuovo la gola e mi allungai per chiudere l'acqua, ma la sua mano catturò la mia, impedendomelo.

Aspettai di vedere cosa avrebbe fatto, i suoi pensieri mi offrivano una miriade di possibilità.

Trascinò l'unghia sul dorso della mia mano, girandosi verso di me e incontrando il mio sguardo. Studiai il suo splendido viso, con il cuore a pezzi per tutti i ricordi perduti.

Tutti quei momenti di cui non avevo memoria.

I sentimenti che avevo sviluppato nel corso di mille anni.

Ogni sensazione che aveva risvegliato dentro di me.

Nulla di tutto ciò sarebbe più stato mio.

Ma potevo creare nuovi ricordi con lei. Ricostruire tutto da capo, ma in una versione migliore.

Senza ripetere gli stessi errori.

Senza abbandonarla. Senza abbandonare noi.

Mi accarezzò il viso, il suo sguardo non aveva ancora abbandonato il mio. «Se non li guiderai, allora sarà stato tutto inutile, Cam» sussurrò. «Non sono sicura di poter convivere con questa consapevolezza. Sapere che abbiamo sacrificato così tanto… per niente».

Non erano le parole che mi aspettavo. Tuttavia, ne avevo già colto una variante, mescolata ad altri pensieri.

Si mise in punta di piedi e premette le labbra sulle mie. Un bacio tenero, colmo di emozioni in conflitto.

Nostalgia.

Paura.

La possibilità di un nuovo inizio.

Un potenziale addio.

Speranza.

Desolazione.

Provai ogni sensazione come se fosse stata mia.

Ma era la determinazione a risuonare più forte nella sua psiche. La sua voce mentale stava dicendo: *Ho bisogno che tutto questo abbia uno scopo. Dobbiamo andare fino in fondo, o tutto il dolore dell'ultimo secolo sarà stato vano. E sarò sopravvissuta… per niente.*

«Mi stai chiedendo di essere il loro re» tradussi.

No, non me lo stava chiedendo. Mi stava *implorando.* Ne aveva bisogno per poter guarire. Per poter dare un senso al nostro sacrificio.

Non si trattava di stabilire se avremmo avuto successo o meno; si trattava di cercare di trarre un risultato positivo da tutto quel dolore.

Erano state le mie scelte a porci su quel percorso. E ora aveva bisogno di me per portarlo a termine.

Deglutii a fatica, il pensiero di guidare la rivoluzione mi

faceva annodare lo stomaco. Non avevo una strategia. Non avevo nessun *piano*.

Perché, da egoista quale ero, non lo avevo mai condiviso con nessuno. Avevo solo fornito qualche vago dettaglio e me ne ero andato da Lilith da solo.

E guarda com'è andata a finire, mi rimproverai.

Ahimè, potevo prendermi gioco del mio vecchio io per tutto il giorno, ma non sarebbe servito a nulla.

Ismerelda voleva che fossi al comando, per lenire la sofferenza del passato e guidarci verso un nuovo futuro.

Non avevo la più pallida idea di come riuscirci.

Ma ci avrei provato. Per lei.

«Lo farò per te» ribadii ad alta voce. «Se diventerò il loro re, è perché tu sei la mia regina e mi hai chiesto di farlo. Per nessun altro motivo. Non per orgoglio, né perché credo sia mio diritto. Sarà solo per te. Capisci?».

Dovevo farle capire che le cose sarebbero state diverse da com'erano un secolo prima. Se ora avessi guidato la ribellione, non sarebbe stato a causa di un bisogno ingiustificato di salvare l'umanità o per una scelta egoistica mascherata da altruismo.

Sarebbe accaduto perché me lo aveva chiesto Ismerelda.

E sarebbe stata lei a decidere se e quando avrei dovuto farmi da parte.

«Prenderemo ogni decisione insieme» continuai. «Non metterò di nuovo a rischio la tua sicurezza». Le accarezzai la guancia. «E se vuoi che ti trasformi, lo farò. Basta che tu me lo dica, Ismerelda, e smetterò di fare qualsiasi cosa stia facendo per esaudire i tuoi desideri. Perché per quanto possa diventare il loro re, verrai sempre prima tu».

Le sue ciglia chiare sbatterono più volte, le sua guance erano tinte di rosa per il calore della doccia. O forse erano state le mie parole a farla arrossire.

In ogni caso, sembrava che fossero quelle giuste, perché mi baciò di nuovo. E stavolta con un po' più di forza.

Aspettai qualche istante prima di rendere il nostro abbraccio più appassionato; il desiderio di sentire la sua lingua sulla mia era un bisogno che non potevo ignorare. Non con il suo seno premuto sul mio petto e qualche accenno di desiderio che fluttuava tra i suoi pensieri.

Le sue labbra si schiusero subito, le sue unghie trovarono le mie spalle e mi avvicinarono ancora di più a lei.

Le misi un palmo sulla schiena, colmando gli ultimi centimetri che ci separavano, e le afferrai i capelli con l'altra mano.

Il nostro abbraccio era disperato. Travolgente. *Volontario.* Come se ci stessimo incontrando per la prima volta, e al tempo stesso dicendoci addio.

Era contorto, oscuro e assolutamente inebriante.

Volevo di più. *Molto di più.*

Ma la mia connessione con i pensieri di Ismerelda tenne a bada il mio istinto. La mia compagna aveva bisogno di quel bacio, di quella sottile promessa di un nuovo inizio.

Che avevo tutte le intenzioni di mantenere.

La spinsi contro la parete coperta di piastrelle, con il mio sesso pulsante premuto sul suo ventre, mentre la divoravo con la bocca. Un'altra promessa di ciò che avremmo potuto essere, di come il mio istinto dominante sarebbe sempre esistito, ma sarebbe sempre stata lei a decidere il nostro destino.

Una parola da parte sua e mi sarei fermato. Un unico pensiero, e mi sarei tirato indietro.

Era mia da scopare, ma anche da adorare. E potevo fare entrambe le cose. *Avrei fatto* entrambe le cose.

Mi sarei piegato a ogni suo bisogno, inclusa la sua

richiesta di guidare la ribellione. Avrei fatto qualsiasi cosa per guadagnarmi il suo amore, per riaccendere il fuoco tra le nostre anime, per essere l'uomo con cui avrebbe voluto trascorrere l'eternità.

Aveva vissuto per mille anni con qualcuno che l'aveva trattata come una creatura fragile, prendendo ogni decisione al posto suo e lasciandola inevitabilmente a cavarsela da sola nel periodo più buio della sua vita.

Quell'uomo non l'aveva preparata a sopravvivere. L'aveva preparata a fare affidamento sugli altri.

Ma il cigno che aveva abbandonato era rinato in una leonessa. Una regina. *La mia degna compagna.*

E io mi ero evoluto nell'uomo che doveva starle accanto, non davanti.

Non l'avrei mai scambiata per un giocattolo che si poteva rompere. L'avrei sempre vista come una mia pari. Intelligente. Volitiva. Tenace.

Era la mia donna ideale in tutto e per tutto.

E le avrei dimostrato che anch'io potevo essere il partner perfetto.

Cominciando da quel bacio.

Con la lingua, le impressi nella bocca ogni promessa, ogni intenzione. Dominandola con la mia forza e piegandomi al suo volere.

Gemette, premendo il corpo snello sul mio e conficcandomi le unghie nella carne.

Lasciai che mi rimanesse avvinghiata mentre la divoravo.

Poi mi morsi la lingua e le diedi il mio sangue, per suggellare il mio giuramento. Mostrandole chi avrebbe avuto al suo fianco.

Sarei stato io a sanguinare per lei, non il contrario.

Accettò la mia essenza, deglutendo con un po' di esitazione. I suoi pensieri l'avevano messa subito in guardia: sospettava che la stessi rafforzando per poterla usare a mio piacimento.

Ma non era ciò che volevo.

Volevo che fosse a suo agio. Viva. *Forte*.

Allentai la presa sui suoi capelli e addolcii il nostro bacio. La mia lingua fu meno feroce, la mia bocca non più così esigente.

Diventò un bacio sensuale. Seduttivo. *Adorante*.

Un fremito la percorse e si sciolse su di me, mentre il potere del mio sangue le acuiva i sensi. Non approfittai di quella reazione, continuando invece a baciarla finché entrambi non ci ritrovammo senza fiato.

Poi chiusi l'acqua.

Lei alzò lo sguardo su di me, confusa. La sua mente si aspettava ancora una scopata brutale.

Non importava che i miei pensieri le stessero assicurando il contrario. Si era più o meno abituata a quella dinamica, nel breve periodo trascorso insieme. E una parte oscura di lei la bramava.

Ma non era il momento.

Dovevo riconquistare la sua fiducia, prima di liberare di nuovo la mia bestia.

Con un'ultima carezza delle mie labbra sulle sue, la guidai fuori dalla doccia e presi un telo da bagno. La avvolsi nel tessuto morbido, scaldato dal porta asciugamani.

Poi ne presi un altro per me, e la sollevai e la portai in camera da letto.

Non protestò quando la adagiai sul materasso, la sua mente e il suo corpo erano troppo esausti; non le importava nemmeno di bagnare il cuscino.

Il mio sangue le aveva rinvigorito l'anima, ma non poteva guarirla dalla stanchezza.

Mi chinai e le diedi un bacio sulla guancia, indugiando

con le labbra sul suo orecchio. «Dormi, mia regina. Stanotte diremo agli altri che hanno un re. E, insieme, scacceremo il dolore. Definendo il nostro futuro e dando un senso al nostro passato».

KYLAN

«Mmm» mormorai, premendo il bacino su quello di Raelyn, schiacciandola tra me e il materasso. «Mi piaci proprio in questa posizione».

Fui fulminato da uno sguardo azzurro ghiaccio. «Buonasera anche a te».

Ridacchiai e le accarezzai il naso con il mio. «Non lo è ancora, agnellino. Ma sta per diventare *fantastica*». Le catturai il labbro inferiore con i denti prima che potesse dire qualcosa, scivolando dentro di lei, nel suo umido calore.

Si inarcò verso di me. Il suo corpo rispondeva al mio come faceva sempre, pronto per essere scopato. Soddisfatto. *Posseduto*.

Affondai ancora di più dentro di lei, strappandole un delizioso gridolino. Stava ancora dormendo quando avevamo iniziato a giocare. Le avevo accarezzato il collo con le labbra, stringendole il seno. Ero alle sue spalle, il mio corpo duro era premuto sulle morbide curve del suo.

E quando l'avevo sentita gemere, l'avevo fatta girare sulla schiena.

Poi l'avevo svegliata strusciando il cazzo sul suo clitoride.

I preliminari quando era ancora mezza addormentata erano diventati uno dei nostri passatempi preferiti. Adoravo il modo in cui il suo corpo si animava per me, in modi che mi facevano venire voglia di farla mia ancora e ancora.

Non mi sarei mai stancato di quella donna.

La mia Raelyn.

La mia compagna vampira.

«*Di più*» sussurrò. «Ti prego, Kylan. Voglio...».

Il suono di una porta che si apriva nella nostra suite mi fece balzare giù dal letto in un istante. La mia mano andò automaticamente verso il pugnale appoggiato sul comodino.

«Se dobbiamo condividere la stanza, ho bisogno che per qualche giorno non scopi la mia migliore amica» annunciò una voce profonda, proveniente dall'esterno della nostra camera da letto.

Aggrottai la fronte, abbassando lo sguardo su Raelyn. Era arrossita.

«Ti rendi conto che esigerà lo stesso?» rispose un'altra voce maschile. «Hai intenzione di stare da solo sul divano? Perché io non sono d'accordo con il divieto di scopare. E penso che non lo sarà nemmeno Luna».

«Silas» mormorò Raelyn. Iniziò a vestirsi con un'espressione raggiante.

«Non ricordo di averti dato il permesso di coprirti» le dissi.

«Non ricordo di avertelo chiesto» ribatté, infilandosi i jeans.

Avevo una mezza idea di afferrarla e scoparla solo per darle una lezione, ma fui distratto da una vibrazione proveniente dal comodino.

«Il mondo è proprio pieno di stronzi» borbottai, prendendo l'orologio.

Raelyn ridacchiò e camminò intorno al letto, infilandosi anche un maglione. Esattamente l'opposto di quello che volevo, ma almeno non si era messa il reggiseno. «Mi farò perdonare nella doccia» sussurrò, per poi posarmi un bacio sulla mascella.

Le afferrai i capelli prima che potesse allontanarsi, catturando la sua bocca con la mia e ignorando la vibrazione proveniente dall'altra mano. Raelyn si sciolse su di me, lasciando che la mia lingua dominasse la sua, mentre mi avvolgeva le braccia intorno alla vita.

Oh, sarà meglio, le dissi nella mente. *E questa bocca dovrà dimostrarmi quello che vale.*

Per fortuna che sono ben addestrata, rispose, conficcandomi i denti nel labbro inferiore e ripetendo il gesto che avevo compiuto io qualche attimo prima. *Ma se dovrò inginocchiarmi per te, mi aspetto che ricambi il favore.*

Ci puoi contare, promisi. *Scacceremo quella bestia del tuo amico fuori dalla suite a furia di urla.*

L'oggetto che tenevo in mano vibrò di nuovo.

E di nuovo lo ignorai.

Se quel bastardo pensa di potermi dare ordini, si sbaglia di grosso, proseguii. *Mettilo in guardia, prima che lo faccia pentire di quello che ha detto.*

La sentii sorridere sulla mia bocca. *Non cominciare già a litigare con i lupi. Sono appena arrivati.*

È stato il tuo migliore amico a iniziare.

Mi morse di nuovo il labbro. «Sei tu il mio migliore amico, Kylan. Mi assicurerò che lo sappia».

Aggrottai la fronte, convinto di aver colto un accenno di sarcasmo. «Sì, fallo. *Compagna*».

Il suo sguardo di ghiaccio brillò. «Anch'io ti amo» dichiarò.

Strinsi la presa sui suoi capelli. «Penso di amarti di più io».

«Vedremo».

«Sì, vedremo» concordai, lasciandola andare. «Ora va' a giocare con il tuo *amico*. Digli di comportarsi da bravo lupacchiotto. Dopotutto, mi deve la vita».

Raelyn scosse la testa, ma l'incurvarsi delle sue labbra mi rivelò che era divertita. «Dovresti rispondere» disse, mentre l'orologio riprendeva a vibrare per la quarta volta.

Lo guardai, sospirando. «Non è una telefonata. Sono dei messaggi». E sembrava che fossero tutti di Ryder.

Mi sedetti sul bordo del letto, ancora nudo, e feci comparire uno schermo traslucido per leggerli.

È vero, fu il primo messaggio.

Tutto, recitava il secondo.

È c'è dell'altro.

Ci sentiamo presto.

Osservai lo schermo con un'espressione diffidente. *Come faccio a sapere che questo è proprio Ryder?*, digitai. *Dovresti almeno chiamarmi per confermarlo.*

I video sono manipolabili quanto i messaggi, rispose qualche secondo più tardi. *Inoltre, odio le telefonate. Troppe chiacchiere che potrebbero essere riassunte in un paio di frasi. Come quelle di prima.*

Un sacco di parole per qualcuno a cui non piace parlare, replicai.

Perché continui a rispondere.

Perché non credo che sia veramente tu. In realtà, era una bugia. Il suo caratteraccio trapelava da ogni parola.

Fissai lo schermo, aspettandomi di veder finalmente comparire la faccia di Ryder. Invece di lasciare la stanza, Raelyn si sedette accanto a me sul letto. I lupi stavano sussurrando tra di loro in soggiorno, dovevano essere impegnati a scegliersi una camera.

Ce n'erano tre, tutte a loro modo padronali.

Io e Raelyn avevamo scelto quella con la terrazza che si affacciava sul lago. Ero abbastanza sicuro che i lupi avrebbero optato per quella che dava sul bosco, nel caso avessero voluto andare a correre.

Willow vuole sapere se Rae si ricorda di come cercavano di battere Silas agli esami, prima che diventassero tutti amici.

Il messaggio scorse sullo schermo, facendo scoppiare a ridere Raelyn. Nella sua mente erano affiorati i ricordi dei loro sforzi per sabotare Silas. Ma quando i suddetti esami diventarono di natura sessuale, ringhiai.

Raelyn si schiarì la voce. «Dille che ricordo di averle fatto notare come lei e Silas fossero la stessa persona».

Sorrisi, capendo subito perché avesse scelto quella risposta, mentre la inviavo a Ryder.

Il suo messaggio arrivò nel giro di un paio di secondi. *Sì, solo che erano Silas e Rae a essere simili, ed era stata Willow a dirlo. È così che sono diventati amici.*

Raelyn annuì. «Almeno ora sai che stai parlando con Ryder. A nessun altro importerebbe di quei dettagli, né ne sarebbe a conoscenza».

«A me interessano» ribattei.

«Sai cosa intendo».

Era vero, ma volevo comunque farglielo presente.

Quando tornate?, scrissi a Ryder.

Tra ventiquattr'ore, rispose subito.

Non morire, gli dissi.

Sto seriamente iniziando a pensare di piacerti, Kylan. Come qualcosa di più che un semplice alleato.

Torna e lo scoprirai, lo provocai.

Suona come una minaccia. E anche come un appuntamento, commentò.

Esco solo con Raelyn.

E io esco solo con Willow.

Allora perché stiamo ancora parlando?, chiesi.

Perché continui a rispondere, cazzo.

Feci scomparire lo schermo con un ringhio, e vidi che Raelyn stava sogghignando. Il suo divertimento scaldava il nostro legame. Ora fu lei che osservai con gli occhi socchiusi, invece dei messaggi di Ryder. «Continua a guardarmi così, agnellino, e ti divorerò».

«È una promessa?» mi chiese, per poi balzare subito fuori dalla mia portata e correre verso la porta.

Mi teletrasportai sulla soglia, ma a quel punto era già uscita. Le sue abilità vampiresche rivaleggiavano con le mie. *Te la farò pagare.*

Non vedo l'ora, mio principe.

Sorrisi, perché sapevo cosa significava. Raelyn mi chiamava "mio principe" quando accettava le mie condizioni. Era il suo modo per darmi il suo consenso, un'abitudine che si era dimostrata molto utile in ambito sessuale. La sua safe word era "Vostra Altezza", quella che pronunciava quando si sentiva a disagio.

Perciò "mio principe" era un invito a giocare.

E avremmo giocato, eccome.

Dopo aver parlato con i lupi per aggiornarli sugli ultimi sviluppi.

Perché, a quanto sembrava, ora condividevamo la suite con Edon, Silas e Luna. La triade del clan Clemente.

Sospirando, andai in cerca di un completo.

Sarebbe stata una lunga notte.

Ma almeno poi avrei potuto divertirmi un po'…

CAM

I LICANTROPI STAVANO CAMMINANDO AVANTI e indietro per la stanza, il loro nervosismo rendeva l'atmosfera ancora più tesa.

Non mi piaceva.

Eravamo rimasti lì troppo a lungo. Il giorno prima, avevo pensato che la sala da ballo fosse troppo grande per ospitare i nostri incontri. Ora, invece, mi sembrava troppo piccola.

Avevo bisogno di una pausa, dopo aver trascorso tutte quelle ore a discutere.

Ma cercai di farmi forza ed essere paziente. Per Ismerelda. Era seduta accanto a me, il suo sguardo seguiva due dei lupi. Me li avevano presentati entrambi, nonostante in passato li avessi già incontrati.

Uno era Jolene, un vecchio alfa del clan Clemente. L'altro si chiamava Luka, ed era il licantropo a cui avevo affidato Ismerelda. Quando aveva visto la mia *erosita*, qualche ora prima, l'aveva subito abbracciata; la sua preoccupazione per lei era palese. Anche perché era stata la sua compagna a tradirli tutti e a portarmi Ismerelda.

La mia *erosita* lo aveva rassicurato, sussurrandogli che non era stata colpa sua.

E ora il lupo stava discutendo animatamente con Jolene.

Jace e Darius intervenivano di tanto in tanto con qualche commento, e così pure Khalid e Hazel.

Kylan sembrava annoiato, più assorbito dalla sua compagna dai capelli rossi che dai licantropi.

E io volevo solo che tutto questo finisse.

Avevo acconsentito a essere il loro leader, anche se non lo avevo ancora espresso ad alta voce. Ma finché non mi avessero dato un obiettivo, non avevo niente da fare. Soprattutto perché ciò che sapevo era ormai superato da tempo, oppure era una bugia.

Finora, l'unica cosa che era riuscita a suscitare il mio interesse era la sete di vendetta di Luka nei confronti di Mira.

«Quando la troveremo, sarò io a occuparmi di lei» aveva ringhiato un'ora prima. «Nessuna eccezione».

Non mi ero opposto al suo desiderio di uccidere quella stronza traditrice. Mi ero solo limitato ad aggiungere: «E Ismerelda si occuperà di Michael».

Le mie parole avevano attirato qualche sguardo incuriosito, ma nessuno aveva ribattuto.

Sembrava che il piano, almeno a grandi linee, prevedesse di infiltrarsi nel complesso sotto le catacombe, uccidere tutti e raccogliere prove degli esperimenti di Lilith.

Poi avremmo organizzato una riunione dell'Alleanza di

sangue per presentare tutto quello che avevamo trovato agli alfa e ai reali.

Ma Jolene pensava che avessimo bisogno di qualche altro alleato licantropo per assicurarci che la nostra incursione avesse successo, portandoci a discutere su chi chiamare.

Per fortuna, pareva che si fossero finalmente accordati su una lista di nomi.

«Fantastico. Abbiamo un piano. Volete che siano qui, prima di studiare le mappe dei sotterranei, o possiamo già iniziare?» chiese Jace.

«Ho bisogno di una pausa» intervenne Kylan, dando voce ai miei pensieri. «Dovremmo anche aspettare il ritorno di Ryder e Damien. Sono molto abili nell'infiltrarsi e nell'organizzare assalti».

«Anche Cedric» mormorò Khalid. «Sono d'accordo, è meglio aspettare che tornino. Nel frattempo, possiamo concentrarci sul portare qui gli alleati licantropi».

Diverse teste annuirono, e Hazel fu la prima ad alzarsi in piedi. «Vi farò consegnare altro vino al sangue nelle vostre stanze. Potete anche ordinare del cibo. Per il resto, rimango a disposizione».

Alzò i palmi e chinò leggermente il capo, poi lasciò il salone.

Khalid ed Emine la seguirono dopo qualche istante, lasciandosi dietro la maggior parte dei ribelli.

«Iniziamo subito con le telefonate» disse Jolene rivolgendosi a Edon, il nuovo alfa del clan Clemente. «Andiamo nella vostra stanza o nella mia?».

«Nella tua» rispose Kylan. «Io e Raelyn abbiamo da fare».

Silas grugnì.

Edon sorrise.

Vuoi andare a fare due passi con me?, chiesi a Ismerelda,

ignorando gli altri. *Possiamo andare a vedere il sole sorgere sul lago.*

L'avevo sorpresa a fissare malinconicamente l'esterno in più di un'occasione. Da quello che avevo capito, non era mai stata lì. Io ci ero venuto una volta soltanto, molto tempo prima. Quando i resort ancora non esistevano, e non sarebbero esistiti per secoli.

Prima di conoscerla.

Mi lanciò un'occhiata. *Sì, mi piacerebbe.*

Mi alzai in piedi e le tesi la mano, solo per rendermi conto che era calato il silenzio e che tutti ci stavano fissando.

«Mi sono perso una domanda?» chiesi, inarcando un sopracciglio.

Jace si schiarì la voce. «No».

«Bene». Intrecciai le dita con quelle di Ismerelda e la tirai verso di me. «Andiamo a esplorare l'area. A domani». Iniziai a camminare verso la porta, poi mi fermai e mi voltai verso mio cugino. «Oh, ho deciso che guiderò la ribellione. Non per te, ma per la mia regina. Qualsiasi cosa vogliate che faccia, dovrà avere la sua approvazione».

E con quello, trascinai la mia compagna in corridoio e andai verso l'uscita.

«Ci vediamo nella suite, Chiave» dissi alla nostra ombra.

Si era calato perfettamente nel ruolo di guardia del corpo, ma ora non ne avevamo bisogno. Volevo essere solo con la mia compagna. Senza un pubblico. E senza interruzioni.

«Ordina pure la cena. Qualsiasi cosa tu abbia voglia di mangiare» aggiunsi.

«Grazie» rispose, fermandosi lungo il corridoio.

O meglio, lo percepii fermarsi, più che vederlo, perché

la mia concentrazione era rivolta all'uscita e alla mia compagna.

Quando una delle porte di vetro si aprì automaticamente, sentii l'aria fredda accarezzarmi i sensi. E fui ammaliato dallo splendido paesaggio che si presentò alla nostra vista.

Non c'era esattamente un clima da passeggiate, le montagne innevate in lontananza rendevano tutto ancora più gelido.

In realtà, non sapevo nemmeno che mese fosse. Non che avesse molta importanza. Da quello che avevo capito, il clima era cambiato drasticamente nell'ultimo millennio, tra la distruzione perpetrata dagli umani e la loro scomparsa.

Ismerelda mi diede una stretta alla mano, con lo sguardo rivolto verso un sentiero che conduceva direttamente al lago.

Lasciai che fosse lei a guidarci, accarezzandole la pelle con il pollice per assicurarmi che non avesse troppo freddo. Sembrava che, almeno per il momento, il maglione e i jeans fossero sufficienti a tenerla al caldo. Indossava anche dei calzini pesanti e un paio di stivali. E un cappello di lana.

Dopo aver trascorso l'ultimo secolo nel territorio che un tempo era noto come Canada, non sembrava infastidita dal clima locale.

Camminammo in silenzio. La sua mente era persa ad ammirare il paesaggio, mentre io mi godevo il suo piacere.

Forse quell'innocenza tipicamente umana è il motivo per cui non l'ho mai trasformata, pensai. *È indubbiamente affascinante.*

Ma sarebbe stato un motivo egoistico per mantenerla mortale.

Lei non disse nulla, i suoi pensieri erano silenziosi.

Circa mezz'ora più tardi, si fermò e mi guardò.

«Facevamo spesso cose del genere, dopo esserci appena conosciuti».

Inarcai un sopracciglio. «Davvero?». Non avevo visto nessun ricordo nella sua mente al riguardo, ma li colsi ora, quando iniziò a ripensare a certe passeggiate.

Una in particolare attirò la mia attenzione, perché era terminata con me che la scopavo contro un albero.

Le sue guance già arrossate assunsero un colorito ancora più intenso, consapevole di quello a cui stavo mentalmente assistendo.

Ma si schiarì la voce e distolse lo sguardo. «Dovremmo tornare. Però mi piacerebbe fare un'altra passeggiata domani, prima della riunione. Stare seduti tutto il giorno è snervante».

«Anche ascoltarli discutere per ore» dissi.

Mi lanciò un'occhiataccia. «Stanno cercando di stravolgere l'Alleanza, Cam. la discussione e la pianificazione sono passi necessari».

«È così che ha fatto Lilith?» chiesi.

«Sì» rispose una voce profonda, attirando la mia attenzione verso mio cugino, che si stava avvicinando a noi. Con lui c'era anche Calina, che fissava il lago con un'espressione meravigliata, come se non avesse mai visto dell'acqua prima d'ora. «Ha stretto alleanze, da cui il nome, e ha convinto i reali e gli alfa a seguirla».

«Mmm» mormorai. «Con la paura, immagino. Era quello lo scopo della mia esecuzione pubblica, non è vero?».

«Sì. È questo che proponi di fare, allora? Gettare la testa di Lilith sul tavolo insieme ai resti di Michael?».

«Un'immagine allettante» ammisi.

«È questo il tipo di leader che vuoi essere?» insistette Jace.

«E se anche fosse?» ribattei.

Si acciglià. «Allora dovremmo discuterne di più».

Mi strinsi nelle spalle. «Okay. *Domani*». Avvolsi un braccio intorno alle spalle di Ismerelda e la condussi via, deciso a evitare altre chiacchiere.

Funzionò.

Per un giorno.

Poi Jace tirò di nuovo fuori l'argomento. E ancora. E ancora.

Al quinto giorno di riunioni, ero pronto a uccidere tutti e ad andarmene. Ma Ismerelda era sempre più coinvolta, la sua speranza aumentava a ogni conversazione.

La osservai mentre offriva suggerimenti, raccontava ciò che aveva visto nelle telecamere ed esaminava le poche informazioni che avevano Damien e Cedric sul complesso sotterraneo.

Sembrava che entrambi avessero cercato di introdursi nella rete, ma i loro sforzi non avevano ottenuto il successo sperato. Soprattutto perché alcune zone del bunker non erano provviste di telecamere.

Ciò confermò che c'erano delle sezioni, e forse dei piani interi, che non avevo visitato, mentre mi trovavo nella Città del Vaticano.

Ora Ismerelda era davanti a me, concentrata sulle schematiche elaborate dalla squadra dopo il ritorno di Ryder e Damien.

Negli ultimi giorni, la sala da ballo si era trasformata in un centro di comando. Ora le pareti erano coperte di immagini. Alcune rappresentavano potenziali alleati. Un'altra sezione raggruppava i sostenitori noti di Lilith.

Poi, di fronte, c'erano gli appunti redatti dai licantropi, le cui liste ruotavano per lo più intorno a coloro che ancora non credevano agli esperimenti di Lilith.

Senza prove, era difficile.

Per questo era urgente attaccare il complesso e

raccogliere tutto il materiale possibile. Ed era sempre per questo che il tavolo era colmo di mappe e schizzi.

Aspettai, osservando Ismerelda che ne stava esaminando uno con attenzione. Era un disegno dell'interno della sede dell'Organizzazione, che Juliet aveva riprodotto in base ai ricordi del tempo trascorso là dentro.

Ismerelda lo stava confrontando mentalmente con i filmati che aveva visto sul mio portatile.

Aveva l'impressione che mancasse qualcosa, come se i filmati avessero riguardato un'area diversa.

L'indomani avrebbe chiesto chiarimenti a Juliet. Eravamo gli ultimi rimasti nella sala, tutti gli altri erano tornati nelle loro stanze per la cena del mattino.

Mi aspettavo di fare un'altra passeggiata; era diventata parte della nostra routine.

Di solito, camminavamo fino a ora di cena, poi ci facevamo una doccia. Durante la quale adoravo Ismerelda con le mani, in modo casto, e la mettevo a letto.

Tuttavia, vedendola chinata sul tavolo, mi venne voglia di fare tutt'altro.

E non si trattava soltanto della posizione, ma anche dei pensieri che si susseguivano nella sua mente. La mia astuta leonessa era un piccolo genio.

Eppure, gli altri non sembravano abituati a interpellarla. Quando parlava, la stavano ad ascoltare. Ma, quando erano in cerca di risposte, continuavano a guardare *me*, nonostante l'evidente malcontento di Jace per i miei piani.

Non che ne avessi. Mi piaceva l'idea di recapitare i resti di Lilith e Michael all'Alleanza.

Ismerelda mugolò qualcosa, un suono che fu come una dolce benedizione per le mie orecchie. Mi attirò verso di lei, il bisogno di toccarla aumentava ogni secondo che passava.

Volevo afferrarle la mano. Trascinarla fuori dalla stanza. Distrarla con l'incredibile panorama. Poi spogliarla e lavarla. Proprio come avevo fatto per tutta la settimana.

Ma lei si chinò di nuovo, facendo deragliare quel desiderio e ispirando una fame oscura. Una fame che esigeva che la spogliassi lì. Che la divorassi. Che la facessi gridare sul tavolo. Lasciandoci dietro il profumo del piacere della mia regina.

Un marchio.

Una rivendicazione.

Un *accoppiamento*.

La mia bestia ringhiò la sua approvazione.

Ma strinsi i pugni, determinato a tenere a bada la mia bramosia. A rispettare la mia *erosita*. A guadagnarmi la sua fiducia. Ad *aspettare*.

Almeno, era quella la mia intenzione.

Finché i suoi pensieri non iniziarono a rispondere a tono ai miei.

Immagini di me tra le sue gambe, che la guardavo negli occhi mentre la leccavo fino a farla venire. Ricordi che le fecero tendere impercettibilmente i muscoli. Ebbi addirittura l'impressione che le sue cosce fremessero.

Ma poi quei ricordi si sciolsero in uno dei nostri incontri più recenti, quando l'avevo morsa e l'avevo lasciata a soffrire.

Un altro ricordo: quando avevo esagerato e lei era svenuta.

E poi tutte le volte che mi ero nutrito da lei tra le sue cosce, senza alcun rimorso. Prendendola a mio piacimento. Costringendola. Facendole male.

Le afferrai i fianchi da dietro, seppellendo il viso tra i suoi capelli, accettando la sua agonia. Invece di dire qualcosa, condivisi gli stessi momenti dal mio punto di vista. Le mostrai come fossi convinto che le piacesse. Volevo farla godere. Per me, certo. Ma anche per lei.

Ed era ancora così.

Desideravo sentirla venire sulla mia lingua. Farlo per bene, senza morderla. Indurla a implorarmi di averne di più. Non perché era sovrastimolata o drogata dal mio bacio di vampiro, ma perché ne aveva realmente bisogno.

Perché lo *voleva*.

Non ti costringerò a fare nulla, le giurai. *Ma quando sarai pronta, ti consumerò. Ti farò volare. Ti mostrerò quello che un re dovrebbe fare alla sua regina.*

Era qualcosa di più profondo che venerarla. Volevo che si sentisse davvero come una dea. Volevo farle sperimentare un'estasi mai provata prima.

Non ci andrò piano con te. Ti tratterò da pari, ti dimostrerò che non sei fragile e sprigionerò ogni goccia di adorazione che provo per te. Sentirai quello che sento io, con le nostre menti collegate, con i nostri cuori che battono all'unisono, con i nostri corpi in sintonia. Sarà intenso. Ma ti farà male solo nel migliore dei modi.

Non ci sarebbe stato nessun morso. A meno che non me lo chiedesse.

Avrei memorizzato ogni centimetro del suo corpo con le labbra. L'avrei accarezzata, l'avrei protetta. L'avrei spinta oltre il limite, pur assicurandomi che si sentisse sempre al sicuro.

L'avrei *amata*.

Era mia.

E avrei fatto di tutto per dimostrarglielo. Per ricostruire la fiducia. Ma doveva lasciare che ci provassi.

E sentivo nella sua mente che non era ancora pronta.

Ciò significava che dovevo darle spazio. Darle tempo. Lasciare che fosse lei a venire da me, senza forzare nulla.

La presi tra le braccia, con il petto premuto sulla sua schiena, e abbassai le labbra sul suo orecchio.

«Non mi arrendo, Izzy. Sono qui. Sono tuo. E aspetterò». Premetti la bocca sul suo collo, sentendo il suo battito pulsare sotto le mie labbra. «Se lo vuoi, il futuro è nostro».

Lei deglutì e non disse nulla.

Ma non era necessario che parlasse.

Avevo già ascoltato i suoi pensieri, il suo bisogno di riflettere.

Voleva stare sola. Non troppo a lungo, solo per qualche minuto. Ed era un regalo che potevo farle.

«Vado a ordinare la cena, poi ti aspetto nella nostra suite» mormorai. «Sarai tu a scegliere come procedere, mia regina. Non ti farò pressioni. E non mi aspetto una risposta stasera. Quindi prenditi tutto il tempo che ti serve. Guarisci. Sappi solo che, se hai bisogno di me, sono qui».

Annuì lentamente. La sua mente mi ringraziò, nonostante sembrassero mancarle le parole.

Dopo un ultimo bacio sul collo, la lasciai sola nella sala operativa improvvisata.

Chiave era appena fuori dalla porta, con una postura protettiva. Non gli avevo detto che poteva tornare alla suite. Non perché volevo che restasse, ma perché mi ero dimenticato della sua presenza.

Valutai per un attimo l'idea di portarlo con me, ma mi sembrò più saggio lasciarlo con Ismerelda, per precauzione. Non si era mai troppo prudenti.

«Quando è pronta, accompagnala alla suite» gli dissi.

I suoi occhi castani brillarono di piacere. Era contento che gli avessi affidato quel compito. «Consideratelo fatto».

Gli rivolsi un cenno del capo e andai verso l'ascensore. Avrei ordinato del cibo anche per lui.

Poi speravo che Ismerelda mi avrebbe di nuovo permesso di farle la doccia.

O, dovendo credere ai suoi pensieri bollenti, forse mi avrebbe permesso di fare qualcosa di più.

Forse mi avrebbe lasciato giocare.

Sembrava che finalmente avessi detto qualcosa di giusto.

Perché ora lo stava immaginando, sforzandosi di non corrermi dietro.

Sorrisi. *Puoi darmi la caccia tutte le volte che vuoi, mia dolce leonessa. Sarò sempre una facile preda per te. Solo per te.*

Izzy

Le parole di Cam mi riecheggiavano nella mente, scaldandomi il sangue.

Le sue promesse erano state così sensuali. Così allettanti. *Così perfette.*

Perché mi sto opponendo?, mi domandai. *Cam è mio. Lo voglio. Mi vuole. Siamo accoppiati…*

Non era l'uomo che ricordavo, l'uomo di cui mi ero innamorata, ma forse aveva ragione. Forse avremmo potuto essere qualcosa di nuovo. Qualcosa di ancora più potente.

Se riuscirò a fidarmi di nuovo di lui.

Posso…? Posso fidarmi di lui?

Erano passati solo pochi giorni da quando avevamo ristabilito il nostro legame, ma Cam era una persona diversa. Non era come la versione precedente, ma non era nemmeno lo stesso uomo che avevo incontrato qualche settimana prima.

Era… smaccatamente dominante. Premuroso. Attento. *Protettivo.* E mi trattava come una sua pari, non come una pedina o un giocattolo. Né come un cigno delicato o una fragile bambolina. Mi trattava come una donna. Come una *regina*.

Il mio cuore scalpitò, le sue parole mi stavano incendiando ancora una volta la pelle.

Quando sarai pronta, ti consumerò. Ti farò volare. Ti mostrerò quello che un re dovrebbe fare alla sua regina.

Era stato diretto. Era andato dritto al punto. Era stato onesto. E rispettoso.

Sarai tu a scegliere come procedere, mia regina.

Non mi aveva forzata. Non mi aveva morsa. Non aveva tentato di usarmi in alcun modo. Era semplicemente stato lì per me, dandomi da mangiare, facendomi il bagno, abbracciandomi mentre dormivo, sussurrandomi nella mente tutte le frasi giuste.

Non erano bugie. Erano verità. Voleva che le cose funzionassero, che affrontassimo insieme il futuro e che fossimo più forti del nostro passato.

Anche se non era il vecchio Cam, era pur sempre il *mio* Cam. Solo una versione un po' diversa.

Forse addirittura migliore, pensai, sorridendo nel ricordare la certezza con cui Cam aveva affermato di essere una versione superiore del suo vecchio io.

All'epoca non ero d'accordo.

Ma ora mi trovavo a chiedermi se avesse ragione.

Nessuno di noi due era più quello di una volta. Anch'io ero cambiata. Ero cresciuta in un modo che non avevo compreso appieno, finché Cam non aveva iniziato a chiamarmi la sua regina. La sua *leonessa*.

Di solito ero la più mite del gruppo, sempre intenta ad ascoltare, piuttosto che a parlare.

Ma quella settimana avevo espresso il mio punto di vista. Avevo dato il mio contributo. Avevo offerto dei suggerimenti. Avevo ricoperto il ruolo di leader in un modo che non mi sarei mai aspettata.

E lo avevo fatto al fianco di Cam, la cui presenza silenziosa era un sostegno che nessuno poteva negare. Si era affidato a me, aveva chiesto il mio parere invece di esprimere il suo, e aveva fatto capire a tutti che eravamo una squadra.

Era stato... surreale. Bellissimo. *Stimolante.*

Fissai le mappe sul tavolo, ma senza vederle davvero. Perché tutto ciò che riuscivo a immaginare era Cam che mi metteva a sedere sui fogli sparpagliati sul legno, mi allargava le gambe e mi dava piacere. Proprio come aveva pensato di fare pochi istanti prima.

Eppure l'ho lasciato andare via.

Perché?

Perché non lo sto rincorrendo?

Era il mio compagno. Il mio vampiro. *Il mio Cam.*

Mi allontanai di un passo dal tavolo, e la sua voce fu improvvisamente nei miei pensieri. *Puoi darmi la caccia tutte le volte che vuoi, mia dolce leonessa. Sarò sempre una facile preda per te. Solo per te.*

Il suo tono mi fece correre un brivido lungo la schiena, le mie cosce si strinsero istintivamente.

Perché sei ancora qui?, mi dissi. *Va' da lui.*

Era l'unico modo per stabilire se avevamo davvero un futuro. O avrebbe tenuto fede alle sue promesse, o mi avrebbe fatto del male. Ma non lo avrei mai saputo, se non avessi provato a fidarmi di nuovo di lui.

Restare lì a rimuginare sul passato non sarebbe servito a nulla.

Cam lo sapeva.

Ed era ora che lo sapessi anch'io.

Raddrizzai la schiena e andai verso la porta. *Sto venendo da te*, dissi a Cam, sottolineando le mie parole con un piccolo ruggito leonino.

Il suo divertimento mi accarezzò la mente. *Resterò in attesa del tuo attacco, mia regina.*

Mi venne la pelle d'oca all'idea di *attaccare* Cam. Forse mi sarei seduta di nuovo sulla sua faccia. Solo che, questa volta, gli avrei chiesto di non mordermi. Non ero ancora pronta per quello.

Volevo... volevo solo sperimentare quella versione di lui. Ma senza la violenza.

O magari solo un pizzico.

Il suo predatore interiore mi affascinava. Quella bestia mi invogliava a desiderare cose che non avrei dovuto desiderare.

Dovevo solo riuscire a fidarmi di lui, a convincermi che non mi avrebbe fatto male.

C'è solo un modo per saperlo, conclusi, uscendo in corridoio. *Devo tentare. È l'unico modo per perdonare...* Aggrottai la fronte, fermandomi sulla soglia. «Chiave?».

Era seduto addosso alla parete, con la testa piegata in una strana angolazione.

Accigliata, andai verso di lui. Il mio cervello faticava a elaborare ciò che stavo vedendo. *La sua camicia è bagnata.* Sembrava che la luce delle candele si riflettesse sul tessuto nero.

E la sua cravatta era... storta.

La sua giacca era strappata.

Gli mancava una scarpa.

Ma fu il suo collo a catturare la mia attenzione. La sua pelle scura era umida anche lì.

No, non umida. *Sanguinante.*

Ismerelda, disse Cam nella mia mente. *Torna nella stanza e chiudi la porta a chiave. Ora.*

L'urgenza nel suo tono mi fece bloccare a metà di un passo, la mia mente stava assimilando le sue parole al rallentatore. Avevo capito. Solo che... la scena... Non...

Ismerelda!

Sbattei le palpebre, indietreggiando freneticamente, finché non andai a sbattere contro il muro.

Un attimo, non… non è il muro. Era troppo morbido.

Sto arrivando, disse Cam. *Ci sono quasi!*

Sono…

Il dolore mi attraversò il cranio, oscurandomi la vista. Offuscando il corpo senza vita di Chiave. Affievolendo la luce della candela.

Inghiottendo il ruggito di Cam…

Cam?, sussurrai. *Non vedo niente. Non…*

Le vibrazioni scossero le mie membra, mentre il mondo mi girava intorno. Così veloce. Troppo veloce.

Poi non sentii più nulla.

Era diventato tutto silenzioso.

Freddo.

Mortalmente immobile.

Cam…?

Niente.

Nemmeno il battito del mio cuore.

Sto morendo, capii. *Proprio come l'altra volta.*

Solo che stavolta non era stato Cam a uccidermi. Era stato qualcun altro.

Ma chi?, mi domandai, mentre la mia mente si spegneva. *Chi ci ha traditi adesso…?*

CAM

«Cazzo!».

Mi teletrasportai lungo il corridoio, affidandomi alla mia bestia per rincorrere l'odore del sangue di Ismerelda. Solo che nel momento in cui uscii all'esterno, il profumo della sua dolce essenza si affievolì.

Lo seguii fino al parcheggio più vicino, dove sparì completamente.

A qualcuno erano bastati meno di novanta secondi per rapire Ismerelda.

Ruggii e diedi un pugno al muro lì accanto. Dovevo capire chi era stato. Quale auto aveva preso. *Qualsiasi cosa.*

Avevo anche bisogno che lei mi parlasse. Che mi dicesse che stava bene.

Non avrei dovuto lasciarti in quella stanza, sbottai, furioso con me stesso. *Sarei dovuto restare in corridoio con Chiave.*

Pensare all'umano mi strappò una smorfia.

Avevo incaricato un mortale di tenerla al sicuro.

Che errore madornale.

Ma non avevo pensato… «*Merda*». Era proprio quello il problema. Non avevo usato la testa. Mi ero fidato ciecamente.

Avevo dato troppe cose per scontato.

E ora…

Ora Ismerelda è sparita.

Con un ringhio, tornai di nuovo in corridoio in un batter d'occhio. Le mie narici si dilatarono mentre davo la caccia a odori familiari. Ma riuscivo a sentire soltanto il sangue di Ismerelda.

E anche quello di Chiave.

Mi inginocchiai accanto a lui, il suo battito era quasi assente. Chiunque lo avesse morso, lo aveva fatto in modo avventato, sembrava quasi l'attacco di un licantropo. Ma i due fori sul collo non lasciavano dubbi sul fatto che si fosse trattato di un vampiro.

Un vampiro inesperto, dedussi. *Giovane. Poco pratico. Impaziente.*

Era necessaria una certa finezza, quando si uccideva un umano. E chiunque avesse tentato di ammazzare Chiave non la possedeva.

Mi morsi il polso e glielo avvicinai alla bocca. «*Bevi*» gli ordinai, instillando in quell'unica parola il mio potere per costringerlo a obbedire. Non avevo altra scelta: la sua mente e il suo corpo erano troppo deboli per poterlo fare volontariamente.

Gli afferrai una manciata di capelli scuri e gli tirai indietro la testa, continuando a tenere il polso sanguinante sulle sue labbra. Non succhiava, né cercava di bere la mia essenza in alcun modo, ma quell'angolazione gli avrebbe permesso di riceverne un po' sulla lingua.

Grazie alla mia età e al mio potere, anche solo un paio di gocce sarebbero state sufficienti.

Dopo qualche istante, vidi la sua gola muoversi; la mia compulsione lo aveva costretto a inghiottire. Purtroppo, però, gli ci sarebbe voluto del tempo per riprendersi. E io avevo una certa fretta.

Mi guardai intorno, cercando una telecamera o qualsiasi altro dispositivo di sorveglianza. Al suo risveglio, forse Chiave sarebbe stato in grado di dirmi chi aveva cercato di ucciderlo. Ma nel frattempo dovevo trovare un altro modo per raccogliere le informazioni di cui avevo bisogno.

Quando ebbe deglutito per la quinta volta, lo liberai dalla mia persuasione soprannaturale e lo stesi delicatamente sul pavimento. Si sarebbe svegliato con un bel mal di testa, ma almeno sarebbe sopravvissuto.

Lo lasciai lì a riprendersi e mi teletrasportai alla reception. «Ci sono telecamere di sorveglianza nell'area della sala da ballo?» chiesi senza troppi convenevoli.

I tre vampiri mi fissarono a bocca aperta, ma nessuno parlò.

«Non costringetemi a ripetermi» li avvertii. «Non sono noto per la mia pazienza».

«Cosa c'è, Cam?». La voce femminile proveniva dall'alto, attirando il mio sguardo verso un altoparlante.

Uno dei vampiri doveva aver premuto un pulsante di qualche tipo per avvisare Hazel della mia comparsa.

Mi sarei arrabbiato, se non fosse stato così utile. Perché se c'era qualcuno che poteva darmi quello che mi serviva, era la reale di quella regione.

«Ismerelda è stata rapita» dissi a denti stretti. «Voglio tutta la sorveglianza video disponibile di Deirdre City, e la voglio adesso, cazzo».

Calò il silenzio, e l'immobilità che sembrava avere colto tutti mi fece incazzare ancora di più.

«Vengo giù» annunciò Hazel. Le sue parole placarono la mia furia. Almeno per il momento.

Mentre aspettavo, camminai avanti e indietro sul pavimento di piastrelle della reception, tentando disperatamente di connettermi ai pensieri di Ismerelda. Ma la sua psiche restava muta, e il suo stato di incoscienza creava un'insolita quiete che non mi piaceva per nulla.

È così che ti sei sentita per più di un secolo?, le domandai. *Persa e sola in questo abisso silenzioso?*

Il solo pensiero mi fece infuriare ancora di più con il mio vecchio io.

Ma ero altrettanto arrabbiato con il mio io attuale per non averla protetta a dovere.

Dove sei? Chi ti ha portata via da me?

«Cos'è successo?» chiese Hazel nel momento stesso in cui si aprirono le porte dell'ascensore. Poi si irrigidì, e il suo sguardo si spostò sul corridoio che conduceva alla sala da ballo.

E svanì.

Aggrottando la fronte, mi teletrasportai dietro di lei e la trovai accucciata accanto a Chiave, con il polso premuto sulla sua bocca. «Me ne sono già occupato io» la rassicurai. «Se la caverà».

I suoi occhi castani scintillavano di furia e di potere. «Chi è stato?».

«Spero che ce lo dica al suo risveglio» risposi, leggermente sorpreso dalla sua rabbia. Se c'era qualcuno che aveva il diritto di essere arrabbiato, quello ero io. «Suppongo che chiunque lo abbia morso abbia anche preso Ismerelda».

Hazel osservò le condizioni del suo collo, la cui ferita

aveva già cominciato a chiudersi mentre la mia essenza vampirica faceva il suo lavoro. «Un giovane. Qualcuno che non si è mai nutrito prima».

«Sì» concordai. «O qualcuno con poca esperienza».

Emise un suono che era in parte ringhio e in parte mugolio, con il polso ancora sulla bocca di Chiave. Ora la sua gola sembrava muoversi molto più vigorosamente, la sua guarigione era ben avviata. Ma evidentemente non era abbastanza per Hazel.

Lo sollevò tra le braccia con la cura che avrei riservato solo a Ismerelda e lo portò in una sala lì vicino. La stanza buia disponeva di tende oscuranti lungo la parete di fondo e di un palco sul lato opposto.

Non le chiesi a cosa servisse quello spazio, perché non aveva importanza. «Ho bisogno dei filmati di sorveglianza» ribadii.

«Lo so. Cedric li sta portando giù». Sistemò Chiave su un divano e gli appoggiò la testa sul cuscino, per poi accovacciarsi accanto a lui. «Sei al sicuro» mormorò all'umano. «Ti riprenderai».

Stavo iniziando a domandarmi se quel mortale appartenesse a me o a Hazel.

«Che cazzo è successo?» chiese una voce profonda, con un tono di accusa che soltanto un fratello avrebbe potuto esprimere. «E perché cazzo era da sola?». Damien invase il mio spazio personale, i suoi occhi ambrati scintillavano come due lingue di fuoco. «Neanche tre settimane con te e…».

«Ho i filmati» intervenne Cedric da dietro Damien. Aveva in mano un disco, che puntò verso il palco, facendo comparire uno schermo gigantesco.

Apparvero alcune piccole immagini, che crearono una sorta di pannello di controllo improvvisato da cui osservare i filmati di sorveglianza registrati da ogni angolazione possibile. A differenza del pannello che avevo visto nel complesso, costituito da una serie di schermi appartenenti a diversi computer, questo occupava un'intera parete.

Cedric salì sul palco e afferrò le immagini con le mani per spostarle.

«Lì» disse, ingrandendo il filmato che ritraeva me e Chiave, quando lo avevo lasciato a fare la guardia a Ismerelda.

Lasciai Damien a sbollire sulla soglia e andai verso i divani, seguendo le orme di Cedric.

Quando raggiunsi le scale che portavano al palco, sullo schermo apparve una figura incappucciata. Sembrava che fosse entrata dall'esterno, indossando un normale cappotto; ciò spiegava perché Chiave non l'avesse identificata subito come una minaccia.

Ma si era inchinato. Quindi aveva visto che si trattava di un vampiro.

Probabilmente perché poteva vederne il volto, dalla sua angolazione. Tuttavia, il vampiro continuava a tenere il viso girato in modo da evitare le telecamere; ciò significava che doveva essere al corrente della loro posizione.

Trasalii quando la figura incappucciata si avventò sul collo di Chiave, un attacco brutale e poco piacevole da vedere.

Chiave alzò le mani in una manovra difensiva, cogliendo di sorpresa il vampiro e quasi riuscendo a spingerlo via. Ma non fu abbastanza rapido da impedirgli di attaccare di nuovo, e una mano guantata fu subito sulla sua bocca per impedirgli di gridare.

Ci fu una piccola lotta, ma Chiave ebbe rapidamente la peggio.

Nonostante la velocità con cui si svolse l'attacco, doveva essere stato molto doloroso.

Il colpevole gettò Chiave sul pavimento, dove rimase

disteso in una strana angolazione, e poi cercò di sistemarlo grossolanamente contro la parete.

Chiave si afferrò il collo, spalancando la bocca in un rantolo – o forse stava cercando di urlare e avvertire Ismerelda – ma svenne dopo qualche istante, a causa della perdita di sangue.

Poi la figura incappucciata avanzò lungo il corridoio, restando in attesa sulla soglia.

«Considerando la statura, direi che si tratta di una donna». Sentii la voce di Khalid provenire da dietro di me. «È molto più bassa di Chiave».

Visto che l'umano era più di un metro e novanta, la maggior parte della gente era più bassa di lui.

Ma ero d'accordo con la valutazione di Khalid, soprattutto perché la figura incappucciata non sembrava raggiungere il mento di Chiave. Inoltre, sotto il mantello appariva piuttosto minuta.

Ma non avrei comunque escluso nessuno.

Poi apparve Ismerelda, il cui volto mi lasciò senza fiato. Perché sorrideva. Determinata. Così fottutamente bella.

Ma, vedendo Chiave sul pavimento, la sua espressione diventò immediatamente preoccupata. Avanzò come se fosse stata in trance, dando al colpevole l'opportunità di scivolare alle sue spalle.

Anche in quel caso, successe tutto molto rapidamente. Eppure, mi sembrò che l'intera scena si svolgesse al rallentatore.

Ismerelda che si rendeva conto della situazione. La sua paura che aumentava. Il suo inciampare all'indietro verso la figura ammantata.

Il vampiro che sbatteva il calcio della pistola sulla testa della mia erosita.

Strinsi i pugni, e la mia rabbia diventò ancora più intensa. «Chiunque fosse, è venuto qui con uno scopo ben preciso» ringhiai, consapevole che c'era solo un motivo per portarsi dietro una pistola: rallentare gli altri immortali.

Il vampiro prese Ismerelda prima che cadesse a terra, ma i suoi gesti non furono minimamente delicati. Erano efficienti e privi di attenzione nei confronti della mia compagna.

E riuscì a fare tutto senza mostrare nemmeno una volta il viso alla telecamera.

Digrignai i denti quando la figura sparì dalla visuale. Il movimento successivo registrato sul filmato fu il mio arrivo.

Cedric interruppe la riproduzione e ne aprì un altro, che mostrava l'esterno. In qualche modo, riavvolse il filmato con le mani per rallentarlo nel momento in cui il colpevole correva, senza teletrasportarsi, verso il parcheggio.

Dove la figura misteriosa svanì di nuovo.

Apparvero altri filmati, ma non c'era traccia né del vampiro, né di Ismerelda.

«Deve aver parcheggiato all'esterno dell'area sorvegliata» disse Cedric dopo aver trascorso diversi minuti a cercare altre immagini. Riavvolse il filmato per visualizzare l'entrata del colpevole nell'edificio e scosse la testa. «È inutile. Sapeva dov'erano le telecamere».

«Non è del tutto inutile» mormorò Khalid. «Deve trattarsi di qualcuno che conosce bene il sistema di sorveglianza dell'edificio. Sicuramente questo restringe la lista».

«Sì» rispose Hazel. «Ho già chiamato Deirdre. Presto sarà qui».

Quanto presto?, avrei voluto chiedere. Ma preferii concentrarmi sugli schermi, esaminando qualsiasi angolazione avesse potuto rivelare l'identità dell'assalitore.

E nel frattempo restai connesso alla mente silenziosa di Ismerelda, in attesa che si svegliasse.

Riuscivo a *percepirla*, l'unico motivo per cui sapevo che era viva. Ma non essere in grado di sentirla era destabilizzante. Era come se fossi sconnesso da una parte del mio cervello, come se mi mancasse un enorme pezzo della mia anima.

È come vivere senza cuore.

Se anche avessi avuto qualche dubbio sul fatto che Ismerelda fosse il mio unico legame con l'umanità, ora sarebbe stato spazzato via. Perché senza la sua psiche che bilanciava la mia, non me ne fregava un cazzo di niente e di nessuno.

Del piano.

Di quel luogo.

Di quelle persone.

Mi importava solo di sopravvivere. *E di Ismerelda.*

Non avevo salvato Chiave perché mi piaceva o perché tenevo a lui. Lo avevo salvato solo perché avrebbe potuto condividere delle informazioni utili per ritrovarla. Era lo stesso motivo per cui tolleravo i presenti: avrebbero potuto essermi utili.

Forse ciò mi rendeva freddo. Antico. *Insensibile.* Ma senza la connessione con Ismerelda, ero entrato in modalità sopravvivenza. Mangiare. Scopare. Vivere. La mia bestia interiore voleva soddisfare i suoi appetiti fisici e sessuali. Non contava nient'altro.

Ismerelda mi aveva dato un cuore. Mi aveva fatto vedere il mondo con occhi nuovi.

Mi ero svegliato dal sonno senza un reale obiettivo. I rapporti di Lilith mi avevano convinto di essere un re e di dover portare a termine ciò che avevo iniziato. Ma quel progetto non mi aveva appassionato molto.

Creare sacche di sangue immortali avrebbe saziato i miei bisogni di vampiro. Aveva senso completare le ricerche.

Ma non ero riuscito ad abbracciare del tutto quella visione.

Comandare era un'inclinazione naturale per qualcuno nella mia posizione, il mio sangue antico mi qualificava come re. Ciò non significava che volessi essere un monarca, ma semplicemente che lo ero.

Ismerelda aveva cambiato tutto.

Era la mia regina. Il motivo per cui avrei perseguito il trono. Il motivo per cui avrei governato.

Perché *lei* voleva che lo facessi.

Solo che non aveva voluto che sparissi, più di cento anni prima. Ma allora perché lo avevo fatto? Avevo interpretato male i suoi desideri?

O c'era una ragione completamente diversa?

Mi manca un dettaglio fondamentale, conclusi. *È stato il mio legame con la sua umanità a farmi venire il complesso dell'eroe? Ha modificato la mia mentalità, facendomi desiderare di trovare la pace tra mortali e immortali? Perché mai avrei scelto di governare in quel modo?*

Perché ora non ne avevo minimamente voglia, anche dopo aver ristabilito il legame con Ismerelda. Anzi, semmai desideravo l'opposto. Volevo trovarla e portarci entrambi al riparo dalla follia del mondo. Nasconderci ed esistere in un'oasi di pace, e fanculo tutto il resto.

«Ecco una lista di tutte le auto registrate nel parcheggio» stava dicendo Cedric a Damien. La loro conversazione mi strappò dai miei pensieri.

«Sono ancora tutte lì» rispose Damien, la cui concentrazione era rivolta allo schermo. Lo stava manipolando come aveva fatto prima Cedric. Sembrava che stessero analizzando un'ampia serie di dati e di filmati, dando prova ancora una volta della loro abilità con la tecnologia.

Mi venne quasi da sorridere, pensando a quando

Ismerelda aveva finto di non sapere nulla di computer. Una bugia bella e buona.

Era brava quanto il fratello. Forse, con un addestramento adeguato, lo sarebbe stata ancora di più.

«Qui». Damien allargò una berlina nera con i finestrini oscurati. «È passata davanti alle telecamere del checkpoint sette, ma non ha raggiunto l'otto. Il parcheggio è proprio in mezzo».

Cedric tirò l'immagine verso di sé, poi fece avanzare velocemente il filmato finché non mostrò la stessa berlina che tornava indietro.

«Sono passati tredici minuti» disse. «Si è fermata da qualche parte, poi è tornata indietro». Spinse l'immagine verso Damien e aprì un'altra schermata. «Ora ne traccio i movimenti, tu controlla i filmati per vedere se c'è qualche indizio che possa aiutarci. Un numero di identificazione del veicolo, un'immagine del guidatore. Qualsiasi cosa».

Damien stava già zoomando in diversi punti del filmato prima ancora che Cedric avesse finito di parlare, mentre noi li osservavamo.

"Noi" significa Ryder, Darius, Jace e molti altri, pensai, guardandomi attorno. Non avevo idea di quando fossero arrivati, ma ora erano lì, ed erano chiaramente stati aggiornati.

Studiai ciascuno dei presenti, controllando chi mancava. Perché quel licantropo o quel vampiro avrebbe potuto essere il colpevole, oppure avrebbe potuto essere collegato al rapimento di Ismerelda.

I licantropi erano tutti insieme e discutevano sommessamente tra di loro degli odori nel corridoio. Non sembrava che avessero notato niente di particolare, confermando la mia impressione. Ed erano tutti lì, con Jolene e Luka che conducevano la conversazione.

Darius e Jace stavano parlando con Kylan e Khalid,

anche loro sottovoce, esaminando le prossime mosse. La maggior parte delle quali includeva rintracciare Ismerelda.

Ma c'era anche un pizzico di strategia; sembrava che avessero bisogno di trovare il modo di accedere ai sotterranei, che fosse import...

Un ronzio mi riecheggiò nella mente, interrompendo ogni ragionamento. La mia psiche ne cercò la fonte.

No. Non è un ronzio, pensai, aggrottando la fronte. *È un... motore?*

Mi guardai intorno per vedere se lo avessero udito anche gli altri.

Ma nessuno sembrava averlo notato, le loro posizioni erano rimaste identiche a prima, così come il loro chiacchiericcio. Cedric e Damien erano ancora concentrati sugli schermi, si scambiavano appena qualche parola.

Nel frattempo, il rumore nella mia mente continuava ad aumentare, mi ricordava un ringhio. *Cos'è?*, mi domandai. Era troppo forte per essere il motore di un'auto. Somigliava più a un'esplosione. Ma a un'esplosione controllata.

Travolse i miei sensi, strappandomi una smorfia.

Poi una voce bassa e dolce sussurrò in tono assonnato: *Aereo...*

Ismerelda? Mi raddrizzai. *Sei sveglia?*

Non... non... Si interruppe, e il rumore svanì.

«Cosa c'è?». La domanda proveniva da davanti a me. Restai per un attimo disorientato, trovandomi Ryder a un centimetro dalla faccia.

«Stai indietro» ringhiai. Dovevo concentrarmi sulla mia compagna. *Ismerelda?*

Ma era di nuovo silenziosa, caduta ancora una volta nell'incoscienza.

Un altro ringhio mi vibrò nel petto. Tra il silenzio di Ismerelda e l'intrusione di Ryder, la mia irritazione stava aumentando a dismisura. Fulminai il reale con lo sguardo e dissi a denti stretti: «L'ho persa».

«Sì, lo so» commentò, con un tono privo della solita ironia e intriso invece di violenza. Una violenza che sembrava indirizzata a me.

«No, mi stava parlando, e ora non c'è più» sibilai. «Mi hai distratto».

Inarcò le sopracciglia. «Se basta la mia presenza a distrarti, non dev'essere una connessione particolarmente solida, non credi?».

I miei pugni fremevano dalla voglia di colpire la sua faccia arrogante.

Ma preferii ignorarlo e frugare nel nostro legame, alla ricerca del suono roboante.

Aereo, aveva detto Ismerelda, facendomi incurvare le labbra all'ingiù.

Sei su un aereo?, le chiesi, cominciando a capire.

Nessuna risposta.

I muscoli dei miei avambracci si fletterono, la mia rabbia era sempre più incandescente. *Parlami, mia regina. Dimmi dove sei. Dimmi dove trovarti.*

Silenzio.

L'ennesimo ringhio si fece strada dentro di me, e Ryder ne emise uno a sua volta, costringendomi a riportare l'attenzione su di lui.

Solo che non era più davanti a me, stava guardando gli schermi. «Abigail» mormorai, riconoscendo la vampira. «Perché…?». Mi interruppi quando Damien ingrandì un'immagine dell'interno dell'auto che stava tracciando, i capelli della donna non lasciavano dubbi sulla sua identità.

«Ha usato la sua carta d'accesso per entrare in città un'ora fa» disse Deirdre. Si trovava accanto a Hazel; a quanto sembrava, anche lei era arrivata senza che me ne accorgessi. «Pensavo che volesse incontrarmi».

«Pensavi male» rispose Ryder, senza staccare gli occhi dagli schermi. «In che direzione sta andando?».

«Sto cercando di capirlo» rispose Damien.

«Ho bisogno dell'auto più veloce che hai» proseguì Ryder, facendomi inarcare le sopracciglia.

«*Abbiamo* bisogno dell'auto più veloce che hai» lo corressi.

Valutai anche l'idea di dirgli che non sarebbe venuto con me, ma in realtà era meglio così. L'abitudine di Ryder a uccidere prima e a fare domande dopo avrebbe potuto tornarmi utile.

Mi ignorò. Mi andava bene. Mi sarei unito a lui, oppure avrei preso l'auto e lo avrei lasciato lì.

Sospettavo che si sarebbe trattato della prima opzione, perché era probabile che anche lui sarebbe giunto alle stesse conclusioni sulla mia utilità. Dopotutto, ero l'unico connesso mentalmente a Ismerelda, e ciò mi rendeva una risorsa fondamentale.

«Me ne sto già occupando» disse Deirdre, con uno di quegli schermi traslucidi che le aleggiava davanti al viso.

Co....?, mi sussurrò di nuovo nella mente la voce di Ismerelda, seguita ancora una volta dal rumore del motore. *Dove....?*

Ismerelda. Riesci a sentirmi?

C... Cam?, rispose. *Do... dove....? Non...*

Ssh, prenditi un attimo per recuperare le forze, le dissi. *Cerca di non muoverti. Concentrati sulla respirazione. E dimmi tutto quello che senti.*

Se fosse riuscita a fingersi incosciente ancora per qualche istante, avrebbe potuto fornirmi dettagli sufficienti per rintracciarla. E speravo che ciò le avrebbe permesso di non essere messa di nuovo al tappeto.

Non... Si interruppe di nuovo.

Va tutto bene. Prenditi tutto il tempo che ti serve, amore. Sono qui. Magari non fisicamente, ma mentalmente sarei stato per sempre al suo fianco.

Udii ancora quel rumore attraverso il legame, e la sua mente cercò di decifrarlo. *Aereo*, le riecheggiò ancora una volta nei pensieri.

Aspettai e ascoltai i suoi ragionamenti sull'ambiente circostante.

Sono su un aereo? Sembrava che stesse riacquistando un po' di lucidità. *Penso... penso che sia un jet. È molto rumoroso. Ma cosa c'è sotto di me? È... morbido. Un letto? Un divano? E cos'è questo odore?*

Mi resi conto che mi stavo conficcando le unghie nei palmi, con le mani ancora strette a pugno. Avevo bisogno di più informazioni. Una posizione. Un punto di riferimento. *Qualsiasi cosa* che potesse aiutarmi a trovarla.

È... metallico?, continuò. L'odore le fece girare la testa. *Sangue...*

Mi irrigidii. *È il tuo sangue? Dalla ferita alla testa?*

Quale ferita alla testa?, chiese.

Aggrottai la fronte. *Non ti fa male la testa?*

No.

Forse il mio sangue ti ha guarita... Gliene davo un po' ogni giorno, a ogni pasto, perché volevo renderla più forte. *Abigail ti ha colpita con il calcio di una pistola.*

Abigail?, ripeté in tono confuso. *Chi è Abigail?*

Ma l'attimo dopo trovò la risposta nella mia mente.

Solo che l'informazione la disorientò ancora di più, perché non capiva come mai Abigail l'avesse colpita, né il motivo per cui intorno a lei tutto vibrava rumorosamente.

Non... Si interruppe di nuovo, e un'ondata di shock attraversò il nostro legame. *Cane?*

Mi accigliai ancora di più. *Cane?*

Nessuna risposta.

Ma non ce n'era bisogno.

Perché potevo udire la sua mente che elaborava ciò che stava vedendo.

Mio fratello con addosso un completo nero.

Seduto di fronte a lei.

Su un jet.

Izzy

Sbattei più volte le palpebre, la mia mente era incapace di elaborare appieno quello che stavo vedendo. Tra l'altro, era tutto di traverso; doveva essere stesa.

Ma non era la visuale a confondermi, bensì la scena stessa.

Cane. Lo avevo riconosciuto subito. Solo che non… non riuscivo a credere che fosse lì.

Seduto accanto a Michael.

Su due sedili sfarzosi.

A sorseggiare quello che sembrava vino al sangue.

«Delizioso» commentò Cane. Mentre finiva il drink, il suo sguardo danzò su di me.

Mezzo secondo più tardi, apparve una donna nuda con un pugnale appoggiato al polso. Trasalii quando si tagliò, cominciando a riempire di nuovo il bicchiere di Cane.

Stava fissando il liquido gocciolare nel calice con aria assente, l'unica reazione del suo corpo alle sue azioni era rappresentata dal colorito cinereo.

O sta usando la compulsione, o è stata addestrata a non reagire, pensai, provando un'ondata di nausea.

Ismerelda, mi sussurrò nella mente Cam. *I…*

210

«Basta così» disse Cane in tono piatto, con lo sguardo su di me. Le sue parole, però, sembravano rivolte all'umana. «Ora inginocchiati e servi il tuo scopo».

«Sì, mio signore» rispose lei automaticamente. Obbedì subito, piegando le gambe tremanti.

«Siete sicuro, mio signore?» chiese Michael. «Ha un aspetto... spettrale».

Cane osservò finalmente la donna dai capelli castani. Poi si strinse nelle spalle. «Mi sembra perfettamente in grado».

Deglutii, attanagliata da una sensazione di terrore. Non per l'atto che si stava svolgendo davanti a me, ma per quella voce. L'avevo riconosciuta.

L'avevo sentita riecheggiare nella mia testa per quelli che mi erano sembrati anni, nonostante si fosse trattato solo di pochi giorni.

«Mi sembra appropriato».

«Se dovesse fallire, posso sempre assaggiare la sgualdrina di mio fratello e scoprire perché gli piace così tanto» continuò Cane.

Michael sorrise. «Oh, anch'io morivo dalla voglia di scoprirlo, mio signore. Purtroppo, ho perso l'occasione».

«Già» rispose Cane, i cui occhi verdi, una delle poche differenze fisiche tra lui e Cam, incontrarono i miei.

Cane... È stato Cane a mandarmi in quella stanza per essere... Non riuscii a terminare il pensiero. Ma non era necessario.

Cam aveva già seguito il mio ragionamento fino in fondo, e il ringhio che ne risultò mi rimbombò nella mente. *Non era un ologramma. Era quel bastardo di mio fratello.*

Rabbrividii, incapace di sostenere contemporaneamente la sua rabbia e l'esame di Cane. Erano entrambi così intensi, seppure in modo completamente diverso.

Datti una calmata, mi dissi. *È Cane. Conosci Cane. È il fratello di Cam. Non ti farebbe mai…*

Quasi mi accigliai, l'ultimo pensiero era palesemente una bugia. Perché Cane aveva già cercato di farmi del male. Si era spacciato per Cam e mi aveva lasciata con Michael. Le sue intenzioni nei miei confronti erano la quintessenza della malvagità.

Forse questo non è il vero Cane…? Una valutazione troppo simile a quella che avevo inizialmente formulato per Cam.

E Cam si era rivelato molto reale.

Gli occhi verdi di Cane, che ancora trattenevano i miei, brillarono. Le mani della donna gli sfiorarono le cosce, andando a slacciargli la cintura. Dalla mia posizione, ebbi una visuale perfetta di lei che gli liberava il sesso.

Qualcosa che non volevo assolutamente vedere.

Cercai di alzarmi, venendo nuovamente travolta dalla nausea.

«Dovresti inchinarti» disse Michael con un'espressione severa.

«E tu dovresti essere morto» sibilai, incapace di trattenermi. Ma fanculo lui e fanculo tutto questo. «Perché sono qui?».

Per ricordarmi cos'è diventato il nostro mondo?, pensai cupamente. *Per vedere un'umana servire un vampiro nel più degradante dei modi?*

Cane non disse nulla, continuando a sorseggiare il vino con una postura rilassata. Non sembrava molto interessato alla donna che muoveva la testa tra le sue cosce spalancate.

Michael si alzò in piedi e venne verso di me, irradiando un'aura malevola. «*Inchinati*».

«Non importa» disse Cane. «Lascia che si comporti male. Sarà bello punirla».

Cam ringhiò nella mia mente. Doveva avermi sentita

riflettere su quel commento, perché mi ero chiesta immediatamente: *Come?*

Michael fece un altro passo avanti, la sua mano svanì sotto la giacca.

«Siediti». L'ordine di Cane fece bloccare Michael.

Ma nonostante quel comando gli avesse impedito di procedere verso di me, non cancellò la sua espressione omicida, né la promessa di morte che si annidava nel suo sguardo.

Non la morte di Cane, ma la mia.

Serrò la mascella, obbedendo al suo signore... e facendomi aggrottare la fronte. Michael si stava comportando con lui come nei confronti del proprio sire. *O di un re*, immaginai. *Ma se...? E se fosse stato Cane a trasformare Michael?*

Questo spiegherebbe la mia mancanza di un legame con lui, rispose subito Cam, la cui mente era chiaramente in sintonia con la mia. *E suggerirebbe anche che Lilith abbia lavorato con mio fratello per tutto il tempo. O meglio, per mio fratello.*

Ma perché avrebbe dovuto fare una cosa del genere?, mi domandai, confusa. Cos'aveva spinto Cane a desiderare quella vita?

Non si è mai addormentato, mi sussurrò Cam. *O Lilith mi ha costretto a svegliarlo. Comunque sia, si tratta della sua umanità. Non ne ha.*

Deglutii a fatica, mentre i pensieri di Cam si dipanavano attraverso il nostro legame, spiegandomi perché lo sapeva. Era molto semplice: lo capiva.

Anche lui era privo di umanità, o almeno lo era fino a un certo punto. I mortali erano cibo. Animali da compagnia. Esseri destinati a fornire piacere e nutrimento. Creature inferiori.

Come gli umani vedevano il bestiame, tradussi. *Solo che noi non scopiamo gli animali. Non abbiamo nemmeno bisogno di loro per sopravvivere.*

Sì, concordò Cam. *Ma se ci fosse stata una specie inferiore alla vostra che potevate usare in quel modo, lo avreste fatto, schiavizzandola. La vostra storia lo dimostra.*

La sua mente mi disse che non si riferiva a eventi recenti, ma a situazioni a cui aveva assistito nel corso della sua lunghissima vita. Eventi che risalivano a molto prima che io venissi al mondo.

Rabbrividii, le sue visioni del passato mi dipingevano davanti agli occhi un futuro orribile.

Perché aveva ragione.

Gli esseri umani lo avrebbero fatto. Lo *avevano* fatto.

E tecnicamente i vampiri condividevano le stesse radici. Stavano semplicemente seguendo la traiettoria che avrebbero seguito i mortali, se avessero ricevuto abilità superiori e poteri soprannaturali.

Solo perché lo capisco, non significa che lo desideri, mi sussurrò Cam nella mente.

Ma una parte di te sì, risposi.

Una parte di me è d'accordo con la necessità di creare una fonte di sangue immortale, ammise. *Tuttavia, la parte di me legata a te desidera che venga fatto in modo umano.*

E se io non ci fossi?

Beh… Si interruppe. *Onestamente, Ismerelda, non lo so. Non sono un eroe e non fingerò di esserlo. Ma non mi opporrei a una convivenza pacifica, purché ai vampiri fosse fornito ciò di cui hanno bisogno per sopravvivere.*

E i licantropi?, gli chiesi.

Credo che i miei fratelli direbbero: "Non siamo licantropi. I lupi possono cavarsela da soli".

«Cosa sta dicendo mio fratello?» domandò Cane, ricordandomi della sua presenza. «Ti sta ripetendo di restare calma? Ti sta rassicurando sul fatto che verrà a salvarti?».

Lo guardai. «No» risposi onestamente. «Mi sta spiegando che capisce la tua decisione».

Inarcò un sopracciglio. «La mia decisione?».

«La tua decisione di governare e abbracciare il nuovo mondo» chiarii, cercando conferma della nostra teoria. «Mi sta spiegando perché i vampiri hanno bisogno di una fonte di sangue immortale. E mi sta anche dicendo che gli umani farebbero lo stesso con delle creature inferiori, se ne avessero i mezzi e l'opportunità».

Cane mi osservò per qualche secondo. «Interessante. E io che pensavo che volesse riprendere la sua lotta contro il mio regno».

Riferii la risposta a Cam, le parole di Cane sembravano corroborare la nostra interpretazione.

Il mio compagno rimase in silenzio e valutò come giocarsela, sfruttando la sua mentalità da stratega. *Di' a mio fratello che non ho nessun desiderio di governare*, mormorò. *Poi chiedigli cosa vuole da me.*

«Cam non ha nessun desiderio di governare» riportai a Cane, poi feci una pausa, lasciando che avesse il tempo di assimilare quella informazione.

«Oh?». Cane posò il calice e afferrò i capelli della donna. «Faccio fatica a crederci». Iniziò a guidare i movimenti dell'umana, stringendo leggermente i denti.

Era una chiara rappresentazione del mondo attuale, le sue azioni dicevano molto di più di quanto potessero fare le sue parole. Perché mi stava mostrando come controllava la mia specie. Come i mortali si inchinavano e servivano.

Peggio ancora, il luccichio nei suoi occhi suggeriva che stava immaginando *me* in ginocchio tra le sue cosce.

E solo pensarci mi fece rivoltare lo stomaco.

Perché... no. *Col cazzo.*

Non mi sarei mai inginocchiata, per lui o per chiunque altro.

Ismerelda, mormorò Cam nella mia mente. *Chiedigli cosa vuole da me.*

Deglutii la bile che mi era risalita lungo la gola. Ero profondamente nauseata dalla scena che si stava svolgendo davanti a me. Soprattutto perché l'umana stava chiaramente lottando per respirare, il suo corpo era teso e tremante e privo di energia, mentre Cane le scopava la bocca come se fosse stata una bambola.

Un oggetto da usare.

Proprio come ha fatto Cam con me l'altro giorno, pensai. Solo che, a differenza di Cam, ero abbastanza sicura che Cane non avrebbe dato il suo sangue alla donna per aiutarla a riprendersi.

Se fosse morta, sarebbe rimasta tale.

Una bambola gettata via.

Non una vita.

Lo odiavo. Odiavo tutto questo.

Nonostante siamo fisicamente inferiori, le nostre menti... le nostre anime... sono uguali.

Cam non rispose, ma lo sentii elaborare le mie parole, domandandosi se fosse vero.

«Cosa vuoi da Cam?» mi costrinsi a domandare. Avevo bisogno di concentrarmi sulla conversazione, e non sulle azioni brutali di Cane. «È Cam a chiederlo, non io» specificai. Volevo saperlo anch'io, ma sospettavo che Cane sarebbe stato più propenso a rispondere in maniera esaustiva, se fingevo di essere soltanto il tramite.

«Mmm» mormorò Cane. «Di' a mio fratello che mi assicurerò personalmente che il vostro legame venga spezzato. Proprio come sarebbe dovuto succedere l'altro giorno».

Le sue parole mi fecero correre un brivido lungo la schiena, mentre il mio cervello ripeteva automaticamente la frase a Cam.

«A meno che...» proseguì Cane. «A meno che non mi incontri al complesso».

Si rilassò ancora di più sul sedile. La sua presa sembrò stringersi ulteriormente sui capelli della donna, mentre continuava a muoverla sul suo sesso senza mai distogliere lo sguardo dal mio.

Mi concentrai sul ripetere le sue condizioni a Cam, invece che sulla *visuale*.

«Ha tre ore» continuò Cane. «Gli suggerisco di prendere in prestito il jet di Kylan. Digli che Damien può pilotarlo, ma che nessun altro è autorizzato a unirsi a loro».

Strinsi i denti, riferendo tutto quanto a Cam.

Parla sul serio, aggiunsi. *Glielo leggo negli occhi, Cam. È...* Mi interruppi, era inutile proseguire. Perché Cam sentiva sicuramente la paura che mi stava attanagliando la mente.

Non riuscivo a evitare di immaginarlo.

Cane che pronunciava ordini che avrebbero segnato il mio destino. Commenti su quale sia il mio unico scopo e su come sarei dovuta morire mille anni prima.

Solo che ora, quando Michael mi trascina nella stanza, c'è Cane ad attendermi. Ha un sorriso sadico e lo sguardo gelido. Le sue mani graffiano e strappano. Il suo cazzo è nella mia gola, non in quello della donna sul pavimento.

«Ma che brava schiava, che riferisci tutto a mio fratello» disse Cane, con un tono che mi fece correre un altro brivido lungo la schiena. «Allora? Cos'ha risposto? Acconsente alla mia richiesta?».

«Non ha ancora risposto» ammisi con voce roca, odiandomi. Volevo essere più forte di così. Ma vedendo Cane scopare quella povera donna... sentendo le sue parole crudeli... era difficile mantenere la calma.

Non sarebbe stato difficile per Cane distruggere il mio legame con Cam.

Stuprarmi.

Uccidermi.

Solo che stavolta non mi sarei svegliata. La mia connessione con l'immortalità di Cam sarebbe stata spezzata per sempre. *Morirò. Sul serio.*

Non permetterò che accada, mi promise Cam. *Di' a mio fratello che sto arrivando, ma che se il mio legame con te dovesse interrompersi in qualsiasi momento, sarò costretto a cambiare idea sul mio ruolo. E mi approprierò del suo trono.*

Stai… stai andando verso il bunker? Una domanda stupida, ma non riuscii a impedirmi di pensarla. Soprattutto perché le ripercussioni di quella scelta cominciavano a farsi strada nel mio cervello, e la precarietà della nostra posizione mi diventava sempre più chiara.

Cane mi aveva rapita per usarmi come merce di scambio. Una pedina. Un modo per attirare Cam nelle catacombe e… e cosa? Imprigionarlo ancora?

È stato Cane a catturarlo la prima volta?, mi domandai. *È davvero lui la persona dietro a tutto questo? Lilith lavorava per lui? O l'ha svegliato come ha fatto con Cam, incasinandogli il cervello?*

Ismerelda, disse Cam, cercando di attirare la mia attenzione.

Ma ora che la mia mente stava iniziando a capire, non riuscivo a smettere di pensare. Mi limitai a discuterne con Cam, invece che con me stessa.

E se Cane usasse l'arma di Lilith contro di te?, gli chiesi, e subito seguì un altro pensiero. *E se…? E se non fosse affatto l'arma di Lilith, ma sia sempre stata la sua? Se lei lavorava per lui… allora… allora è lui ad aver orchestrato tutto. Giusto? Cam, e se…*

Riferiscigli quello che ti ho detto, Ismerelda, intervenne con un tono tagliente che mi fece trasalire.

Ma...

Quell'arma mi ha già fritto il cervello. È probabile che non funzioni di nuovo. La sicurezza del suo tono mi disse che aveva già considerato quella possibilità e aveva deciso che valeva la pena rischiare.

Solo che non ero d'accordo. *È un rischio troppo grande, Cam. Non puoi andare nel complesso. Se Cane è sempre stato al comando, o anche se gli hanno fatto il lavaggio del cervello, è una situazione troppo pericolosa. Potrebbero cancellarti di nuovo la memoria. E allora cosa accadrebbe?*

Riferiscigli quello che ti ho detto, Ismerelda, ripeté, facendomi stringere i pugni.

Non hai intenzione di discuterne con me?, gli chiesi.

Cosa c'è da discutere? Ti ha rapita. Mi ha detto quali sono le sue condizioni. Ho accettato l'invito, ma solo se mi garantisce che il nostro legame resterà intatto.

Okay, accetti di incontrarlo, ma a che prezzo?, sbottai. *L'ultima volta che hai incontrato qualcuno, sei sparito per più di un secolo!*

Sì, ma stavolta non sto cercando di fare l'eroe per salvare il genere umano. Lo sto facendo perché è la scelta più pratica. Mio fratello vuole incontrarmi, e io lo incontrerò.

Serrai la mascella.

«Ismerelda?» mi esortò Cane. «Cos'ha detto mio fratello?».

Diglielo, ripeté ancora una volta Cam. *Digli che accetto i suoi termini, ma solo se la tua mente resterà connessa alla mia.*

Digrignai i denti. La psiche di Cam mi confermò che non avrebbe cambiato idea. Anche perché non vedeva un'alternativa.

E nonostante odiassi quella decisione, non ne vedevo una nemmeno io.

A parte lasciare che Cane mi stupri e mi uccida, pensai con una smorfia.

Quella non è un'opzione, ringhiò Cam.

Tecnicamente sì. Ma non ne ero particolarmente entusiasta nemmeno io.

Izzy, mormorò Cam. *Non è come l'ultima volta. La mia mente è aperta. Puoi vedere come sono giunto a questa decisione. E non ti sto abbandonando. Sto venendo da te. È una situazione completamente diversa.*

È comunque tutto incerto.

Sono d'accordo. Ecco perché voglio incontrare Cane, per determinare il ruolo di mio fratello in questa storia. Forse Lilith ha fatto il lavaggio del cervello anche a lui. O forse è sempre stato lucido. Non lo saprò finché non lo avrò visto di persona.

Mi conficcai le unghie nei palmi, sempre più frustrata. Perché aveva ragione. Non avevamo altra scelta.

Ed era vero che la situazione era diversa dall'ultima volta.

Molto diversa.

Su, leonessa. Sta' al gioco, mi sussurrò Cam. *Ma ricordati qual è la tua posizione, mia regina. È la più potente di tutti. E, insieme, vinceremo.*

Le sue parole contribuirono a scongelare alcuni dei miei pensieri più gelidi, la sua sicurezza sciolse il ghiaccio che ricopriva la mia spina dorsale e mi permise di raddrizzarmi ancora una volta.

Cam aveva ragione. Dovevamo stare al gioco.

Era un tratto tipico dei vampiri dedicarsi a mosse strategiche e negoziazioni. Non reagivano impulsivamente. E amavano i rompicapi.

Cane aveva pianificato la sua mossa più recente, il mio rapimento, molto attentamente. Non avrebbe rovinato tutto uccidendomi.

C'era un motivo se voleva Cam.

Non sapevo quale fosse.

Ma lo avremmo scoperto presto.

Assecondando Cane e il suo gioco pericoloso.

Incontrai il suo sguardo e ripetei ciò che aveva detto Cam.

Le sue labbra si incurvarono in un sorriso. «Accetto i suoi termini». E con quello, gemette, chiudendo gli occhi e serrando la presa sui capelli della donna, facendola contorcere dal dolore.

O forse le sue convulsioni erano dovute alla mancanza di ossigeno.

Non riuscivo a capirlo, e a Cane palesemente non importava. Si limitò a ringhiare, e la sua estasi si riverberò in tutto il jet mentre l'umana perdeva conoscenza tra le sue gambe.

Non ebbe alcuna considerazione per la sua condizione, apparentemente prossima alla morte.

Non le dedicò nemmeno un'occhiata.

Continuò solo a svuotarsi nella sua bocca, affogandola letteralmente nel suo seme.

Michael ridacchiò osservando la scena, ma il suo divertimento sembrava dovuto alla mia espressione, piuttosto che all'atto stesso. Probabilmente perché non riuscivo a nascondere il mio disgusto. «Presto quella sarai tu, piccola zoccola» mi informò Michael.

Inspirai lentamente, mentre l'immagine di me che gli conficcavo un paletto nel cuore sostituiva quella che aveva cercato di evocare.

«Non puoi toccarla. Non ancora» mormorò Cane, che continuava a tenere gli occhi chiusi. «Ma ti lascerò scoparla davanti a Cam, se è quello che vuoi».

«Voglio solo ucciderla» rispose Michael.

«Mmm» mormorò Cane, emettendo un suono che mi ricordava Cam.

Di' a mio fratello che ci vediamo presto, sussurrò il mio compagno, distraendomi momentaneamente.

Ripetei le sue parole con un tono privo di emozioni.

Cane arricciò le labbra, i suoi occhi finalmente si aprirono. Lasciò andare i capelli della donna, il cui corpo si accartocciò in un ammasso esanime sul pavimento. «Non vedo l'ora».

SILAS

Caos.

Fottutissimo caos.

Mi trovavo in un angolo del nightclub, o almeno pensavo che lo fosse. I divanetti e il palco erano quelli di un locale qualsiasi, ma le pareti scure mi ricordavano l'elegante nightclub di un film che mi aveva fatto vedere Rae qualche tempo prima. Immagini che risalivano a un'epoca che non conoscevo, e che lei stava scoprendo grazie a Kylan.

Mancava soltanto una luce rossa soffusa.

Ma purtroppo l'unica componente di rosso era nei visi di alcuni licantropi, la loro rabbia inondava l'ambiente con un odore virile che invocava il mio lupo interiore.

«Pensi che gli abbiano fatto il lavaggio del cervello?» stava chiedendo Jace poco lontano. «Come ha tentato di fare Lilith con te?».

«Non lo so» rispose Cam. «E l'unico modo per scoprirlo è salire su quel jet con Damien».

Darius mise una mano sulla spalla di Cam, trattenendolo prima che potesse allontanarsi dal gruppetto. «Ti mancano alcune informazioni di cui penso tu abbia bisogno, prima di affrontarlo».

«Conosco tutti i ricordi di Ismerelda, Darius. Sono perfettamente aggiornato».

«Con tutto il dovuto rispetto, no, non lo sei. Hai la *sua* prospettiva, non la mia. E penso di saperne molto di più sul vero Cane di quanto ne sappia lei».

Calò il silenzio, i due vampiri erano impegnati in una sorta di conversazione silenziosa. Da quello che avevo appreso, Cam era il sire di Darius; ciò lo rendeva la figura dominante.

Ma entrambi trasudavano energia alfa, tanto che mi si rizzarono i peli sulle braccia in segno di avvertimento.

«Tutto questo è pazzesco» mormorò Rae, unendosi a me nell'angolo.

«Una follia» le fece eco Willow. Erano venute da me insieme.

Il fatto che nessuno ci rivolgesse nemmeno un'occhiata la diceva lunga. I loro commenti si persero tra le discussioni che si stavano svolgendo nella sala.

«Ti ricordi Aurelia?» chiese Darius. «E quello che ha fatto a tuo fratello?».

«No, ma Ismerelda mi ha mostrato tutto» rispose Cam. «L'incidente con Aurelia è ciò che ha portato Cane a scegliere il sonno immortale».

Darius sorrise, ma si trattava di un sorriso amaro. «Aurelia è stata molto di più di un *incidente*, Cam. Il suo tradimento ha cambiato tuo fratello. Si è portata via la sua umanità. Lo ha spinto a voler schiavizzare i mortali, proprio come ha fatto Lilith».

«Non riesco a credere che non abbiamo pensato a lui»

disse Jace, camminando avanti e indietro. «È il suo creatore».

«Che avrebbe dovuto essere addormentato» gli fece notare Darius. «Abbiamo dato tutti per scontato che un po' di riposo lo avrebbe curato dalla sua mancanza di umanità».

«Sì, certo, spesso un pisolino mi libera dell'odio nei confronti degli altri» commentò Ryder in tono piatto. «Seriamente, come avete potuto anche solo *pensare* di essere in grado di governare, facendo dei ragionamenti del genere?».

Rae e Willow si scambiarono un'occhiata, ma furono distratte da un ringhio proveniente dal gruppetto dei licantropi. Sembrava che si stessero fronteggiando, lasciando i miei compagni, che erano parte della conversazione, visibilmente a disagio.

«È un'antica usanza, sfruttata per millenni dai Benedetti» ribatté Jace, catturando ancora una volta la mia attenzione. «È stato dimostrato che aiuta la loro umanità a rinvigorirsi».

Kylan sbuffò. «È solo una scusa per evitare di *vivere*».

«Esatto» confermò Ryder. «Non serve a niente».

Kylan annuì. «Il mio creatore, o forse dovrei dire *mio padre*, ha scelto il riposo eterno poco dopo la mia rinascita immortale, o come cazzo volete chiamare quando smettiamo di invecchiare. Comunque, dicevo, Kratos è fuggito dalla realtà e mi ha lasciato a cavarmela da solo per secoli, prima di svegliarsi di nuovo. E sapete cos'è successo quando si è svegliato?».

«Oh, lasciami indovinare...» mormorò Ryder in tono sarcastico.

«Si è svegliato con gli stessi ricordi e sentimenti che lo hanno seguito nel sonno eterno» spiegò Kylan. «E ha scelto subito di tornare a dormire. Non lo disturberò più. Per me è come se fosse morto».

«Quindi non ha riacquistato magicamente la sua umanità?» chiese Ryder con finta curiosità. «Non ha ricominciato ad amare la vita? Non si è sentito una persona nuova?».

«No» rispose Kylan con altrettanto finto stupore.

Ryder simulò un'espressione scioccata, portandosi una mano al petto. «Non posso crederci!».

Kylan ridacchiò, ma non aveva il solito atteggiamento disinvolto. Il suo sguardo era troppo intenso.

La piccola recita di Ryder si sciolse in un cipiglio severo, quando tornò a rivolgersi agli altri. «Se Cane è andato a dormire senza la sua umanità, si è svegliato allo stesso modo. Lo scopo del riposo eterno è semplicemente quello di passare il tempo, magari trovando qualcosa di nuovo al proprio risveglio. Tutto qui. I nostri sentimenti e i nostri desideri restano immutati».

«Quindi, se Cane è andato a dormire con la brama di schiavizzare il genere umano, è così che si è svegliato» concluse Damien.

Già, concordai.

Cosa?, chiese Edon, la cui voce mentale era tesa a causa delle discussioni tra gli altri licantropi.

Gli riassunsi ciò di cui stavano parlando i vampiri. Era quello il mio ruolo: dovevo ascoltare e osservare, mentre lui e Luna si confrontavano con i membri della nostra specie.

Erano giorni che eravamo a disagio a causa delle tensioni all'interno del gruppo.

«A meno che non abbia mai dormito» disse Darius, incontrando lo sguardo di Cam. Le sue parole misero a tacere tutti gli altri vampiri. «Non ha mai voluto riposare. È stata una tua idea. E se avesse accettato solo per tenerti buono? Forse aveva un piano di emergenza per assicurarsi di non cadere realmente nel sonno immortale».

Cam lo fissò per qualche istante, poi rispose: «Potrebbe essere. Ma ciò non risolve il nostro problema attuale: Cane ha Ismerelda e vuole che lo incontri sotto la Città del Vaticano tra meno di tre ore. Questo significa che io e Damien dobbiamo andarcene *adesso*».

«Carino da parte di Cane consigliarti di usare il mio jet» commentò Kylan.

Cam si voltò verso di lui. «Ha la mia *erosita*. Se avesse rapito la tua Raelyn, cosa faresti?».

Kylan si irrigidì, e le sue narici fremettero. «Lo ucciderei».

«Allora capisci perché ho bisogno del tuo jet» replicò Cam.

I due reali si fissarono, fronteggiandosi in maniera simile a quella dei licantropi dall'altro lato della stanza.

C'è qualcosa che ci sfugge, mi disse Edon, la cui attenzione era ancora rivolta agli altri lupi. *Solo che non riesco a capire cosa sia, e Jolene sta facendo il misterioso.*

Erano giorni che noi tre sospettavamo che ci fosse qualcosa che non andava, a parte l'evidente tensione. Solo che non riuscivamo a trovare una spiegazione, e il nonno di Edon, Jolene, non ci era minimamente di aiuto. Così come Logan, il fratello di Luna.

Era come se fossimo stati esclusi dalla conversazione principale.

Una sensazione acuita dal modo in cui vampiri e licantropi si concentravano soltanto su loro stessi, ignorando completamente il futuro del genere umano.

Non facevano che discutere su come smantellare l'operazione di Lilith. *O forse di Cane*, pensai, lanciando un'altra occhiata verso i vampiri.

Volevano convincere l'Alleanza a entrare in una nuova

fase, diversa dalla precedente. Eppure, nessuno aveva ancora definito chiaramente come muoversi in una nuova direzione, a parte forse seguire l'esempio di Blood City.

Ma quel modello non soddisfaceva i licantropi, soprattutto dopo quello che avevano scoperto. Erano assetati di sangue. Di sangue di *vampiro*.

Le due specie si erano ritrovate così divise in fazioni opposte. Jace aveva tentato di risolvere la situazione, discutendone con Edon e Luka.

Tuttavia, i loro sforzi si erano dimostrati piuttosto artefatti. Nonostante i lupi sembrassero rispettare i reali presenti, non avevano promesso di comportarsi allo stesso modo nei confronti dell'intera Alleanza.

Anzi, alcuni licantropi avevano iniziato a incontrarsi in privato, lontano dal palazzo di Deirdre.

Lo sapevamo soltanto perché ci eravamo imbattuti casualmente in una di quelle riunioni, durante una delle nostre corse.

Quando ci eravamo avvicinati, gli alfa si erano ammutoliti, e le loro posture rigide tradivano quanto fosse seria la discussione. Eppure, avevano finto che si trattasse di quattro chiacchiere tra amici.

Edon aveva fiutato la bugia, ma aveva lasciato perdere.

Solo che tutti e tre ci eravamo resi conto che c'era qualcosa che non andava. Qualcosa di grosso. Ma non avevamo idea di cosa fosse.

E la bomba che aveva appena sganciato Cam, quella sul potenziale coinvolgimento del fratello, non aiutava.

I lupi stavano già faticando a fidarsi di Cam; la perdita di memoria e il suo atteggiamento incurante lo rendevano inadatto a un ruolo di comando.

«Perché dovremmo seguirlo?» avevo sentito uno di loro chiedere in un sussurro.

«Non dovremmo» aveva risposto un altro.

Ma i vampiri erano troppo impegnati a litigare tra di loro per cogliere il malcontento dell'altra specie.

Proprio come i licantropi erano troppo assorbiti dalla loro discussione per accorgersi che Cam e Damien se ne stavano andando, con Ryder e Kylan al seguito.

Rae si schiarì la voce. «Kylan dice che dovremmo andare con loro». Il commento era rivolto a Willow, non a me.

«No» rispose Willow. «C'è troppa tensione. È...». Le sue labbra si incurvarono all'ingiù. «Parlano solo di loro stessi, di chi potrebbe opporsi, di chi si merita la loro vendetta. Non vedo come possa essere la base di un piano per il futuro. È sbagliato perfino per il presente».

«È vero» concordò una voce profonda. *Khalid*. Fece scorrere il suo sguardo turchese su Willow. «Capisco perché Ryder ha scelto te».

Emine emise un suono che lo spinse ad avvolgerle un braccio intorno alle spalle snelle e atletiche.

«Non preoccuparti, mio caro miraggio. Non voglio fare a cambio, sto solo apprezzando i gusti di Ryder».

La cacciatrice – un titolo che mi aveva subito affascinato, da quando ne avevo sentito parlare l'altro giorno – gli scoccò un'occhiataccia. «Sentiti libero di fare a cambio, mio principe. Una pausa da te mi farebbe bene».

Il vampiro ridacchiò. «Adesso parli così, habibi. Ma più tardi ti ricorderò perché non lo pensi davvero».

Si chinò e le baciò la gola, un gesto che fece irrigidire la donna.

Non riuscivo a capire la loro relazione. *Sembrano in conflitto, eppure anche innamorati*. Perché sentivo l'odore della loro attrazione reciproca.

Smettila di giocare con i vampiri e unisciti a me, mi sussurrò Luna nella mente. *Questi alfa mi stanno facendo venire il mal di testa*.

Incontrai il suo sguardo dalle sfumature color caramello dall'altro lato della sala, e il mio cuore mancò istantaneamente un battito. *Okay, Lulù*. Non avrei mai potuto dirle di no. La mia compagna possedeva il mio cuore e la mia anima.

Non mi obbedisci mai in quel modo, borbottò Edon.

Perché ti piace quando faccio il disobbediente, alfa, risposi. Poi rivolsi un piccolo cenno del capo a Willow e Rae, indicando che me ne stavo andando.

Non risposero, distratte dai loro vampiri. Vampiri che non erano per nulla contenti di dover tornare indietro per le loro compagne.

Mi piace farti inginocchiare, ribatté Edon.

Ignorai le sue provocazioni sensuali e mi misi dietro a lui e Luna. *I vampiri se ne sono andati*, li informai. *Probabilmente al campo di aviazione*.

Anche se Cam aveva detto che solo lui e Damien avevano il permesso di raggiungere il bunker. Quindi non ero sicuro del perché se ne fossero andati tutti. Forse stavano architettando un piano di emergenza.

O forse Darius voleva continuare a discutere di Cane.

Anche Khalid e Hazel se n'erano andati. E l'umano che era stato ferito, Chiave, era scomparso.

Eppure i lupi erano ignari di tutto, concentrati a dibattere su chi avrebbe capeggiato l'inevitabile incursione.

Quando fu chiaro che non si sarebbe raggiunto un accordo, finalmente si accorsero che i vampiri erano spariti.

Luka e Jolene ringhiarono immediatamente.

«Tipico» borbottò Finn, l'alfa del clan Ström, alto più di due metri. Era tra le figure più minacciose del gruppo. Nonostante lo avessi scorto brevemente il Giorno del sangue e avessi letto di lui nel corso dei miei studi, non ero minimamente preparato a ritrovarmi in sua presenza.

«Credo siano andati a preparare il jet di Kylan» disse Edon. «Mentre uscivano, stavano parlando di Cane».

«Gentile da parte loro farcelo sapere» commentò Polka, nei cui occhi neri brillò il suo animale. Era l'alfa del clan Apinya, circa quindici centimetri più basso di Finn.

Altri lupi grugnirono, esprimendo così la loro irritazione.

Jace ha detto qualcosa, mentre si allontanava, ma gli alfa erano troppo presi dalla loro discussione, mormorò Luna attraverso la nostra connessione mentale. *È come se avessero inconsciamente escluso le voci dei vampiri.*

Sì, questa frattura è... un problema, rispose Edon.

Già, concordai. *E non ho idea di come sanarla.* Perché sembrava più una vecchia ferita, che qualcosa di nuovo. L'animosità dei licantropi era troppo intensa e antica per essere stata ispirata soltanto dagli ultimi eventi.

Certo, la settimana appena trascorsa non aveva aiutato. Anzi, se possibile aveva peggiorato la situazione. E ora i licantropi avevano smesso di comportarsi correttamente. Di collaborare con i vampiri. Di mettere le creature soprannaturali nel loro insieme davanti a tutto il resto.

Perché la situazione attuale beneficiava soprattutto i vampiri, non i licantropi.

O almeno era quello che avevo capito.

Stava per succedere qualcosa di grosso. Qualcosa che avrebbe cambiato tutto, irreversibilmente. E sembrava che andasse più in profondità che un semplice mutamento di rotta dell'Alleanza.

Perché sembrava che i licantropi avessero in mente qualcosa.

Non sapevo di cosa si trattasse, e nemmeno Luna o Edon.

Ma lo avremmo scoperto.

Poi avremmo deciso come procedere.

Tuttavia, la nostra triade sarebbe stata sempre al primo posto. Perché finché ci fossimo stati gli uni per gli altri, saremmo sopravvissuti.

Per sempre, sussurrò Luna.

Per tutta l'eternità, risposi.

E anche oltre, giurò Edon.

IZZY

Io e Damien stiamo arrivando, mi informò Cam. Il suo tono mentale era privo di emozioni.

Cercai di imitarlo, quando risposi: *Siamo in fase di atterraggio*.

O almeno così mi sembrava.

Nessuno lo aveva confermato. Ma non c'era da stupirsi, visto che su quel jet ero solo un ostaggio.

Negli ultimi minuti, Cane era stato silenzioso. Si era limitato a finire il suo bicchiere di vino corretto con il sangue, mentre l'umana che glielo aveva fornito giaceva ai suoi piedi. Morta.

La scelta di lasciarla lì mi sembrò intenzionale, come se avesse voluto che la guardassi morire. Ma invece di concentrarmi sul cadavere, studiai lui.

Indugiando sui suoi occhi verdi. Sui suoi lineamenti affilati. Sull'angolo crudele della sua mascella. Sui capelli neri e folti. E sullo stesso naso aristocratico del fratello.

Cam e Cane potevano quasi passare per gemelli.

Non c'era da meravigliarsi che l'altro giorno fossi caduta nel suo inganno. Ma avrei dovuto accorgermi dell'accento, o almeno rendermi conto che quella cadenza insolita significava qualcosa.

Ma ero talmente sconvolta dal comportamento di Cam da rassegnarmi al mio destino. Avevo creduto alla messinscena di Cane e Michael. Perché tutto ciò che aveva fatto Cam fino a quel momento suggeriva che non avrebbe avuto scrupoli a rimpiazzarmi con un nuovo giocattolo, lasciandomi là a morire.

Se fossi stata nella mia mente, avresti saputo che non è vero, mormorò Cam. *Vorrei scusarmi per non aver aperto prima la nostra connessione, ma non ne sapevo nulla. Ero convinto che fosse solo un modo per tenerti alla larga dai miei pensieri. E ora sto iniziando a domandarmi se non sia stato proprio quello il motivo per cui ho eretto una barriera, un secolo fa, anche se per ragioni completamente diverse.*

Le mie labbra minacciavano di incurvarsi all'ingiù, ma le costrinsi a rimanere distese. L'ultima cosa che volevo era tradire le mie emozioni davanti a Cane.

Cosa vuoi dire?, chiesi a Cam.

Inizialmente, avevo dato per scontato di averti tagliata fuori a causa di un complesso di superiorità. Ma ora penso di averlo fatto per proteggerti, e sospetto fortemente che quando sono andato da Lilith non sia stata la prima volta.*

La confusione rischiò di storcermi ancora una volta le labbra, e fui quasi sopraffatta dall'istinto di aggrottare la fronte. Nel tentativo di mantenere un'espressione impassibile, guardai fuori dal finestrino. Era probabile che Cane se ne fosse accorto, vanificando i miei sforzi, ma non ero in grado di soffocare ogni singola reazione.

Ed ero stata talmente concentrata su Cane, da aver ignorato i pensieri di Cam. Ma la situazione mutò in un istante, e la sua mente mi fornì subito ciò che mi ero persa: Cam aveva frugato tra i miei ricordi per scoprire tutto ciò che sapevo del comportamento di Cane e di quello che era successo dopo il tradimento di Aurelia.

La conclusione a cui era giunto era che o non conoscevo tutta la storia, o Darius stava mentendo.

E Cam era abbastanza sicuro che si trattasse della prima opzione.

Penso che il mio vecchio io ti abbia nascosto delle informazioni, mormorò Cam. *Probabilmente nel tentativo di coccolarti e preservare la tua fragilità.* Pronunciò l'ultima frase con un tono quasi disgustato, come se la cosa lo irritasse profondamente.

Se è così, non ne avevo idea. Deglutii a fatica. *Pensi che sia capitato spesso?*

Perché sarebbe stato… preoccupante.

Io e Cam stavamo già camminando sul filo del rasoio. Se avesse pensato, anche solo per un attimo, che la sua versione precedente non si fidasse realmente di me o non mi amasse, la nostra dinamica di coppia avrebbe potuto esserne stravolta.

Inoltre, il solo pensiero che Cam avesse dei segreti con me sviliva la natura del nostro rapporto.

Credo di non averti mai tagliata fuori a lungo, bloccandoti l'accesso solo a breve termine, rispose. *Devo aver pensato che, se non sapevi che il ricordo era lì, non saresti andata a cercarlo.*

Cosa che non avrei fatto comunque, fidandomi che mi avresti detto tutto, ammisi. Forse ciò mi rendeva un'ingenua, ma Cam possedeva la mia mente, il mio corpo e la mia anima. Non avevo mai avuto motivo di dubitare di lui.

E io ne ho approfittato. Di nuovo quel tono irritato. *I tuoi ricordi di Cane lo ritraggono come un uomo con il cuore spezzato, arrabbiato per il tradimento di Aurelia. E all'epoca ti avevo detto che mi ero accorto che la sua umanità, già in declino, era appesa a un filo a causa del tentato omicidio da parte della sua compagna.*

Sì. Era esattamente ciò che mi ricordavo. *E non l'ho più incontrato dopo tutto quello che era successo con Aurelia. Mi avevi detto che voleva restare da solo. Ed era già nella sua bara, quando siamo arrivati nelle catacombe per il rituale. Non ha mai nemmeno aperto gli occhi.*

Beh, a quanto pare, ti ho mentito. Stando a Darius, mio fratello era ossessionato dall'idea che vampiri e licantropi governassero il mondo. Da quello che mi ha raccontato, è iniziato tutto con la necessità di sterminare i cacciatori, ma pian piano si trasformò nel desiderio di schiavizzare l'intero genere umano.

Continuai a guardare fuori dal finestrino, concentrandomi sulla respirazione e cercando di rallentare il battito del cuore. Inutilmente. Sapevo che Cane poteva sentirlo. Ma mi rifiutai di girarmi verso di lui, lasciando che facesse tutte le ipotesi che voleva sulla mia crescente angoscia.

Perché quello che mi stava dicendo Cam implicava, o forse confermava, che c'era davvero suo fratello dietro tutto quanto. E Lilith era solo il volto dell'operazione.

Darius mi ha spiegato che ho avvertito mio fratello che non avrebbe funzionato, perché i licantropi non sarebbero mai stati d'accordo. La maggior parte dei clan aveva trovato un modo di coesistere pacificamente con gli umani. Non avevano motivo di cambiare le cose.

Deglutii di nuovo. *È vero. Molti di loro avevano stretto accordi con piccoli insediamenti di mortali. Fornivano protezione in cambio del loro silenzio.*

Era essenzialmente come operava tuttora il clan Majestic. Solo che gli umani che vivevano con loro erano stati assegnati a quel territorio, invece di esservi nati.

Nel corso dei secoli, i licantropi erano riusciti a mantenere segreta la loro esistenza senza troppi problemi, perché avevano sempre scelto con cura i villaggi con cui collaborare.

Ma era cambiato tutto quando le persone sbagliate ne

erano venute a conoscenza . Tutto perché un lupo aveva rapito una donna mortale.

E poi i governi umani avevano cercato un modo per rendere i mutaforma un'arma.

Causando la rivoluzione e il nuovo ordine mondiale.

Mi domando se quel primo incidente, quello che ha portato alla scoperta dei licantropi, non sia stato organizzato di proposito, mormorò Cam in tono pensoso. *È ciò che avrei fatto io.*

Stavolta non riuscii a reprimere il brivido che mi corse lungo la schiena. Perché quello che stava suggerendo la mente di Cam… era agghiacciante.

Soprattutto perché probabilmente aveva ragione.

E anche perché percepivo il suo apprezzamento per l'astuzia del fratello.

Cam non lo biasimava, né per i suoi metodi né per i suoi obiettivi. Li capiva, e quasi lo ammirava per quello che era riuscito a fare.

Solo che l'attimo dopo ricordò i grafici, l'uso sconsiderato delle risorse e il drastico calo delle scorte di sangue, e sospirò. *Ecco dove ha sbagliato.*

Pensi che sia quello il suo unico errore?, chiesi. *E aver tolto agli umani la possibilità di scegliere?*

Gli umani non sceglierebbero mai di essere cibo, Ismerelda. Come le mucche e i maiali non chiederebbero mai di essere macellati.

Ma Blood City dimostra che gli esseri umani possono donare il loro sangue volontariamente, pur vivendo in maniera dignitosa.

È vero, concordò. *Ma anche quel sistema ha dei difetti. Ai vampiri e ai licantropi piace cacciare. Siamo predatori. Vogliamo prede, non una banca del sangue.*

Che è ciò che sono gli umani al giorno d'oggi; vengono spogliati, stesi sui tavoli e obbligati a offrire il loro corpo, ribattei. *Dov'è la caccia? Una situazione del genere stimola il tuo istinto da predatore?*

Giusta osservazione, mia regina, rispose. *Non sto dicendo che*

Blood City non abbia i suoi lati positivi o che la società di oggi sia perfetta. Entrambe presentano vantaggi e svantaggi.

Ma l'unica cosa importante, nella tua valutazione, sono le riserve di sangue, non il benessere del genere umano, mormorai. *Non…*

«Cosa sta dicendo mio fratello?» mi interruppe Cane. La sua voce mi ricordò della sua presenza, facendomi rabbrividire.

Avevo quasi dimenticato che fosse lì, nonostante l'avessimo più volte nominato nella nostra conversazione mentale.

«Ti sta promettendo che ti salverà?» continuò Cane in tono divertito. «Che me la farà pagare per le mie malefatte?».

Distolsi lo sguardo dal finestrino, costringendomi a incontrare quello di Cane. «No. Sta esaminando il tuo lavoro, spiegandomi cosa avrebbe fatto diversamente».

Le sopracciglia scure di Cane si sollevarono. «Ah sì?». Piegò la testa di lato. «Cosa, per esempio?».

Diglielo, mi sussurrò Cam nella mente. *Voglio avere la conferma che c'è lui dietro a tutto.*

Seguii il ragionamento di Cam. Voleva scoprire di più sulle motivazioni e sui piani di Cane, e voleva anche spingerlo a parlare.

E sospettava che usarmi come tramite fosse il modo migliore per farlo.

Mi schiarii la voce, poi riferii a Cane quello che mi aveva detto Cam sui licantropi, su come il fratello fosse riuscito a convincerli ad aiutare i vampiri. «O almeno è convinto che sia stato tu, perché è la stessa cosa che avrebbe fatto lui» aggiunsi, prima di discutere del fallimento di Cane nel trovare una fonte di sangue permanente.

Non nominai Blood City, perché non volevo rivelare

nulla sull'utopia di Khalid. Se Cane ne era già al corrente, avrei lasciato che fosse lui a parlarne per primo.

«E ora Cam sta pensando a come risolvere la carenza di sangue» conclusi. «A parte la creazione di sacche di sangue immortali».

Cane mi fissò per un lungo momento. «Interessante». Lanciò un'occhiata a Michael. «Cosa ne pensi?».

«Penso che il vostro esperimento abbia avuto ancora più successo di quanto credessimo. Ammesso che stia dicendo la verità» rispose Michael.

«È vero» mormorò Cane.

«Certo, per garantire il risultato sarebbe comunque meglio ucciderla» aggiunse Michael. «O trasformarla, come avete fatto con Lilith».

Cane annuì. «Sì, quello ha funzionato a meraviglia. Ma anche la fine traumatica della tua vita mortale ha aiutato».

Michael sorrise. «Una mossa brillante, mio signore».

«Decisamente». Cane ricambiò il sorriso e riportò lo sguardo su di me. «Lilith non si era liberata del tutto della sua fastidiosa umanità, così ho organizzato un evento informativo per mostrarle di cosa sono capaci i mortali quando vengono lasciati a loro stessi. I risultati sono stati piuttosto immediati».

Li fissai entrambi. «Hai orchestrato… l'assassinio di Michael?».

«Uhm… più che altro, ho creato una situazione che ha portato alla sua fine violenta. Una situazione in cui i mortali avrebbero potuto lasciarlo in pace, ma invece hanno preferito seguire la mentalità del branco». Sollevò una spalla. «È facile manipolare gli umani. Le loro menti sono così… fragili».

Cioè ha usato la compulsione su di loro, capii.

O forse l'ha usata su uno soltanto, e gli altri hanno reagito di conseguenza, rispose Cam. *Chiedigli cos'è successo dopo. Digli che sono io a volerlo sapere.*

Mi schiarii di nuovo la voce, poi ripetei la richiesta di Cam.

Che fece scintillare lo sguardo del fratello in maniera trionfale.

«Michael era l'*erosita* di Lilith, quindi è sopravvissuto all'attacco. Ma Lilith ha sentito la sua morte. E, soprattutto, ha visto come si è svolta. Cosa gli hanno fatto gli umani. Poi, quando la sua compassione nei confronti dei mortali stava cominciando a incrinarsi, ho fatto in modo che Cam trasformasse Michael, recidendo completamente i legami di Lilith con la sua umanità».

Deglutendo a stento, riferii tutto a Cam. Non che fosse necessario. Era talmente in sintonia con la mia psiche, che era come se fosse seduto accanto a me.

Non mi avrebbe sorpresa se fosse stato in grado di percepire tutto ciò che percepivo io, compreso il rombo del jet durante la fase finale dell'atterraggio.

Era rumoroso. Veloce. Opprimente. *Preoccupante.*

Perché vedevo il luccichio calcolatore che brillava negli occhi di Cane, il suo desiderio di ripetere tutto con me. Uccidermi. Costringere Cam a sentirlo. *E poi trasformarmi.*

O lasciarmi morta.

«Cam ti invita a non fare nulla di avventato» dissi a Cane, mentendo spudoratamente e senza alcuna difficoltà. «È già arrabbiato perché gli hai mentito, perché gli hai fatto credere che fosse lui a capo di tutto. Togliergli la possibilità di scegliere lo farebbe infuriare ancora di più».

Mmh, mormorò Cam.

Lo ignorai, concentrandomi su Cane, che rispose: «O lo libererebbe».

Scossi la testa. «No. Gli hai portato via tutti i suoi

ricordi, Cane. Ora sono il suo unico legame con il passato. E non ha ancora finito di usarmi».

Cam grugnì ma non fece altri commenti, anche perché era troppo impegnato a seguire i miei ragionamenti febbrili fino alla loro inevitabile conclusione.

Una conclusione che sapevo che Cane avrebbe apprezzato.

«Ormai per lui sono un mezzo per raggiungere un fine» affermai in tono piatto. «Il nostro legame si è spezzato nel momento in cui l'arma ha colpito quella parte del suo cervello, ma ora sono la sua unica connessione con il passato. Se mi elimini prima che abbia recuperato tutte le informazioni di cui ha bisogno, si arrabbierà ancora di più».

Cam si ammutolì. Le mie parole riecheggiarono tra i suoi pensieri, mentre una parte oscura di lui si domandava se fosse vero.

Aveva effettivamente sfruttato la mia mente per scoprire tutto ciò che poteva sul suo passato, la sua psiche continuava ad accarezzare la mia alla ricerca di risposte e di esperienze.

Ma l'attimo dopo concluse che non era così. *Si tratta solo di uno dei tanti vantaggi di avere una compagna*, si disse. *E non è sicuramente il motivo per cui ho tenuto con me Ismerelda così a lungo.*

«Cam non è Lilith» dissi, mentre le ruote del jet toccavano la pista di atterraggio, facendomi sobbalzare. «Quello che ha funzionato per lei non funzionerà per lui. Soprattutto dopo ciò che gli hai già fatto».

Cane non aveva ancora confermato ufficialmente di essere il responsabile della prigionia e del trattamento di Cam. Ma il modo in cui le sue narici si dilatarono quando pronunciai l'ultima frase confermò tutto.

Era preoccupato.

Come è giusto che sia, mi mormorò nella mente Cam. *Sto iniziando a chiedermi se quel giorno fatidico non avessi pianificato di incontrare Cane, e non Lilith. Avrebbe avuto più senso non parlarne con nessuno; la mia arroganza deve avermi fatto credere di poterlo gestire da solo.*

Se mi stavi nascondendo altre cose su Cane, questo spiegherebbe perché mi hai tagliata fuori completamente. La mia voce mentale era inacidita, la mia irritazione stava aumentando.

Perché Cam avrebbe dovuto fidarsi di me ed essere sincero.

Avrebbe dovuto dirmi qualcosa. *Qualsiasi cosa.*

E invece mi aveva lasciata indietro. Preoccupata. Ferita. *Sola.*

Sì, concordò. *E non commetterò lo stesso errore, Ismerelda.*

Lo dimostrò mantenendo la mente spalancata, permettendomi di vedere tutti i possibili scenari che stava analizzando.

Digli che voglio saperne di più, che sono disposta ad ascoltarlo. Ma solo se mi permetterà di decidere il tuo destino.

Digrignai i denti, tentata di rispondere che sarei stata soltanto *io* a decidere del mio futuro. Ma ingoiai il bisogno di farlo e lasciai che la mia agitazione trapelasse, quando recapitai il messaggio di Cam al fratello.

Cane mi osservò per qualche interminabile istante. «Ho già detto che il vostro legame rimarrà intatto, purché mio fratello venga in pace. Manterrò la mia parte dell'accordo, a patto che lo faccia anche lui».

Lo farò, disse Cam prima ancora che potessi riferirgli la risposta di Cane. «È d'accordo».

«Allora è deciso». Cane sorrise. «Cosa ne dici di un bel giro del bunker, mentre aspettiamo? Mi piacerebbe mostrarti cos'ho realizzato negli ultimi anni. Forse toglierà qualche preoccupazione a mio fratello sulla scarsità di sangue».

Si alzò in piedi, lisciandosi la cravatta, poi scavalcò l'umana e mi tese la mano.

«Andiamo, mia cara».

Stai al gioco, mi disse Cam.

Non che avessi bisogno delle sue istruzioni.

Stavo già accettando la mano di Cane. Perché non avevo altra scelta.

Mi aiutò ad alzarmi e mi condusse verso l'uscita del jet, dove si fermò per lanciare un'occhiata a Michael. «Oh, rimetti il mio giocattolino nella sua gabbia. Quando si sveglierà, potrà unirsi agli altri nella stanza dei giochi».

Aggrottai la fronte. *Giocattolino?*

Seguii il suo sguardo e vidi Michael che sollevava la donna morta.

«Non dovrebbe volerci molto» proseguì Cane. «Sento già il suo cuore che tenta di battere».

Michael sorrise. «Sembra che ogni volta che la uccidete, si rigeneri sempre più in fretta».

Anche le labbra di Cane si incurvarono all'insù. «Dipende dal metodo usato per ammazzarla».

«Vero» concordò Michael, spostando lo sguardo su di me. «Dipende anche da come viene scopata».

Il sangue mi si gelò nelle vene. *Ha... Cane ha... ha un'erosita?*

No, rispose Cam. La sua mente aveva elaborato la scena in modo completamente diverso.

Interpretandola in un modo che non riuscivo nemmeno a concepire, eppure lui lo aveva fatto quasi istantaneamente.

È una schiava di sangue immortale, disse Cam. Dalla sua voce mentale trapelava una certa curiosità. Una curiosità che mi fece rovesciare lo stomaco.

Cane ridacchiò. «Mio fratello è incuriosito, eh?».

Cam non disse nulla.

Ma non ce n'era bisogno.

Erano settimane che cercava di creare una sacca di sangue immortale.

E sembrava che suo fratello ci fosse già riuscito.

Cane trascinò le nocche sulla mia guancia, verso il collo. «È un giocattolo immortale. Un giocattolo che sanguina. Urla. Muore. E si rigenera».

Cam continuò a restare in silenzio.

Ma stava ascoltando, cosa di cui il fratello era ben consapevole.

«Digli che ne ho a decine» mormorò Cane. «Consorti perfette. Forse sceglierà una di loro per sostituirti e liberarsi della sua umanità. Regnerà al mio fianco, o sopra di me. Non mi interessa. Voglio solo che si unisca a me. Una volta per tutte».

CAM

LA REPULSIONE di Ismerelda inacidì il nostro legame, il suo disgusto aumentava ogni minuto che passava.

Mio fratello l'aveva essenzialmente trasformata in un dispositivo di comunicazione. Ogni dettaglio che le forniva durante il tragitto verso il complesso era destinato a me, così come ogni parola che pronunciava mentre conduceva Ismerelda in un edificio situato al piano terra. Non era la sede dell'Organizzazione, ma quasi.

Ismerelda rimase in silenzio, rispondendo solo con quello che le chiedevo di riferire. Cane sembrava compiaciuto del suo atteggiamento disciplinato.

Ma io la sentivo ribollire internamente di rabbia. Percepivo chiaramente la sua incredulità. La sua *mancanza di fiducia*.

Non ero riuscito a nascondere la curiosità, volevo saperne di più su quello che era riuscito a realizzare mio fratello. Ma ciò non significava che approvassi. Desideravo solo altri dettagli.

Tuttavia, stavo cominciando a capire come e perché il mio vecchio io avesse nascosto certe informazioni a Ismerelda.

Non aveva nulla a che fare con la volontà di mentirle, ma con la necessità di proteggerla.

In quel momento, le sue emozioni e le sue reazioni dovevano essere credibili. Mantenere la mente aperta avrebbe giocato a suo sfavore, perché le sarebbe bastato qualche istante nella mia testa per capire che non condividevo quello che stava facendo mio fratello. E la cosa le avrebbe procurato un po' di sollievo, anche se non poteva permettersi di darlo a vedere.

Perciò il mio istinto mi esortò a nascondere i miei sentimenti, e sapevo esattamente come. Ciò dimostrava che non era la prima volta. Probabilmente per tutelare la mente di Ismerelda.

Ma ora mi rifiutavo di farlo.

Non potevo tagliarla fuori. Andava contro il mio proposito di trattarla da pari.

Ero sempre stato serio nell'affermare che Ismerelda era la mia regina.

E adesso mi fidavo che agisse di conseguenza. Che riuscisse a gestire le sue reazioni esteriori, pur conoscendo la verità.

Il nostro legame era aperto, i miei pensieri e i miei desideri erano a sua disposizione.

«Tra tre minuti atterriamo» annunciò Damien dalla cabina di pilotaggio.

Annuii, anche se non poteva vedermi, e trasmisi l'informazione a Ismerelda.

Lei la ripeté a mio fratello con tono annoiato, mentre veniva condotta in una camera da letto. La sua voce mentale mi disse che era simile a quella che avevamo condiviso nei sotterranei, solo che questa sembrava essere in superficie: era dotata di finestre dai vetri oscurati che si affacciavano su un cortile illuminato dal sole.

Perché ora è mattina, borbottai tra me e me, irritato dall'orario in cui mio fratello aveva deciso di rapire Ismerelda e costringermi a partecipare a quell'incontro forzato.

Ma avrei fatto lo stesso, nella sua situazione.

L'alba era il momento in cui i vampiri erano più vulnerabili, perché di solito ci ritiravamo per evitare la luce del giorno.

Nonostante i raggi del sole non potessero farmi nulla, di certo mi irritavano.

Che sorpresa, borbottò Ismerelda, attirando la mia attenzione. *Niente telecamere di sorveglianza qui. Almeno non nello stesso punto.*

Cane doveva essersi accorto della sua ispezione, perché fece un commento al riguardo. Qualcosa sul fatto che gli era piaciuto vedermi scopare Ismerelda fin quasi a ucciderla.

«Se solo ci fosse riuscito» aveva concluso. Le sue parole riecheggiarono nella mente della mia compagna.

Digli che è un bene che non ci sia riuscito, e fagli presente che sei l'unico legame con i miei ricordi. Perché li ha cancellati tutti con quella cazzo di arma.

Mio fratello non l'aveva ancora ammesso, ma il suo mancato diniego era sufficiente.

«Ho fatto ciò che era necessario per guarirti» aveva detto, per poi ordinare a Ismerelda di ripetermelo.

Sembrava non capire che potevo già sentirlo attraverso i pensieri di Ismerelda. Certo, la sua voce veniva interpretata dalla mia *erosita*, nel modo in cui assorbiva le sue parole nella mente. Ma il senso generale delle sue affermazioni mi giungeva forte e chiaro.

Mmh, a breve ne parleremo più approfonditamente, la esortai a riferire a Cane. Lei ripeté le parole ad alta voce mentre il jet toccava il terreno, frastornandomi con un suono roboante.

E un attimo dopo calò il silenzio, un contrasto che mi fece girare la testa.

Nonostante avessi già volato, o almeno ritenevo di averlo fatto, non ne avevo alcun ricordo. Quindi, in un certo senso, quella era la mia prima volta. Anche se, stando a quello che mi aveva detto Damien, il jet di Kylan era diverso da qualsiasi velivolo avessi mai potuto sperimentare.

Ma, essendo stato privato della mia memoria, non avevo nulla con cui confrontarlo.

Per colpa di Cane.

Il suo giochetto mi aveva sottratto mille anni di ricordi. E volevo conoscerne il motivo.

Cosa aveva sperato di ottenere? Era solo un modo per spezzare il mio legame con Ismerelda?

Se era davvero quella la ragione, gli sarebbe bastato ucciderla. Sarebbe stato più veloce ed efficiente.

Non che volessi vederla morta. Al contrario, ero pronto a fare qualsiasi cosa per tenerla in vita.

Ma c'era qualcosa, nelle motivazioni di mio fratello, che non mi quadrava.

«Sembra che Helias, Ayaz e Robyn siano qui» disse Damien. Ma le sue parole non dovevano essere rivolte a me, perché non le aveva pronunciate nel microfono collegato all'altoparlante. «Sì, c'è anche un quarto jet. Ma non ha nessun segno di riconoscimento. Forse è quello che ha usato Cane?».

Mi slacciai la cintura e lo raggiunsi nella cabina di

pilotaggio. La sua attenzione era concentrata sulla pista di atterraggio. Mugolò il suo assenso con qualsiasi cosa gli stessero dicendo attraverso l'auricolare, la cui frequenza era troppo bassa perché potessi sentire anch'io.

«Non vedo l'ora» commentò con un sorriso, sfiorando il dispositivo con il pollice. «Ryder ha voglia di giocare». Quella frase, invece, sembrava proprio che fosse per me.

«Dovrà aspettare».

Damien sbuffò e si girò verso di me. «So che ti hanno cancellato dalla testa gli ultimi mille anni, quindi forse non te ne rendi conto, ma Ryder non è un uomo paziente. Non è uno che *aspetta*».

«Beh, allora ti conviene sperare che io riesca a raggiungere tua sorella prima che l'impazienza del tuo creatore la faccia ammazzare» ribattei.

Aggrottò la fronte. «*Riusciamo*, vorrai dire».

«No». Lo fulminai con lo sguardo. «Tu devi restare qui e assicurarti che nessuno si avvicini al jet. Probabilmente ci servirà. Molto presto». Perché il mio piano era di recuperare Ismerelda e portarla da Damien. Poi avrei deciso come comportarmi con mio fratello.

Ma non avrei fatto l'errore di occuparmene da solo.

Jace e Darius erano perfettamente in grado di aiutarmi.

Così come Damien e Ryder.

La mia priorità, però, era proteggere Ismerelda. Quello avrebbe avuto la precedenza su tutto il resto.

Se fosse una vampira, niente di tutto questo sarebbe un problema, pensai, furioso ancora una volta con il mio vecchio io per non averla mai trasformata.

Era una delizia? Certo.

A una parte oscura di me piaceva la sua fragilità? Onestamente, sì.

Ma la mia Ismerelda avrebbe sempre dovuto essere

una regina vampira. Non una bambolina da mettere in mostra.

«Cos'hai intenzione di fare?» chiese Damien, con un'espressione severa.

«Tutto ciò che è necessario per garantire la sicurezza di Ismerelda». Mi voltai per andarmene, ma mi ritrovai con il braccio bloccato in una morsa.

«L'ultima volta che te ne sei andato per conto tuo, mia sorella ha finito per pagare il prezzo della tua arroganza». Mi spinse nella cabina e mi girò intorno. «Indosserai un auricolare».

«Un auricolare?».

«Come questo» specificò, indicando il dispositivo che portava all'orecchio. «Ci permetterà di comunicare con te mentre sei a fare qualsiasi cosa tu abbia intenzione di fare».

Incrociai le braccia sul petto ma non dissi nulla. Nel frattempo, aveva trovato quello che cercava in uno dei borsoni che aveva portato per il nostro piccolo viaggio.

Era probabile che Cane me lo avrebbe fatto togliere. O forse non gli sarebbe importato.

Se voleva davvero che collaborassi con lui, allora doveva darmi la possibilità di prendere le mie decisioni da solo.

Certo, fino a quel momento aveva tentato di fare esattamente l'opposto, scegliendo per me, quindi dubitavo che le cose sarebbero cambiate.

E questo mi riporta a chiedermi quali siano realmente le sue intenzioni, mormorai tra me e me, prendendo l'auricolare da Damien. Me lo infilai nell'orecchio, premetti un pulsante, come richiesto, e inarcai un sopracciglio. «Ora posso andare a salvare tua sorella?».

Lui alzò gli occhi al cielo e premette il pollice su un bottone della mia camicia.

Aggrottai la fronte e abbassai lo sguardo, cercando di capire cosa cazzo significasse quel gesto.

«È il tuo microfono» disse, lasciandomi di stucco.

«Dove?».

«Lì». Indicò il bottone. «È sottilissimo e trasparente, come una sorta di adesivo. È uno strumento incredibile. Proprio come l'auricolare».

«È molto probabile che Cane me lo faccia togliere».

«Sempre che riesca a rilevarlo».

«Sembra conoscere bene i tuoi dispositivi» gli ricordai, pensando ai suoi tentativi di hackeraggio.

Damien si piegò per recuperare qualcos'altro dal borsone. «Allora è un bene che non siano miei». Sollevò uno specchio per mostrarmi il mio stesso orecchio. «Appartengono a Khalid».

Inarcai le sopracciglia. «Affascinante». Non riuscivo a vedere alcuna traccia dell'auricolare.

«Te l'ho detto, è incredibile» mormorò. «Inoltre, il suono è molto basso, in modo che solo tu sia in grado di sentirmi».

Osservai il suo auricolare. Non era lo stesso che mi aveva dato, dal momento che riuscivo a vederlo. Ma doveva possedere una tecnologia simile, perché prima non avevo sentito nulla di quello che gli stavano dicendo.

O forse c'era qualche motivo a me ignoto per cui aveva scelto di lasciarlo visibile.

«Non so se sia stato testato con i licantropi, quindi un lupo potrebbe coglierne il suono» continuò Damien, per poi premere un pulsante che fece aprire il portellone del jet. «Bene. Sarà meglio che tu tenga in vita mia sorella, o ti ucciderò con le mie stesse mani».

Grugnii. Non c'era niente di utile o rilevante con cui potessi rispondere.

Perciò non dissi nulla.

E mi teletrasportai giù dal jet, senza preoccuparmi di aspettare la scaletta. Che, a quanto sembrava, stavano portando verso il portellone da cui ero appena saltato fuori.

Ignorai tutto e tutti e lasciai il campo di aviazione, salvo poi fermarmi quando Ismerelda mormorò: *Cane mi ha detto di riferirti che c'è un'auto che ti aspetta all'esterno dell'hangar.*

Capisco. Avrei dovuto aspettarmelo.

Con un basso ringhio, tornai sulla pista di atterraggio, dove la scaletta ora era fissata al jet. «Ottimo lavoro finora» commentò Damien. La sua voce nell'orecchio fu un'intrusione poco gradita.

Non gli risposi, andando invece verso il vampiro che si trovava accanto a un'auto nera. Aprì subito la portiera, tenendo lo sguardo basso.

Chiedi a mio fratello se i rapporti sul personale presente nel bunker erano una bugia, dissi a Ismerelda. Non c'erano abbastanza vampiri per fornire una sorveglianza adeguata, eppure lì ce n'era uno che giocava a fare l'autista. Sembrava in conflitto con quello che mi aveva riferito Mira.

Non erano una bugia, rispose Ismerelda dopo qualche istante. *Ha detto che quel vampiro appartiene a Robyn.*

Robyn? Non me lo aspettavo.

Ma man mano che mio fratello continuava a parlare con Ismerelda, iniziai a capire. «Cane ha chiesto rinforzi ai reali suoi alleati» dissi a Damien. «Ora ci sono più vampiri in città».

L'autista incontrò il mio sguardo nello specchietto e si schiarì la voce. «Ehm… sì» disse, apparentemente convinto che stessi parlando con lui.

Aveva senso, dato che non poteva vedere il microfono o l'auricolare. Con chi altri avrei dovuto parlare, se non con lui?

«Cinque di noi sono venuti con Robyn» continuò, e fortunatamente si trattava di informazioni utili. «Non so in quanti siano venuti con Ayaz, Helias e Jasmine».

«Jasmine?» ripeté Damien con un tono perplesso. «Forse è a lei che appartiene il quarto jet...».

Se il vampiro sul sedile anteriore aveva sentito l'altro uomo – cosa che, secondo Damien, non sarebbe dovuto riuscire a fare – non lo diede a vedere.

Si limitò a tossicchiare di nuovo e cominciò a guidare.

A differenza di Chiave, il vampiro sapeva chi c'era sul sedile posteriore. Perché stava sudando. Una reazione fisica molto rara per un membro della nostra specie.

Ma quello sembrava piuttosto giovane.

Come Abigail. Aggrottai la fronte. *Dov'è Abigail? Era sull'aereo con te e Cane?*

Da quello che ho visto, no, rispose Ismerelda. *Vuoi che lo chieda a tuo fratello?*

No. Ci penserò io al mio arrivo. Che sarebbe avvenuto molto presto, visto che l'aeroporto non era lontano dal complesso. Era stata opera di Lilith, quando aveva rinnovato Roma. A quanto sembrava, l'aeroporto costruito dagli umani era troppo distante per i suoi gusti.

«Ci sono anche... ehm... alcuni licantropi» aggiunse l'autista. «Sono venuti con gli alfa dei clan Thida e Tómasson».

Mio fratello sta collaborando con i lupi?. Ero talmente scioccato che sembrava che stessi chiedendo spiegazioni a Ismerelda.

Per fortuna, lei colse il mio sconcerto e interpretò la mia richiesta per quello che era, riportando la mia domanda a Cane.

La sua risposta le risuonò nella mente. *«Da dove pensi che vengano i soggetti per i nostri test, fratello?».* Il tono di Cane era intriso di un irritante miscuglio di derisione e superiorità.

Cazzo, pensai.

«O… o si tratta del clan Winter?» blaterò il vampiro. «Spesso… spesso mi confondo. Credo che l'alfa… uhm… Jenkins… ora l'abbia chiamato clan Tómasson».

«Il tuo autista sembra un utile idiota» mi commentò Ryder all'orecchio. Non mi ero aspettato di sentire la sua voce, e riuscii a stento a reprimere un'espressione di sorpresa.

«Si chiama clan Tómasson, ma molti vampiri si riferiscono ancora a esso come al clan Winter» chiarì Damien. «Se vuoi educare il tuo *utile idiota*».

Non volevo.

Ero troppo impegnato ad assorbire le ultime informazioni.

«È pazzesco quello che sono disposti a offrire i licantropi in cambio di qualche piccolo favore» stava dicendo mio fratello a Ismerelda. *«Certo, Lilith mi ha aiutato a individuare gli alfa più adatti ai nostri scopi. Quelli che mettono il potere davanti all'amore».*

La mia *erosita* lottò per non rispondere con una smorfia disgustata al sorriso gelido di mio fratello. La sua mente lo rimproverava per aver trasformato i lupi in pedine.

«Ahimè, devo dire che liberare i licantropi dalla loro ossessione per i legami familiari si è rivelato piuttosto complicato» continuò. *«Una volta, mio fratello mi ha detto che sarebbe stato il mio più grande ostacolo nel convincere i lupi a unirsi alla mia battaglia. Oltre che a metterli contro il genere umano. Nel complesso, aveva ragione. Ma declassare le matriarche del clan, le femmine alfa, insomma, mi ha in qualche modo aiutato».*

Mi domando cosa ne pensi Mira, mormorò Ismerelda tra sé e sé.

Probabilmente non si considera un'alfa, risposi. *È una licantropa immortale. Unica nel suo genere, e di conseguenza superiore agli altri membri della sua specie.*

Ismerelda rimase in silenzio, intenta a riflettere sulle mie parole.

«Stiamo cercando Luka e Jolene per metterli al corrente di quest'ultimo sviluppo» mi disse Darius all'orecchio.

A quanto sembrava, Damien mi aveva messo in contatto con chiunque gli fosse venuto in mente.

Più tardi avrei dovuto ringraziarlo per avermi avvertito.

«È un bene che abbia fatto indossare a Cam microfono e auricolare» aggiunse Damien, rischiando di strapparmi un grugnito. Perché non mi aveva *fatto fare* un bel niente.

«Sì, buon per te che non l'hai lasciato scappare di nuovo da solo» commentò Ryder.

Tuo fratello e il suo creatore mi stanno facendo venire un fottuto mal di testa, brontolai, rivolto a Ismerelda.

Quando non rispose, mi addentrai un po' di più nella sua psiche, curioso di sapere cosa le stesse dicendo mio fratello per averla fatta ammutolire in quel modo.

Niente, pensai aggrottando la fronte, senza preoccuparmi di essere visto dal vampiro. *Ismerelda?*

Silenzio.

Nemmeno il guizzo di un'emozione attraverso il legame.

Nessuna connessione. Nessun ricordo. Nessuna *erosita*.

«Ferma la macchina» ordinai all'autista.

Ma era troppo tardi.

Eravamo all'interno delle vecchie mura della Città del Vaticano.

E mio fratello mi stava aspettando davanti a un portone d'ingresso.

Con la mia compagna morta ai suoi piedi.

CAM

«Non sono stato abbastanza chiaro, Cane?» gli chiesi praticamente scardinando la portiera dell'auto. «Ti avevo detto che se avessi spezzato il nostro legame mi sarei preso il tuo trono».

Cane aggrottò la fronte, abbassando lo sguardo su Ismerelda e poi di nuovo su di me, mentre mi teletrasportavo accanto a lui. «Non ho spezzato nulla. Beh, a parte il suo collo».

«Ciò significa che non posso *sentirla*» dissi a denti stretti. «*Spezzando* così la nostra connessione».

«Mmh». Lanciò di nuovo un'occhiata sulla mia compagna. «Beh, ho pensato che, una volta qui, non avresti più avuto bisogno che fosse cosciente. Non avevo capito che doveva essere in sé, perché la potessi usare». Fece una piccola pausa, poi si strinse nelle spalle. «Si sveglierà presto. Nel frattempo, possiamo parlare».

E con quello, si girò verso il portone, lasciando la mia *erosita* morta sul selciato gelido.

Ringhiai e la presi tra le braccia, facendo sì che mio fratello si voltasse con un luccichio malizioso negli occhi verdi. «Quindi ti importa ancora di lei?».

Era un test, capii, irritato a morte dalle cazzate di Cane.

Lasciai che un po' di quell'irritazione trapelasse dal mio tono nel rispondere: «Mi importa quello che c'è nella sua testa, fratello. Come i ricordi che mi avete rubato tu e Lilith».

Ovviamente, non era del tutto vero. Ma era ciò che voleva sentire.

Mi studiò per qualche istante, probabilmente valutando la sincerità delle mie parole. O forse stava tentando di capire quanto mi avesse fatto arrabbiare.

Di qualunque esame si trattasse, non gli permisi di vedere nulla. Mi limitai a fissarlo con un sopracciglio inarcato.

«Non ha sentito niente» mi informò infine. «Le ho chiesto di venire fuori con me e le ho spezzato il collo quando ha attraversato la soglia. Poi l'ho lasciata cadere a terra. Al suo risveglio, la sua testa sarà a posto».

Le controllai i capelli, assicurandomi che mio fratello si accorgesse di quello che stavo facendo: cercare ogni potenziale ferita che potesse aver danneggiato la parte di lei di cui avevo più bisogno.

Quel gesto mi concesse qualche secondo prezioso per controllare la rabbia.

Perché l'unica cosa che desideravo era tirargli un pugno in faccia.

Ma poi si sarebbe vendicato.

E al momento non me lo potevo permettere. Non con Ismerelda priva di sensi. E non senza le risposte che mi servivano.

Oh, avrei potuto teletrasportarla lontano da lui, precipitandomi verso il jet. Ma mio fratello era potente quasi quanto me. Inoltre, sembrava possedesse quel complesso. Chissà quali sorprese mi sarei trovato a fronteggiare, se avessi provato ad attaccarlo…

Un'altra arma?

Licantropi e vampiri?

Reali?

Qualche altro tipo di servo immortale?

Di qualunque cosa si trattasse, lo avrei scoperto. «Ho bisogno di un luogo sicuro dove lasciarla» gli dissi. «Poi possiamo parlare».

Cane annuì. «Ma certo. Seguimi».

Michael era all'interno dell'edificio, in attesa, con il capo chino. *La sua testa starebbe molto meglio sul pavimento, priva del resto del corpo*, pensai cupamente, immaginandomi la scena. *Quando la mia leonessa si sarà svegliata, mi assicurerò che questo diventi realtà.*

E magari avrei aggiunto anche la testa di mio fratello.

«Non ho spezzato nulla. Beh, a parte il suo collo» aveva detto.

E se spezzassi il tuo collo, mh?

Mi ci volle uno sforzo immane per mantenere un'espressione annoiata mentre lo seguivo lungo il corridoio, verso la stanza che avevo visto nella mente di Ismerelda.

«Questa camera è parte dei miei alloggi personali» mi spiegò mio fratello. «Se ti piace, puoi avere l'intera suite per te, finché non sceglierai il tuo edificio all'interno delle mura della città».

«Un upgrade, rispetto a dove tieni i soggetti dei tuoi esperimenti» osservai, riferendomi all'alloggio sotterraneo che mi aveva riservato al mio risveglio.

Cane sorrise. «Questo è l'edificio che ho ristrutturato per i miei alleati. Dieci suite, tutte dotate di ogni lusso».

Indicò il corridoio che conduceva verso una sontuosa scalinata. «E accesso diretto ai giocattoli immortali che vivono là sotto. Possiamo fare un giro, dopo che ti sarai liberato del tuo bagaglio».

Emisi un grugnito evasivo ed entrai nella suite. «Prima di accettare un tour del complesso, preferirei avere qualche risposta».

«Per esempio… perché ti ho fritto i ricordi?».

«Quello sarebbe un ottimo inizio» risposi, sistemando con cura Ismerelda sul letto. Feci particolare attenzione alla posizione della testa e del collo, assicurandomi che fossero ben allineati, per garantire una completa guarigione.

Poi mi girai verso mio fratello e sollevai un sopracciglio, invitandolo a parlare.

Perché questa non era una fottuta riunione o un momento di felicità domestica.

Era un test, un modo per determinare se fosse il caso di permettere a mio fratello di continuare a vivere.

Oh, non lo avrei ucciso subito. Avrei potuto seppellirlo, ancora vivo, per almeno un secolo e vedere se ciò avrebbe risolto il suo problema con la mancanza di umanità.

Solo allora lo avrei fatto fuori.

O forse avrei potuto trovare un modo più creativo di punirlo. Magari usando proprio quella maledetta arma su di lui.

Forse friggergli i ricordi risolverebbe il problema, pensai.

Sicuramente qualcuno mi avrebbe detto di non mettermi al suo livello.

Ma in realtà ero ben al di sotto. Ero nelle profondità del sottosuolo, dove non c'era alcuna luce.

Ismerelda era l'unica che avrebbe potuto tirarmi fuori da quel mare di inchiostro.

E mio fratello le aveva spezzato il collo.

Facendoci precipitare tutti nel buio della notte più nera.

Ora nemmeno il più cocente sole di mezzogiorno avrebbe potuto salvare mio fratello dalla mia oscurità.

«È stato un incidente» esordì Cane, andando verso l'angolo bar che si trovava nel soggiorno, dove versò a entrambi un bicchiere di qualcosa di ambrato.

Michael dovette interpretarlo come un segnale per andarsene, perché uscì e si chiuse la porta alle spalle, confinandomi nella suite con mio fratello e Ismerelda.

«Immagino di dover cominciare dall'inizio» disse Cane, passandomi uno dei bicchieri di cristallo. «Come avrai capito, non ho mai dormito. È emerso che devi essere consenziente, perché il rituale funzioni. Ma tu mi hai steso prima di eseguirlo e, beh, mi sono svegliato».

Presi posto su una delle poltrone del salotto, osservando mio fratello e monitorando al tempo stesso la mia connessione mentale con Ismerelda.

Ancora niente.

C'era da aspettarselo, visto che era morta solo qualche minuto prima. Ma ciò non mi rese meno furioso. Essere separato da lei in quel modo era ancora peggio di quando si trovava in stato catatonico.

E pensare che solo alcune settimane prima l'avevo uccisa io stesso.

Se fossi stato connesso mentalmente a lei quando era successo... *Cazzo.*

«Sai perché mi hai messo al tappeto?» mi chiese mio fratello, quando non dissi nulla.

«No. Sono al corrente soltanto di quello che ho visto nella mente di Ismerelda e del breve riassunto che mi ha fornito Darius su quello che è successo tra te e Aurelia».

Cane serrò la mascella e il suo sguardo si fece più duro.

«Sono sicuro che a quel riassunto manchi qualche elemento chiave».

Mi misi comodo, con la caviglia destra appoggiata sul ginocchio opposto. «Da quello che mi ha detto, il tuo disprezzo per il mondo si è rafforzato dopo che la cacciatrice ti ha sedotto e ha tentato di ucciderti. Tuttavia, ti avevo avvertito che i licantropi non avrebbero mai accettato. E a quanto pare mi sbagliavo».

«Oh, no, avevi ragione. Ma ho trovato un modo per convincerli».

«Sì, hai reso nota l'esistenza dei licantropi, spingendo gli umani a reagire come sono soliti fare: con la violenza» dissi.

«Non esattamente». Si sedette sul divano di fronte a me. «Ho dato alcuni suggerimenti, o forse dovrei dire che ho sfruttato la compulsione, per spingere gli umani a usare i licantropi come armi. Pensavo che questo avrebbe fatto arrabbiare i lupi e li avrebbe costretti ad agire. Così i vampiri avrebbero avuto il merito di aiutarli».

Bevvi un sorso del mio drink ed emisi un mormorio di assenso. Approvavo i suoi metodi.

Beh, non è che li *approvassi*, ma apprezzavo il suo modo di ragionare. Era stato uno stratagemma intelligente per portare i lupi dalla sua parte per far sì che facessero tutto il lavoro al posto suo.

E aveva funzionato.

«Tuttavia, quel giorno fatidico non abbiamo parlato solo dei licantropi, fratello, ma anche delle *erosite*».

Bevvi un altro sorso, poi feci roteare il liquido rimasto nel bicchiere. «Di cosa abbiamo discusso, esattamente?».

«Ti ho fatto presente che averne una è pericoloso, perché tiene vivo il legame con l'umanità e suscita istinti fasulli. Quando ti ho consigliato di uccidere Ismerelda, mi hai steso. E mi sono svegliato nella cripta di famiglia, mentre chiudevi la mia bara».

«Capisco».

«Ovviamente, sospettavo già che sarebbe stata la tua prossima mossa» continuò, ignorando la mia risposta. «Avevo predisposto dei piani di emergenza, tra cui una fiala del mio sangue e la promessa di Lilith di fare tutto il possibile per rianimarmi. Ma non è stato necessario mettere alla prova la potenza del rituale. Semplicemente non ha funzionato».

«E hai continuato a vivere in segreto?» indovinai.

«Ho continuato a perfezionare il mio piano. Poi ti ho contattato per offrirti il trono, essendo il reale più anziano. Beh, tecnicamente è stata Lilith a contattarti. Ma non sei stato affatto sorpreso di vedermi, quel giorno. In fondo, sapevi che ero io il responsabile».

Sì, avevo iniziato a sospettarlo.

Ma il mio vecchio io arrogante era convinto che avrei potuto gestire mio fratello da solo.

Ah, è andata proprio alla grande, borbottai tra me e me.

«Hai rifiutato la mia offerta» proseguì Cane. «In realtà, hai minacciato di rinchiudermi, di dire a tutti la verità e di rimediare ai miei casini, prima che distruggessi il mondo».

Ridacchiò e finì il suo drink, appoggiando il bicchiere sul tavolino di legno che ci separava. Poi si rilassò sul divano, allargando le braccia sullo schienale.

«Eri convinto che avessi bisogno di essere riabilitato. Ma eri tu, mio caro fratello, ad aver bisogno di aiuto per liberarti dal tuo legame. Cosa che ho provato a fare, ma ho fallito».

Lanciai un'occhiata al corpo esanime di Ismerelda, prima di tornare a concentrarmi su Cane. «Era quello lo scopo dell'arma che hai usato su di me? Liberarmi dal legame?».

«Ciò che chiami un'arma, io lo chiamo uno strumento. Serve per bloccare la parte della mente sensibile al legame *erosita*. Ma non è perfetto. E più antico è il legame, più è difficile da distruggere. Purtroppo per te, la procedura ha finito per cancellarti i ricordi. Un effetto collaterale che, come ti ho detto, è stato un incidente».

Mmh. Capire cosa mi era stato fatto mi suscitò un nuovo pensiero, che espressi ad alta voce. «Ma allora non dovrei essere in grado di guarire quella parte della mia mente?».

Potevo rigenerare ogni parte del corpo. Perché non quella?

Cane arricciò le labbra. «Si potrebbe pensare di sì. Ma il legame *erosita* non è un qualcosa di tangibile. La magia che ci permette di esistere permette anche di creare il legame. E quell'incantesimo funziona in modi che non comprendiamo appieno. È per questo che è così pericoloso».

«Beh, in questo momento quel "pericoloso legame" è l'unica connessione che ho con gli ultimi mille anni. Quindi mi serve viva, Cane».

Mi studiò con un'espressione scaltra. «È l'unico motivo per cui la vuoi viva?».

Riflettei sulla domanda, lanciando un'altra occhiata a Ismerelda, e tentai di elaborare una risposta che a mio fratello sarebbe piaciuto sentire. «È il motivo principale» dissi lentamente. «Ma anche il suo sangue e il suo corpo sono delle ottime ragioni».

Una risposta brutale e volgare, ma il sorrisetto che illuminò il viso di Cane mi disse che era quella giusta.

«Forse il mio strumento ha funzionato meglio di quanto pensassi» commentò. «Quando la scorsa settimana te ne sei andato all'improvviso con Ismerelda, il giorno in cui, tra l'altro, avevo deciso di mostrarmi a te, ero convinto di aver fallito. Ma forse no. Forse, dopotutto, sei davvero guarito».

Sbuffai. Soprattutto perché non c'era nulla in me che necessitasse di *guarire*.

Ma continuai a stare al gioco, e risposi: «Ismerelda era riuscita in qualche modo a smantellare la barriera tra le nostre menti. Quando è successo, i suoi ricordi sono diventati improvvisamente accessibili. Prima ne sono rimasto affascinato, ma poi mi sono incazzato nel rendermi conto che il mio legame con il passato stava per essere distrutto. Così ho agito di conseguenza».

Cane annuì. «È comprensibile. Non mi ero reso conto di cosa potesse offrirti, oltre all'ovvio. L'avevo portata qui solo per mettere alla prova la tua umanità. Se avessi saputo che ti sarebbe stata d'aiuto con il problema della memoria, l'avrei fatta arrivare molto prima».

«Non eri preoccupato che i suoi ricordi stimolassero di nuovo la mia umanità?» gli domandai.

Si strinse nelle spalle. «Quella possibilità c'è sempre. E ho dei piani, nel caso dovesse accadere».

«Piani che implicano ucciderla?» indovinai, svuotando attentamente il mio tono di ogni emozione.

«Sì». Una risposta decisa che non aveva bisogno di essere elaborata, e infatti non lo fece.

Nella sua testa, eliminare Ismerelda dall'equazione mi avrebbe liberato immediatamente dei miei legami con l'umanità. Forse aveva ragione. Ma non si rendeva conto di ciò che gli avrei fatto, se mi avesse tolto il cuore.

Perché Ismerelda era molto più di un legame con l'umanità.

Era *mia*.

E non avrei accettato che lui le facesse del male in alcun modo.

Ma dovevo comunque giocarmela bene. Scoprire quali

misure di sicurezza avesse messo in atto. Capire cosa aveva fatto e cosa aveva intenzione di fare.

Poi avrei colpito. *Con la mia regina al mio fianco.*

Ciò significava che dovevo continuare a dargli corda.

«Non ti so dire se il tuo esperimento abbia funzionato o meno» mormorai. «Non riesco a ricordare chi ero un secolo fa o giù di lì. Ma so chi sono oggi. E l'unica parte di questa storia che mi fa veramente arrabbiare è il modo in cui mi hai fatto credere che ci fossi io dietro a tutto».

Inarcò un sopracciglio scuro. «E la perdita di memoria? E quello che ti ha fatto il mio strumento negli ultimi centovent'anni?».

«Non ricordo niente. Forse, se mi ricordassi qualcosa, la penserei diversamente. Ma ricordo perfettamente tutte le informazioni che mi sono state fornite al mio risveglio, la maggior parte delle quali si è poi rivelata una bugia. Non mi piace essere manipolato, Cane.»

«Non erano bugie. I rapporti di Lilith erano originariamente destinati a me, ma li ho fatti modificare per darti uno scopo. Se vuoi il trono, è tuo. Non voglio comandare. Non è la mia specialità. Lavoro molto meglio dietro le quinte, ed è per questo che Lilith era il volto dell'operazione, mentre io mi concentravo sulla tua guarigione».

Ancora quel termine, *guarigione.*

Mio fratello credeva davvero di avermi aiutato.

«Ho bisogno di un po' di tempo per elaborare tutto questo» gli dissi onestamente. «E il sole mi sta facendo venire un fottuto mal di testa».

L'ultima parte non era del tutto vera, ma volevo stare un po' con Ismerelda. Sentivo che stava per svegliarsi. Il nostro legame mentale pulsava di vita, mentre il suo corpo cominciava a guarire.

«So che abbiamo ancora molto di cui parlare e sono

curioso di sapere come hai creato i tuoi giocattoli immortali. Ma è stata una notte molto lunga. Ho voglia di sangue. Magari anche di una bella scopata per smaltire la mia aggressività. E un po' di riposo».

Cane annuì. «Ho già iniziato a mostrarti come li ho creati, usando i Benedetti. Avevo preparato tutto perché tu potessi replicare il processo, ma te ne sei andato prima che terminassi la dimostrazione».

Si alzò senza darmi la possibilità di rispondere. Non che sapessi cosa dire, comunque.

«Mi manca ancora da scoprire come prolungare la vita dei licantropi. Ma questa non è mai stata la mia priorità. Ho incaricato Mira di occuparsene, visto che è un suo desiderio». Si lisciò la giacca elegante. «In ogni caso, tra qualche ora possiamo rivedere tutto in maniera approfondita».

Mi alzai in piedi anch'io, soprattutto perché sentivo che Ismerelda stava ricominciando a respirare. Volevo essere vicino a lei e tenerla tra le braccia non appena avesse ripreso conoscenza.

Anche se sarebbe stato difficile.

Perché non avevo dubbi che ci fossero delle telecamere nella suite. Forse non nella stessa posizione in cui si trovavano nel mio vecchio alloggio, ma era impossibile che mio fratello si fidasse di me fino a quel punto.

Anche quello che stava accadendo non era altro che l'ennesimo esperimento.

L'unica differenza era che ora lo sapevo.

Stai al gioco, mi dissi, usando più o meno le stesse parole che avevo rivolto a Ismerelda qualche ora prima. *Dovremo farlo entrambi, se vogliamo vincere.*

Ciò significava che il suo risveglio non sarebbe stato molto piacevole. Almeno per lei.

«Ti lascio a nutrirti e a scopare» mormorò mio fratello.

«Se hai voglia di provare un piatto diverso, scendi le scale che ti ho indicato prima. Troverai una stanza piena di delizie. Forse ti attireranno di più delle vergini di sangue».

Nel pronunciare l'ultima frase, mi lanciò un'occhiata maliziosa. Mi stava dicendo che aveva assistito al tempo che avevo trascorso con le vergini di sangue e che sapeva che non le avevo toccate.

«Passa una bella giornata, fratello» aggiunse.

Quando non risposi, se ne andò, con un sorrisetto che gli lambiva gli angoli della bocca.

Chiusi la porta a chiave. Non che avrebbe fatto molta differenza.

Con un ringhio trattenuto a stento, mi aggirai per la suite, esaminando il contenuto del frigo e quello che c'era in bagno, e alla fine mi ritrovai accanto al letto, incapace di distogliere lo sguardo da Ismerelda.

«Sveglia» le ordinai in tono rabbioso. Una rabbia rivolta a mio fratello, non a lei. Ma lui non lo avrebbe saputo, interpretando la mia irritazione come semplice impazienza.

Perché lo scopo di tutto questo era molto semplice: convincere Cane che il suo piccolo esperimento aveva funzionato. Che non possedevo più la mia umanità.

Che Ismerelda non significava niente per me.

Oh, sarei potuto fuggire con lei.

Ma mio fratello avrebbe trovato un modo per riportarci indietro. O peggio, avrebbe dato la caccia a Ismerelda e avrebbe tentato di ucciderla.

No. La soluzione era restare lì e assecondarlo. Raccogliere informazioni e architettare un piano. Lavorare con Ismerelda per risolvere la situazione, non scappare.

Avevo già provato una volta a occuparmi di mio fratello da solo. Avevo fallito. Ora dovevo fidarmi della mia compagna e lasciare che mi aiutasse.

Nel frattempo, avrei dato a Cane ciò che voleva: una dimostrazione di cos'ero diventato.

Cercando di fare del mio meglio per tranquillizzare Ismerelda.

Ho bisogno che tu sia la mia regina, le sussurrai, sfilandomi la giacca. *Non una bambola di porcellana*.

Presto avrebbe ripreso conoscenza.

E sarebbe iniziato lo spettacolo.

KHALID

«Abigail è morta». La voce piatta di Hazel precedette il suo ingresso nella mia suite, la sua irritazione era palpabile. «Deirdre l'ha trovata vicino al confine. La testa è stata tagliata di netto. Una morte troppo rapida».

«Capisco» mormorai, mentre la lama di Emine minacciava di riservarmi lo stesso trattamento.

I suoi occhi grigioazzurri brillavano di trionfo.

Almeno finché non mi teletrasportai via da sotto di lei. Un attimo dopo la intrappolai sul pavimento, con il bacino premuto sul suo, bloccandole le mani sopra la testa.

«Mollalo» le ordinai, dandole una piccola stretta ai polsi.

Lei rispose con un ringhio, strappandomi un sorrisetto.

«Oh, adoro quando mi sfidi, habibi».

Mi conficcò le zanne nel labbro inferiore, facendomi sanguinare.

Non era un bacio appassionato, ma violento.

Che però non scoraggiò minimamente la mia erezione. Anzi, mi fece desiderare Emine ancora di più.

Mi leccai la ferita e poi la baciai, costringendola a ingoiare la sua piccola vittoria.

Lei mugolò, soddisfatta, il mio sangue era come una droga per i suoi sensi di cacciatrice.

La mia adorata dragonessa era la prima della sua specie, una cacciatrice trasformata in vampiro. Ciò la rendeva ancora più letale. E un'incredibile compagna di giochi.

L'attimo successivo mi ritrovai con la schiena sbattuta sul pavimento ed Emine a cavalcioni su di me.

Il mio sorriso si allargò, il mio corpo era fin troppo desideroso di quello che stava per succedere. Svanii in un battito di ciglia mentre il suo pugnale si avventava sulla mia gola, e ricomparvi in piedi, dall'altro lato della stanza.

Emine ringhiò di frustrazione ma non cercò di attaccarmi di nuovo. Si unì invece a me, rinfoderando l'arma con uno sguardo di sfida che mi diceva che era orgogliosa di non aver obbedito al mio ordine.

Beh, lo ero anch'io.

Quella donna era probabilmente il gioiello più affascinante della mia collezione di oggetti rari.

La sua espressione si incupì e mi scoccò un'occhiata omicida, facendomi capire come la facesse sentire la mia ammirazione.

Sei mia, habibi, le sussurrai nella mente. Questa abilità era un dono che esisteva fin quasi dal primo momento.

Vaffanculo, mio principe, rispose.

Dopo, mio dolce miraggio. Le feci l'occhiolino, poi rivolsi la mia attenzione a Hazel.

Chiave, l'umano di Cam, era alle sue spalle. Indossava un completo nero elegante e sembrava in perfetta salute.

«Ti sei ripreso bene» gli dissi.

«Grazie, mio principe» rispose in modo ossequioso.

Hazel alzò gli occhi al cielo. «Puoi chiamarlo Khalid».

Ridacchiai. «Stai cercando di liberare il povero umano dal suo addestramento?».

«Sì». La sua risposta enfatica evidenziò il suo fastidio. «Dobbiamo parlare di Cane».

Uhm... sì, immagino di sì. «Abbiamo sentito quello che ha detto a Cam. E Cedric ha registrato tutto». Avevamo anche spento il microfono dal nostro lato, una volta capito che potevano essere presenti dei licantropi.

La mia tecnologia di comunicazione avanzata era stata testata sui vampiri, non sui mutaforma. Quindi, nonostante sapessi con certezza che i miei fratelli non erano in grado di origliare le nostre conversazioni, non potevo dire lo stesso per i lupi.

Era meglio limitarsi ad ascoltare.

«Sì, lo so» rispose Hazel, riferendosi al mio commento sulla registrazione.

Si lasciò cadere sul divano più vicino a Emine, per nulla intimorita dall'avere la mia letale dragonessa alle spalle.

«Dobbiamo scoprire cosa sa Cane di Blood City» disse poi.

«Beh, Abigail non era presente a nessuna delle nostre conversazioni e Deirdre ha disattivato tutta la sorveglianza della stanza. Quindi non avrebbe potuto dirgli molto su Blood City». Parlando, andai verso il frigo e presi una bottiglia di acqua per Emine.

Il mio adorato miraggio continuò a fulminarmi con lo sguardo, pur accettando la bottiglia. La sua voce interiore espresse la sua gratitudine, mentre il suo viso mostrava solo odio.

Le baciai la guancia, un gesto palesemente provocatorio. Lei ringhiò, afferrando rapidamente il pugnale, ma mi ero già teletrasportato su una poltrona di fronte a Hazel.

Emine mi fissò.

Poi tolse il tappo e si mise a bere.

Smettila di provocarmi, habibi.

Sei divertito dai comportamenti più sciocchi, Khalid.

Come guardarti ingoiare?, suggerii. *In effetti, mi diverte molto.*

Quasi si strozzò con l'acqua.

Attenta, tesoro. Ho dei piani per quella gola.

Continua a sognare.

Continua a ribellarti, risposi.

Alzò gli occhi al cielo e andò a prendere un'altra bottiglia. La sua particolare genetica le rendeva necessario idratarsi spesso. Non le bastava il sangue per sopravvivere.

Ma quello era un segreto che non avevamo condiviso con nessuno.

«Nonostante sia vero, non sappiamo cos'abbia scoperto Cane attraverso i *suoi* sistemi di sorveglianza» disse Hazel, riportando la mia attenzione su di lei. «Ovviamente sapeva che Kylan era qui, visto che ha suggerito a Cam di usare il suo jet. Ciò significa che sa che anche tu sei qui».

«È probabile» concordai. «Immagino che pensi che i rivoluzionari stiano cercando di convincermi a passare dalla loro parte».

«E considerando quanto tempo sei stato qui, penserà anche che ci siano riusciti» concluse Hazel.

Mi strinsi nelle spalle. «Può pensare quello che vuole».

«Non sei preoccupato?».

«Se lo fossi, indicherebbe che non sono preparato per questa eventualità» risposi, mentre Emine veniva verso di me. Ma invece di prendere posto nella poltrona accanto alla mia, mi si sedette in grembo.

Dritta sul mio cazzo.

Tentatrice, la accusai.

Lasciò cadere la testa all'indietro, mettendo in mostra il collo. Le avvolsi un braccio intorno al ventre. *Hai bisogno di sangue.*

Lo berrò dopo. Tra le tue cosce.

La sua mente rispose con uno sbuffo di scherno, ma il suo corpo rimase rilassato sul mio.

Le baciai il punto del collo dove il suo battito pulsava, proprio quando Cedric e Lily entrarono nella stanza. I loro visi arrossati non lasciavano nessun dubbio su cosa stessero facendo, mentre io ed Emine combattevamo.

Quando si sedettero sulla poltrona accanto alla mia, il povero Chiave fu l'unico a restare in piedi.

«Dovresti sederti vicino a Hazel» gli dissi. «Dopotutto, è anche merito suo se sei ancora vivo».

«È libero di fare le sue scelte» mi informò Hazel prima che l'umano potesse rispondere. «Ma allora, se non ti interessa che Cane scopra dell'esistenza di Blood City, cos'è che ti preoccupa?».

Sempre così scaltra, pensai, sul punto di sorridere di nuovo.

Inizio a capire perché è tua amica, disse Emine in tono leggermente tagliente. *Sembra conoscerti bene.*

Sei gelosa, piccolo miraggio?

Si mosse sul mio grembo, strusciando le sue curve deliziose sulla mia erezione. *Assolutamente no.*

Sorrisi. *Mi piace quanto sei maturata, Emine.*

Sbuffò. *A quanto pare, non abbastanza, mio principe.*

Le posai un altro bacio sul collo. *Te l'ho detto, amore: non ti scoperò finché non mi implorerai di farlo.*

E io ti ho detto che non accadrà mai.

Ed eccoci qui, mormorai.

Non disse nulla, ma percepii la sua irritazione. Non riuscivo a leggerle la mente, il nostro legame era limitato alla comunicazione.

Tuttavia, avevo trascorso abbastanza tempo con lei da poter percepire le sue emozioni.

«Khalid» mi esortò Hazel. «So che c'è qualcosa che ti preoccupa. Per questo sei sveglio, nonostante il sole di mezzogiorno. Se ti sentissi tranquillo o al sicuro, staresti dormendo».

«Magari volevo giocare con la mia dragonessa» suggerii.

Hazel mi lanciò un'occhiata eloquente. «Ti conosco da migliaia di anni. Le tue distrazioni non funzionano con me».

«Beh, questo non è vero» mormorai. «Duelliamo verbalmente tutto il tempo».

«Khalid».

Sospirai. Hazel era una delle poche persone al mondo da cui avrei accettato quel tono di rimprovero. Anche Emine faceva parte di quella lista ristretta.

«Sono preoccupato per i licantropi, Hazel» dissi a bassa voce. «Stanno tramando qualcosa».

«Puoi biasimarli?» chiese Cedric, inarcando le sue sopracciglia imperiose. «Sono stati delle pedine per oltre un secolo. E aver sentito che Cane ha orchestrato la loro rottura con il genere umano non ha aiutato».

«No, sono sicuro di no» ammisi. «Ed è per questo che sono preoccupato. Sto aspettando di vedere cosa faranno».

«Pensi che potrebbero fare irruzione nel complesso senza di noi?» chiese Hazel.

«Sì». Perché era quello che avrei fatto io, se fossi stato al loro posto. «Anche se noi personalmente non abbiamo alcuna colpa, i nostri simili sì. I lupi hanno tutto il diritto di vendicarsi, e non li biasimerei se non si fidassero di collaborare con noi».

Ed era esattamente ciò di cui ero preoccupato.

I licantropi erano inclini a reazioni emotive. Avevano uno spirito animalesco, i loro sentimenti erano aggressivi e appassionati.

E Cane li aveva colpiti dritto al cuore.

Aveva architettato tutta quella follia, aveva fatto in modo che i licantropi fossero scoperti dagli umani, aveva praticamente agevolato la loro temporanea schiavitù negli eserciti dei mortali e stava facendo esperimenti su di loro per più di un secolo.

E il fatto che i lupi presenti nel palazzo di Deirdre non sembrassero molto propensi a discuterne con noi non faceva che peggiorare la situazione.

«Mi offrirei di sorvegliarli, ma dubito che migliorerebbe le cose, anzi» disse Hazel.

«Già» concordai. «A questo punto non possiamo fare altro che aspettare che siano loro a venire da noi, e sperare che ci includano nei loro piani».

«Possiamo provare a parlare con loro» suggerì Cedric. «Dimostrando il nostro supporto».

«Sanno già che non siamo come Cane» risposi. «Ma il punto è che non abbiamo fatto altro che pensare a noi stessi. Blood City ne è la prova».

Oh, c'erano dei lupi nel mio territorio. Ma conducevano tutti una vita solitaria e non avrebbero avuto alcun interesse a raccontare la loro esperienza. Per quanto ne sapevano i licantropi presenti nella torre, avevo costruito la mia città a beneficio dei vampiri.

Così come Jace e gli altri si erano concentrati su una rivoluzione che tutelasse i membri della nostra specie. Razionare il sangue. Proteggere la nostra fonte di cibo.

Non avevano mai discusso veramente dei licantropi e delle loro esigenze.

Non era che volessero escludere i lupi, semplicemente era ciò che veniva loro naturale.

E quella sorta di divisione stava arrivando al dunque.

Da giorni, ormai.

Da quando i vampiri erano arrivati per primi, per poi invitare i mutaforma in un secondo momento. Come se fossero stati qualcosa di cui si erano ricordati all'ultimo, non dei partner.

Non sapevo se Jace avesse gestito la ribellione in quel modo per tutto il tempo o se fosse solo uno sviluppo recente, perché non avevo prestato molta attenzione alle loro mosse. Sebbene ne fossi in parte a conoscenza, grazie allo spionaggio di Cedric, non ero al corrente di tutto.

«E se entrassero nel bunker senza di noi, cosa succederebbe?» chiese piano Lily, guardando Cedric.

«Probabilmente uccideranno tutti i vampiri che trovano all'interno» rispose Emine. I suoi occhi incontrarono i miei. «Giusto?».

Annuii. «Sì. E ciò darà inizio a una guerra tra le nostre specie».

«O la farà terminare prima ancora che cominci» mormorò Cedric, attirando la mia attenzione su di sé. «Credo che sia il caso di discutere di un piano secondario, che tenga conto della possibilità molto concreta di un attacco guidato dai licantropi. Dobbiamo pensare a come reagire».

Piegai la testa di lato. «Sembra che tu abbia già un'idea al riguardo».

«Sì» rispose, facendomi sorridere.

Quando Cedric aveva dimostrato di essere annoiato dal nuovo ordine mondiale, gli avevo offerto un posto a Blood City.

Beh, non era esattamente vero. Gli avevo *ordinato* di unirsi a me a Blood City. In quanto reale, e suo superiore, era una mia prerogativa. Ma c'era stato un motivo se avevo insistito, e non era soltanto perché era un'abile spia.

Spesso proponeva idee molto ragionevoli, con risultati di cui di solito beneficiavano tutte le parti coinvolte. Aveva una mentalità pratica, da stratega.

Perciò lo osservai con interesse, curioso di sapere cos'avrebbe suggerito. «Sentiamo, Cedric» mormorai. «Cosa dovremmo fare?».

La sua risposta consisteva in una semplice soluzione che si dimostrò incredibilmente saggia.

«Potrebbe funzionare» ammisi, catturando lo sguardo di Hazel. «Dobbiamo chiamare Jace e gli altri».

Lei annuì, concentrandosi sullo schermo che aveva appena fatto comparire dall'orologio. «Sto già inviando un messaggio a tutti, dicendo loro che ci incontreremo di sotto tra un'ora».

«Mandalo anche ai lupi» dissi. Anche se ero sicuro che non si sarebbero presentati.

Ora eravamo in conflitto.

Ciascuno lottava per il bene della propria specie.

Cercando vendetta per motivi completamente diversi.

Noi eravamo vampiri. Loro licantropi.

Gli umani erano dei danni collaterali.

E l'Alleanza di sangue… era un mezzo per raggiungere un fine.

Izzy

L'ACQUA mi scorreva sul collo, regalandomi una piacevole sensazione di tepore, che però al tempo stesso mi confondeva.

Come....?, pensai intontita.

Ssh, mi mormorò qualcuno nella mente. *Sono io. Sei al sicuro, Ismerelda.*

Mmh?, mormorai in risposta, abbandonandomi al calore che mi inondava le vene. *Cos'è?*

Un bagno.

Aggrottai la fronte, tendendo i muscoli.

E sussultai quando sentii qualcosa di duro premere sul mio sedere.

Cercai di muovermi, ma la mia vita fu stretta in una morsa che mi tolse il fiato. Tutta l'aria abbandonò i miei polmoni, facendomi girare la testa. E un dolore sordo mi riverberò lungo la spina dorsale.

Strillai e tentai di dimenarmi, travolta dall'istinto di fuggire.

Ma non riuscivo a muovermi.

Stavo annegando.

Intrappolata contro un muro di acciaio.

Intrappolata tra le braccia di un uomo.

«Ismerelda» mi ringhiò all'orecchio. «*Sono io*».

Chi?, avrei voluto chiedere. Il mio cervello non era in grado di darmi alcuna informazione utile. *Dove sono? Chi sono? Perché…?*

Delle zanne mi si conficcarono nel collo, provocando un brivido familiare. I miei lamenti si sciolsero in gemiti, il mio corpo si rilassò immediatamente in quella gabbia virile.

Cam, sembrò sussurrare la mia mente.

Sì, rispose. Il calore del suo corpo era come un marchio a fuoco sulla mia schiena nuda. *Cane ti ha spezzato il collo. Sei stata incosciente per diverse ore.*

Mi accigliai, elaborando lentamente le sue parole nel caos in cui era ridotta la mia mente.

Mi ha dato una giornata, di cui ora è rimasto solo il pomeriggio, per riflettere su tutto quello che mi ha detto. Ma sospetto che ci siano delle telecamere nascoste nella suite, quindi ho bisogno che reciti la tua parte.

La… la mia parte?, ripetei, ancora confusa.

Sì, amore. La tua parte, in qualità di mia regina. Le sue labbra mi accarezzarono la gola, ricordandomi che vi aveva appena conficcato le zanne.

Mi hai morsa, mormorai in tono meravigliato. *Non… non mi mordevi da…* Mi accigliai ancora di più, con i ricordi che si rincorrevano sulle mie palpebre serrate.

Cam che mi uccide.

Io che mi sveglio nel sotterraneo.

I tentativi di fargli ricordare di me.

Il nostro legame sul punto di essere spezzato.

Le sue emozioni e le sue intenzioni che si abbattono su di me. L'obiettivo di rendermi la sua regina. I suoi commenti sul fatto che il vecchio Cam non era degno di me.

Il mio rapimento.

Cane...

Aprii gli occhi, vedendo una parete di piastrelle fredda ed estranea. Ma il corpo sotto di me era l'esatto opposto: caldo e familiare.

Rabbrividii, travolta dalla situazione e di nuovo senza fiato.

La bocca di Cam si mosse sul mio collo, le sue braccia mi tenevano ancora stretta. «È stata una lunga notte, Ismerelda. E sto per trasformarla in una giornata ancora più lunga».

La mente di Cam mi disse cosa significavano quelle parole, le sue intenzioni oscure strisciarono lungo il nostro legame.

Era la nuova versione di Cam. Quella che non si tratteneva. Il predatore.

L'ennesimo brivido mi attraversò quando capii cosa avrebbe comportato.

Mi userà di nuovo.

Scopandomi a sangue.

Prosciugandomi.

Perché ci stavano sorvegliando.

Probabilmente suo fratello ci stava osservando proprio in quel momento.

Una consapevolezza che mi raggelò. Le provocazioni di Cane mi riecheggiarono nella mente. Aveva guardato Cam che mi scopava. Aveva detto che gli era piaciuto. Aveva apprezzato vedermi in punto di morte.

Ora si aspettava qualcosa di simile.

E Cam era pronto ad accontentarlo.

Inizialmente, volevo riportarti sul jet, mi sussurrò Cam, e i suoi pensieri confermarono la sua sincerità. *Da tuo fratello, dove saresti stata al sicuro. Ma sarebbe stata una soluzione temporanea, Izzy. Se Cane pensa di non potermi "guarire" dalla mia umanità, ti ucciderà. E non posso lasciare che accada.*

La sua mente mi rivelò come era arrivato a quella conclusione, condividendo con me la conversazione con il fratello. Era una versione abbreviata, che toccava tutti i punti importanti e che riuscii ad aggiornarmi in fretta.

Sulla base di quello che avevo visto, ero assolutamente d'accordo con l'analisi di Cam.

Ora ti scoperò, continuò. *Berrò da te. Probabilmente ti farà male. Mi scuserei, ma non significherebbe molto.*

Deglutii, perché sapevo cosa significavano le ultime parole. Erano tutte cose che aveva effettivamente voglia di fare.

Sentivo la sua fame.

Il suo desiderio di farmi a pezzi, di nutrirsi finché il suo predatore interiore non si fosse saziato.

Se avesse ceduto, mi avrebbe uccisa.

La sua bestia avrebbe bevuto troppo.

E in quel momento le stava lasciando le redini, almeno all'apparenza, a beneficio delle telecamere. Mentre, internamente, manteneva il controllo.

Tremai, e il mio cuore mancò un battito.

Non era il mio vecchio Cam, la versione che mi teneva sempre al sicuro.

Quello era il nuovo Cam, quello che mi trattava da pari. Che non mi considerava fragile, ma potente. L'uomo che si comportava con me come se fossi stata in grado di accettare tutto ciò che mi dava e anche di più. Solo che, prima, lo aveva fatto senza nessun riguardo per i miei sentimenti.

Ora... ora era diverso.

Potevo ascoltare i suoi pensieri. Sentirlo. Capirlo.

Era il mio nuovo Cam. La persona a cui ero legata per l'eternità. Potevo accettarlo, o rifiutarlo.

Ma prima, volevo sperimentarlo. Vedere cosa avremmo potuto essere insieme.

Piegai la testa di lato, allontanando il collo dalla bocca di Cam, e mi voltai verso di lui.

I suoi occhi azzurri irradiavano una violenza sensuale, la sua bestia era in agguato.

La vecchia versione di Cam non mi aveva mai guardata così. Aveva sempre nascosto quel lato di sé, non aveva mai saziato davvero la sua fame.

E forse non aveva mai nemmeno placato la mia.

Ora lo vedevo. Tutte le carezze delicate. I movimenti contenuti. Le premure.

Non mi aveva mai dato la possibilità di incontrare la sua bestia interiore.

Ma in quel momento ci stavamo fissando.

Il petto di Cam vibrò contro di me, il suo ringhio era una promessa che mi fece schiudere le labbra. Quegli occhi azzurri mi squadrarono dalla testa ai piedi, mentre la sua mano si insinuava lungo il mio fianco.

Sussultai quando mi strinse i capelli, e il mio collo protestò nell'essere nuovamente piegato per soddisfare meglio i suoi bisogni.

Poi mi baciò.

Brutalmente.

La sua lingua non perse tempo a chiedere il permesso di entrare, il sapore del suo sangue si avventò subito sui miei sensi e mi strappò un gemito.

Bevi, Ismerelda, mi ordinò mentalmente. *Ne avrai bisogno.*

Nessuna domanda, nessuna preoccupazione. Nessun dubbio sulla mia volontà di partecipare.

Solo Cam che assumeva il comando e dichiarava le sue intenzioni con la lingua.

Aveva capito di avermi fatto male e che probabilmente sarebbe successo di nuovo. Ma non poteva cambiare quella parte di lui. Si rifiutava di trattarmi come una bambola di porcellana.

E, in tutta onestà, non lo volevo nemmeno io.

Avevo bisogno di questo, avevo bisogno di *lui*. Era l'unico modo in cui sarei riuscita a capire se potevo accettare quella versione di Cam. Se sarei riuscita a gestirla.

Ringhiò di nuovo; nel percepire il mio assenso, la sua approvazione si irradiò lungo il nostro legame. E non solo ero d'accordo con quello che stava per accadere, ma accettavo anche di vedere se avrebbe potuto funzionare. Accettavo di immergermi nella sua oscurità.

Forse avrei potuto perfino perdonarlo.

Era il luogo adatto. Un modo per guarire le mie ferite. Rivivere le nostre esperienze passate e crearne di nuove.

Significative.

Di impatto.

«Mmm, è molto meglio dell'ultima volta che sei morta» mormorò sulle mie labbra. «Quando mi hai accusato di essere qualcun altro».

Sei qualcun altro. Ma sei comunque mio, gli risposi nella mente, non sapendo se ci fossero anche dei microfoni. Nel suo vecchio alloggio non ce n'erano, ma non potevamo sapere se Cane avesse deciso di metterne alcuni lì.

Ah sì?, rispose attraverso la nostra connessione. Sentii le sue labbra incurvarsi appena in un sorriso, prima che emettesse un altro ringhio.

Strinse la presa, strappandomi una smorfia, e mi resi conto che la sua bestia minacciava di prendere il controllo.

«Ma stavolta non mi rifiuterai, vero?» proseguì Cam ad alta voce, nel chiaro tentativo di mettere in scena uno spettacolo a beneficio del fratello. «Uhm… ma potrei costringerti a opporti, solo per vederti lottare».

Le sue parole suscitarono un brivido nel profondo del mio essere.

Aveva detto che dovevamo recitare le nostre parti, e io sapevo esattamente come recitare la mia.

«Farò tutto ciò che desideri, mio signore» risposi, docile, con la voce leggermente roca.

Il suo ringhiò mutò in una sorta di fusa, che però suonavano troppo profonde e maligne per esserlo davvero.

«Ciò che desidero è morderti» sussurrò. «Voglio nutrirmi tra le tue cosce. Farti venire finché non svieni, per poi svegliarti a furia di sesso».

Deglutii a stento.

Perché nulla di ciò che aveva detto era parte della messinscena.

Lo voleva davvero.

E nonostante l'idea mi avrebbe terrorizzata soltanto una settimana prima, ora… ora mi allettava.

Perché?, mi domandai. *Cos'è cambiato?*

La fiducia, spiegò Cam. *Adesso ti fidi di me e sai che mi prenderò cura di te, perché sai che mi importa. Sai che sei mia. E, cosa forse ancora più importante, sai che sono tuo. Il* tuo *Cam. Non l'uomo che amavi un tempo, ma una versione migliore che è pronta a fare qualsiasi cosa per dimostrarsi l'uomo* giusto *per te.*

Strinse ancora di più la presa sui miei capelli, trascinando i denti sul mio labbro inferiore.

«Implorami, leonessa» mormorò, tornando a parlare a voce alta. «Implorami di farti venire».

Le mie labbra si schiusero in una brusca inspirazione quando mi morse, inondandomi le vene di piacere e facendomi stringere le cosce.

«Cam…».

«Mmm» mugolò. «Non è abbastanza, leonessa. *Implorami*».

Le sue zanne si conficcarono ancora una volta nel mio labbro inferiore. Sussultai. Il dolore si trasformò in estasi, sottraendomi l'abilità di parlare.

I baci dei vampiri creavano dipendenza, soprattutto se dati da lui. E lo sapeva bene.

Stava giocando con me.

Accrescendo il mio desiderio.

Assicurandosi che godessi di ciò che stava per farmi.

Il suo sangue mi era utile per guarire, ma era anche un potente afrodisiaco. Ora non sentivo nient'altro che piacere, i ricordi del mio collo spezzato erano svaniti. E non solo perché non potevo ricordare il momento in cui Cane mi aveva uccisa, ma perché il dolore con cui mi ero svegliata era scomparso.

Tutto ciò su cui riuscivo a concentrarmi era Cam.

«Non sei molto brava a implorare» mi rimproverò in tono autoritario, dandomi uno strattone ai capelli. «Devo accettare l'offerta di mio fratello e andare a cercare una sostituta al piano di sotto?».

Pronunciò quelle parole per Cane, non per me, come mi rassicurò mentalmente. Ma ciò non significava che *gradissi* la sua domanda.

Lo fulminai con lo sguardo, raddrizzando la schiena, nonostante la strana posizione in cui mi trovavo.

Lui inarcò un sopracciglio, la sua impazienza incendiò qualcosa dentro di me.

Perché fanculo tutto quanto. Era mio. Non mi avrebbe rimpiazzata con una bambola gonfiabile immortale. Come osava anche solo pensarci!

Gli affondai le unghie nel braccio con cui mi stringeva ancora la vita, e ignorai l'acqua che trasbordava ovunque mentre lo costringevo a lasciarmi voltare. Per stare a cavalcioni su di lui. Per guardarlo in faccia. «Non mi sostituirai».

«Ah no?». Inclinò la testa di lato, e il suo sesso pulsò tra le mie cosce. «Cosa te lo fa pensare?».

«Non *penso* un bel niente» risposi. «*So* che non lo farai».

Ma che brava regina, mi lodò nella mente. *Vuoi aiutarmi a mostrare a mio fratello perché non ti rimpiazzerò mai?*

Mi strinse di nuovo i capelli nel pugno, premendo il petto contro il mio.

Perché nessuna di quelle vergini di sangue mi attirava, nemmeno quando non mi ricordavo di te?, continuò.

Mi morse il labbro inferiore, dove la ferita precedente si era già rimarginata.

Mi aiuterai a dimostrare una volta per tutte perché sei la mia compagna? Una mia pari? Sottolineò le ultime due parole infilandomi la lingua in bocca. E mi divorò senza mai distogliere lo sguardo dal mio.

Lo morsi, furiosa che avesse pronunciato quella domanda ad alta voce. Non importava che lo avesse fatto perché la sentisse il fratello. *Io* non volevo sentirla.

E non volevo nemmeno dargli corda.

Non dopo tutto quello che aveva detto a Mira. Dopo le loro conversazioni sulle vergini di sangue. Dopo le insinuazioni che fosse stato con altre donne, prima del mio arrivo.

Non è successo niente, mi rassicurò ora Cam, e i suoi ricordi lo confermarono. *Ne ho morsa una, bevendo solo qualche goccia di sangue. Una totale perdita di tempo.*

Come ti sentiresti, se facessi lo stesso con un altro uomo?

Un ringhio gli rimbombò nel petto, il suo braccio mi strinse di nuovo la vita. *Lo ucciderei.*

Allora sai come mi sento a proposito delle vergini di sangue. Al plurale. Giusto? Perché Mira aveva lasciato intendere chiaramente che Cam aveva assaggiato *diverse* vergini di sangue.

Sì, me ne sono state offerte alcune. Ma ne ho morsa solo una, ribadì. *Se vuoi che muoia, te la consegnerò e la potrai uccidere.*

Un'offerta allettante, anche se il solo prenderla in considerazione era profondamente sbagliato. La vergine di sangue era innocente. Così come non era del tutto colpa di Cam, se era stato tentato di morderla.

Il fatto che non volessi nessuna di loro la dice lunga, Izzy, mi sussurrò nella mente. *Il mio corpo le ha rifiutate, perché la mia anima ti appartiene. E ti apparterrà per sempre. Anche se smetterai di volermi, sarò comunque tuo.*

Chiuse gli occhi, e il suo bacio diventò più dolce che famelico. Le sue parole furono come un giuramento impresso a fuoco nei pensieri, nel tentativo di guarire la ferita riaperta dalla sua domanda.

La reazione più sbagliata che potesse avere.

Volevo lottare.

Volevo sfogare parte della rabbia che aveva risvegliato nelle ultime settimane.

Volevo fargli capire che il mio posto era al suo fianco. E volevo *guadagnarmelo*, cercando al tempo stesso di stabilire se potessi realmente accettarlo.

Avevo bisogno del Cam malvagio. Della bestia. Del predatore che si annidava sotto la sua pelle. *Del vampiro.*

Glielo dissi mordendolo di nuovo, facendogli sanguinare la lingua e strappandogli una smorfia. *Consideralo un marchio*, gli ringhiai nella mente. *Tu. Sei. Mio.*

Allora dovrò ricambiare il favore, mia regina, rispose. *Ma ti marchierò tra le gambe.*

Scossi la testa. «Esci».

Si staccò da me, inarcando le sopracciglia. «Scusa?».

«Esci!». Non intendevo fuori dal bagno, ma dalla vasca. «Vuoi vedere perché non mi *sostituirai*?» gli dissi. «Siediti qui». Indicai il bordo. «E te lo dimostrerò, cazzo».

Mi fissò per qualche istante, mentre la sua mente si rimetteva rapidamente in pari con la mia. E un sorriso gli si disegnava sulle labbra. «Come desideri. Ma ti annegherò nel mio seme. Poi mi nutrirò da te, mentre tu mi implorerai di avere pietà».

CAM

Lo SGUARDO felino di Ismerelda seguì i miei movimenti, mentre mi sistemavo sul bordo marmorizzato della vasca.

Sembrava pronta a mangiarmi.

O forse a uccidermi.

In ogni caso, mi aspettavo una certa ferocia.

Non sapevo che genere di dispositivi di registrazione avesse nascosto mio fratello nella suite, e non mi importava più. Se voleva vedere la mia regina divorarmi, glielo avrei permesso. Forse allora avrebbe capito perché dovevo farlo fuori.

Perché aveva ferito la mia regina. La mia compagna. *La mia Ismerelda.*

Nessuno poteva toccare la mia leonessa.

A parte me, ovviamente.

Mi fissò, inginocchiandosi tra le mie cosce spalancate. La sua espressione irradiava violenza.

288

Ne fui felice. Sapevo che me lo meritavo. Non solo, era ciò che *desideravo*.

Aveva bisogno di quell'esperienza per rinvigorire il nostro rapporto. Per fidarsi di me. Per credere nel nostro futuro insieme.

Era una situazione a dir poco problematica. Eppure era giusto così. Quel luogo. Quella stanza. Quelle circostanze. Stabilivano i confini di chi saremmo stati l'uno con l'altra. Quanto avremmo potuto realizzare insieme, a prescindere da tutto.

E, soprattutto, ci avrebbe fatto conoscere la passione che le nostre anime erano destinate a sperimentare da tempo.

Nessun limite.

Nessun freno.

Solo noi.

Le sue narici si dilatarono e i suoi occhi verdi brillarono; sembrava pensarla allo stesso modo. Abbassò la testa.

Il mio sesso pulsò, pregustando il momento, con l'eccitazione già sulla punta.

Ismerelda non chiese il permesso, né come procedere. Si limitò a leccare via l'offerta, sostenendo il mio sguardo.

Soffocai l'impulso di afferrarle i capelli e costringerla a fare di più. A *prendere* di più.

Se avesse continuato a provocarmi, avrei ceduto. Ma prima avrei lasciato che fosse lei a condurre.

Era una questione di fiducia. E, mentre schiudeva le labbra intorno alla mia erezione, mi fidavo del fatto che sapesse di cosa avevamo bisogno.

Mugolò di piacere, e la vibrazione torturò il mio sesso. Mentre le sue iridi feline mi trasmettevano ogni pensiero.

Rabbia. Lussuria. Determinazione. *Possesso.*

Trascinò i denti sulla mia pelle sensibile, la sua minaccia era chiara. Le avevo promesso di marchiarla tra le cosce, e lei stava giurando di fare lo stesso, seppure in maniera diversa.

Cazzo, era bellissimo. La sua lingua vellutata sulla carne. I suoi denti che minacciavano di mordermi. La sua gola intorno alla punta, deglutendo e massaggiandomi in un modo che mi faceva venire voglia di esplodere.

Dei, Ismerelda, pensai rivolto a lei, avvicinando la mano ai suoi capelli. Non per guidarla, ma per toccarla. Per ancorarmi. Per godermi il paradiso che stava evocando con la bocca.

«Mi stai possedendo» gemetti ad alta voce. «*Cazzo*».

Aveva appena iniziato, ed ero già pronto a venire.

Le strinsi i capelli, tenendola in posizione e riprendendo il controllo.

Per tutta risposta, i suoi denti mi affondarono nella carne, strappando un ringhio alla mia bestia interiore. Voleva che la tirassi fuori dall'acqua e le mordessi il collo. Il seno. Il sesso. Voleva che la possedessi. Che la reclamassi. Assicurandosi che capisse che era altrettanto possessiva. Forse anche di più.

Ma invece mi abbandonai con la schiena sulla parete di piastrelle e accolsi il dolore.

Un secondo più tardi, la sua lingua accarezzò i solchi lasciati dai denti. La sua bocca calda mi diede il sollievo di cui avevo bisogno, aumentando al tempo stesso la necessità di averne di più.

Era stata una notte molto lunga. Al termine di una settimana ancora più lunga. Volevo solo perdermi in quella donna, lasciare che mi prosciugasse, per poi scoparla di nuovo non appena mi fossi ripreso.

Era la mia compagna.

La mia fottuta regina.

La mia *dea*.

Volevo inginocchiarmi davanti al suo altare e pregare tra le sue cosce.

Eppure era lei a essere in ginocchio per me, rendendo la situazione ancora più potente.

Le accarezzai il bel collo, indugiando sul punto in cui il suo cuore palpitava. *Sei così perfetta*, le sussurrai. *Mi fai morire, mia regina. Mi fai morire.*

Ed era proprio così: sarei morto volentieri per lei. Soprattutto in quel modo, con il cazzo sepolto nella sua gola, con le sue unghie conficcate nelle cosce e gli occhi intrappolati dai suoi.

Sei bellissima, le dissi. *Oh, sono dipendente dalla tua bocca.*

Dal modo in cui si muoveva. Da come me lo succhiava, massaggiando la punta con la lingua, per poi prenderlo di nuovo fino in fondo.

Le mie dita si contrassero tra i suoi capelli, le mie cosce si tesero sotto il suo assalto sensuale.

Secoli di desiderio si raccolsero dentro di me, minacciando di annegarla, proprio come le avevo promesso.

La sua mente accettò prontamente la sfida, i suoi occhi mi sfidarono a provarci.

«Farai meglio a ingoiare tutto» le dissi, afferrandole di nuovo i capelli e bloccandola su di me. «Ogni goccia ti appartiene».

Marchiandola.

Rivendicandola come mia.

In ogni modo.

Mugolò intorno al mio sesso, provocando l'ennesima vibrazione che mi strappò un'imprecazione. Poi quella piccola strega mi morse, provocando un dolore acuto, in netto contrasto con il piacere che stavo provando. Eppure, in qualche modo lo accentuò.

Sostituiscimi, mi sibilò nella mente. *Ti sfido.*

Fui quasi sul punto di ridere, ma mi ritrovai a ringhiare quando mi risucchiò in profondità. In quel momento, pensai solo a scoparle la bocca.

Accolse ogni spinta, con gli occhi che le lacrimavano, mentre la sua gola restava aperta per me.

Era tutto così brutale. Meraviglioso. Incredibile. E *potente*.

Serrai la stretta sui suoi capelli, costringendola a *prendermi*. A ingoiare, ad accettarmi. Ad accettare la mia violenza, la mia forza, il mio desiderio. Il mio *seme*.

E fu ciò che fece, fissandomi con un'espressione determinata negli occhi velati di lacrime.

Quando finii, stava per soffocare. Le sue guance erano talmente pallide da farla sembrare fin troppo vicino alla morte.

La lasciai andare, poi mi lasciai cullare dal suono dei suoi ansiti. Non solo perché significava che era viva, ma perché rappresentava la sua capacità di sostenere il mio assalto. Di abbracciare ciò che eravamo.

Non potevo essere la vecchia versione di me che la trattava con mille cautele. Sarebbe stato come fare un torto a entrambi. Anzi, era proprio quello che era accaduto.

Questo era il cammino che ci attendeva.

E lei mi aveva appena dimostrato di poterlo affrontare.

Sfruttando la presa sui suoi capelli, la tirai verso di me. Le mie labbra avevano bisogno delle sue. Strillò in risposta, poi gemette quando la strinsi a me. La mia lingua sanguinava già, pronta ad aiutarla a riprendersi per il round successivo.

Perché non avevamo ancora finito.

Avevo ancora una preghiera da rivolgerle.

Sul suo clitoride.

Cambiai posizione rapidamente, strappandole un

sussulto e facendo schizzare l'acqua dappertutto a causa della mia velocità soprannaturale. Sistemai Ismerelda sul bordo della vasca, dove mi trovavo fino a qualche istante prima.

Poi mi inginocchiai davanti a lei, come un re avrebbe dovuto fare per la sua regina.

Il suo petto si alzava e si abbassava al ritmo del suo ansimare, il suo corpo non si era ancora ripreso dallo sforzo di prima. Invece di costringerla a continuare, le concessi un attimo di tranquillità e mi concentrai sul suo seno.

Seguii con la lingua i contorni di un capezzolo, e il piccolo bocciolo rosa si inturgidì in risposta. Poi mi spostai sull'altro, senza distogliere lo sguardo dal viso della mia compagna.

Le sue guance erano arrossate, le sue labbra gonfie e schiuse.

Sei stupenda, mia regina, le mormorai attraverso il nostro legame. *Non mi stancherò mai di vederti così.*

E glielo provai mostrandole i ricordi delle ultime settimane. Ciascuno era corredato dai miei pensieri, dalla continua analisi del motivo per cui l'avessi tenuta con me per più di mille anni.

Possedeva così tante caratteristiche affascinanti.

C'era così tanto di lei da amare e adorare.

La compagna perfetta da qualsiasi punto di vista.

Mi aveva messo alla prova. Mi aveva rafforzato. Mi aveva accettato.

Non ti merito, riconobbi. *Ma passerò tutta l'eternità a venerarti.*

Non le spiegai cosa intendessi, tracciando invece un sentiero di baci verso il suo sesso. Si irrigidì quando le mie labbra trovarono la sua carne più intima, la sua mente era all'erta, in attesa del mio morso.

Ma quello che stavo facendo era solo per lei e per il suo piacere.

Non per me.

Non ancora.

La leccai tra le cosce, cercando e sostenendo il suo sguardo. Volevo farla venire sulla mia lingua, prima di godermi il suo sangue.

Ma nel momento in cui avvolsi la bocca intorno al suo bocciolo sensibile, rabbrividì, con le pupille che si dilatavano.

Nonostante potesse sentire le mie intenzioni, si aspettava ancora che la mordessi.

Giocai con il suo timore mordicchiandola delicatamente, poi scacciai la sensazione con la lingua.

Ismerelda gemette, stringendomi i capelli e tenendomi incollato a sé.

Hai un sapore buonissimo, Izzy, mormorai. *Potrei banchettare tra le tue cosce per giorni e non averne comunque mai abbastanza.*

Cam…

Ssh, la zittii. *Lascia che ti adori, mia regina. Lascia che ti faccia stare bene.*

Sentii le sue gambe tremare intorno a me. Si aggrappò con una mano al bordo della vasca, per tenersi in equilibrio, mentre l'altra era ancora affondata tra i miei capelli.

Ogni leccata sembrava alleviare le sue preoccupazioni, la sua mente soccombeva lentamente alla coltre di lussuria che le stava crescendo dentro. *Di più*, sussurrò. Non era un ordine, ma il suo corpo che mi implorava di continuare. Di non fermarmi mai. Di darle ciò di cui aveva bisogno.

Infilai un dito tra le sue cosce, piegandolo in un modo che sapevo le sarebbe piaciuto. Quando non sembrò più sufficiente, ne aggiunsi un secondo. Si serrò intorno a me, facendo pulsare la mia erezione per la voglia di ritrovarsi dentro di lei. Di scoparla.

Quel giorno non avremmo dormito molto. Probabilmente non avremmo dormito affatto.

Il nostro desiderio era troppo forte, troppo intenso, perché potessimo riposare.

Ne avevamo bisogno. Era un giuramento tra i nostri corpi, come quello pronunciato dalle nostre anime mille anni prima.

La mia lingua sussurrò ogni promessa sulla sua carne. La promessa di adorarla. Di proteggerla. Di essere suo pari. Di uccidere chiunque l'avesse toccata, incluso mio fratello. Di non lasciarla più all'oscuro.

Era mia, in tutto e per tutto.

E io ero suo.

Un giorno, l'avrei trasformata. Ma sarebbe stato alle sue condizioni.

E allora sarebbe stata la mia regina vampira. Immortale. Indistruttibile. Feroce. Una dea destinata a essere venerata.

Tutti si sarebbero inchinati a lei, me compreso.

Come stavo facendo ora.

Dandole piacere.

In ginocchio.

La mia compagna...

Le sue gambe fremettero, la sua presa sui miei capelli si strinse, le sue labbra si schiusero in un sussulto. Era vicina. La sentivo pulsare intorno alle dita e bramavo di avere ben altro dentro di lei.

Non ancora, mi dissi. *Presto. Molto, molto presto.*

Ma prima volevo che venisse. A lungo. Ancora e ancora. Finché non avesse perso la testa.

Solo allora l'avrei scopata.

«Cam» ansimò.

«Mmm» mormorai. «Voglio che tu venga per me, mia adorata leonessa. Dammi ciò che desidero. Addolcisci il tuo sangue. Invitami a mordermi. Proprio. *Qui*».

Le succhiai il clitoride, e l'impatto fu praticamente immediato. Il suo urlo riecheggiò nella stanza. Cazzo, probabilmente lo avevano sentito in tutto l'edificio.

Ed era il *mio* nome che aveva gridato, strappandomi un sorrisetto trionfante.

Brava, mia regina, così. Fai sapere a tutti che il tuo re è in ginocchio per te. Che ti dà piacere. Che ti fa urlare…

Il brivido che risultò la condusse verso un orgasmo prolungato, la mia piccola leonessa apprezzava le mie parole.

Ma il mio morso le sarebbe piaciuto ancora di più.

Aspettai finché non ebbe quasi finito di tremare, finché l'estasi non cominciò a dissiparsi.

Fu allora che la morsi, e il mio veleno vampiresco penetrò il suo clitoride, gettandola in un'altra intensa spirale di piacere. Un piacere che sentivo come se lo stessi vivendo io. Il nostro legame era spalancato come la sua bocca, da cui uscì un altro grido assordante.

I suoi gemiti erano musica per le mie orecchie, mentre finalmente mi concedevo di bere. Di succhiare. Di *mordere*.

Il mio predatore interiore ringhiava in segno di approvazione, mentre Ismerelda si contorceva, con la mente annebbiata dal sensuale assalto.

Cominciò a dimenarsi, il suo corpo voleva respingere la natura travolgente dell'orgasmo. Ma io la convinsi ad affrontarlo, sostituendo la mia lingua alle zanne e lenendo il suo clitoride pulsante.

Solo per poi morderla di nuovo, gettandola ancora una volta oltre il limite.

La sua voce diventò roca a causa delle urla, le sue dita erano strette a pugno intorno ai miei capelli e li strattonavano. Le sue unghie affondavano nella mia spalla. Il mio nome si ripeteva nella sua mente come una preghiera.

Ma non mi stava chiedendo di fermarmi.

Stava accettando il piacere, lottando per accoglierlo; la mia leonessa si stava dimostrando mia pari in tutto e per tutto. Forse perché udiva quanto mi piacesse ridurla così. O forse perché se la stava godendo davvero. Probabilmente una combinazione di entrambe.

Sei fantastica, mormorai. *Il modo in cui reggi la mia ferocia. In cui la accetti. Il modo in cui lasci che ti divori…*

La morsi di nuovo, guadagnandomi un grido muto; la sua voce era talmente roca, che non sembrava in grado di emettere alcun suono.

Continua a volare, Ismerelda. Vola finché non riuscirai più a respirare. E allora ti riporterò in vita a furia di sesso.

Le sue cosce si strinsero intorno a me, la sua mente accettò la sfida.

Mi abbeverai dal suo sesso mentre si serrava intorno alle mie dita, ansimando.

Finché non iniziò lentamente a rilassarsi, cullata dal piacere e condotta in uno stato di sottomissione. Uno stato in cui fluttuava, in cui la sua mente perdeva conoscenza e la portava in un luogo sicuro. Caldo. Dove nessuno poteva udirla, a parte me.

Le diedi un'ultima leccata e le afferrai i fianchi. L'attimo dopo si accasciò su di me. La tenni stretta, impedendole di cadere, guarendo la ferita che avevo creato. Poi mi raddrizzai e premetti le labbra sulle sue.

Non ricambiò il mio bacio, troppo persa in quella dolce euforia per elaborare anche il più semplice movimento. Sorrisi, compiaciuto del suo stato. «Non vedo l'ora di riportarti da me scopandoti a sangue» le mormorai sulla bocca.

Nessuna risposta.

Ma non ne avevo bisogno.

L'avevo già sentita accettare, prima, quando le avevo espresso le mie intenzioni. Sapeva cosa volevo. Ed era più che felice di accontentarmi.

Mi alzai in piedi, la sollevai e presi un asciugamano. Lei non si mosse.

Strofinai entrambi alla bell'e meglio, la desideravo troppo per perdere tempo ad asciugarci accuratamente.

Anche perché non mi importava.

L'unica cosa che volevo era Ismerelda.

CAM

Ismerelda non si mosse quando la misi sul letto insieme a me, in modo che lei mi desse la schiena.

«Mmm» le mugolai all'orecchio, accarezzandole il fianco. «Hai i capezzoli duri, mia regina. Scommetto che sei ancora tutta bagnata».

Lasciai che le mie dita scendessero verso il suo ventre, per poi risalire sul seno. Il suo corpo e la sua pelle erano così perfetti.

I suoi piccoli boccioli si inturgidirono ancora di più in risposta al mio tocco, ed ebbi l'impressione che il suo respiro si facesse più affannoso.

Sento che stai tornando in te, le sussurrai nella mente. *Cerca di non muoverti, quando ti svegli. Voglio che resti ferma. Silenziosa. Apparentemente addormentata.*

C'era qualcosa di proibito in quell'immagine. Qualcosa di oscuro.

E sapere che mio fratello ci stava guardando lo rendeva ancora più appropriato.

Voleva che fossi una bestia. Che non mi importasse del genere umano. Che ignorassi i desideri e i bisogni della mia *erosita*. Così lo accontentai, pur consapevole che alla mia compagna non solo piaceva, ma era proprio ciò che desiderava.

Come dimostrato dalla pelle d'oca che le era venuta sulle braccia.

Non muoverti, amore, le ripetei nella mente. *Concentrati solo sul respiro.* Le sfiorai un capezzolo con il dito. *Inspira, espira, mia regina. Sì, proprio così.*

Il suo corpo minacciò di inarcarsi verso il mio, il suo istinto si stava ribellando. Ma rimase immobile. La mia regina perfetta.

«Sei meravigliosa». Le mie parole le si infransero sul collo. «Voglio passare la giornata a scoparti e bere il tuo sangue».

La morsi, facendola sanguinare, e le strinsi un seno.

Lei sussultò appena, un'ondata di eccitazione bollente le assaltò le terminazioni nervose.

Non emettere un suono, la avvertii. *Stiamo recitando, ricordi?*

Non rispose. Almeno non con la sua voce mentale. Ma la sentivo gemere internamente, ed era prossima a riprendere conoscenza.

Era inebriante ascoltarla elaborare le sensazioni che le ardevano nel corpo. Capiva quello che le dicevo, sentiva quello che le facevo, ma non era ancora del tutto sveglia. Le sue reazioni erano istintive. E presto avrebbe faticato a tenerle sotto controllo. Era lì che sarebbe iniziato il divertimento.

Diedi un'altra succhiata, mentre il mio palmo scivolava di nuovo sul suo ventre e poi tra le sue cosce.

«Oh, sei tutta bagnata per me» le dissi in tono

compiaciuto. «E stretta» aggiunsi, infilando un dito dentro di lei. «Adoro come sei dopo l'orgasmo, Ismerelda. Sono come dei preliminari».

Non solo perché *sentivo* il suo piacere, ma per l'effetto che aveva tra le sue gambe.

«Ti avevo promesso che ti avrei fatta tornare in te scopandoti, non è vero?». La mia mano si spostò dal suo umido calore, andando ad accarezzarle il fianco e la coscia. «Beh, è esattamente ciò che farò».

E tu starai in silenzio, aggiunsi nella sua mente, guidando la sua gamba sulla mia. *Non urlare e non muoverti finché non ti darò il permesso di farlo.*

Perché c'era qualcosa, in quello scenario, che rendeva tutto ancora più rovente.

Indietreggiai appena, per sistemare meglio il punto in cui i nostri corpi avrebbero dovuto unirsi; invece di avere il sesso premuto sul suo sedere, mi misi in modo da allineare la punta con il suo intimo.

Non muoverti, ripetei ancora una volta, scivolando dentro di lei da dietro. *Fingi di dormire.*

Mi ricordava quello che avevamo fatto un po' di volte la settimana prima. Solo che ora era diverso, perché lei poteva sentire il mio desiderio. Udire le mie intenzioni. Capire che non era solo per me, ma per *noi*. Il nostro amplesso riguardava il piacere di entrambi.

Era sempre stato così, anche quando avevo cercato di vederla come un oggetto da scopare. Solo che, quando percepivo la sua paura, non riuscivo a usarla. Non mi sembrava giusto.

Ma ora... ora sentivo la sua eccitazione. Il profumo del suo desiderio. I suoi pensieri smaniosi.

Era ciò che voleva. Me. *Noi.*

E glielo diedi con una spinta brutale.

Oh!, ansimò. *Non... non posso...*

Ssh, la zittii. *Stai andando benissimo, Ismerelda. Resta immobile. Lascia che ti scopi. Lascia che ti* usi.

Dissi l'ultima parte di proposito. Perché pensava che fosse ciò che desideravo. Che l'unica cosa che mi importava fosse farla venire per il mio piacere personale.

Beh, non aveva tutti i torti.

Ma non aveva nemmeno ragione.

Adoravo farla venire perché significava che l'avevo soddisfatta. E non c'era nulla di più eccitante dell'aver fatto il mio lavoro.

Come confermò il suo corpo in quel momento, serrandosi intorno a me. Il suo sesso era umido, stretto e bollente. Assolutamente perfetto.

Le ringhiai sul collo, sbattendola con tutte le mie forze, stringendole il fianco per tenerla ferma.

Cam…

Non ancora, le dissi. *Stai ferma.*

Il suo corpo si irrigidii e il sudore le imperlò la fronte, mentre si sforzava di non inarcarsi verso di me.

Le mie zanne le affondarono ancora una volta nella gola, rendendole ancora più difficile controllare le sue reazioni.

Un grido le riecheggiò nella mente, l'orgasmo l'attraversò e la lasciò ansimante. Ma, a parte quello, non si mosse. Restando tesa, perfetta e fottutamente incredibile.

Sei bravissima, Ismerelda. Ed è stupendo sentirti così. Continua a venire per me, amore. Mossi la mano per accarezzarle il clitoride con il pollice. *Mmm, sì. Così.*

Io… non… Oh! Cam! Non riesco…

Sì che ci riesci, la rassicurai. Ma invece che costringerla a prenderne di più, usai la lingua per rimarginare la ferita sul collo, concedendole qualche istante per riprendersi dal mio morso.

Ma non smisi di accarezzarla, né di scoparla.

La sentii pulsare intorno a me, stritolando il mio sesso, mentre continuavo ad affondare dentro di lei.

Ancora e ancora.

«Sei così brava a prenderlo» le sussurrai all'orecchio. «Così fottutamente brava, mia regina».

Lei rabbrividii in risposta, pur continuando a cercare di fingersi addormentata.

Le baciai la tempia e uscii da dentro di lei. Poi la spinsi sulla schiena e affondai ancora una volta nel suo calore.

Un sussulto le sfuggì dalle labbra. Aprì gli occhi, poi li richiuse in fretta.

Sorrisi. «Ti ho vista». La mia bocca catturò la sua. «Baciami, Ismerelda. Dammi la lingua e avvolgi le gambe intorno a me».

Il gioco era finito, e lei era andata benissimo. Ora la volevo completamente sveglia e attiva.

E la rapidità con cui obbedì confermò che era quello che voleva anche lei.

Le sue gambe lunghe e atletiche mi circondarono i fianchi, le sue mani mi si avvinghiarono alle spalle e la sua lingua si insinuò tra le mie labbra.

Movimenti aggressivi. Roventi. *Arrabbiati.*

Intrisi di una passione che ricambiai con tutto il cuore.

Le sue labbra si schiantarono sulle mie, la sua lingua cercava di dominare e di far uscire a giocare la mia bestia. Le afferrai i fianchi e la presi con forza, il mio vampiro interiore voleva ricordarle chi era al comando. E lei… mi morse la lingua.

Ringhiai.

Lei gemette.

E la nostra danza appassionata divenne una lotta feroce.

Sangue. Sudore. Lacrime. *Sesso.*

Era tutto così inebriante che quasi persi la testa.

Mi graffiò la schiena, incoraggiandomi ad andare ancora più veloce. Più a fondo.

Le divorai la bocca mentre la distruggevo tra le gambe, lasciandole i lividi sui fianchi per la morsa in cui la stringevo. Ma non le importava. Lo accettò e ne chiese ancora di più.

La mia regina.

La mia compagna.

La mia Ismerelda.

Il mio Cam, mi sussurrò lei. *Fammi svenire di nuovo. Fammi vedere le stelle.*

La mia bestia interiore ringhiò in segno di approvazione, il suono si riverberò nel mio petto e su quello della mia compagna.

E allora non ci fu più modo di fermarci. La mia ferocia prese il sopravvento, il mio predatore era libero.

Ismerelda sanguinò.

E sanguinai anch'io.

Le nostre essenze si mescolarono nelle nostre bocche.

I suoi fianchi si inarcarono a ogni spinta. Le sue tette erano schiacciate sul mio petto. I suoi piccoli artigli mi segnarono la pelle. I miei palmi marchiarono la sua.

Finché non precipitammo entrambi nell'oblio, sopraffatti dal calore e con uno strano suono nelle orecchie.

Ringhiai, perso nelle sensazioni di entrambi, perché riuscivo a sentire tutto, e così lei.

Era meraviglioso.

Stupefacente.

Folle.

E rumoroso, pensai, delirante per l'orgasmo che mi aveva travolto.

Proseguii nel mio assalto, determinato a riempirla con il mio seme.

E, nel frattempo, quel suono continuava a tormentarmi.

Sembrava… sembrava sbagliato. *Irritante.*

Ismerelda mormorò qualcosa. I suoi sensi mortali la cullarono in uno stato simile all'ebbrezza, mentre la mia bestia ruggiva, trionfante.

No. Non trionfante. *All'erta.*

Aprii gli occhi di scatto e l'oscurità si dissipò, mentre la realtà si abbatteva su di me.

È un allarme, mi dissi. *È un fottuto allarme.*

Lo riconobbi dalle registrazioni di Lilith.

C'era stata una breccia nel complesso.

E non era un protocollo di sicurezza creato da Lilith, perché non era lei la mente dietro l'operazione.

Ma mio fratello.

Ciò significava che l'allarme poteva essere stato fatto scattare da qualsiasi cosa.

Inclusi me e Ismerelda.

O qualcosa di completamente diverso.

Afferrai la mia regina per la gola, rendendomi conto che era addormentata, e la baciai. Riversandole la mia essenza in bocca, costringendola mentalmente ad assorbirla.

Perché avevo bisogno che fosse sveglia. Cosciente. *E pronta a combattere.*

EDON

Maledetto Kylan, brontolò Silas attraverso il nostro legame mentale. *Avrei dovuto accettare l'offerta di Luna di prendere il suo posto.*

Se non fossi stato in forma di lupo, le mie labbra si sarebbero incurvate in un sorrisetto. *La sta rivendicando di nuovo?*, chiesi, divertito.

Negli ultimi giorni, Kylan si era assicurato che Silas sapesse a chi apparteneva Rae. Sembrava che gli piacesse far urlare il suo nome alla compagna, probabilmente perché solo un anno prima, all'università, era abituata a gemere quello di Silas.

Non che Silas e Rae si fossero mai piaciuti in quel senso. Avevano solo fatto coppia in classe e sapevano come fingere interesse, cosa che sembrava agitare il vampiro.

Ancora e ancora, borbottò Silas. *Sto per andare a cercare un'altra suite.*

Al nostro ritorno, ci assicureremo di tirarti su di morale, rispose

Luna. La sua voce dolce fece praticamente fare le fusa al mio lupo. Eravamo a circa mezzo chilometro di distanza l'uno dall'altra, e stavamo dando la caccia agli altri licantropi in forma di lupo. Ma sentirla nella mia mente fece quasi distrarre la mia bestia dal compito che ci eravamo prefissati.

Quasi.

Perché, nonostante scopare sarebbe stato molto più divertente, avevamo bisogno di capire cosa stessero combinando gli altri licantropi.

Erano spariti da ore, lasciando solo noi tre come unici mutaforma presenti nel palazzo.

Quegli stronzi continuavano a organizzare riunioni segrete là fuori, e io e i miei compagni ne avevamo avuto abbastanza di essere tenuti all'oscuro.

Il mio lupo abbassò di nuovo il muso sul terreno, cercando odori familiari; ne trovò diversi, ma viaggiavano tutti in direzioni opposte.

Era come se i licantropi fossero usciti a caccia, sparpagliandosi nella zona boschiva oltre il lago. *Un diversivo*, ringhiai tra me e me. *Un modo per confondere i nostri sensi.*

Perché non volevano essere trovati. Né da noi, né dai vampiri che avevamo lasciato alla torre.

Sta sicuramente succedendo qualcosa, pensai, rivolto sia a Luna che a Silas. *Qualcosa di grosso.*

Vuoi che perlustri di nuovo l'edificio?, chiese Silas. La sua irritazione era svanita, sostituita dalla sua solita determinazione.

No. Non sono tornati. Ne ero sicuro. Perché, altrimenti, o io o Luna ne avremmo incontrato almeno uno. Era come se si fossero allontanati sempre di più dal palazzo di Deirdre.

Verso un luogo d'incontro, oppure…

Il mio lupo alzò la testa. *In che direzione è il campo di aviazione?*, domandai, guardandomi intorno. *Est? Ovest?*

Sud-est, rispose Luna. La sua mente mi disse che aveva seguito il mio ragionamento e che anche lei, ora, stava cercando una traccia in quella direzione. *Non penserai...*

Si interruppe.

Soprattutto perché era *esattamente* ciò che pensavo.

L'attimo dopo iniziammo entrambi a correre verso il campo di aviazione, lasciando Silas a ringhiarci nella mente. *Non dire nulla a Kylan, non ancora,* mi raccomandai. *Prima dobbiamo esserne certi.*

Oh, davvero?!, rispose in tono sarcastico.

Attento a come ti comporti, lo avvertii.

Fanculo, alfa, rispose.

Puoi contarci, promisi.

Voi due non fate altro che pensare al sesso, intervenne Luna. *Stiamo cercando di rintracciare dei licantropi che potrebbero aver creato una fazione nella fazione, e siete lì a flirtare.*

Sei gelosa?, le chiesi. *Preferiresti che flirtassimo con te?*

Preferirei che vi concentraste su quello di cui ci stiamo occupando, rispose.

Bugiarda, mormorai. *Vuoi che parliamo di te e di quello che abbiamo intenzione...*

Il mio lupo si bloccò. Un familiare profumo di cipresso ci aveva avvolti, attirando la nostra attenzione verso sinistra.

Nonno, pensai, incontrando i suoi occhi scuri attraverso le fronde di un albero i cui rami toccavano terra. La sua pelliccia argentata luccicava al sole; aveva un colore simile a quello dei suoi capelli in forma umana.

Ma quando fece un passo avanti, percepii l'irritazione che si sprigionava dal suo corpo massiccio. Aveva un'espressione severa, un'espressione che mi rivolgeva raramente.

Prosegui verso il campo di aviazione, dissi a Luna, consapevole della sua esitazione. Aveva rallentato il passo nel momento in cui si era resa conto che avevo trovato mio nonno. *Penso sia qui per distrarmi.*

Sto arrivando, disse Silas. Le sue parole erano per Luna.

So cavarmela da sola, rispose lei.

Lo so. Voglio solo guardare, Lulù. Perfino io capii che stava mentendo. Sì, sarebbe rimasto a guardare; a guardare *lei*. A proteggerla da qualsiasi pericolo.

Luna si limitò a sospirare. Sapeva che non c'era nulla che potesse fare per placare l'istinto protettivo di Silas.

Mio nonno iniziò a trasformarsi, e anch'io feci lo stesso. Il mio lupo mi cedette rapidamente il posto.

«Edon» disse mio nonno, raddrizzando la schiena ed ergendosi in tutto il suo metro e ottanta.

Imitai la sua postura, superandolo di alcuni centimetri. E avevo anche qualche chilo di muscoli in più. Tuttavia, nonostante fisicamente lo battessi, mentalmente era tutto il contrario. Aveva quasi settecento anni e possedeva un inestimabile bagaglio di conoscenze.

Inoltre, mi aveva insegnato fin da piccolo a rispettare chi era più anziano, e saggio, di me.

«Nonno» risposi, abbassando leggermente il capo. Era stato soprattutto merito suo se avevo ottenuto la posizione di alfa del clan Clemente. Mi sarei sempre inchinato a lui.

Mi studiò per qualche lungo istante. I suoi occhi scuri, dello stesso colore dei miei, irradiavano un'intensità che sentii fin nel profondo dell'anima. *Qualsiasi cosa fosse, è già successa*, dissi a Silas e a Luna. *O sta accadendo ora.*

Sono a più di sei chilometri dalla pista, disse Luna. La sua voce mentale suonava esausta.

I lupi erano veloci.

Ma lo sprint richiedeva molta energia.

E non potevamo sostenere la nostra massima velocità per troppo tempo.

Fai attenzione, mormorai.

Sto bene, rispose lei.

So che stai bene, piccola. Questo non significa che non possa preoccuparmi per te.

Tra te e Silas, è un miracolo che riesca a fare anche solo una passeggiata, brontolò lei di rimando.

L'ho quasi raggiunta, mi rassicurò Silas. *Finché ci sarò io, non le accadrà nulla di male.*

Ti ho sentito, ringhiò Luna.

Lo so, Lulù, mormorò, addolcendo il tono. L'adorazione che provava nei suoi confronti era evidente.

Avrei voluto sorridere, ma l'espressione severa di mio nonno mi riportò al presente, catturando la mia attenzione. «Cosa sta succedendo?» gli chiesi. «E non dirmi "niente". Sono giovane, non stupido».

Annuì e continuò a osservarmi, arricciando le labbra. «Devi prendere una decisione, Edon. So che non sarà facile per te e per la tua triade. Ma spero che sceglierai la strada giusta. L'unica, in realtà. Almeno secondo me».

Inarcai le sopracciglia. «Dovrai essere un po' più chiaro di così, se vuoi che ti risponda».

Mio nonno sospirò e annuì di nuovo. «Lo so». Si guardò intorno, e i suoi occhi si posarono su uno spazio tra gli alberi illuminato dal sole. «Andiamo».

Aggrottai la fronte, ma lo seguii.

E, entrando in una piccola radura, mi accigliai sempre di più.

Mio nonno si chinò per prendere un borsone nero che doveva aver portato con sé, non sapevo se in forma umana o di lupo. Ma qualunque sentiero avesse percorso, il mio animale non lo aveva percepito fino a quando non aveva deciso di rendere nota la sua presenza.

Come ex alfa, era potente. Forse anche più di quanto lasciasse intendere.

«Tieni» disse, lanciandomi un paio di jeans. L'etichetta indicava che erano della mia taglia, a conferma del fatto che mio nonno aveva organizzato tutto.

Indossò anche lui un paio di pantaloni e lasciò cadere il borsone sull'erba. Vidi che conteneva altri vestiti, ma non riuscii a capire se fossero per lui o per i miei compagni. Sospettavo che si trattasse della seconda. Ma non feci domande.

Perché non importava.

Stava chiaramente cercando di distrarmi e di prendere tempo, ma almeno lo avrebbe fatto in modo da fornirmi qualche informazione. Tipico di mio nonno.

«Ti ho insegnato le vecchie usanze» cominciò. «Ti ho insegnato che un tempo la famiglia era tutto per i branchi. Così come lo era l'amore. E la *lealtà*».

«Sì. I compagni erano venerati, invece che disprezzati. Le triadi erano accettate apertamente». Le cose non stavano più così, ma io ero determinato ad aiutare il nostro clan a riavvicinarsi al cuore dell'essere lupo. Ad accettare le nostre emozioni. A tornare a essere un vero branco.

«Esatto». Si sedette a terra, con movimenti agili che confermavano la sua ottima salute. La maggior parte dei lupi della sua età sarebbe stata quasi incapace di muoversi. Ma non mio nonno. Era arzillo come un mutaforma di cento anni.

Mi unii a lui sull'erba, dedicando parte della mia mente ai pensieri di Luna. Ora era a circa un chilometro dal campo di aviazione, e Silas l'aveva quasi raggiunta. Era molto più rapido, rispetto a quando era appena diventato un licantropo.

«I vampiri non danno valore alla famiglia. Non sono programmati in quel modo. Non posseggono una psiche di branco, né la capacità di concepire figli. Desiderano soltanto bere sangue e sopravvivere».

Non ero sicuro di dove volesse andare a parare, ma mi sentii in dovere di precisare: «Alcuni si accoppiano».

«Sì. E i pochi che lo fanno sono piuttosto possessivi nei confronti delle loro metà umane. Ma quel possesso, quella *cura*, non si estende oltre le loro *erosite*. Perfino i legami tra sire e progenie spesso non contano nulla».

«Perché mi stai dicendo questo?» chiesi. Non avevo bisogno di una lezione sui vampiri. Sapevo già che non erano particolarmente inclini all'affetto.

«Perché ho bisogno che tu capisca che vampiri e licantropi hanno sempre avuto obiettivi diversi. Relazioni diverse. Diversi modi di vivere. Almeno fino a un secolo fa, quando gli umani sono diventati il nostro nemico comune. Da allora tutto è cambiato».

La sua espressione si incupì, e il suo sguardo sembrò fissarsi su un albero di fronte a noi.

«Noi licantropi ci siamo sentiti obbligati a conformarci. A rifuggire la nostra umanità. A essere più simili ai vampiri. A non curarci più di nessuno». Fu solo allora che riportò lo sguardo su di me. «La famiglia era vista come una debolezza. La famiglia è stata il motivo per cui abbiamo perso così tanti licantropi, durante la rivoluzione».

Aggrottai la fronte. «In che senso?».

«Sono stati i sentimenti a dettare le nostre azioni. Pensavamo ai nostri branchi e ai nostri cari, non a noi stessi. E gli umani se ne sono approfittati. Hanno ucciso i nostri bambini. Le nostre donne. Distruggendoci, spezzandoci il cuore. Rendendoci incapaci di combattere a dovere, perché troppo devastati per pensare con chiarezza. Poi sono intervenuti i vampiri e hanno messo fine a tutto con un'efficienza impeccabile».

Deglutii, stravolto dal quadro che aveva dipinto nella mia mente.

«È per questo che molti della nostra specie si sono adeguati al dominio dei vampiri, scegliendo di seguire il loro esempio e di adottare le loro preferenze, piuttosto che abbracciare ciò che eravamo un tempo. È più facile sopravvivere, quando l'unica cosa che ti interessa è te stesso. Niente dolore. Nessun cuore spezzato. Nessun punto debole».

Mi accigliai. «Non sono d'accordo. Sono sopravvissuto così a lungo grazie a te. Grazie a Luna e Silas. Loro non sono dei punti deboli. *Tu* non sei un punto debole. Tutti voi mi date forza».

«Sì. E questo è il cuore di un licantropo. Ma ora immagina di perderci. Chi saresti, senza il tuo cuore?».

«Ucciderei chiunque abbia toccato ciò che è mio» risposi immediatamente. «Lo *distruggerei*».

«Che è proprio quello che hanno fatto molti della nostra specie. Ma gli umani erano pronti ad affrontarli. I licantropi erano così accecati dalla rabbia che non pensavano in modo strategico. E per questo molti di loro hanno perso la vita».

«Come?» chiesi. «I mortali non sono neanche lontanamente forti o veloci come noi».

«No, ma le loro armi si sono rivelate letali. E sapevano esattamente come usarle». Digrignò i denti, socchiudendo gli occhi in un'espressione omicida. «Quasi come se qualcuno avesse spiegato loro come ucciderci».

Edon, mi sussurrò nella mente Luna. *I jet... non ci sono più. Non c'è nessuno qui. Assolutamente nessuno.*

«All'epoca, non c'è stato modo di dimostrarlo» continuò mio nonno. Mi sentii sprofondare nel mettere insieme quello che mi stava dicendo con quello che mi aveva appena rivelato Luna. «Ma ora sappiamo che è stato

Cane a rendere nota l'esistenza dei licantropi. È stato lui a suggerire ai mortali di usarci come armi. Ed è molto probabile che sia stato sempre lui a istruirli su come farci fuori».

Manca anche il jet di Jace, disse Luna. *Non è in nessuno degli hangar.*

Avevamo usato il jet del reale per venire lì, perché quello del clan Clemente era troppo lento.

«Una volta raccolte le prove di ciò che ha fatto, di chi sono i suoi alleati e di tutto il resto, potremo finalmente guarire i nostri branchi» proseguì mio nonno. «Potremo essere chi dovremmo essere. Potremo governare come vogliamo. E potremo smettere di giacere all'ombra dei vampiri».

«Gli altri alfa sono andati da Cane» mi resi conto ad alta voce. «A raccogliere le prove».

«Sì. Sono andati a uccidere lui e i suoi alleati».

«E Cam? E Ismerelda? E i vampiri che hanno guidato questa rivoluzione?». In quel momento, la maggior parte di loro si trovava ancora nel palazzo di Deirdre. Erano impegnati ad architettare un piano per fare irruzione nel bunker di Cane e salvare i loro cari.

O qualsiasi fosse l'equivalente di una "persona cara" per un vampiro.

«Cam è il loro leader» sottolineai. «Non reagiranno bene, se morirà a causa di un attacco di licantropi».

«Lo so. Ecco perché devi prendere una decisione, Edon. O ti unisci a noi, o ti unisci a loro. Perché, a prescindere da quello che accadrà, non andrà a finire bene».

«Perché non collaborare con loro? Non devono esserci per forza due fazioni contrapposte. Penso che ce lo abbiano dimostrato». Negli ultimi mesi, ci avevano coinvolti a ogni passo. Perché mettersi contro di loro proprio adesso?

«L'unica cosa che hanno dimostrato è quanto sono diversi» rispose. «A loro non importa coesistere con il genere umano. L'unica cosa che conta, per loro, è avere una scorta di sangue. Certo, vogliono trattare il cibo in maniera un po' più dignitosa, ma si tratta solo dei *loro* bisogni. Sono immortali, e hanno bisogno del cibo per sopravvivere. Tutto lì».

Ho appena trovato due vampiri morti, mi informò Silas. *Non morti in modo permanente; gli hanno sparato al cuore e ora si stanno rigenerando.*

Cazzo, mormorai. Non solo in risposta a Silas, ma anche a quello che mi stava dicendo mio nonno.

«Hanno trascorso gli ultimi centovent'anni a perfezionare la loro fonte di cibo a spese dei licantropi. E non saranno disprezzati per questo, ma lodati. Persino i nostri presunti alleati capiscono l'importanza di ciò che ha realizzato Cane. Sono incuriositi, Edon. E non lo nascondono».

Strinsi i denti. Perché non aveva torto.

«E non li biasimo per questo» aggiunse mio nonno. «Ma, ancora una volta, i nostri obiettivi non sono gli stessi. I licantropi vivevano in pace in mezzo agli umani. Cane ha cambiato tutto. I *vampiri* hanno cambiato tutto. Non possiamo far finta di nulla».

«E Blood City?» chiesi. «Nella visione di Khalid, umani e vampiri convivono pacificamente».

«Sì, con qualche lupo solitario inserito nella società» rispose in tono sprezzante. «Non ha costruito quella città per i licantropi. L'ha costruita per i vampiri, perché lui stesso è un vampiro. A noi a cosa serve un tributo di sangue?».

«A cosa ci servono gli umani in generale?» ribattei.

I mortali erano trattati come giocattoli per la caccia della luna e strumenti per procreare. Niente di più.

«I lupi possono accoppiarsi tra loro» aggiunsi. «Anzi, dovrebbero. I nostri figli nascerebbero già lupi». Senza la necessità di affrontare la terribile procedura di trasformazione.

A differenza di Silas, che era stato morso e costretto a trasformarsi.

Era stato doloroso. Talmente doloroso, che era un miracolo che fosse sopravvissuto.

«È proprio questo il punto».

Lo fissai, stupito dalla sua risposta. «Cosa?».

«Non abbiamo bisogno degli umani. Non ne abbiamo mai avuto bisogno. Una volta vivevamo con loro in armonia, soprattutto perché ci lasciavano in pace. Ma la situazione è cambiata quando Cane, *un vampiro*, ha rivelato la nostra presenza al mondo. I mortali sono diventati violenti e ci hanno fatto del male. Volevamo vendicarci. Ma quel desiderio è svanito da tempo».

Continuai a fissarlo. «E questo dove ci lascia, esattamente?».

«In una fase di rinascita. In un luogo dove i licantropi abbiano la possibilità di vivere davvero in branco. Ma prima è necessario che i vampiri smettano di cercare di controllarci. E abbiamo anche bisogno di garanzie sul fatto che gli umani non possano più farci del male».

«E che aspetto hanno queste garanzie?» gli domandai. «Come si comporterebbero i licantropi con il genere umano?».

«Il problema è tutto lì, non è vero?» mormorò, alzando per un attimo lo sguardo sul sole. «Forse ora non abbiamo bisogno degli umani, ma se la nostra specie non riuscisse a procreare, ci servirebbero. Quindi sterminarli non è un'opzione. Ma dobbiamo tenerli sotto controllo; non possiamo permetterci che posseggano armi».

«E i vampiri?».

Esalò un sospiro, dondolando la testa. «È complicato».

«Ma non mi dire».

Mi lanciò un'occhiata di disapprovazione.

Fanculo.

In sostanza, mi aveva appena detto che i licantropi volevano ribellarsi ai vampiri e iniziare una guerra. Poteva come minimo condividere il loro piano con me.

«Perché dirmi tutto questo adesso?» aggiunsi. «Perché non prima? Perché non sono stato coinvolto nelle vostre discussioni?».

«Perché non eri pronto» rispose. «E uno dei tuoi compagni è il migliore amico di una vampira e di un ibrido, entrambe accoppiate con dei reali. Per non parlare dei tuoi stessi legami con l'ibrido. Le tue alleanze sono incerte».

Inarcai le sopracciglia. «Le mie alleanze sono state pilotate da te fin dal giorno della mia nascita».

«E ora sono influenzate dai tuoi compagni» ribatté. «Silas e Luna verranno sempre per primi. Lo rispetto. Ma questo complica le cose, Edon. Ecco perché i licantropi hanno deciso di tenerti all'oscuro».

«Sono tuo nipote».

«Ed è proprio per questo che ora sono qui a parlare con te, invece di aiutare gli altri».

Lo scrutai con sospetto. «Aiutarli a fare cosa, esattamente? Ad attaccare il complesso? A iniziare una guerra con i vampiri?».

«È inevitabile» rispose.

Sbuffai, pronto a fargli notare che alcuni dei nostri alleati l'avrebbero pensata diversamente.

Ma mio nonno non aveva ancora finito di parlare.

«Viviamo in un mondo dominato dai vampiri, Edon. Negli ultimi cento anni o giù di lì, ci hanno dato qualche briciola per tenerci buoni. Briciole che includevano giocattoli umani e cacce cruente. Ma non sarebbe mai stato abbastanza. E, francamente, non avrebbe mai dovuto essere sufficiente».

Insomma, mio nonno aveva ritenuto fin dal principio che una guerra fosse inevitabile. «Allora perché collaborare con Jace e gli altri? Perché fingere di essere alleati?».

«Non stavamo fingendo. Abbiamo collaborato con loro finché ci ha fatto comodo, proprio come la loro specie si è sempre comportata con noi. Ma ora che sappiamo dove trovare le prove delle loro azioni malvagie, non abbiamo più gli stessi obiettivi».

Kylan è appena arrivato, disse Silas nella mia mente. *A quanto pare, mi ha seguito fin qui.* La sua irritazione era palpabile, ma non sembrava poi così sorpreso. Se n'era andato in fretta, concentrato soltanto sul proteggere Luna, senza preoccuparsi di essere furtivo.

Probabilmente Kylan aveva pensato che fosse successo qualcosa.

E, beh, non si sbagliava.

Sarà un bel casino, sussurrò Luna attraverso il legame. Se fossero stati lì con me, era esattamente ciò che avrei detto anch'io ad alta voce.

«È troppo tardi per avvertirli» mi informò mio nonno dolcemente, consapevole che stavo parlando con i miei compagni. «I licantropi sono atterrati fuori Roma un'ora fa. La guerra è già iniziata. Sono rimasto qui solo per darti una scelta: la nostra parte, o la loro. La decisione è tua».

RYDER

«Okay, Willow. È come durante i nostri allenamenti» le mormorai all'orecchio. «Dimmi cosa vedi».

Lei espirò profondamente, con un occhio premuto sul mirino. Non rispose subito, ma osservò con pazienza la scena davanti a noi.

Eravamo al terzo piano di un edificio appena fuori le mura di quella che un tempo era nota come la Città del Vaticano. Avevo suggerito che ci occupassimo della ricognizione, mentre Khalid e la sua dragonessa avevano preferito i sotterranei. E Cedric aveva scelto di rintracciare Damien.

Da un momento all'altro, avrei sentito il tono rabbioso della mia progenie nelle orecchie. Non vedevo l'ora.

Certo, Jace e Kylan sarebbero stati ancora più furiosi. Ma avevo bisogno che i loro culi reali restassero vivi e vegeti, nel caso in cui la missione fallisse.

Anche se era impossibile.

Dopotutto, Khalid aveva coinvolto anche me. Una mossa intelligente. Che mi aveva salvato dalla morte per noia.

Riunione dopo riunione.

Una fottuta perdita di tempo.

Quella organizzata in tutta fretta da Hazel qualche ora prima era stata incentrata su un futuro incontro dell'Alleanza. E avevamo anche discusso in dettaglio dell'assenza dei mutaforma. Edon, Silas e Luna erano stati gli unici licantropi presenti.

Ed erano stati incaricati di trovare gli altri.

Nel frattempo, Khalid e Cedric avevano altri piani.

«Hai ancora voglia di giocare?» mi aveva chiesto Khalid dopo l'ennesima tediosa conversazione con gli altri.

Avevo inarcato un sopracciglio. «Dipende da cosa hai in mente».

«Una ricognizione. O forse l'opportunità di fermare una guerra». Si strinse nelle spalle. «Resta ancora tutto da vedere».

«Fermare una guerra?» avevo ripetuto. «Non mi sembra una cosa che farei».

«Probabilmente comporterà l'uccisione di alcuni vampiri e licantropi» aveva precisato, con lo sguardo turchese che scintillava di un'oscura consapevolezza.

«Ecco, ora mi sembra un po' più allettante. Continua» avevo detto, mentre conduceva me e Willow verso un'auto in attesa.

Un'ora più tardi eravamo saliti sul suo jet privato.

Khalid aveva il forte sospetto che i licantropi fossero diretti a Roma.

Aveva ragione.

Circa mezz'ora dopo il nostro arrivo, i licantropi atterrarono in un vecchio aeroporto all'esterno della città; ne fummo a conoscenza grazie alla tecnologia sofisticata di

Khalid. Aveva piazzato un localizzatore su ogni jet parcheggiato al campo di aviazione di Deirdre City, poi aveva monitorato i dispositivi sul suo scanner.

Li avevamo visti decollare e seguire la nostra stessa rotta. Solo che noi eravamo atterrati su una strada abbandonata appena fuori città, invece che nel vecchio aeroporto.

Poi ci eravamo teletrasportati attraverso i posti di blocco dei vigilanti e ci eravamo divisi in piccole squadre. L'obiettivo principale era evitare di essere individuati dai licantropi, dato che sapevamo che Thida e Jenkins avevano dei lupi in ricognizione.

Nel frattempo, Lily, Hazel e Chiave erano rimasti sul jet, schermati da una sorta di scudo protettivo.

La predilezione di Khalid per le tecnologie più avanzate cominciava a impressionarmi.

Come quel giocattolo che mi aveva permesso di prendere in prestito per Willow.

Molto meglio delle stronzate di Lilith.

«Non vedo nessuno» sussurrò Willow. La sua voce era appena percettibile.

Essendo un ibrido, sapeva come modulare il tono per non farsi sentire da un udito soprannaturale. Eravamo abbastanza in alto e abbastanza lontani dalle correnti d'aria per evitare che i nostri odori fossero rilevati. Ma dovevamo fare attenzione anche ai suoni.

«È come se fossero tutti sottoterra…». Si interruppe, aggrottando appena la fronte. «Capisco i vampiri, perché il sole è ancora alto. Ma dove sono i licantropi di Thida e Jenkins? Sono anche loro sottoterra?».

Mugolai qualcosa di incomprensibile vicino al suo orecchio, per indicare che non ne avevo idea. Ero steso accanto a lei, che osservava tutto dal mirino. Sentivo le sue forme forti e sensuali sotto di me, la mia gamba era adagiata con disinvoltura sulla sua.

Era davvero un peccato che dovessimo lavorare. Scoparla lì sopra sarebbe stato molto piacevole.

«Ryder...».

«Willow...».

«Ti sento» disse. «Dovresti insegnarmi a fare le ricognizioni».

«Ti *sto* addestrando, animaletto» mormorai, cambiando di proposito il verbo. «Ti sto addestrando dal momento in cui ci siamo incontrati».

Sbuffò, spostando lo sguardo dal mirino per fissarmi. «Luka e i licantropi dovrebbero già essere qui».

«Probabilmente stanno preparando un piano di attacco. Oppure non stai controllando bene».

Mi lanciò un'altra occhiataccia.

Che ricambiai. «Per esempio, ora stai guardando me, non la città. Non è il modo giusto di fare ricognizione, compagna».

Ringhiò, e il suono mi colpì dritto all'inguine.

«Se preferisci giocare in altri modi, accetterò volentieri la tua richiesta, visto che sembra che abbiamo un po' di tempo libero» dissi.

«Spero che il sole ti faccia venire una scottatura» replicò lei, strappandomi una risatina.

«Siamo al riparo, mia piccola guerriera. Ma terrò conto della tua preoccupazione per la mia pelle».

Alzò gli occhi al cielo e tornò a dedicarsi al suo compito, mentre io le mordicchiavo giocosamente il collo. Forse avrei potuto mettere alla prova la sua abilità di concentrarsi mentre...

«Dove cazzo sei?» mi chiese improvvisamente una voce nell'orecchio.

Ecco, ora posso dire addio al divertimento, pensai con un sospiro.

«Su un tetto con la mia compagna» mormorai. «Le sto insegnando come fare ricognizione con un fucile da cecchino. O almeno ci sto provando. E spero anche di riuscire a mostrarle come usarlo per sparare. Ma il vento…».

«Un avvertimento sarebbe stato gradito, cazzo» mi interruppe Damien. «Ho quasi ucciso Cedric».

Uno sbuffo seguì a quell'affermazione. «Non che mi lasci uccidere facilmente».

«Oggi abbiamo quasi messo alla prova questa teoria» ribatté Damien.

Cedric sbuffò di nuovo. «Sei bravo, Damien. Ma io sono meglio».

«Sei pronto a scommetterci?».

«Certo». La sicurezza di sé racchiusa in quell'unica parola mi ricordò un po' me.

«Dammi un obiettivo» chiese Damien.

«Cane».

«È l'obiettivo di tutti» disse Damien. «Dimmene un altro».

«Avete finito di flirtare?» intervenni.

«Sei geloso?» domandò Damien.

«Della tua piccola storia d'amore con Cedric? No. È solo che alcuni di noi stanno cercando di lavorare» gli ricordai.

Guadagnandomi un grugnito da parte di Willow.

Le diedi un altro piccolo morso alla gola.

E lei spinse il fianco di lato, verso il mio inguine, facendomi ringhiare. *Forse dopotutto riuscirò comunque a divertirmi un po'*, pensai, stuzzicandole la carne delicata con le zanne.

Solo che il gemito che emise in risposta non era di

eccitazione. Somigliava invece a un lamento, che mi spinse a indietreggiare e osservarla.

Aveva gli occhi chiusi e la fronte aggrottata.

«Willow?» chiesi, posandole la mano sulla nuca. «Cosa c'è? Cosa sta succedendo?».

Invece di rispondere, gemette di nuovo. Il suo viso cominciò a impallidire, mentre il suo essere sembrava attraversato da una strana agonia.

«*Willow*».

Ero solo vagamente consapevole che Damien mi stava parlando. Perché tutta la mia concentrazione, tutto il mio fottuto *mondo*, era rivolto verso la mia compagna. Si rannicchiò su di me, piangendo e gridando in un modo che mi spezzava il cuore.

«Parlami» la implorai, stringendole la nuca. «Parlami, Willow, cazzo!».

«Squ... squillo...» riuscì a dire, coprendosi le orecchie con le mani. «Ma... male...».

«Un'altra arma». Non poteva trattarsi di nient'altro. Solo che sembrava diversa da quella con cui mi aveva torturato Lilith.

O forse era la stessa. Ma la frequenza usata al momento stava facendo del male a Willow.

Tuttavia, l'ultima volta si era accorta di quello strano rumore prima di me, perché il ronzio aveva irritato i suoi sensi di licantropo. Aveva sentito l'arma di Lilith mentre la stava configurando per usarla su di me, ma io non l'avevo percepita finché non mi aveva messo al tappeto.

È questo che sta sentendo?, mi domandai, aggrottando la fronte. *Cane sta configurando un'arma ancora peggiore? Qualcosa in grado di far fuori un'intera città?*

«Damien, dobbiamo andare» gli dissi. «Avverti gli altri. Spiega quello che sta succedendo qui. E cerca di metterti in contatto con Cam». Avevamo interrotto le comunicazioni con lui in mattinata, quando era diventato chiaro che aveva intenzione di far tornare in sé Izzy scopandola. Nessuno di noi aveva voluto restare in ascolto.

Anzi, mi aveva fatto venire ancora più voglia di uccidere quel bastardo.

Ma era un compito di cui mi sarei occupato un altro giorno.

Ora dovevo portare al sicuro la mia compagna.

Si raggomitolò su se stessa e la sua pelle assunse una tinta bluastra, come se si fosse dimenticata di respirare.

La costrinsi a stendersi sulla schiena e la osservai, notando il panico che le contorceva il viso. La mia bocca si sigillò immediatamente sulla sua, e la obbligai a inspirare.

Il suo petto si mosse, ma solo grazie alla mia insistenza.

Che cazzo?! Non mi era successo nulla del genere, quando Lilith mi aveva attaccato con la sua arma. Ero ancora in grado di respirare. Ma la sua voce controllava ogni cosa nella mia mente, rendendomi completamente alla sua mercé.

Presi Willow tra le braccia e saltai giù dal palazzo, senza curarmi dell'altezza. Dopo essere atterrato in piedi, come previsto, teletrasportai entrambi il più lontano possibile dalle mura.

I secondi mi sembrarono minuti, che a loro volta passavano lenti come ore.

Ma nel momento in cui udii la mia compagna sussultare, mi fermai, cercando affannosamente il suo sguardo. Era ancora rannicchiata sul mio petto e tremava, sforzandosi di riprendere fiato.

Fu solo allora che sentii il dolore alle caviglie, che mi disse che forse un salto di tre piani era stato un po' troppo. Per fortuna, la mia età e la mia genetica mi permisero di riprendermi in fretta.

E col cazzo che avrei lasciato che un po' di dolore mi trattenesse dal salvare la mia compagna.

«*Ryder*». Il ringhio di Damien mi risuonò nell'orecchio.

Lo zittii, la mia attenzione era tutta rivolta a Willow.

«Non riesco a contattare Khalid» disse Cedric. La sua voce era più distante, come se stesse parlando con Damien nella stessa stanza, invece che nel microfono. «L'ultima volta che l'ho sentito, stava entrando nei sotterranei».

«E il suo localizzatore?» chiese Damien.

Dopo un istante, Cedric rispose: «Niente. Hazel ha detto che il segnale è scomparso nel momento in cui abbiamo perso il contatto audio».

«Merda» mormorò Damien.

Willow tossì, portandosi di nuovo le mani alle orecchie e scuotendo violentemente la testa.

Senza nemmeno rifletterci sopra, mi allontanai di altri tre chilometri rispetto al complesso. Ora ci trovavamo nel cuore di quella che un tempo era la città di Roma. Gli edifici erano in pessime condizioni, a causa del mancato utilizzo e dell'assenza di riparazioni. La natura si stava reimpadronendo del luogo, sotto forma di piante e animali, donando alla città un aspetto distopico, molto simile a quello del resto del mondo.

Qui non ci sono vigilanti, pensai, guardandomi intorno. C'erano diversi sbarramenti intorno alla città, oltre ad alcune modifiche architettoniche che rendevano impossibile guidare senza passare per un posto di blocco. Ma ciò non dissuadeva i vampiri dal teletrasportarsi dentro e fuori.

Gli umani, invece, avrebbero probabilmente faticato a superare gli ostacoli, ed era proprio quello il punto: la città era stata organizzata in modo da tenere i mortali all'interno. I vampiri e i licantropi potevano andare e venire a loro piacimento.

Se avessi dovuto costruire una fortezza per la mia gente, avrei fatto in modo che *nessuno* potesse superarne i confini senza il mio permesso. Ma, evidentemente, Lilith la pensava diversamente. E così pure Cane.

Quell'arroganza era stata la rovina di Lilith e presto avrebbe causato anche la fine di Cane.

Non appena la mia compagna si fosse ripresa e mi avesse detto cosa cazzo stava succedendo.

Per fortuna, aveva ricominciato a respirare da sola. Ma era svenuta, probabilmente a causa del dolore.

Ci portai a un'altra manciata di chilometri di distanza, giusto per essere sicuri, poi trovai uno spiazzo erboso su cui sedermi con lei in grembo.

Accarezzandole i capelli, le dissi: «Su, piccola. Abbiamo del sangue da versare, e ho bisogno che tu sia in forze».

Ma la mia testarda compagna non mi diede retta, facendomi ringhiare per l'irritazione.

«Non so cosa sia stato a farti questo, ma farò a pezzi sia questo nuovo ordigno, che chiunque lo abbia usato». Preferibilmente a mani nude. Ma se Willow non si fosse svegliata, mi sarei accontentato di una pistola. Perché così avrei potuto continuare a stringerla a me con un braccio, e usare la mano libera per *uccidere*.

«Cazzo, Ryder» Damien mi ringhiò ancora una volta nell'orecchio. «Ho appena ricevuto una valanga di rimproveri da parte di Kylan e Jace. E ogni parola era destinata a te».

Grugnii. «Di' loro di fissare una riunione per discuterne. È il loro passatempo preferito». Beh, almeno per quanto riguardava Jace. Kylan… Kylan voleva solo giocare con Rae.

Lo capivo, perché mi sentivo allo stesso modo con Willow. Solo che dovevo pensare anche a Damien e a Izzy.

Ovviamente, venire lì era stata la scelta più saggia per assicurarmi che fossero al sicuro. E magari, nel frattempo, uccidere qualcuno. Anche a Willow avrebbe fatto comodo esercitarsi a sparare.

Ma prima dovevo riuscire a svegliarla.

«Fottuta arma» borbottai.

«Che arma?» chiese Damien.

«Qualsiasi cosa abbia fatto svenire Willow». In effetti, non gli avevo dato nessuna spiegazione. Ero stato troppo impegnato a far tornare a respirare la mia compagna. «Somiglia al dispositivo che Lilith ha usato su di me, solo che questa volta ha colpito Willow. Tu o Cedric riuscite a sentire qualcosa?».

«No». E non aggiunse altro.

Aspettai qualche secondo prima di chiedere: «Damien?».

«Sta parlando di nuovo con Jace» intervenne Cedric. «Beh, in realtà lo sta *ascoltando*. Sembra che il re dei ribelli non sia molto felice della nostra missione».

«E allora digli che è uno sterminio e vedi se così è contento» suggerii, stanco di quelle chiacchiere inutili, stanco di tutto. «È ora di svegliarsi, animaletto» dissi a Willow, per poi mordermi il polso e avvicinarglielo alla bocca.

Il suo lato vampiro prese il sopravvento, spingendola a schiudere le labbra e permettermi di darle il mio sangue.

«Brava» mormorai. «Prendi quello che...».

Mi si rizzarono i peli sulla nuca, l'istinto mi mise in allerta.

Non persi un attimo a guardarmi attorno, teletrasportandoci immediatamente verso il lato di un edificio.

Ma un urlo di Willow squarciò l'aria, seguito da uno schiocco letale.

E tutto diventò nero.

CAM

Un'ora prima...

Questo cazzo di allarme mi sta facendo venire il mal di testa, pensai, finendo di abbottonarmi la camicia. Una camicia pulita, comparsa nella mia stanza mentre ero in bagno con Ismerelda; quella vecchia era sparita.

Probabilmente avrei dovuto fare più attenzione. Ma se avessi cercato di nasconderla da qualche parte, mio fratello si sarebbe insospettito. Così, l'avevo gettata nel cesto della biancheria sporca, poi avevo fatto lo stesso con gli abiti di Izzy e l'avevo portata in bagno.

Ed era lì che avevo perso l'auricolare. Lo avevo riposto in uno degli armadietti, mentre cercavo il necessario per lavarci. E ora dovevo trovare un modo discreto per recuperarlo.

Nonostante Damien non potesse sentirmi, sarebbe stato utile sentire lui.

«Vado a cercarti una spazzola» dissi a Ismerelda, mentre indossava l'abito succinto che era stato lasciato nell'armadio per lei. O forse era già lì.

In ogni caso, era l'unico indumento disponibile, perché anche i suoi vestiti erano spariti. Così come le scarpe, costringendola a usare dei tacchi a spillo.

Mi avviai verso il bagno, ma mi fermai quando la porta della suite si aprì. Michael era in piedi sulla soglia, con i capelli biondi legati sulla nuca.

«Mio signore» mi salutò. «Il principe Cane mi ha chiesto di condurvi nei sotterranei, dove si stanno riunendo tutti gli altri reali».

«Principe Cane?» ripetei, inarcando un sopracciglio. «E hai il coraggio di chiamarmi "mio signore", dopo tutto quello che è successo?».

Michael mi fissò sconcertato, con un'espressione innocente a cui non credetti nemmeno per un istante. «Il principe Cane ha espresso chiaramente i suoi desideri, mio signore. Siete il suo leader, e anche il mio. Pertanto, mi rivolgerò a voi come tale».

«Mmh» mormorai, tentato di dirgli che allora avrebbe dovuto rivolgersi a Ismerelda come alla mia regina.

Ma ciò avrebbe vanificato il senso di qualsiasi gioco mio fratello avesse in serbo per noi.

Così, mi limitai ad accettare il suo ragionamento senza dire nulla e mi rivolsi a Ismerelda. «Vai in bagno e cerca una spazzola». *Devi trovare l'auricolare che ho lasciato nell'armadietto*, aggiunsi mentalmente, mostrandole il punto in cui lo avevo appoggiato. *Infilatelo nell'orecchio, mentre io distraggo Michael.*

Potrebbero esserci delle telecamere, disse lei, andando verso il bagno. Teneva il capo chino, in una postura sottomessa, a beneficio del nostro ospite.

Cerca di usare le ante dell'armadietto per nascondere i tuoi movimenti come ho fatto io, le consigliai. Non sarebbe stato altrettanto facile, visto che doveva indossare l'auricolare e non toglierlo, ma ero fiducioso.

«Quale protocollo è stato attivato?» chiesi a Michael, decidendo di approfittarne per avere qualche informazione, mentre cercavo di distrarlo. «Presumo sia il motivo per cui i reali si stanno riunendo nei sotterranei. Ma a che scopo?».

«Stanno arrivando i ribelli. È necessario che tutti vadano nel bunker, prima che il principe Cane possa attivare il nostro sistema difensivo».

Inarcai un sopracciglio. «I ribelli? Intendi Jace e gli altri?».

«No. Ryder e Khalid, e anche i licantropi».

Auricolare inserito, mi sussurrò Ismerelda. *Nessuno sta parlando.*

Fammi sapere se la situazione cambia, dissi, mentre riflettevo sulla risposta di Michael riguardo i ribelli. *Sembra che Ryder non sia riuscito a stare con le mani in mano.*

Ne sei sorpreso?, chiese Ismerelda tornando nella stanza. Si era pettinata i capelli con cura, le ciocche bionde le incorniciavano dolcemente il suo bel viso. L'unica cosa che non mi piaceva era il modo in cui teneva lo sguardo basso. Ma sapevo che lo faceva per continuare a recitare la sua parte davanti a Michael.

Quando si avvicinò, le afferrai il mento e la baciai. Fu un bacio brutale, pensato per marchiare. Possedere. *Reclamare*. Era la mia versione dell'inchinarsi a Michael.

Doveva essere il mio giocattolo? Sì, ma questo la rendeva comunque mia. Cosa che dovevo far capire alla mia *progenie*.

Ismerelda si sciolse su di me. Sentii il suo cuore martellare attraverso il tessuto sottile dell'abito. Mi chinai e le affondai le zanne nel collo, marchiandola apertamente e succhiandole il sangue. *Non ti farò rimarginare la ferita*, la avvertii. *Voglio che tutti sappiano che sei mia.*

Il sangue che mi hai dato oggi pomeriggio mi guarirà comunque in fretta, rispose.

Allora ti morderò di nuovo, dissi.

Lei rabbrividì, una reazione che minacciò di strapparmi un sorriso. Ma non potevo permettermi che Michael mi vedesse comportarmi in quel modo.

Così, mi limitai a staccarmi da lei e guardarlo negli occhi. «Se la tocchi, ti uccido. È il mio giocattolo, non il tuo. E ora facci strada».

Michael si schiarì la voce e chinò il capo. «Ma certo, mio signore».

Uscì dalla suite per primo, mentre Ismerelda immaginava tutti i modi in cui le sarebbe piaciuto ammazzarlo. *Non sapevo che fossi così creativa, mia regina.*

Neanch'io, ammise, mentre entravamo in un ascensore in fondo al corridoio. *Ma voglio davvero che muoia.*

Anch'io, amore. Anch'io.

Dovevo determinare se valeva lo stesso anche per mio fratello. Aveva fatto del male a Ismerelda, e per quello doveva pagare. Ma non sapevo come fare in modo che non accadesse più.

A parte ucciderlo.

La soluzione preferita dalla parte più oscura di me.

Tuttavia, era pur sempre mio fratello. Il mio unico legame familiare. Se fossi riuscito a trovare un'alternativa, avrei scelto quella. Solo che temevo che non esistesse.

A quanto sembrava, dormire non era servito.

E non avrebbe nemmeno funzionato, come mi avevano spiegato Ryder e Kylan.

Che alternative ho?, mi domandai, mentre raggiungevamo un piano sotterraneo. Non avevo riconosciuto il codice digitato da Michael per portarci laggiù; ciò confermava che eravamo in una parte diversa del complesso.

E questo fu reso ancora più evidente quando le porte si aprirono su un corridoio color cremisi, illuminato da candele dall'aspetto gotico.

Wow. Alla faccia degli stereotipi sui vampiri, commentò Ismerelda.

Stereotipi?, ripetei. Non capivo. Furono i suoi ricordi ad aiutarmi, ricordi di un'era più moderna, di cui non serbavo alcuna memoria. *Oh.*

A me non sembrava un'atmosfera *stereotipata*, bensì oscura e letale. Il cremisi mi ricordava il colore del sangue.

Un tema che continuò anche quando entrammo in un salone decorato in rosso e nero.

Invece del tavolo, erano presenti divani di pelle adornati da elementi dorati. Tavolini di vetro e pietra. Candele che emanavano una luce soffusa. Umani mezzi nudi in ogni angolo della stanza.

E un gruppo di vampiri e licantropi antichi, alcuni con delle donne in grembo, altri con uomini in ginocchio.

Tutti i reali indossavano abiti eleganti, mentre i licantropi avevano preferito jeans e maglioni.

«Il re Cam» annunciò Michael, attirando la mia attenzione. Mi voltai verso di lui e vidi che si stava inchinando.

Mio fratello si alzò in piedi, gettando a terra un'umana. Quando atterrò sul pavimento, la sua testa emise un tonfo che suggeriva che era già morta, o molto vicino a esserlo.

Lo squarcio sul petto ne indicava il motivo, così come il sangue sulle labbra di Cane. Se le leccò, poi congedò Michael con un cenno della mano. «Vai ad aiutare Mira».

«Come desiderate, mio principe» disse in tono riverente, lasciando il salone. Cane andò verso un uomo nudo, che teneva in mano un vassoio su cui erano appoggiati dei flûte e un coltello insanguinato.

Sul jet, Michael lo chiamava "mio signore", mi informò Ismerelda. *So che ti ha spiegato tutto nella suite, ma mi sembra comunque un cambiamento troppo improvviso.*

Sì, convenni, osservando ancora una volta la stanza. *O stanno giocando con me, o mio fratello pensa che abbia già accettato di diventare re.*

Nessuno sembrò particolarmente interessato al nostro arrivo. Anzi, la maggior parte non se ne era nemmeno accorta; sembravano troppo presi a nutrirsi.

Se sono davvero il loro re, non si stanno dimostrando molto rispettosi, commentai, mentre Cane veniva verso di noi con due bicchieri in mano.

Da quello che mi ha detto Luka, i reali e gli alfa si considerano tutti alla pari. Quindi il fatto che ti ignorino non significa nulla.

Mmh.

«Fratello» mi salutò Cane, porgendomi uno dei flûte. Il liquido all'interno doveva provenire dal polso del cameriere umano. Che ora aveva un colorito grigiastro e sembrava sul punto di svenire. Eppure, rimase in piedi, come se fosse stato costretto magicamente a farlo. «Mi dispiace per l'allarme. A quanto pare, abbiamo visite».

«Ho sentito» mormorai, stringendo la presa sulla mano di Ismerelda, mentre con l'altra afferravo il bicchiere di cristallo. «Licantropi?».

Cane annuì. «Sì. La mia fonte dice che si stanno radunando qui fuori. Ci sono anche dei reali ribelli». Il suo tono suggeriva entusiasmo, piuttosto che timore. Ciò non lasciava presagire nulla di buono. «Non vedevo l'ora di testare il nostro sistema difensivo, e sembra che finalmente abbia la possibilità di farlo».

«Non ricordo di aver letto nessun file su un *sistema difensivo*» dissi.

«No, non avevamo ancora raggiunto quel punto, nel tuo processo di apprendimento. Preferivo che ti concentrassi sulle sacche di sangue immortali, sperando di ricreare la gioia che avevo provato io nel trovare la soluzione al nostro problema di approvvigionamento». Lanciò un'occhiata ai mortali sparsi per la stanza, il suo orgoglio era evidente.

Ismerelda non disse nulla, ma un profondo malessere le infestava la mente. Soprattutto a causa della mia provocazione di poche ore prima, e dei commenti che avevo scambiato con Mira.

Non ho intenzione di sostituirti.

Lo so, rispose subito. *Non te lo permetterò.*

Le lasciai andare la mano per posare il palmo alla base della sua schiena, stringendola a me.

Mio fratello osservò il movimento con interesse.

«Immagino che siamo tutti qui per scoprire come funziona questo sistema di difesa» dissi, riportando l'attenzione di Cane sull'argomento in questione.

«No, solo tu» mormorò. «Gli altri si stanno semplicemente godendo la sala giochi. Saremo solo io e te a occuparci della sicurezza della città. Perché è nostra, non loro».

«Capisco». Disegnai un cerchio con il pollice sulla schiena di Ismerelda mentre davo l'ennesima occhiata alla stanza, indugiando sulle espressioni compiaciute di alfa e reali. «L'allarme indica che non è sicuro restare in superficie?».

Stavo cercando di capire perché ci avesse invitati tutti nella sua "sala giochi". Se non era per illustrarci il sistema di sicurezza, allora la ragione doveva essere un'altra. E forse coinvolgeva me e la mia *erosita*. O soltanto me.

Una dimostrazione di forza, un modo per dire: *Questi sono i miei alleati. Ti conviene comportarti bene.*

«L'allarme è scattato solo nella tua suite, perché tutti gli altri erano già qui sotto. Preferiscono essere al sicuro, mentre giocano. Soprattutto perché non vogliono essere interrotti. Ma li ho invitati qui per vederti».

«Non sembrano particolarmente interessati a me» commentai con un'espressione sorpresa.

Cane si strinse nelle spalle. «Sono occupati. Ma non appena avranno finito, verranno a salutarti. Hanno aspettato molto a lungo per avere questa opportunità».

«Opportunità?» ripetei.

«L'opportunità di osservare i risultati del mio esperimento». Quando mi limitai a fissarlo, confuso, aggiunse: «L'esperimento con cui ti ho guarito».

Ismerelda emise un suono, attraverso il nostro legame mentale, che assomigliava molto a uno sbuffo di scherno. Tuttavia, esteriormente mantenne un atteggiamento sottomesso, con gli occhi bassi, in un modo che sapeva sarebbe stato apprezzato da Cane.

Ma *io* non lo apprezzavo per nulla.

Non apprezzavo niente di tutto quello che avevo visto e sentito.

Purtroppo, però, avevamo dei ruoli da recitare.

Ruoli che non potevamo ignorare. Soprattutto ora. *I licantropi e i reali stanno arrivando. Cane ha una spia. Chi è?*

L'auricolare continua a essere muto, rispose Ismerelda. *O l'ho messo male, o hanno interrotto le comunicazioni.*

Sospettavo che fosse spento perché Damien e gli altri avevano capito che avevo perso il microfono.

O forse Cane stava creando delle interferenze.

Forse la sua dimostrazione del sistema di sicurezza mi avrebbe dato qualche spiegazione.

Mio fratello si schiarì la voce. «Posso chiedere loro di andarsene» disse, interpretando il mio silenzio come irritazione. Solo che la mia irritazione non era rivolta ai presenti, quanto all'intera situazione.

«Finché non interferiscono, possono restare a giocare» risposi. «Ma voglio sapere tutto dei tuoi dispositivi di difesa».

«Ma certo» mormorò. «A breve ti illustrerò ogni cosa. Ma prima è necessario che tutte le pedine siano in posizione».

Aggrottai la fronte, incerto di cosa intendesse.

«Nel frattempo, posso offrirti un assaggio dei miei giocattoli immortali?». Indicò con un gesto della mano la schiera di carne esposta nella sala.

«Al momento ho ciò che mi serve, ma magari più tardi» risposi, suscitando un altro sbuffo da parte di Ismerelda. «Forse puoi dirmi qualcosa di più sulla tua fonte, mentre aspettiamo che le *pedine* siano in posizione».

«Ogni cosa a tempo debito» disse con un sorrisetto. «Vai a sederti. Rilassati. Ci vorranno almeno venti minuti prima di poter iniziare. Bevi il tuo champagne corretto al sangue, concediti uno snack, osserva. Qualsiasi cosa desideri, fratello. Tutto questo è tuo».

Bevve un sorso del suo drink e uscì dalla stanza, lasciando me e Ismerelda nel bel mezzo di quella frenetica abbuffata di sangue e sesso.

Tuo fratello è pazzo, commentò Ismerelda, mentre le accarezzavo la schiena. *Un pazzo furioso.*

È immortale, risposi, osservando il salone alla ricerca di un posto adatto dove sederci. *E molto, molto vecchio.*

Anche tu, eppure non hai organizzato una cazzo di orgia mentre ti prepari per… per qualsiasi cosa abbia in mente di fare.

Quando raggiungi la nostra età, il tempo e le minacce vengono elaborati in modo diverso. Vede tutto questo come intrattenimento, spiegai, guidandola verso un divano di pelle posizionato sul retro della stanza. *Deve essere molto annoiato, è evidente.*

Non che considerassi la noia una giustificazione accettabile, era solo per spiegarle come stavano le cose. O, almeno, era l'unica ragione che riuscivo a trovare per il suo comportamento.

Certo, era stato tradito. Ma ciò che aveva fatto andava ben oltre la vendetta o il bisogno di garantire la sicurezza della nostra specie.

È ora di giocare, mia regina, mormorai nella sua mente, mentre la mia mano abbandonava la sua schiena.

Mi sedetti al centro del divano.

«Mettiti a cavalcioni su di me» dissi ad alta voce, con un tono intriso di autorità.

Dovevamo mettere in scena uno spettacolo.

E, fortunatamente, la mia compagna aveva compreso il ruolo che doveva recitare.

Mi si sedette in grembo, e gli spacchi del suo abito la esposero fin quasi all'altezza dei fianchi.

Le afferrai i capelli con una mano, mentre con l'altra mi portai il bicchiere alla bocca. Sostenendo il suo sguardo, bevvi un sorso e permisi a lei, e a tutti i presenti, di vedere la mia espressione di disgusto.

«Non è certo quello che desidero» sentenziai, appoggiando il flûte sul tavolino, per poi affondare le zanne nel collo di Ismerelda.

Lei mi si avvinghiò alle spalle, serrando le cosce intorno alle mie, mentre succhiavo il suo sangue.

«*Molto* meglio» mormorai, nonostante il sapore dell'altro umano indugiasse ancora nella mia bocca. Ne avevo bevuto un sorso solo per tranquillizzare mio fratello. E ora stavo dichiarando che niente e nessuno poteva sostituire la mia *erosita*. Quindi non dovevano toccarla.

Continuai ad assorbire la sua essenza e Ismerelda si inarcò verso di me, il suo piacere ci avvolse. Ciò mi fornì la copertura perfetta per dare un'occhiata agli altri reali, mentre divoravo la mia compagna.

I presenti non avrebbero trovato nulla di strano nel mio essere distaccato; ero semplicemente un vampiro che si godeva il pasto, osservando la scena.

In realtà, per me era una dimostrazione di possesso. Un modo per reclamare pubblicamente la mia *erosita*.

Mi permise anche di esaminare ogni singolo partecipante a quella sorta di riunione.

Helias.

Robyn.

Ayaz.

Jenkins.

Nessuna traccia di Thida o Jasmine.

Probabilmente erano nei loro alloggi privati, ovunque si trovassero. Non ero mai stato in quell'area dei sotterranei, quindi non avevo la più pallida idea di cosa avesse in serbo mio fratello.

Aveva detto che i reali volevano vedermi.

È sicuramente una bugia, conclusi. Non sembravano interessati a nient'altro che a spassarsela.

Robyn stava giocando con due maschi. Le sue dita lunghe e curate erano avvolte intorno alla gola di uno degli umani, mentre questi scopava l'altro.

Helias era un po' più tranquillo, seduto a occhi chiusi con una donna inginocchiata tra le sue cosce.

Ayaz, beh, lui era sempre stato uno stronzo sadico, e sembrava che con il tempo fosse peggiorato.

Sono contenta di essere rivolta verso di te, mi sussurrò Ismerelda attraverso il nostro legame.

Anch'io, ammisi, staccando le labbra dal suo collo. La ferita che le avevo lasciato prima di scendere nei sotterranei era nuovamente fresca, marchiandola come mia.

«Baciami» le ordinai ad alta voce. «Voglio nutrirmi dalla tua lingua».

Una bugia.

Volevo che fosse lei a bere dalla mia.

Perché mi aspettavo che presto avrebbe avuto bisogno di ogni goccia di forza immortale che ero in grado di offrirle.

Ismerelda si chinò verso di me, premendo le labbra sulle mie e accettando la mia lingua. Il mio bacio. La mia *brutalità*. Perché non ci andai piano. Strinsi la presa sui suoi capelli e la divorai.

Bevi, la esortai mentalmente. *Sta per succedere qualcosa, e devi essere in forze. Cazzo, se potessi, ti trasformerei qui e ora.*

Ma non era possibile. Avevamo bisogno di tempo, sangue e una tomba.

Non mi dispiacerebbe, rispose, rischiando di farmi trasalire. Perché non mi ero aspettato che dicesse qualcosa del genere.

Vorresti che ti trasformassi?

Sì. E non solo a causa della situazione. Sono… sono stanca di essere sempre così debole. Ma c'è di più. È solo che… Non so, mi sembra la cosa giusta.

La udii analizzare i pro e i contro. Ci aveva riflettuto sopra fin dalla prima volta in cui avevo accennato all'idea di trasformarla.

C'era sicuramente ancora qualche esitazione da parte sua, soprattutto riguardo il destino del nostro legame e il modo in cui ci saremmo nutriti, ma l'idea di essere la mia regina vampira la allettava. Voleva essere mia pari.

Sei già mia pari, le dissi.

Non fisicamente, rispose. *Non…*

Cane si lasciò cadere sul divano accanto a me, interrompendo il momento. «Sembra che i ribelli siano arrivati prima del previsto» mi informò.

Fece comparire l'ologramma di uno schermo da un dischetto che teneva in mano. Un dispositivo che mi ricordava un po' quelli di Khalid.

Potrebbe essere lui la talpa?, mi domandai.

Non… non avrebbe alcun senso. Damien è stato a Blood City. Ha visto gli umani vivere in pace con i vampiri, rispose Ismerelda. *Perché avrebbe dovuto costruire un posto del genere ed essere al tempo stesso alleato di tuo fratello?*

Non lo so, ma ho intenzione di scoprirlo. Le accarezzai i capelli, poi le posai un ultimo bacio sulle labbra e mi voltai verso Cane.

«Hai tutta la mia attenzione» gli dissi.

«Bene». Sorrise, e il suo schermo si moltiplicò in una decina di schermi identici che volteggiarono intorno a noi. Ciascuno mostrava una diversa inquadratura, doveva essere tutto parte di un sistema di sorveglianza. «Benvenuto nella mia versione del futuro, fratello. Procediamo…».

Izzy

Cane sarà anche stato pazzo, ma era indubbiamente brillante. Ciò divenne chiaro dopo la sua spiegazione, durata una decina di minuti, sulla sorveglianza della città e su tutti i protocolli di sicurezza che aveva messo in atto.

«Qui, vedi…» stava dicendo, indicando l'immagine di una porta esterna che immaginai conducesse ai sotterranei. «Qui abbiamo delle telecamere incorporate nel rivestimento di cemento. Ma non si limitano a guardare. Rilevano i movimenti e…».

Si interruppe quando apparve un altro schermo, la cui inquadratura sembrava coperta da una patina rossa fiammeggiante.

«Ah, tempismo perfetto. Puoi vedere una dimostrazione in tempo reale». Selezionò l'immagine e la trascinò davanti alle altre, facendo sparire la velatura colorata. «Questo è ciò che accade quando vengono attivati i protocolli di sicurezza della città. I rilevatori si animano e reagiscono ai movimenti, ai suoni e al calore corporeo».

Cominciò a illustrare il funzionamento dei dispositivi al

fratello, spiegando come fossero programmati, mentre io osservavo tutto.

Sembrava che Cane non se ne fosse accorto. O forse non gli importava. Perché non mi aveva guardata neanche una volta, nemmeno quando ero scesa dal grembo di Cam e mi ero seduta accanto a lui.

«Vedi queste immagini termiche?» disse Cane, indicando un'immagine a infrarossi che mostrava cinque sagome rossastre. «Sono alcuni dei ribelli. Anche se sembra che si stiano separando…».

Altri tre schermi apparvero davanti a noi, e Cane li avvicinò con le mani.

«Il sistema scansiona automaticamente gli intrusi, rilevandone l'origine e perfino il nome, se si tratta di un'entità nota». Trascinò uno degli schermi al centro, lasciando gli altri dietro, e premette il dito su una delle macchie rosse. «Identificazione».

«Vampiro» disse una voce femminile. «Nome: Khalid. Età: più di quattromila anni. Alleanza: incerta. Aggiornare le preferenze di sistema per l'eliminazione».

«Eliminazione vietata» rispose Cane, per poi posare il dito su un'altra figura. «Identificazione».

Lo schermo lampeggiò. «Vampira. Età: sconosciuta. Gruppo sanguigno: sconosciuto. Origine: sconosciuta. Nome: sconosciuto».

Emine, ipotizzai.

Le narici di Cane fremettero. «Fottuta cacciatrice».

Fui quasi sul punto di aggrottare la fronte. *Come fa a saperlo?*

Immagino che glielo abbia rivelato la sua fonte, rispose Cam. Era incuriosito, ma rimase in silenzio mentre il fratello apriva il profilo di Emine sul computer.

Cane selezionò un pulsante sotto un'immagine sfocata

di Emine e disse: «Procedere all'eliminazione della vampira sconosciuta».

«Protocolli di eliminazione attivati» rispose il sistema.

Mi si gelò il sangue.

Oh, merda...

Il profilo diventò nero e comparve un conto alla rovescia. «Dieci, nove...».

Cam, iniziai a dire.

Ma lui aveva già allungato la mano per premere lo stesso pulsante. «Eliminazione della vampira sconosciuta annullata». La sua cadenza britannica suonava esattamente come quella del fratello. Una somiglianza che mi mise a disagio.

«Protocolli di eliminazione disattivati» rispose il sistema, confermando la mia impressione che le loro voci fossero identiche.

O forse Cam possedeva già un livello di accesso da amministratore.

A meno che in quella modalità non fosse necessario.

«Che cazzo?!» esclamò Cane. «Non può entrare».

«Ah, tutto il contrario» rispose Cam. «Voglio dei campioni di sangue, prima che tu la uccida. E voglio che siano prelevati mentre è ancora viva».

Cane lo fissò, digrignando i denti.

Cam si limitò a fissarlo di rimando, inarcando un sopracciglio in un'espressione arrogante. «È una cavia eccellente».

«Ho già perfezionato le sacche di sangue immortali, fratello».

«Questo è tutto da vedere» rispose Cam in tono piatto. «Ho bisogno di tempo per testare i tuoi prodotti. Fino ad allora, voglio che la cacciatrice resti viva. Potrebbe sempre servirci. Presumo che tu abbia qualche sistema per imprigionarla e impedirle di fuggire, no?».

Deglutii, affascinata e mortificata al tempo stesso dai ragionamenti di Cam.

Era riuscito a comprendere la situazione ed elaborare una soluzione nel giro di pochi secondi, e la sua abilità di gestire il fratello, ribattendo a ogni obiezione, era stata straordinaria. Soprattutto per il modo in cui aveva essenzialmente sfidato Cane a dimostrare le capacità del suo sistema.

Ma il motivo per cui Cam si era dimostrato un degno avversario in quel duello verbale era perché capiva gli obiettivi di Cane.

Una parte di Cam rispettava i desideri del fratello, e ne condivideva le scelte. Almeno parzialmente.

Mantenere in vita Emine aveva senso per Cam, e non per i legami o per la lealtà che lo univano a Khalid, ma perché la sua esistenza lo incuriosiva.

Ciò significava che aveva detto la verità sul fatto che voleva il suo sangue. O, per lo meno, stava pensando a cosa avrebbe potuto farne in un contesto di ricerca.

Pensare a qualcosa e metterlo in pratica sono due cose completamente diverse, Ismerelda, mormorò Cam. *Solo perché mi viene in mente di fare qualcosa, non significa che voglia effettivamente farla.*

Aveva ragione.

Ma non era stato bello ascoltare quelle idee risuonargli nella testa.

D'altro canto, preferivo comunque sapere, che essere all'oscuro. Essere coinvolta nei suoi ragionamenti, piuttosto che ignara di tutto. Preferivo dialogare, avere la possibilità di dargli la mia opinione su come procedere, invece che essere lasciata indietro per la mia "protezione".

«Sì» disse infine Cane. «I protocolli consentono diverse risposte ai pericoli in agguato. Ora ti mostro».

Cam annuì. «Certo. Ma tienila in vita».

Cane lo osservò per un altro istante, poi annuì a sua volta. «Okay. Ma voglio essere io a ucciderla, quando sarà il momento».

Cam scrollò le spalle. «Non mi interessa come muore. È solo che non voglio sprecare del prodotto potenzialmente utile».

Il tono incurante di Cam sembrò placare il fratello, che annuì ancora una volta.

E la stanza… Ebbi l'impressione che anche il resto dei presenti si rilassasse.

Non me ne ero resa conto, perché la mia attenzione era stata assorbita dai pensieri di Cam, ma quando i due fratelli avevano iniziato a parlare, si erano zittiti tutti.

Cam se ne era accorto, ma era più concentrato su Cane che sugli altri. Anche se lo sentii rivolgere una risatina di scherno mentale per il commento del fratello sul fatto che gli alfa e i reali volessero *osservare* il suo esperimento.

Non sono qui ad accogliermi come loro leader. Sono qui per assicurarsi che sia dalla stessa parte del loro vero *leader.*

Cosa succederà, quando scopriranno che non è così?, chiesi.

Solo il tempo potrà dirlo, rispose. Ma la sua mente stava già individuando tutte le possibili reazioni. E la maggior parte si concludeva con la morte. *Li ha invitati tutti qui per celebrare o per assistere a un'esecuzione. Può andare a finire solo in uno di questi due modi.*

Era tutto un test.

Un modo per vedere come avrebbe reagito Cam alla dimostrazione di Cane.

E i reali, così come gli alfa, si stavano intrattenendo con i giocattoli umani mentre aspettavano di vedere cosa sarebbe successo.

Ma sarebbe bastata una mossa sbagliata, e saremmo stati costretti ad affrontare alcune delle creature soprannaturali più antiche del mondo.

Non avrei avuto nessuna possibilità contro di loro. Non come umana. Nemmeno come compagna di Cam.

La sua offerta di trasformarmi mi riecheggiò nella mente, mentre Cane cambiava la sistemazione degli schermi. Avevo detto sul serio: se Cam voleva davvero rendermi un vampiro, avrei accettato.

Mi avrebbe consentito una parvenza di indipendenza, qualcosa che non avevo mai veramente sperimentato nella mia lunghissima vita.

Sarei stata libera dai legami con l'immortalità di Cam. Sarei sopravvissuta solo grazie ai miei meriti, diventando una persona a sé stante. Avrei vissuto per me, e per me soltanto.

Avrei potuto *scegliere* il mio futuro. Diventare una versione migliore di me stessa. *Accettare questo Cam come mio compagno.*

Non sarai una versione migliore, Ismerelda. Sarai quello che sei ora, solo più resistente. Sei già perfetta. Ma ho bisogno di concentrarmi, mi sussurrò Cam, insinuando la mano sotto il mio vestito e posandomela sulla coscia. *E tu mi stai distraendo, mia regina.*

Scusami. Non mi ero resa conto di quanto "forte" stessi pensando, né di quanto mi fossi distratta.

Perché Cane era nel bel mezzo di una dimostrazione in piena regola. Lo schermo mostrava un'inquadratura di Khalid ed Emine che si dirigevano in quello che sembrava essere un tunnel.

E un altro schermo ne mostrava una di Ryder e Willow, che si stavano arrampicando cautamente in cima a un edificio. Conoscendo Ryder, avrebbe sfruttato l'occasione per insegnare qualcosa di nuovo a Willow.

Ma non era il momento di allenarsi.

Ryder, tuttavia, non lo avrebbe mai capito.

Perché non ha idea di cosa sia capace Cane, pensai, con un nodo alla gola per il terrore.

Cam mi diede una piccola stretta alla coscia, chiedendo a Cane qualcosa su un dispositivo per neutralizzare i nemici.

Neutralizzare?, mi domandai, quasi scuotendo la testa. Ero così assorta nelle mie riflessioni che mi ero chiaramente persa qualcosa di importante.

«È simile a quello che è stato usato su di te» spiegò Cane. «Solo che non richiede una taratura altrettanto precisa, perché è un destabilizzatore temporaneo, non uno strumento di guarigione a lungo termine».

Strumento di guarigione, ripeté mentalmente Cam. Il suo tono mi disse cosa ne pensava del nome coniato dal fratello per l'arma con cui lo aveva soggiogato.

«Si attiverà automaticamente se i ribelli raggiungeranno un certo punto dei tunnel. Oppure, possiamo farlo adesso, manualmente». Cane selezionò un riquadro che fece apparire un pannello. «Cosa preferisci?».

«Fino a che punto del tunnel devono arrivare perché si attivi?» chiese Cam.

«Poco più di mezzo chilometro. Non ci vorrà molto, se...».

Lo schermo diventò rosso, mentre dal dispositivo che teneva in mano cominciava a suonare un allarme. O forse proveniva dal suo orologio. Non riuscivo a capirlo. Non si trattava di un rumore assordante, ma di uno squillo sottile, simile a un timer.

Sembrava quasi delicato, e in netto contrasto con la scena che si stava svolgendo sullo schermo, una scena che ora potevo vedere molto chiaramente. Perché la patina rossa era scomparsa e al suo posto c'era un video ad alta risoluzione.

Khalid ed Emine si afferrarono la testa, spalancando le bocche in un grido agonizzante.

Lottai contro l'impulso di reagire, con la nausea che minacciava di travolgermi alla vista dei due che correvano via, cercando di sottrarsi all'assalto invisibile di cui erano vittima i loro sensi.

No, non stavano correndo. Si stavano teletrasportando in quel modo tipico dei vampiri più antichi e potenti.

Perché si muovevano troppo velocemente perché si trattasse di una corsa. Tuttavia, la telecamera era in grado di seguirli con facilità.

Quella tecnologia era terrificante.

Ma non quanto vedere Khalid cadere in ginocchio.

Era uno dei membri più antichi della sua specie. Proprio come Cam, Ryder e gli altri vampiri presenti nella stanza.

Riuscire a piegare lui... Deglutii a fatica. *Cane non ha mentito, quando ha detto che il suo "neutralizzatore" è simile all'arma che ha usato su di te.*

«Quindi hai trovato un modo per rendere inoffensivi più vampiri contemporaneamente» disse Cam con una nota di interesse nella voce. Sapevo, ascoltando i suoi pensieri, che stava fingendo di essere incuriosito a beneficio del fratello.

«Vampiri e licantropi» mormorò Cane. «È una frequenza sonora che fa letteralmente esplodere il cervello. Ma con la velocità con cui guariamo, non è sufficiente. Ecco perché facciamo questo...».

Azionò un interruttore che mostrò un'inquadratura più ampia del tunnel, che ci permise di assistere all'arrivo sulla scena di quattro figure. Erano vestiti di nero dalla testa in piedi, indossavano giubbotti antiproiettile ed elmetti opachi.

Ognuno estrasse una pistola, puntandola verso Emine e Khalid.

Cam aprì la bocca per parlare, ma le quattro figure spararono prima che potesse dire qualsiasi cosa.

Khalid ed Emine caddero a terra.

Strinsi le labbra quando i quattro corsero a recuperare i corpi con movimenti bruschi e noncuranti.

E, altrettanto rapidamente, sparirono.

Cane premette un dito sull'orecchio; il dispositivo camuffato mi ricordava quello che indossavo io. «Portate Khalid alla suite numero sette» disse. «La cacciatrice può andare nella cella numero tre». Lanciò un'occhiata verso Cam. «Quando avremo finito, ti farò fare un tour».

«Quanto ho visto realmente del complesso?» chiese il mio compagno.

«Circa metà. Inizialmente, il tuo ascensore era stato programmato per mostrarti solo alcuni piani. Quando avremo determinato il nostro futuro, riprogrammeremo il tuo accesso».

Cam lo fissò. «Cosa c'è da determinare?».

«Dove vuoi stare». Cane finalmente si girò verso di me. Il suo sguardo brillò con oscura trepidazione. «Con *chi* vuoi stare». Riportò l'attenzione su Cam. «Ha solo bisogno di essere in vita perché tu abbia accesso alla sua mente. Niente di più».

Il palmo di Cam risalì la mia gamba, le sue dita mi sfiorarono l'interno coscia. «Oh, c'è sicuramente di più, fratello». Il gesto e il tono rendevano chiara la sua insinuazione.

«Mmh… ma quel "di più" può evolvere, ed è lì che le cose diventano pericolose. Forse dovrei darti una dimostrazione».

Suonava minaccioso.

Ma Cam si limitò a inarcare un sopracciglio. «Non è questo lo scopo di tutto? Fornire una dimostrazione?».

Cane sorrise. «Sì. E a proposito...». Portò in primo piano uno dei filmati di sorveglianza, che mostrava soltanto un'immagine a infrarossi.

Un'immagine che il sistema identificò come Cedric, stando al profilo che le aleggiava accanto.

«Sembra che stia andando all'aeroporto» osservò Cane. «Forse sta aspettando qualcuno».

«O forse sta cercando di raggiungere Damien» rispose Cam.

«Forse». Studiò il video per qualche istante. «Ci occuperemo di lui tra poco».

«È questo che hai detto quando me ne sono andato?» chiese Cam. «Che ti saresti occupato di me più tardi? Avresti potuto fermarmi prima che raggiungessi il confine della città».

«Sì, ma non mi ero reso conto che te ne eri andato, finché non ti eri già impossessato di un'auto. Il sistema si attiva soltanto quando ci aspettiamo una minaccia alla sicurezza. Quel protocollo non era ancora attivo».

«E se lo fosse stato?» insistette Cam. «Che livello di minaccia rappresento? Da neutralizzare a vista?».

Cane sbuffò e premette un pulsante sul suo dispositivo. «Mostra il profilo del re Cam» disse al sistema.

«Ecco il profilo del re Cam» rispose la voce femminile. «Status: amministratore. Autorizzazione: accesso completo al sistema».

Cam esaminò le informazioni. «Quindi mi avresti permesso di andarmene».

«Ma certo».

«Eppure, hai rapito la mia *erosita* per costringermi a

tornare». Il tono piatto di Cam mascherava la sua agitazione. «Mi sembra estremo».

«Potrebbe essere considerato un test prezioso».

Cam grugnì. «A che scopo? Per vedere se sono guarito?».

«Sì». Cane richiamò un terzo feed, che mostrava due immagini a infrarossi. «E ora ti dirò perché».

CAM

Trascinai il pollice sull'interno coscia di Ismerelda mentre osservavo la presentazione di mio fratello.

Ryder e Willow.

Avevano scalato il lato di un edificio vicino al complesso e sembravano impegnati in una sorta di addestramento per cecchini.

Sbadigliai, annoiato.

«Tutto quello che vedo è Ryder impegnato nella sua versione dei preliminari» commentai. «Non sono un voyeur, Cane. È sempre stato uno dei tuoi passatempi preferiti, non dei miei».

Ecco lo scopo della stanza dei giochi, pensai tra me e me. Era esattamente il luogo che sarebbe piaciuto a mio fratello.

Perché poteva vedere gli altri che scopavano.

Cane arricciò le labbra. «Sto solo aspettando conferma che l'unità cinofila sia pronta».

«Unità cinofila?».

«I licantropi che hai visto prima» spiegò. «Quelli che hanno preso Khalid e la sua cacciatrice. Sono dei cani da guardia che si occupano anche di operazioni di recupero».

Quando non dissi nulla, soprattutto perché stavo ancora assorbendo l'informazione e il tono sprezzante usato da mio fratello, ordinò al sistema di mostrare l'unità.

«Vedi» disse, indicando i cinque uomini a torso nudo presenti sullo schermo. Si stavano vestendo. «Vengono controllati da quei collari, che creano anche un elmetto protettivo. Sto aspettando che lo attivino, prima di continuare con la dimostrazione».

«Sono i licantropi che hanno portato con sé Thida e Jenkins?» chiesi, ricordando quello che mi aveva detto l'autista vampiro.

Cane sbuffò. «No. Quei bastardi devono ancora essere addomesticati. E solo ad alcuni di loro sarà concesso il privilegio di unirsi all'unità cinofila. Gli altri andranno nei laboratori».

Vidi con la coda dell'occhio che Jenkins si era irrigidito; l'alfa dai capelli neri aveva chiaramente sentito mio fratello.

Ma Cane sembrò ignorare la reazione del licantropo. Forse perché poteva essere dovuta alla donna seduta sul suo grembo. O, più probabilmente, perché non gli importava.

Non c'erano dubbi: Cane pensava che i licantropi fossero delle creature inferiori. Nonostante non fossero immortali come i vampiri, erano forti e possedevano diverse abilità. Cercare di *addomesticarli* era un errore.

Tuttavia, discuterne con Cane lo avrebbe distratto.

E non volevo prolungare quella *dimostrazione* più del necessario.

Avevo bisogno di conoscere ogni dettaglio sui suoi

sistemi di sicurezza. Soprattutto perché mi aveva appena informato che io e Izzy non potevamo semplicemente andarcene.

Lo avrebbe saputo. E anche se il profilo che mi aveva mostrato mi indicava come un amministratore, ero abbastanza sicuro che avrebbe potuto cambiare il mio status con un singolo comando.

«Sì, siete liberi di entrare in azione» disse Cane, con il dito sull'orecchio, mentre guardava i lupi sullo schermo che si toccavano i collari. «Catturare, non uccidere. Affermativo».

Gli elmetti si materializzarono dal nulla, il materiale opaco coprì i loro visi.

«Di cos'è fatto?» domandai, incuriosito.

«È simile a questi schermi, solo più resistente» spiegò mio fratello, allontanando il filmato dei lupi e portando ancora una volta in primo piano quello di Ryder e Willow. «Vedilo come uno scudo elettronico che è anche a prova di proiettile. È molto utile. Tutti i mutaforma ne hanno uno. Soprattutto per questo motivo».

Premette un pulsante in fondo alla console, facendo apparire una serie di comandi. Li lessi rapidamente, inarcando le sopracciglia in un'espressione sorpresa. «Sono tutti codici di attacco».

«Sì» mormorò mio fratello, selezionando quello con la dicitura "Neutralizzare i licantropi". «Abbiamo scudi sotterranei che proteggono da queste frequenze, ma in superficie…». Si interruppe, riducendo il pannello con i comandi per mostrare il video che riprendeva Willow che piangeva sul tetto. «In superficie, non c'è alcuna protezione».

Ryder esaminò la compagna per capire cosa stesse succedendo, la sua preoccupazione era evidente.

Un attimo dopo, la prese tra le braccia e saltò giù dal tetto, per poi teletrasportarsi via.

La telecamera lo seguì per tutto il tragitto. La tecnologia di cui disponeva Cane era impressionante, trasmetteva tutto in tempo reale. Era quasi come se mi stessi teletrasportando con loro.

Rivaleggiava con quella di Khalid. Ma il fatto che mio fratello lo avesse preso in custodia dimostrava che non era lui la fonte. *E allora chi è?*, mi domandai, mentre Ryder posava Willow a terra e le si accucciava accanto.

Sembrava che stesse tornando in sé. O almeno sembrava che non stesse più soffrendo come prima.

Mio fratello fece comparire di nuovo il pannello. Selezionò un'icona con il simbolo del volume. «Questo espande il raggio» spiegò, spostandola verso l'alto fino circa a metà del cursore.

Quando tornò allo schermo con Willow e Ryder, era evidente che lei stava sperimentando ancora una volta il *neutralizzatore*.

«Cosa le sta facendo, esattamente?» chiesi a Cane.

«Gli impulsi elettronici attaccano la sezione della mente dei licantropi dove risiede la psiche di gruppo. La frequenza crea un suono che riecheggia nella loro testa, rendendo impossibile sia muoversi che pensare. Li debilita, neutralizzando così ogni minaccia». Mi lanciò un'occhiata. «È simile a quello che ho usato su Khalid e la sua cacciatrice, solo che questo è stato progettato per colpire i licantropi, invece dei vampiri».

«Capisco». Quindi aveva creato un'arma per addomesticare i licantropi.

Jenkins era ancora teso, con la mascella serrata. Stavolta, ero sicuro che non avesse nulla a che fare con la donna sulle sue ginocchia, perché non si stava muovendo.

Probabilmente l'aveva già uccisa. Era troppo immobile, immobile in maniera inquietante.

Se non è d'accordo, allora perché è qui?, mi domandai. *Che vantaggi gli dà mio fratello per...*

«Vedi quanto è distratto?» chiese Cane, interrompendo le mie riflessioni. «È così concentrato su Willow che non si è nemmeno accorto dell'unità in avvicinamento». Indicò con un cenno della mano il vicolo da cui stavano arrivando i licantropi.

Un attimo dopo, Ryder si teletrasportò, quasi come se avesse sentito mio fratello.

Ma, in realtà, aveva percepito i licantropi.

Solo che non era stato abbastanza rapido, o non si era allontanato abbastanza, perché un proiettile gli trapassò il cranio, facendolo finire a terra.

Cane scosse la testa. «Uno dei membri più antichi della nostra specie, abbattuto da un cagnolino ammaestrato. Perché? Perché era *distratto*». Mi guardò. «È *questo* il motivo per cui avere una compagna rappresenta una debolezza, fratello. Mi rendo conto che sia la tua connessione con il passato, ma non dovrebbe essere altro. Non possiamo permetterci che tu continui a distrarti. Non se vuoi comandare».

«Non ho mai detto di voler comandare» precisai in tono piatto. «Ma hai ragione». E lo pensavo davvero. Ryder non avrebbe dovuto essere così facile da far fuori. Lo stesso valeva per Khalid. Anche se, nel suo caso, restava da vedere cosa significasse davvero per lui Emine.

Ma mio fratello stava giocando con il fuoco.

Non aveva idea di quanto potesse essere d'impatto un legame di accoppiamento o di quanto sarebbe stato violento Ryder, e forse anche Khalid, una volta ripresi i sensi. La furia era una motivazione molto forte. E la possessività la rendeva ancora più potente.

Un reale furioso era pericoloso.

Così come un licantropo furioso, pensai, lanciando un'altra occhiata a Jenkins. Non si era ancora mosso.

Eppure, nessuno sembrava essersene accorto.

Era una creatura insignificante in quella stanza piena di vampiri. Un pezzo perduto del puzzle.

«Portate Ryder nella suite numero sette, dove c'è Khalid» disse Cane, presumibilmente alla sua *unità cinofila*. «L'ibrido può andare nella cella numero quattro».

Ibrido, pensai, ripetendo il termine. *Presumo che sia stata la sua talpa a dirglielo.* Perché dubitavo fortemente che Ryder avesse reso pubbliche quelle informazioni sulla sua compagna.

Cane fece sparire gli schermi con un clic, l'aria intorno a noi non era più un guazzabuglio di specifiche tecniche e filmati di sorveglianza.

«L'ibrido sarà un soggetto di ricerca molto interessante» osservò. «Di sicuro più della cacciatrice».

«Non lo sapremo finché non avremo condotto tutti gli studi del caso» risposi, stando al gioco. Mio fratello era sempre stato un genio della strategia. Tuttavia, aveva un difetto che prima o poi gli sarebbe stato fatale: il desiderio di impressionarmi.

Lo rendeva facile da leggere.

Dentro sarà pure stato freddo, ma i suoi occhi si illuminavano ogni volta che pronunciavo qualche frase che suggeriva che fossi suo alleato, piuttosto che suo nemico. *Noi. Nostri.* Erano solo parole per appagare il suo ego, confermando che mi piaceva quello che aveva creato.

E a una parte di me piaceva sul serio.

Ammiravo la genialità dei suoi intrighi. Non solo aveva reso schiavo il genere umano, ma aveva anche convinto i licantropi a collaborare con lui, pur trattandoli come cittadini di seconda classe.

Anche il Giorno del sangue, la celebrazione annuale in cui dava a vampiri e licantropi lo stesso numero di risorse, era ben congeniato. Ci presentava come eguali, nonostante fosse la nostra specie a beneficiare maggiormente del nuovo ordine mondiale.

Tuttavia, sospettavo che non avesse riflettuto a sufficienza sul modo in cui i licantropi avrebbero potuto reagire alle ultime scoperte. Certo, aveva sviluppato un'arma con cui proteggere la città, ma per quanto?

Era una soluzione temporanea.

«Come pensi di neutralizzare i licantropi? A proposito, sappiamo quanti ne stanno arrivando?» gli domandai. Volevo più dettagli sul funzionamento dell'arma, soprattutto in previsione dell'attacco imminente.

«È buffo, in realtà» mormorò, dopo aver schioccato le dita per attirare l'attenzione di un'umana poco distante. «Nel corso dei test, ho alzato il volume al massimo e l'ho lasciato così per circa un'ora. Il licantropo ha perso la testa. Letteralmente».

Ripensandoci, ridacchiò, come se si trattasse di un ricordo divertente.

«Ha dovuto essere abbattuto» continuò Cane. «Sembra che alterare le lunghezze d'onda soprannaturali, come il legame *erosita* e la psiche del branco, possa causare danni permanenti». Mentre la donna si avvicinava, mi lanciò un'occhiata, rivolgendomi una piccola smorfia. «Come la perdita di memoria».

Stavolta, lasciai che vedesse parte della mia rabbia. «Stai dicendo che mi hai danneggiato la testa come hai fatto con quella del licantropo? Che fortuna, che tu non abbia dovuto *abbattermi*».

«Stavo cercando di guarirti, fratello. Sono pratiche molto diverse, te lo assicuro. E ho usato la massima cura nel maneggiare la tua mente».

«Ah, beh, allora è tutto a posto» dissi in tono piatto.

Cane sospirò e afferrò il braccio snello dell'umana in una morsa che le avrebbe lasciato i lividi, poi le affondò le zanne nel polso.

Affascinante, borbottò Ismerelda.

Le diedi una stretta alla coscia, facendole capire che l'avevo sentita.

La donna tremò mentre mio fratello continuava a bere; le sue intenzioni erano chiare. «Resta in piedi» le ordinò, sfruttando la compulsione.

Se stava cercando di suscitare una qualche reazione da parte mia, doveva fare molto di peggio.

Gli umani morivano tutti i giorni.

Ucciderli crudelmente era solo parte del mondo che aveva creato.

La pelle della donna divenne cinerea, il sudore le imperlò la fronte. La guardai con disinteresse, dando a mio fratello l'attenzione che bramava e dimostrandogli che non mi importava.

Voleva guarirmi dalla mia umanità, e io gli stavo facendo credere di esserci riuscito.

Ma non si era mai trattato di umanità. Si trattava di Ismerelda. Lei era il mio cuore. L'ancora della mia anima. Senza di lei, avrei smesso di interessarmi a qualsiasi cosa.

E questo significava che la *cura* era la sua morte.

E sospettavo che mio fratello lo sapesse. Ero riuscito a tenerlo a bada per un po', affermando che avevo bisogno di lei per riacquistare i ricordi che *lui* aveva fatto sparire, ma non sarebbe durata ancora a lungo.

Chi sapeva quale limite temporale avrebbe posto? Un giorno? Un'ora? Una settimana?

Non potevo starmene con le mani in mano aspettando di scoprirlo.

Ma non potevo nemmeno prendere Ismerelda e scappare.

Mio fratello aveva dimostrato le sue intenzioni, i suoi desideri, in modo forte e chiaro. Voleva che comandassi al suo fianco e, se non avessi voluto, avrebbe trovato un modo per forzarmi la mano. O almeno ci avrebbe provato. E *quello* era il problema.

Doveva essere fermato.

Non possiamo continuare così, pensai. Le sue azioni contro i licantropi si sarebbero riflettute su tutta la nostra specie.

L'ultima cosa che volevo era che un esercito di lupi mi dichiarasse guerra.

Perché non avrebbero semplicemente incolpato i vampiri, avrebbero incolpato *me*. Cane era mio fratello. *Sangue del mio sangue*. I lupi non avrebbero voluto punire soltanto lui, ma anche tutti coloro che erano coinvolti nelle sue azioni.

Me incluso.

E, attraverso me, anche Ismerelda.

È inaccettabile, pensai. La mia mascella minacciò di serrarsi. *Cane deve…*

«La principessa Hazel» annunciò Michael, facendo saettare il mio sguardo verso l'ingresso.

Dove incontrai quello della reale.

Che avevo visto solo qualche ora prima, in una stanza piena di alleati.

Una stanza piena di alleati che ha tradito, capii. *Passando informazioni su di loro a mio fratello…*

IZZY

HAZEL È LA TALPA, continuai a ripetermi nella mente.

Era il mio unico pensiero.

Almeno finché non mi resi conto che non era sola.

Lily... Lottai contro l'impulso di portarmi le mani alla bocca, orripilata. Perché Hazel l'aveva portata lì. Nella tana di Cane. *In una stanza piena di reali sadici.*

Oh, cielo... Cam... Se... Non riuscii a terminare la frase, il cuore mi martellava nel petto.

Cam mi accarezzò l'interno coscia, il suo corpo era molto più rilassato di quanto lo fosse il mio. Si comportava come se non fosse per nulla sorpreso di vedere Hazel, né Lily. Quando Cane si alzò per salutare la reale, osservò la scena con un'espressione annoiata.

L'umana da cui si stava nutrendo il fratello rimase in piedi, immobile, con il capo chino e le membra tremanti.

Lo odio, pensai. *Lo odio, cazzo.*

Cam non rispose, continuando a trascinare il pollice sulla mia pelle. Non fece eco al mio odio. Sembrava impegnato a riflettere su quel nuovo sviluppo, analizzando cosa potesse significare e decidendo come procedere, mentre Hazel si avvicinava a noi.

Lily le camminava accanto; era l'immagine della sottomissione, con gli occhi bassi e le mani abbandonate lungo i fianchi.

«Vorrei dire che sono sorpreso dal tuo arrivo, ma non lo sono» commentò Cam. «Ma sono colpito dalle tue doti nella recitazione. L'altro giorno mi sei sembrata davvero scioccata di vedermi».

«Perché lo ero» rispose con un sorriso, spostando per un attimo lo sguardo su Cane. «*Qualcuno* non mi aveva informata che eri sveglio».

«Sono stato parecchio occupato, tesoro» mormorò Cane. «Ma sono molto felice che tu sia qui. Insieme, dovremmo essere in grado di rimettere in sesto Khalid».

«Sì» concordò Hazel. Sembrava sollevata. «E anche Cedric».

Cane annuì, rivolgendo la sua attenzione a Lily. «La ucciderei subito, ma purtroppo ci serve come esca».

«Esca?» ripeté Cam. «È per questo che non hai mandato i tuoi lupi ammaestrati a cercare Cedric?».

«Sì. Ho pensato che sarebbe stato un ottimo modo per concludere la mia dimostrazione sul motivo per cui avere una compagna è una debolezza. Sta per provare a infiltrarsi in un bunker di cui non sa niente per salvare un'umana». Sbuffò al pensiero, come se non riuscisse nemmeno a concepire il motivo per cui qualcuno volesse fare una cosa del genere.

«Il tuo obiettivo è convincermi a uccidere la mia *erosita?*» chiese Cam, senza smettere di accarezzarmi. «Perché ero convinto che mi stessi mostrando i tuoi sistemi di sicurezza, ma sembra che ti interessi solo ciò che intendo fare con Ismerelda».

«Entrambe le cose, fratello». Cane si lasciò cadere di nuovo sul divano accanto a Cam, spingendo inavvertitamente a terra l'umana con i suoi movimenti incuranti. La guardò con un'espressione disgustata. «Michael».

«Sì, mio principe?».

Mi ero dimenticata che Michael fosse lì. Ma ora la sua presenza mi fece correre un brivido lungo la schiena. Per fortuna era accanto a Hazel, quindi non potevo vederlo.

«Occupati di questa schiava per me». Cane indicò la donna sul pavimento, che piangeva sommessamente. «È insopportabile».

«Ma certo, mio principe» rispose Michael. I suoi occhi incontrarono i miei quando si spostò, le sue iridi verde smeraldo brillarono di promesse violente.

Lo fulminai con lo sguardo.

Fanculo le regole.

Non ero un animale domestico.

E chiunque si aspettasse che mi comportassi come tale avrebbe fatto meglio a ricredersi.

Cam mi aveva detto di stare al gioco. Tuttavia, Cane aveva sostanzialmente appena ammesso che il suo obiettivo era la mia morte.

Quindi non me ne fregava più un cazzo di cosa fosse quella farsa.

Il pollice di Cam si fermò sulla mia gamba, il suo palmo mi diede una piccola stretta. *La tua rabbia è inebriante, amore. Ma non siamo ancora pronti per agire.*

Aveva ragione. Sapevo che aveva ragione. Ma non sarei riuscita a resistere ancora per molto a…

Uno schiocco improvviso mi fece rabbrividire ancora una volta, l'umana cadde a terra esanime. «Ah, che bei ricordi» mormorò Michael, con lo sguardo ancora rivolto su di me, mentre prendeva la donna morta tra le braccia.

Cane ridacchiò.

La mano di Cam si irrigidì.

«Stai minacciando la mia *erosita*, Michael?» chiese. «Te lo sconsiglio vivamente».

Calò il silenzio, nessuno voleva perdersi una parola.

«Non so quante volte debba spiegarlo, ma lei è l'unico legame con i miei ricordi» proseguì Cam, spostando l'attenzione su Cane. «Ricordi a cui non ho più accesso a causa della tua *cura*. Finché non avrò finito di usarla, non deve essere toccata da nessuno».

«E nessuno ha intenzione di farlo, fratello».

«No, ma hai espresso chiaramente la tua posizione: il mio legame con Ismerelda è una debolezza. Eppure, sono state le tue azioni a obbligarmi a mantenere un rapporto con lei. Quindi, nonostante abbia apprezzato la tua dimostrazione, è irrilevante. Non è la mia compagna, è la mia connessione con il passato. Ed è anche piacevole da scopare».

Cane lo osservò per qualche istante, poi si rivolse a Hazel. «Cosa ne pensi?».

Lei si strinse nelle spalle. «Da quello che ho visto, non è più lo stesso Cam. Come ti ho già riferito, ha detto agli altri che non ha nessun interesse a guidare la loro piccola ribellione. E non ha praticamente aperto bocca durante le riunioni».

Non era vero.

Beh, lo era, ma non del tutto. Il primo giorno, Cam aveva rifiutato il ruolo di leader. Ma poi aveva chiarito che avrebbe governato... per me.

Tuttavia, Hazel aveva saltato quella parte.

Perché?, mi domandai.

«Allora perché sei rimasto?» chiese Cane al fratello. «Perché non sei tornato qui?».

«Per cosa?» ribatté Cam. «Dopo aver ottenuto l'accesso ai ricordi di Ismerelda, ho scoperto che non c'ero io dietro a tutto e che ogni cosa che credevo di conoscere era una fottuta bugia. Così sono rimasto con gli altri per saperne di più sugli ultimi mille anni della mia vita. Come avrei fatto anche solo a sapere che sarei dovuto tornare qui?».

Mentre parlava, la mente di Cam era impegnata ad analizzare le intenzioni di Hazel. *Sta cercando di spingermi a mentire? O sta ingannando Cane? Perché offrirgli tutti gli altri dettagli, ma non questo?*

Cane lo studiò per qualche lungo secondo. «Immagino che tu abbia ragione». Guardò Michael. «C'è un motivo per cui sei ancora qui? Pensavo di averti chiesto di portare fuori la spazzatura».

«Vi chiedo perdono, mio principe» mormorò Michael. Poi gli rivolse un goffo inchino, con la donna morta tra le braccia, e lasciò la stanza.

«Presumo che se fosse stato lui l'unica cosa che conoscevo del complesso, non tornerei nemmeno io» borbottò Cane, per poi scuotere la testa. «Scusami, Cam. Volevo davvero aiutarti, non crearti problemi. Ma ora mi rendo conto di aver commesso alcuni errori di valutazione».

«Scuse accettate» rispose Cam, e il suo corpo sembrò rilassarsi appena, nonostante la mente fosse ancora impegnata a esaminare ogni aspetto della situazione. «Suppongo che ora stiamo aspettando la fase successiva».

«Sì. Quando Cedric sarà qui, lo rinchiuderemo insieme a Khalid e Ryder e daremo inizio al processo di guarigione. Forse, vedendo i miei metodi in azione, capirai meglio tutto quello che ho fatto per curarti».

Ne dubito, pensò Cam. Tuttavia, ciò che disse ad alta voce fu: «Forse».

Cane sorrise. «Bene. Dovresti restare anche tu, Hazel. So che non vedi l'ora di aiutare Khalid a superare questo casino con la cacciatrice».

Hazel sbuffò. «Pensavo che fosse già abbastanza grave

quando era una vampira alle prime armi. Ma scoprire che è anche una cacciatrice? Quello...». Si interruppe, serrando visibilmente la mascella.

«Sì, lo so» ringhiò Cane. «Ma sistemeremo tutto. E quando mio fratello avrà finito di raccogliere i campioni di sangue, la elimineremo come abbiamo eliminato Aurelia».

Hazel assunse un'espressione sorpresa. «Campioni di sangue?».

«Per potenziali esperimenti» spiegò Cane, abbassando lo sguardo sul polso. «Cam ha suggerito...». Aggrottò la fronte, interrompendosi e studiando l'orologio.

Un attimo dopo, anche Hazel guardò il suo orologio, accigliandosi a sua volta.

E così fece il resto dei presenti, perfino Jenkins.

«Hai fissato una riunione dell'Alleanza tra trentasei ore?» chiese Robyn, il cui tono elegante era in netto contrasto con il suo vero carattere. «Pensavo fossimo d'accordo di incontrarci la settimana prossima».

«Non ho organizzato niente». Cane pronunciò ogni parola in modo chiaro e conciso, con gli occhi che si stringevano per l'irritazione. «Questo è ovviamente un messaggio inviato prematuramente». Si alzò in piedi, portandosi la mano all'orecchio. «Mira?».

Sta iniziando, mi sussurrò Cam, con lo sguardo fisso su Hazel, anziché sul fratello.

«Mira?» ripeté Cane in tono leggermente agitato.

«Mio principe» disse Michael, correndo nella stanza. «Abbiamo un problema».

«Ma non mi dire». Cane andò verso di lui. «È stato inviato un messaggio...».

«L'unità cinofila non è tornata» lo interruppe Michael prima che potesse finire. «E il sistema non riesce a individuarli».

«Cosa?». Cane premette un pulsante sul suo dispositivo per far comparire una serie di schermi. «Di certo…».

La stanza piombò improvvisamente nel buio, mettendo a tacere tutto e tutti.

Il mio cuore mancò un battito.

I vampiri e i licantropi potevano vedere nel buio. Ma io no. Michael lo sapeva, così come ogni altro predatore presente nella sala.

«Cam, se riesci a sentirmi, prendi Ismerelda e scappa» sentii il mio gemello dire d'un tratto nell'auricolare. «I licantropi stanno arrivando. E non sono di buon umore».

Mi si rizzarono i peli sulle braccia e mi sentii soffocare dalla paura. Non a causa delle parole di mio fratello, ma per la possibilità che qualcun altro le avesse sentite.

Era tutto troppo tranquillo. Troppo *immobile*.

Finché all'improvviso cambiò tutto, e ringhi furiosi riecheggiarono nel complesso.

Ora il mio collo formicolò per un motivo completamente diverso.

Damien aveva detto che i licantropi stavano arrivando.

Ma si sbagliava.

I lupi sono già qui…

CEDRIC

Diversi minuti prima...

Parlami, fiorellino. Cane è abbastanza distratto?, chiesi a Lily, mentre Damien rovesciava una secchiata d'acqua sulla testa di Ryder.

«Mi è piaciuto più di quanto avrebbe dovuto» commentò Damien, con il reale svenuto ai suoi piedi.

Se c'era una cosa di cui mi ero reso conto negli ultimi cinque minuti, era che Damien aveva voglia di morire.

Sì, rispose Lily. La mia attenzione tornò immediatamente su di lei. *Lui e Cam stanno discutendo del destino di Ismerelda.*

Bene. Ciò significava che non era concentrato su Lily, il che era parte del piano.

Un piano che avevo ideato con Khalid e Hazel. Solo che, inizialmente, Lily non avrebbe dovuto partecipare; quel cambiamento era stato una concessione a favore dei licantropi.

Mentre Khalid si era incontrato con Ryder, prima, io avevo dato la caccia a Luka.

«Sei un lupo difficile da trovare» gli avevo detto, raggiungendolo nei pressi del campo di aviazione. «Ma dobbiamo parlare».

L'occhiataccia che mi aveva rivolto diceva che avrebbe preferito spararmi.

Tuttavia, ero riuscito a catturare la sua attenzione aggiungendo: «Khalid sa la verità su Mira. Ma non è l'unica a fingere di sostenere Cane. Anche Hazel sta facendo il doppio gioco».

La prima parte serviva per far presente a Luka che io e Khalid sapevamo molto più degli altri.

Mentre la seconda era un'informazione che Hazel e Khalid mi avevano dato il permesso di condividere, e che rappresentava una sorta di offerta di pace.

Perché probabilmente Mira era al corrente dei legami di Hazel con Cane. Il vampiro aveva fatto in modo che i territori intorno all'Italia appartenessero ai suoi alleati. Stava cercando di proteggere il suo progetto.

Solo che quel progetto era diventato insostenibile per Hazel.

Inizialmente aveva compreso la necessità di Cane di uccidere i cacciatori, visto che tra l'altro era stata presente quando Aurelia lo aveva ingannato. Ma poi si era convinta che si fosse spinto troppo in là. Il trattamento dei licantropi era ciò che odiava di più. Lo vedeva come un tradimento nei confronti delle specie soprannaturali, e non riusciva a perdonarglielo.

Certo, non era stata felice di scoprire la verità su Emine, soprattutto visto che Khalid aveva aspettato fino all'incontro nella sua regione per rivelare quell'informazione cruciale davanti a tutti.

Ma Hazel conosceva bene la propensione di Khalid a

mettere alla prova la lealtà degli altri, leggendone le reazioni in momenti del genere.

Aveva bisogno di essere sicuro della sincerità di Hazel. La sua reazione a Emine aveva dimostrato che era in grado di lasciarsi il passato alle spalle, cosa che Cane sembrava incapace di fare.

Ma Luka non mi aveva chiesto di approfondire nulla di tutto ciò, limitandosi a dire: «Ti ascolto».

Non avevo perso tempo in formalità, né mi ero dilungato troppo. Gli avevo semplicemente esposto il mio piano, illustrando ogni dettaglio. Incluso il fatto che, in quel momento, Khalid stava reclutando Ryder. «Ma non gli sta dicendo tutto. Khalid non si fida facilmente. Prima ha bisogno di vedere come si comporterà Ryder».

Era un tratto tipico del reale che mi faceva incazzare. Ma non potevo negare che funzionasse bene.

«Il tuo piano ha un difetto» aveva detto Luka dopo aver riflettuto a lungo sulle mie parole.

«Che difetto?» chiesi, sempre aperto a ricevere suggerimenti.

«Qual è il tuo interesse in tutto questo?» mi domandò lui. «Capisco quale sia la posta in gioco per Khalid: è probabile che lui ed Emine vengano catturati. Forse anche Ryder e Willow. Questo dà loro qualcosa per cui combattere. Ma tu cosa farai? Andrai a cercare Damien, mentre Hazel entra nei sotterranei con un microfono nascosto?».

«Non un microfono, ma un trasmettitore» lo corressi. «Ci permetterà di accedere al mainframe di Cane, e per farlo devo essere all'esterno del complesso con Damien. Ciò significa che non posso unirmi a Khalid e Ryder».

«No, non puoi» concordò. «Ma la tua *erosita* sì».

Lo fissai, interdetto. «Scusa?».

«Se vuoi che collaboriamo, dobbiamo fidarci gli uni

degli altri. Quindi anche tu devi avere qualcosa da perdere. E quel qualcosa è la tua compagna».

«Mi stai chiedendo di mettere in pericolo la mia compagna... per... per testare la mia lealtà?» avevo chiesto, furioso al solo pensiero.

«Sì».

Senza aggiungere altro.

Senza lasciare spazio per discutere.

Solo un "sì" pronunciato con determinazione.

Lily aveva percepito la mia furia, e la sua mente aveva subito accarezzato la mia, sussurrando: *Lo farò.*

Col cazzo.

Ma quando ero tornato da Khalid e gli avevo riferito tutto, lui aveva annuito, dicendo: «È un'idea geniale. Sappiamo che Cane ha occhi ovunque in città, e ciò significa che potrebbe catturarti prima che tu riesca a raggiungere Damien. Ma se Hazel gli dice che verrà con Lily, ti lascerà in pace. Perché la trasformerà in un'esca».

«O la ucciderà» obiettai. «E questo non è accettabile».

«Non la ucciderà» era intervenuta Hazel. «È troppo... teatrale per farlo. Sono d'accordo con Khalid: la userà come esca. Ma lascia che lo chiami. Gli riferirò gli ultimi aggiornamenti e gli dirò che gli porterò Lily. Poi mi offrirò di ucciderla sul jet, così vediamo come reagisce».

Khalid e Hazel avevano finito per avere ragione, perché Cane aveva risposto: «Non ucciderla. Portala qui. La useremo per motivare Cedric. E inoltre sarà una lezione preziosa anche per mio fratello».

Alla fine, avevo accettato. Perché era in effetti un buon piano. Ma ciò non significava che mi piacesse.

Per fortuna, la mia Lily era brava a fingere e a tenere la testa bassa.

Era la prova vivente che le apparenze potevano

ingannare, e quel giorno avrebbe avuto l'opportunità di dimostrarlo.

Damien portò un altro secchio riempito nell'hangar dell'aeroporto, dove avevamo quasi una ventina di ostaggi tramortiti e legati grazie ai licantropi.

«Ora stai solo facendo il pigro» commentò Damien, rivolto al reale ancora steso a terra.

«Forse...». Willow si interruppe. «No, non importa».

«Non abbiamo tutta la notte» disse Luka. «Se non riesci a svegliarlo, andremo senza di lui».

Controllai l'ora. «Gli altri saranno qui tra quindici minuti».

Il lupo grugnì. «Non abbiamo bisogno di loro».

«No, hai ragione» concordai. «Ma stanno arrivando lo stesso».

Deirdre aveva ordinato un jet per loro da una città vicina, permettendo anche agli ultimi vampiri e licantropi rimasti nel palazzo di unirsi a noi.

«L'invito è pronto» aggiunsi, cercando di placare l'impazienza di Luka. «Dobbiamo solo premere il tasto di invio. Poi ci vorranno meno di un paio di minuti per togliere la corrente». Perché ero già entrato nel sistema grazie al trasmettitore di Hazel, che mi aveva dato accesso alla backdoor di cui avevo bisogno per distruggere l'intera rete.

E i video della sicurezza, che avevo già sottilmente alterato per nascondere quello che stavamo facendo all'aeroporto.

Ogni comunicazione.

Gli orologi.

Le serrature delle porte.

Le luci.

I collari.

Le armi che colpivano i sensi dei soprannaturali.

Tutto.

Damien rovesciò il secondo secchio su Ryder, facendo sì che il reale iniziasse finalmente a muoversi. «Era un solo fottuto proiettile» lo informò Damien. «Uno. Okay, ti ha colpito alla testa. Ma sei antico, cazzo. Sveglia…».

Ryder passò all'azione in un batter d'occhio, e mezzo secondo più tardi il suo pugno colpì la mascella di Damien.

«Che cazzo sta succedendo?» chiese Ryder, i cui occhi scuri cercarono subito Willow. Si inginocchiò accanto a lei, esaminandola con un'espressione intensa.

Capivo come si sentiva.

Mi ero sentito allo stesso modo nei confronti di Lily un milione di volte.

Cam ha appena perdonato Cane, sussurrò Lily. La sua preoccupazione vibrò attraverso il nostro legame. *Ha anche detto che sta usando Izzy perché è l'unica connessione con i suoi ricordi, e che non è la sua compagna.*

Ci riflettei sopra per qualche istante, immaginando di essere nei suoi panni. *La sta proteggendo.* Ne ero sicuro, perché avrei fatto esattamente lo stesso, se mi fossi trovato in quella situazione. *Non vuole che Cane sappia quanto significa per lui.*

Non so, disse lentamente Lily. *Era piuttosto credibile.*

I rapporti tra i vampiri sono tutta una questione di apparenze e giochetti, le ricordai. *Non puoi fidarti della parola di nessuno.*

Tu ti fidi di Khalid.

Sicura?, mormorai. *O lo tollero?*

«Dobbiamo andare» disse Luka, interrompendo la mia conversazione mentale con Lily.

«Dove?» chiese Ryder. «Sarà meglio che qualcuno cominci a darmi delle spiegazioni. E in fretta».

Damien si toccò la mascella, i suoi occhi ambrati brillavano di divertimento. «A quanto pare, ci siamo alleati con i licantropi per attaccare il complesso. Benvenuto a bordo».

Le sopracciglia di Ryder schizzarono in alto. «Per quanto tempo ho perso i sensi?».

«Troppo» rispose Damien. «Ma questi accordi sono stati presi prima che i licantropi ti sparassero».

«I licantropi ammaestrati di Cane» chiarii, prima che Ryder potesse reagire. «Luka e gli altri alfa hanno messo fuori gioco l'unità che ti ha assalito. Sono tutti legati nell'hangar. Resta da vedere se le loro menti potranno essere salvate o meno. Ma anche di questo è meglio parlarne un'altra volta». Guardai Luka. «La tua squadra è in posizione?».

«Sì».

«Allora dovremmo iniziare» concordai. «Damien?». Era molto più abile di me in campo tecnologico, una dote che gli riconoscevo senza problemi. Io avevo avuto il vantaggio di poter usufruire dei dispositivi di Khalid quando Damien e gli altri non ne erano ancora a conoscenza, sfruttandoli per spiarli. Ma ora che lui aveva accesso agli stessi strumenti, stavamo giocando alla pari, e lui aveva dimostrato di essere l'esperto tra i due.

«Chi ha preso questi accordi?» chiese Ryder, alzandosi e trascinando con sé anche Willow.

«Khalid e Cedric» rispose Damien. Ora la sua attenzione era rivolta allo schermo, non più a Ryder. «Messaggio inviato».

«Che mess…». Ryder si interruppe, abbassando lo sguardo sul polso; il suo orologio aveva appena ricevuto il suddetto messaggio. «Questo c'entra con tutta la roba di cui hai blaterato alla riunione?».

«Il piano che ho presentato a Jace e agli altri?» riformulai. «Sì. Ma da allora c'è stata qualche modifica».

«Hanno sempre avuto intenzione di fare *qualche*

modifica» ribatté Damien, prima di girarsi verso Ryder. «Hanno condiviso con gli altri solo gli aspetti puramente politici. Nel frattempo, Cedric è andato a parlare con Luka, e Khalid ha reclutato te».

«Si è dimenticato di dirmi che avremmo collaborato con i lupi».

«È un problema per te?» chiese Luka, senza preoccuparsi di nascondere la sua irritazione. «Perché sarò felice di lasciarti qui».

«Il mio problema è che non sono stato informato della vera natura di questa missione» rispose Ryder, il cui tono era insolitamente tranquillo. «Per quanto riguarda il nuovo obiettivo, non ho nessuna intenzione di *restare qui*».

«Allora smettila di lamentarti e andiamo» replicò Luka. «Puoi discutere di tutte le sfumature con Khalid più tardi».

«Oh, lo farò» disse Ryder.

«Presumo sia lo stesso che farà Jolene con te» mormorò Damien, le cui parole sembravano indirizzate a Luka.

Perché, a quanto pareva, Luka non aveva informato gli altri alfa della nostra collaborazione. Da quello che avevo capito, era per evitare che Edon e i suoi compagni lo scoprissero.

Sembrava che ci fosse una spaccatura tra la triade del clan Clemente e gli altri alfa. Il cuore del problema era la *fiducia*; sempre stando a quello che avevo colto qui e là, i lupi avevano qualche difficoltà ad accettare gli stretti legami tra uno dei compagni di Edon e i vampiri.

Ironico, considerando che Luka stesso aveva scelto di schierarsi con me e Khalid.

Ma supponevo che non volesse rischiare che qualcun altro lo scoprisse prima che fossimo pronti a rivelare le nostre alleanze, per quanto temporanee.

Non ero ingenuo. Sapevo che si trattava di una collaborazione a breve termine.

Quando avessimo portato a termine il piano, ci saremmo separati.

Sanno che Ryder e Willow non sono più in custodia, mi informò Lily con una punta di urgenza nel tono.

«È ora di andare» dissi, per poi ripetere quello che mi aveva appena riferito Lily. «Togli la corrente».

Damien non rispose, ma digitò i comandi necessari. «Tutti i sistemi sono ufficialmente offline. Ci vorranno ore per riavviarli» mormorò senza distogliere lo sguardo dallo schermo.

«Muoviamoci» ringhiò Luka, la cui impazienza era evidente nel tono e nel modo in cui si diresse verso il camion in attesa, che lui e un altro alfa avevano requisito ai vigilanti.

«I giocattoli sono là dietro» Damien informò Ryder, che stava seguendo il licantropo. «Ti darò la possibilità di scegliere per primo, vediamo se migliorerà il tuo atteggiamento».

«Non credo che il mio *atteggiamento* possa *migliorare* finché non avrò ucciso qualcuno» borbottò Ryder.

«Allora è un bene che stiamo per gettarci in un bagno di sangue» commentò Damien. Si premette un dito sull'orecchio e disse: «Cam, se riesci a sentirmi, prendi Ismerelda e scappa. I licantropi stanno arrivando. E non sono di buon umore».

«Neanch'io» ringhiò Ryder.

«Quando mai lo sei?» ribatté Damien.

Ryder si premette la mano sul petto. «Quando sono con Willow».

Willow sbuffò, spingendo Ryder a voltarsi verso di lei.

«Hai qualcosa da dire, animaletto?» le domandò.

Ignorai la risposta, concentrando tutta la mia

attenzione su Lily e sulla tensione che stava crescendo nei sotterranei. *Le tue lenti a contatto funzionano?*

Sì, sussurrò. *Vedo tutto, grazie alla visione notturna.*

Bene, risposi. *Riesci ad avvicinarti abbastanza a Ismerelda per darle gli occhiali?* Khalid ne aveva lasciati un paio sull'aereo per Lily; il piano era che li desse alla compagna di Cam, se fosse stato possibile.

Sapevano che Cane non avrebbe pensato di perquisire Lily. Ma se anche lo avesse fatto, Hazel avrebbe detto qualcosa sul fatto che Lily era una debole umana con problemi di vista.

Cam la sta tenendo stretta a sé, disse Lily. *Ma ci proverò lo stesso.*

Brava, mormorai. *Ma fa' attenzione. Stanno arrivando i lupi.*

Li sento.

Sono le cavie su cui stava lavorando Mira, dissi. Sapevo che Luka stava comunicando mentalmente con la sua compagna e la teneva al corrente dei nostri movimenti. *Saranno molto violenti.*

So dove sono le grate, mi rassicurò. *Le vedo.* Sapeva dove guardare, perché Mira ci aveva fornito la pianta della stanza prima che Hazel e Lily si avventurassero nel sottosuolo. Ci aveva anche dato dettagli simili sulle segrete, ma se Lily fosse stata mandata lì, Damien l'avrebbe liberata sbloccando le porte delle celle.

Proprio come aveva già liberato Emine.

E Khalid.

Era tutto aperto. Ogni porta. Ogni ingresso. L'accesso ai tunnel. Le scale. Tutto.

Cedric… Il disagio di Lily si insinuò nel nostro legame. *I lupi…*

Non ce l'hanno con te, dissi con fermezza, capendo quale strada avessero preso i suoi pensieri. *Non sei al campo per la riproduzione, Lily. Stanno venendo per i vampiri, non per te.*

Ma suonano come… Proprio come…

Concentrati, le ordinai. Il mio tono mentale non le lasciò spazio per seguire i comandi di qualcun altro. Nemmeno i suoi. *Dai gli occhiali a Ismerelda, poi trova un nascondiglio. Sto venendo a prenderti.*

E se non io, allora ci avrebbero pensato Khalid ed Emine.

L'esitazione di Lily si sciolse, sgominata da un'armatura di determinazione. Si costrinse a riprendere il controllo. *Non sono un fragile fiorellino.*

No. Sei il mio *fiorellino*, dissi. *Delicato solo all'apparenza. Che si rigenera. Che lotta per sopravvivere. Che è forte, e ce la farà.*

Ce la farò, ripeté. *Sono una sopravvissuta*, affermò in tono risoluto.

Sì, ce la farai, dissi. *Ora dai gli occhiali a Ismerelda e trova la grata. Sarà aperta.* Perché anche quella era controllata dalla rete di Cane.

Nonostante il suo sistema fosse notevole, era basato sulla tecnologia che gli aveva fornito Hazel. Che, a sua volta, le era stata data da Khalid.

Offrendoci così la possibilità di conoscere i parametri di sicurezza nei minimi dettagli, incluso quello che sarebbe accaduto con un arresto completo del sistema.

Khalid aveva predisposto dei backup per quell'eventualità.

Cane no.

E ora stava per scoprire cosa succedeva quando qualcuno si affidava a un unico sistema difensivo. Così come stava per scoprire cosa succedeva quando qualcuno faceva incazzare un branco di lupi.

O, come in quel caso, *svariati* branchi di lupi.

Il camion si fermò all'esterno delle mura della Città del Vaticano. «Presto pioverà» mormorai, catturando lo sguardo di Damien; sapevo che avrebbe capito.

«Una pioggia di sangue» disse, cogliendo al volo quello che intendevo. I suoi occhi scintillavano di entusiasmo. «Non vedo l'ora che inizi la festa».

«È un bene che stavolta tu sia stato invitato».

«Già, è un bene» mi fece eco, saltando giù dal pianale del camion. «Che regni il caos…».

«Amen» dissi, seguendolo. *Sei pronta per una partita a nascondino, Lily?*

Solo tu trasformeresti tutto questo in un gioco, borbottò.

Tu ti nascondi. Io vengo a cercarti.

E poi?

Non risposi. Sapeva cosa sarebbe successo. L'avrei *reclamata*. Perché nessuno poteva portarmi via la mia compagna. Men che meno un reale folle con un'ossessione per le relazioni.

Lily era mia.

L'avrei trovata. L'avrei protetta. E avrei ucciso chiunque si fosse messo sul mio cammino.

Ululati riecheggiarono nel crepuscolo.

Ma non provenivano dall'esterno delle mura. Provenivano da sotto terra. Perché era cominciata la battaglia.

Questo è l'inizio della fine.

Che l'Alleanza di sangue possa bruciare…

Izzy

Mi venne la pelle d'oca. Gli ululati diventavano sempre più forti ogni secondo che passava.

Non riuscivo a vedere nulla. Potevo solo *sentire*.

Ringhi.

Artigli sul metallo.

Sferragliare che riecheggiava ovunque.

La voce di Damien all'orecchio.

Rabbrividii. Aveva parlato a voce alta. Chiara. *Gli altri lo hanno sentito?*

No, mi rassicurò Cam in un sussurro. *Io non l'ho sentito, quindi non lo hanno sentito neanche gli altri vampiri. Ma non sono sicuro dei licantropi.*

Quasi sospirai per il sollievo al pensiero che Cane non lo avesse sentito. Solo che l'ultima parte della risposta di Cam non era stata altrettanto rassicurante. *E se…*

Lo sbattere di una porta interruppe la mia risposta mentale, facendomi sussultare.

Era vicino. *Troppo vicino.*

Perché si tratta della porta di questa stanza, capii un istante più tardi.

Cazzo. Non vederci mandava in confusione i miei sensi,

innervosendomi ancora di più. Ogni suono mi faceva trasalire. Ogni movimento rischiava di farmi sobbalzare.

Dobbiamo andarcene di qui. Mio fratello ci aveva detto di scappare. Ma dove? E come? *Siamo intrappolati in una stanza piena di antiche creature soprannaturali…*

«Dobbiamo costruire una barricata» disse qualcuno nel buio.

Robyn, indovinai, a giudicare dal tono elegante.

«Accatastate i divani e uccidete gli umani» proseguì. «Abbiamo bisogno di tutto il peso possibile».

«Di certo Cane ha un piano di emergenza, no?» ribatté una voce maschile, il cui accento pesante mi permise di capire subito che si trattava di Ayaz. Di solito preferiva comunicare in Farsi.

«Ti sembra che abbia un piano di emergenza?» sbottò Robyn.

«Quanto ci metterà il sistema a riavviarsi?» chiese Cane, ignorandoli entrambi.

«Dipende da cos'è stato fatto» rispose Michael. La sua voce mi fece correre un brivido lungo la schiena. «I problemi precedenti erano stati una finzione. Questi no».

«Finzione?» ripeté Cam, soffermandosi sulla parola che avevo notato anch'io.

Cosa intende?, mi domandai. *Che i problemi tecnici, quelli per cui aveva accusato me e Damien, erano una bugia? Solo un modo per minare ancora di più la fiducia di Cam nei miei confronti?*

«Era parte del nostro esperimento» spiegò Cane con tono incurante.

Riuscivo quasi a vederlo agitare la mano come se niente fosse.

Maledetto, pensai. *Sei un fottuto mostro.*

«Michael» continuò Cane, completamente ignaro della mia rabbia. Dopotutto, perché avrebbe dovuto importargli? Ero un'*umana*. Un essere *inferiore*. Un mezzo per un fine. E non c'era nulla che potessi fare per fargli cambiare idea. «Devi trovare Mira e capire cosa sta succedendo».

«Ma, mio principe, i lupi...». Michael si interruppe, poi si schiarì la voce. «Sì. Certo. Vado».

«Allora perché sei ancora qui?» gli chiese Cane.

«Vi chiedo perdono, mio principe» disse Michael, il cui tono era privo della solita deferenza.

Ma la porta si aprì e si richiuse, confermando che aveva obbedito agli ordini del suo signore.

Spero che un licantropo ti trovi e ti faccia a pezzi, pensai.

«I problemi tecnici erano una messinscena?» insistette Cam. Non aveva intenzione di lasciar perdere. «Era tutta una bugia?».

«Ne parliamo più tardi» tagliò corto Cane.

«Sì, preferibilmente dopo aver pensato a un piano» intervenne Robyn. «Come *creare una barricata per bloccare la porta*». La sua voce diventò stridula.

«Cazzo» borbottò uno dei maschi.

Seguì un grido.

E poi un altro.

Dei mobili si spostarono.

Correnti d'aria riempirono la stanza, scompigliandomi i capelli.

Vampiri che si teletrasportano, muovendosi a una velocità soprannaturale, pensai.

Stava succedendo tutto troppo rapidamente perché la mia mente fosse in grado di elaborarlo.

Nel giro di pochi secondi, la stanza era stata messa completamente a soqquadro. Qualcosa che percepivo, ma non vedevo; una sensazione che mi fece girare la testa.

Ma poi qualcuno mi afferrò il braccio, stringendomi una mano intorno al collo.

Ebbi l'impressione che tutto si fermasse.

Poi caddi.

Giù, giù…

Le mie ginocchia si schiantarono sul pavimento, una fitta di dolore si riverberò lungo la mia spina dorsale.

«*Cazzo*» rantolai. Mi faceva male la gola, a causa della morsa che la cingeva. Per fortuna, però, riuscivo ancora a respirare.

Un ringhio furibondo riecheggiò intorno a me, un suono feroce quasi quanto gli ululati dei licantropi. Ma proveniva da una bestia diversa.

Proveniva da Cam.

«Non toccarla» ringhiò, rivolto a chiunque mi avesse attaccata.

«È umana» rispose qualcuno.

Forse Jenkins?

No, *Helias*, almeno stando ai pensieri di Cam.

«È mia» disse a denti stretti.

«Calmati, fratello» intervenne Cane, con un pizzico di autorità nel tono. «Abbiamo bisogno del suo corpo. Si sveglierà come gli altri. Sarà…».

Un ululato assordante squarciò l'aria, costringendomi a mettermi le mani sulle orecchie.

Era *forte*.

Così forte che avrei potuto giurare che provenisse da accanto a me.

Seguirono dei ringhi.

Poi un liquido mi schizzò sul viso, facendomi sussultare.

Caldo. Umido. Appiccicoso.

Sangue, capii. *Oh, no…*

Il mondo girò rapidamente quando qualcuno – *Cam* – mi prese per la vita e mi teletrasportò dall'altro lato della stanza.

Sta' giù, mi ordinò, lasciandomi andare.

Fui quasi sul punto di protestare, principalmente

perché ero confusa, ma qualcosa si abbatté sulla mia testa un attimo dopo, costringendomi a obbedire.

Rabbrividii quando suoni furiosi riempirono il salone, parole pronunciate in lingue che non conoscevo, accuse, e un Cane molto arrabbiato che gridava: «Silenzio!».

«*No*» rispose qualcuno. «Non ne posso più di stare in *silenzio*». Un suono basso e vibrante accompagnò quelle parole, tradendo la sua identità. *È un licantropo.*

Jenkins, confermò Cam.

È stato Jenkins a ululare, capii. Mi si gelò il sangue. *Ha appena detto a tutti gli altri lupi dove ci troviamo.*

«Hai passato l'ultimo secolo tenendo al guinzaglio la mia gente» ringhiò. «Il tuo regno è giunto al termine, Cane».

Rimasi a bocca aperta. *Jenkins non è dalla parte di Cane.*

No. Sembra che sia dalla parte dei lupi, rispose Cam.

«Hai perso la testa, cazzo?» gridò Cane. «Ti ho dato tutto quello che hai chiesto, e osi attaccare un reale? Un altro leader?».

Ayaz, udii nella mente di Cam. Era stata quella la fonte dello schizzo di sangue.

«Ti ho concesso ogni privilegio» continuò Cane. «Ed è così che mi ringrazi?».

«Ho *pagato* per avere i tuoi fottuti *privilegi* dandoti membri del mio branco. Cos'hanno fatto questi reali per ottenere i *loro* privilegi?» chiese Jenkins.

«Hanno appoggiato il mio governo. Hanno supportato l'Alleanza di sangue. Hanno mantenuto i miei segreti». L'esasperazione di Cane era una presenza soffocante, che sembrava creare una corrente di tensione ormai palpabile.

«Così come ho fatto io» sbottò Jenkins. «Ma ho anche dovuto rinunciare ad alcuni membri della mia specie. Che ti ho visto trattare come esseri inferiori. Ti ho sentito chiamare i miei simili "cani"!».

«Tutti dobbiamo sacrificarci per raggiungere la grandezza» sentenziò Cane.

«I licantropi hanno dovuto sacrificarsi affinché i vampiri raggiungessero la grandezza» ribatté Jenkins.

«Quindi, per dimostrare la tua tesi, fai una scenata e attacchi un reale?» gli domandò Cane in tono sprezzante.

«No» rispose Jenkins. «Lo farò uccidendone uno».

Un colpo secco risuonò nell'aria, seguito da un tonfo.

La mente di Cam mi disse quello che aveva appena visto, ma io stentai a crederci. Era troppo folle anche solo da immaginare.

Il colpo secco, come di qualcosa che si spezzava, era stato causato dal collo di Robyn.

E il tonfo era stato causato dalla sua testa che cadeva sul pavimento.

Il licantropo l'aveva ammazzata nel giro di un istante: i suoi artigli le avevano squarciato la pelle come se fosse stata di burro, la sua forza le aveva frantumato le ossa come se fossero state di cristallo.

«E ora ne ucciderò un altro» ringhiò Jenkins.

Seguì un ringhio, che non sapevo da dove provenisse. Ma mise in allarme ogni fibra del mio essere.

Si scatenò il caos. Ringhi e grida feroci, una cacofonia selvaggia che mi raggelò nel profondo.

Mi sentivo in trappola.

Sola.

Persa nell'oscurità. Indifesa. *Debole*.

E lo odiavo. Odiavo essere umana. Odiavo non poter lottare insieme a Cam. Odiavo sentirmi *inutile*. Se solo…

Qualcosa mi afferrò il polso, facendomi martellare il cuore nelle orecchie.

No, no!, pensai, cercando di divincolarmi.

Ma, chiunque fosse, aveva una presa d'acciaio.

Merda!

Mi aspettavo di venire trascinata via da sotto il divano, ma l'aggressore mi mise in mano qualcosa.

«Tieni» sussurrò una voce dolce, lasciandomi interdetta.

Un attimo... Lily? Cosa...?

Cercai di capire cosa mi avesse messo in mano.

È... Sembra un bastoncino di plastica, che si apre e... Oh. È un paio di occhiali...?

Rimasi con la fronte aggrottata finché non li indossai. Poi le mie sopracciglia si inarcarono per la sorpresa.

Perché riuscivo a *vedere*. Non chiaramente come se la luce fosse stata accesa, ma abbastanza da riconoscere il viso di Lily.

Avevo già usato dei visori notturni.

Ma ciò che avevo sul naso era qualcosa di completamente diverso.

Solo che non riuscivo a vedere al di là del divano.

«Dobbiamo andare» mi mormorò all'orecchio Lily.

«Dove?» risposi in un sussurro.

Indicò la parete vicina con un cenno del capo, facendomi accigliare. Non capivo.

Seguila, mi esortò Cam. *Lei e Hazel hanno un piano, è evidente. È per questo che ti ho messa lì: ho visto Hazel teletrasportare Lily in quell'angolo, mentre Jenkins attaccava Ayaz.*

Ero troppo frastornata per interrogarmi sulle sue ragioni. Jenkins mi aveva distratta.

Tutta la situazione era intensa e confusa. E ogni cosa accadeva così *rapidamente*.

Ismerelda. Vai con Lily, mi ordinò Cam.

E... e tu?, chiesi, mentre gli ululati riecheggiavano nella stanza. Sembrava che i licantropi fossero appena fuori dalla porta.

Devo occuparmi di mio fratello.

Cos'hai intenzione di fare?, chiesi.

Lo ucciderò, rispose Cam in tono impassibile. *È l'unica* cura *per la sua follia.*

Nonostante fossi d'accordo, percepivo l'esitazione di Cam. Dopotutto, era suo fratello. Una persona con cui aveva trascorso migliaia di anni. Il suo *sangue.*

Devo farlo, aggiunse Cam con un accenno di risolutezza nella voce.

Deglutii, mentre i suoi pensieri confermavano come fosse giunto a quella conclusione.

Non si trattava di salvare l'umanità o di vendicare i licantropi. Si trattava di fare ciò che doveva per proteggermi. Per proteggere *noi.*

Non sono altruista, Ismerelda, mormorò. *Perciò non pensare a me come a un eroe, perché non lo sono. Ma farò ciò che è necessario per assicurarmi che Cane non ti tocchi mai più.*

Non ci fu nessuna esitazione, la sua mente aveva deciso.

Ora va' con Lily. Nasconditi. Più tardi ti darò la caccia, leonessa.

Quelle ultime parole mi fecero correre l'ennesimo brivido lungo la schiena, ma per un motivo completamente diverso. *Suona sia come una minaccia che come una...*

Uno schianto interruppe la mia risposta mentale, il suolo tremò sotto di me.

Le unghie di Lily mi affondarono nel polso; stava cercando di trascinarmi verso il muro. Mi mossi volontariamente, con il cuore che mi scalpitava nel petto.

La copertura offerta dal divano terminò a circa un metro dalla parete che aveva indicato. Ma ciò non le impedì di lanciarsi verso una sorta di grata. La aprì mentre io mi voltavo verso destra, schiudendo le labbra alla vista dei lupi che facevano irruzione nella stanza.

Cam...

Vai!, gridò, dando un pugno sul muso a un licantropo.

Merda! Mi affrettai a seguire Lily, infilandomi nel condotto in cui era appena strisciata lei. *È una follia. Non posso crederci. Cosa cazzo sta succedendo?*

Le vibrazioni scuotevano la superficie fredda sotto i miei palmi e le mie ginocchia, mentre il mondo rieccheggiava nelle pareti metalliche.

Suoni bestiali.

Sibili di vampiri.

Grugniti.

Maledizioni.

Altri ringhi.

Si mescolava tutto in un'ondata di violenza che mi faceva rovesciare lo stomaco.

«Di qua» disse Lily. La sua sicurezza mi lasciò perplessa.

«Sai dove stiamo andando?» chiesi, seguendola.

«Più o meno. Conosco le mappe abbastanza bene da riuscire a condurci dove dobbiamo andare» rispose. «Continua a muoverti. E non... non lasciarti prendere dal panico».

Sembrava che l'ultima parte fosse rivolta più a se stessa che a me.

Ma accettai comunque il suo consiglio, perché ero indubbiamente sul punto di farmi prendere dal panico.

La furia di Cam non aiutava, la sua rabbia incendiava il nostro legame. Da quello che mi disse la sua mente, i licantropi che li stavano attaccando provenivano dai laboratori. E lo consideravano un nemico, non un alleato.

A causa di Cane.

Aveva preparato Cam per essere il volto dell'operazione, quello che negli ultimi tempi si presentava nei laboratori per supervisionare i loro esperimenti.

O forse era il fatto che si assomigliavano così tanto, che

condividevano la stessa linea di sangue e che, in teoria, desideravano lo stesso risultato.

In ogni caso, Cam si trovava in una situazione difficile.

Non poteva permettersi di andarci piano con i lupi che lo stavano attaccando. Lo volevano morto, quindi doveva reagire con la stessa violenza.

Qualcun altro avrebbe provato a evitarlo, cercando di salvarli e rinchiuderli, finché non avessero chiarito il malinteso.

Forse il vecchio Cam avrebbe tentato quella strada.

Ma il nuovo Cam era troppo intelligente per riuscire anche solo ad accettarla come possibilità.

Si abbatté su di loro, ammazzandoli senza alcun rimorso. Era una questione di sopravvivenza, non aveva nulla a che fare con l'assumere il ruolo di re o essere l'eroe che tutti volevano che fosse.

Il mio Cam era uno dei cattivi.

Aveva un cuore oscuro.

Era un predatore con un'inclinazione per la praticità.

Non si sarebbe piegato. Avrebbe ucciso.

Per se stesso. Per me. Per noi.

Saremmo sopravvissuti a tutto questo.

Avremmo perseverato.

Saremmo andati avanti.

Continuai a ripetere quel mantra nella mia testa mentre seguivo Lily, la cui rapidità nei condotti d'aria suggeriva che non era la prima volta che strisciava in un percorso a ostacoli. Se non fossimo state impegnate a fuggire per salvarci la vita, glielo avrei chiesto.

I ringhi diventavano più attutiti ogni secondo che passava.

Rallentammo quando raggiungemmo una sezione trasversale. Lily guardò a destra e a sinistra, come se fosse incerta su quale strada prendere.

Alla fine scelse la sinistra, poi si fermò a circa tre metri di distanza da una grata. La osservò, aggrottando le sopracciglia. Lo spazio era troppo piccolo perché io potessi unirmi a lei. Eravamo fortunate a riuscire a passare in quei condotti. Cam avrebbe fatto fatica a seguirmi, e ciò spiegava perché nessuno dei licantropi non ci aveva nemmeno provato.

Certo, io e Lily non eravamo il loro obiettivo.

O almeno dubitavo che lo fossimo.

Saremmo state solo un danno collaterale.

«Questa è una delle suite dei reali» sussurrò. «Sembra che i licantropi siano già passati di qui…». Si spostò di lato, in modo da lasciarmi vedere attraverso la grata.

E sì, i licantropi erano indubbiamente passati di lì. «Jasmine…». Mi interruppi, indugiando con lo sguardo sull'espressione terrorizzata della donna. La sua testa era su un lato della stanza. E il suo corpo mutilato era sull'altro. I segni di zanne e artigli confermavano che era stata sbranata da un lupo, o forse più di uno.

«Già» disse Lily, proseguendo lungo il condotto. «Dobbiamo trovare una stanza vuota».

«E poi?» chiesi.

«Aspettiamo» rispose.

Aggrottai la fronte. «Aspett…?».

Una mano mi afferrò la caviglia, trascinandomi indietro e attraverso il condotto da cui avevo appena sbirciato. La mia bocca si spalancò in un urlo, che terminò in un rantolo quando le mie scapole sbatterono sul muro.

Era stato tutto così veloce.

Brutale.

E inaspettato.

Mi tolse il fiato.

Lasciandomi…

Cazzo.

La voce di Cam era nella mia testa e voleva sapere se stavo bene. Ma ero troppo impegnata a cercare di vedere per rispondergli. Avevo ancora gli occhiali in testa, ma era diventato tutto nero.

Non… non riesco… a… respirare…, capii, avvinghiandomi con le unghie alla mano avvolta intorno alla mia gola. *Lasciami… andare!*

«Ora sei mia» disse una voce.

Michael.

Cam ruggì.

Non sapevo nemmeno da dove fosse spuntato o come avesse fatto a trovarmi. «Perché… non… puoi… essere… morto?». Ogni parola era soltanto mimata dalle mie labbra, perché non avevo abbastanza aria per dar voce al mio augurio.

La mia schiena sbatté di nuovo contro il muro quando Michael spostò la presa, l'impatto mi fece fischiare le orecchie.

Ti odio, pensai. *Ti… odio… cazzo…*

Cam disse qualcosa, ma non riuscii a sentirlo. Un ringhio mi aveva inondato i sensi. Era forte. Totalizzante. *Letale.*

Mi rifiuto… di… morire… così, pensai, mentre la mano libera di Michael si insinuava sotto il mio vestito.

«Ti scoperò. E poi ti ucciderò» mi sussurrò all'orecchio. «Di' addio a Cam, Izzy. Stai per perderlo per sempre».

CAM

Qualche minuto prima...

MERDA.

Quei licantropi erano rabbiosi, e il loro obiettivo era solo uno: *uccidere*.

Hazel si muoveva rapidamente da un lato all'altro della stanza, nel tentativo di non essere sbranata.

Ayaz era già morto.

Helias stava lottando contro tre lupi inferociti.

E Jenkins sembrava deciso a fare fuori mio fratello.

Spinsi via un lupo che fino a un attimo prima era aggrappato al mio braccio, ignorando il dolore causato dalle sue zanne sulla pelle. E tirai un pugno a un altro.

Cercare di dissuaderli sarebbe stato impossibile. Provenivano dai laboratori, avevano trascorso chissà quanto tempo in gabbia. Come cavie. Controllati con qualsiasi tecnologia mio fratello avesse voglia di usare.

No, non avrei potuto ragionare con loro. Non ero nemmeno sicuro che fossero in grado di tornare in forma umana.

Il mio pugno si abbatté su un altro muso, un ringhio mi risalì il petto.

Sembrava una distrazione. Un modo per tenerci occupati fino all'arrivo del vero problema.

Damien mi aveva detto di prendere Ismerelda e fuggire. Chiaramente, sapeva cosa sarebbe successo.

L'attacco dei licantropi, ipotizzai. Non quei lupi feroci, ma gli alfa.

Cazzo, pensai di nuovo. *Cazzo. Cazzo. Cazzo!*

Ismerelda era persa in qualche condotto. Hazel continuava a spostarsi nella stanza a velocità soprannaturale. Helias stava perdendo la battaglia, cosa che non mi dispiaceva affatto.

E mio fratello...

Ha appena ucciso Jenkins, mi resi conto, mentre Cane gettava il cuore del licantropo sul pavimento e lo schiacciava con lo stivale.

Si teletrasportò al mio fianco e spezzò il collo di un altro lupo. «Vieni con me» disse, lasciando la stanza.

Scambiai un'occhiata con Hazel, poi lo seguii in corridoio, dove vidi arrivare altri sei lupi. Sembrava che stessero salendo, o forse scendendo, dalla tromba delle scale.

Cane si lanciò nella direzione opposta, a una velocità superiore a quella dei licantropi. Gli corsi dietro. Non perché volessi nascondermi con lui, ma perché dovevo farla finita con tutto questo. Dovevo farla finita con *lui*.

Era troppo tardi, non poteva più essere salvato. Ormai era impossibile ragionare con lui. A prescindere da quante volte gli avessi spiegato dell'importanza di Ismerelda anche da un punto di vista pratico, per recuperare i miei ricordi, continuava a volerla morta.

Come aveva dimostrato qualche minuto prima, quando Helias aveva cercato di spezzarle il collo.

Usare gli umani come barricata, pensai. *Patetico.*

Dopo essermi occupato di Cane, sarei tornato per Helias. Ammesso che non lo divorassero i lupi.

Cane entrò in una stanza, dirigendosi a passo sicuro verso un armadio. Inarcai un sopracciglio quando aprì quella che sembrava una porta nascosta. «Non è completamente inutile, con il sistema disattivato?» osservai. «I licantropi possono aprire la porta come hai appena fatto tu».

Sbuffò ed entrò. «Non sto suggerendo di nasconderci, fratello».

Aggrottando la fronte, lo seguii, e fu allora che le vidi. «Pistole?».

Cane mormorò in segno di assenso, concentrato su una scatola posta in un angolo. «Non tutto richiede di essere connessi a una rete» commentò, mettendosi qualcosa nell'orecchio. «Anzi, la maggior parte delle mie armi non è collegata al mainframe».

Un suono penetrante mi squarciò il cranio, facendo sì che mi cedessero le gambe.

Merda!

Mi premetti le mani sulle orecchie, sussultando ripetutamente sotto l'attacco di impulsi elettrici che sembravano provenire dal mio fottuto cervello.

Che cazzo è?, avrei voluto chiedere, serrando gli occhi. *Che cazzo sta succedendo?*

Un basso impulso di calore mi vibrò lungo la spina dorsale, facendomi cadere di lato sul pavimento. Era come essere fulminati, cazzo. Solo che sembrava essere tutto nella mia testa.

La preoccupazione di Ismerelda mi raggiunse attraverso il nostro legame, la sua paura mi colpì dritto al cuore.

Riesce a sentirlo anche lei?, mi domandai. *Sta soffrendo? Dovrei…*

L'ultimo pensiero si interruppe, il mio cervello sembrò spegnersi per un istante.

Avevo valutato l'idea di tagliarla fuori, in modo da risparmiarle l'agonia che stavo provando.

È quello che ho fatto all'epoca? Ho costruito un muro per proteggerla?

Forse era stata una reazione istintiva, il mio bisogno di assicurarmi che stesse bene aveva preso il sopravvento su tutto il resto.

Ma non aveva funzionato. Ci aveva quasi distrutti. *Non posso farlo di nuovo. Non lo farò di nuovo.*

Fui attraversato da un'altra scarica elettrica, che mi fece inarcare sul pavimento. Era come se ogni terminazione nervosa fosse improvvisamente in fiamme. Riuscivo a stento a elaborare la necessità di respirare. Vedere o muovermi erano fuori questione.

E poi tutto finì.

«Neutralizzatori portatili» spiegò Cane. La sua voce era un'eco nella mia testa. Un'eco che mi fece ringhiare nelle profondità del mio essere.

Perché mi ricordò qualcosa.

Un passato che non riuscivo a rievocare.

Eppure il mio corpo sì, e vividamente, perché i miei muscoli si tesero, come preparandosi a lottare.

«Beh, non esattamente. Questo è stato progettato apposta per te. Ma questi…». Si interruppe, e un altro suono acuto mi penetrò la mente. «Questi sono per gli altri. Combinati insieme, immagino che siano piuttosto dolorosi. Mi scuserei, ma tanto non ricorderai nulla».

Non... non riesco... a... respirare..., mi rantolò Ismerelda nella mente.

A causa del neutralizzatore?, le chiesi.

Lasciami... andare!, gridò, facendomi fermare il cuore.

Stai...? Mi stai chiedendo di costruire di nuovo un blocco tra le nostre menti? Le domandai. Perché non mi sembrava sensato. Anzi, mi sembrava completamente sbagliato. *Ismerelda...*

Michael, mi interruppe. E la sua psiche si collegò alla mia come non aveva mai fatto. La sua realtà si fuse istantaneamente con la mia, facendomi capire che non stava soffrendo per quello che stava accadendo a me.

Stava soffrendo a causa di *Michael*.

Perché le stava stringendo la gola.

Ruggii, interiormente ed esternamente, furioso sia con lui che con mio fratello.

Il volume del suono acuto aumentò, facendo terminare il mio ruggito in un sussulto. Non avevo mai provato un dolore simile.

Cazzo. Non c'è da stupirsi che abbia perso la memoria... Mi sta friggendo il cervello!

«È meglio così, fratello» mi informò Cane, con una punta di sincerità nel tono. «Ho pensato che il microfono sulla tua camicia fosse un caso. Ma quando il mio sistema di sorveglianza ha sorpreso Ismerelda mentre si metteva quel dispositivo nell'orecchio, ho capito che era intenzionale. Non sei ancora pronto a regnare al mio fianco».

La delusione nella sua voce era quasi sincera. *Quasi.*

«Ci sono stati anche altri segnali, naturalmente. In primis l'attaccamento alla tua *erosita*. Me ne sono accorto per come sei passato dallo scoparla a sangue al fare l'amore con lei. Aggiungendo il fatto che non permettevi a nessuno di toccarla, beh, è chiaro che il tuo legame con lei sia un problema».

Digrignai i denti, impossibilitato a parlare a causa dello stridio che mi perforava il cranio. Ma se avessi potuto dire qualcosa, gli avrei fatto presente che era *lui* quello ossessionato dalla mia *erosita*. Quasi come se non sopportasse l'idea che nella mia vita ci fosse qualcun altro.

Ovviamente, la questione era molto più complessa.

Temeva il mio legame con lei perché minacciava i suoi piani.

«Almeno ora so come procedere» continuò. «La tua riabilitazione era quasi perfetta. Ma Ismerelda ha rovinato tutto. Deve morire, fratello. È l'unico modo per guarirti».

Si inginocchiò, accarezzandomi la testa come se fossi stato un animale domestico.

«Ti farà male, ma al tuo risveglio non ricorderai nulla. E mi assicurerò che tu non scopra mai la verità. È il mio regalo per te, fratello» mormorò, come se stesse realmente facendo qualcosa di buono per me.

Un fiotto di puro terrore inondò il mio legame con Ismerelda, ricordandomi lo shock provato quando stava per essere violentata.

Mi sintonizzai immediatamente sui suoi pensieri; volevo sapere cosa stava succedendo. E sentii una sensazione simile incendiarmi le vene.

Solo che, nel mio caso, non si trattava di terrore. Era *rabbia*.

Michael l'aveva bloccata sul pavimento, le sue mani le stavano sollevando il vestito.

Ed era *nudo*, cazzo.

Ismerelda gridava, con la voce roca a causa del modo in cui le aveva stretto la gola. Ma si dimenava come una gatta selvatica. La paura aveva lasciato spazio alla furia. Gli graffiò il viso. Il petto. Lo graffiò *ovunque* riuscisse a raggiungerlo, senza smettere di contorcersi e scalciare.

Ma non sarebbe stato abbastanza.

Lo sapevo dal modo in cui lui la guardava.

Perché lui era un vampiro... e lei era un'umana. La *mia* umana. La *mia* compagna. *La mia erosita.*

Michael sta per portarmela via. Stava per rovinare quello che avevamo condiviso. Stava per distruggere quello che era rimasto del nostro legame.

E mio fratello farà in modo che io dimentichi tutto.

No, pensai. *Col. Cazzo.*

Mi rifiutavo di dimenticare.

Mi rifiutavo di tagliarla fuori dalla mia mente.

Mi rifiuto di lasciare che accada tutto questo.

Aprii gli occhi di scatto, nonostante il suono acuto continuasse a perforarmi il cranio. Ma insistetti, e la mia mente si collegò a quella di Ismerelda per darmi una parvenza di pace. Per permettermi di *respirare*.

Perché lei non udiva nulla.

Non sentiva il mio dolore.

Ma sperimentava l'agonia causata da Michael. Dal suo tocco. Dal suo ringhiare. Dalle sue intenzioni nefaste.

Mio fratello disse qualcosa, ma le sue parole non mi riecheggiavano più nella mente. Riuscivo a udirlo a stento.

Ero completamente assorbito da Ismerelda. Concentrato sulla mia donna. *Sulla mia regina.*

La sua lotta diventò la mia lotta, la sua determinazione alimentò la mia. Chiusi le mani a pugno. Mio fratello era convinto di poter avere la meglio con la sua tecnologia, con i suoi *neutralizzatori*. Voleva curarmi. *Cambiarmi.* Trasformarmi nel suo perfetto re.

Ma io ero già contento del mio ruolo nel mondo.

Compiaciuto di essere il Cam di Ismerelda.

Il suo cattivo.

Il suo partner.

Il suo *re.*

Non mi sarei inchinato a nessun altro se non a lei.

Avrei servito il suo trono, non quello di Cane. E ne avevo avuto abbastanza dei giochetti di mio fratello.

Un ruggito mi rimbombò nel petto e balzai in piedi. Gli occhi di Cane si spalancarono per lo stupore. Gli afferrai la gola, mentre il volume aumentava e la vibrazione minacciò ancora una volta di farmi cadere in ginocchio.

Ma Ismerelda mi tenne in piedi.

La sua mente mi ancorò.

«Ti sbagli» gli dissi in un ringhio. «Avere una compagna non è una debolezza». Strinsi la presa, impedendogli di respirare. «È un fottuto punto di *forza*».

Gli spezzai il collo prima che potesse rispondere.

Perché non c'era nient'altro da dire.

Aveva fatto le sue scelte. Si era scavato la fossa. E ora era il momento di assicurarsi che ci finisse dentro.

Per sempre.

Calpestai l'arma che aveva usato contro di me, e la mia mente si tranquillizzò all'istante.

Afferrai un'ascia dal ripiano che ospitava una serie di oggetti affilati.

«Addio, fratello» dissi, sollevandola in aria.

Poi la abbattei sul suo collo.

La sua testa rotolò via, e i suoi occhi verdi mi fissarono con un'espressione scioccata.

Un'espressione che mi avrebbe perseguitato in eterno.

Mio fratello è morto.

Non mi aveva lasciato alternative. Dormire non sarebbe servito a nulla. Nemmeno la sua perversa versione di una cura.

Era troppo inumano per essere salvato.

Troppo *perso*.

Cam!, mi gridò nella mente Ismerelda. La sua battaglia mi tolse il fiato. Lasciai cadere l'ascia e afferrai una pistola.

Sto arrivando!, le urlai di rimando. *Non smettere di lottare!*

Cam, singhiozzò attraverso il nostro legame. Era imprigionata sotto il corpo di Michael. *Non riesco…*

La sua mente piombò nel silenzio.

No, pensai. *No!*

Non poteva essere troppo tardi.

Lo ucciderò!, giurai, seguendo l'odore della mia compagna. *Non azzardarti a morire, Izzy! Non provarci nemmeno!*

I licantropi si aggiravano per i corridoi e alcuni di loro si misero sulla mia strada.

«Non è con me che ce l'avete» ringhiai. «*Spostatevi*».

«Dov'è Cane?» chiese qualcuno.

Thida, riconobbi, lanciandogli un'occhiata da sopra la spalla. «*È morto*» risposi. «Di' al tuo branco di levarsi di torno, o sarò costretto a uccidere anche loro».

L'alfa inarcò un sopracciglio. «Hai ucciso tuo fratello?».

Fanculo. Non avevo tempo da perdere in spiegazioni.

Invece di rispondere, mi teletrasportai attraverso i lupi. Probabilmente il mio movimento ne aveva messo qualcuno fuori combattimento, forse ne aveva addirittura *ucciso* alcuni, ma non mi importava.

Fanculo i lupi. *Fanculo tutto*.

Ismerelda, sussurrai. *Parlami*.

Niente.

Cazzo!

Continuai a seguire il suo odore, il suo sangue era un faro per i miei sensi.

Un faro che mi fece stringere il cuore. Che mi fece contorcere lo stomaco per la paura. *Vera* paura.

Izzy, boccheggiai, raggiungendo la porta di una stanza dove trovai una scena che mi tolse il fiato.

Caddi in ginocchio.

Abbandonai la pistola.

Oh, Ismerelda...

Non riuscivo a parlare.

Non riuscivo a muovermi.

Riuscivo a malapena a riflettere.

C'era solo un pensiero che mi attanagliava la mente. Un pensiero che mi teneva prigioniero a terra. Una consapevolezza che mi fece fermare il cuore.

Sono arrivato troppo tardi...

IZZY

Qualche minuto prima...

CAM!, urlai, con le mani intrappolate dal palmo di Michael.

Sto arrivando!, mi rispose lui. *Non smettere di lottare!*

Mi contorsi, bloccata dal peso di Michael, con il suo inguine premuto sul mio.

«Spero che tu gli abbia detto addio» mormorò. Il suo sguardo mi fece venir voglia di vomitare. Forse sarebbe stato meglio se avesse rotto gli occhiali nella lotta, così almeno non avrei dovuto vederlo.

E invece ci riuscivo. Fin troppo chiaramente.

Ogni pericoloso *centimetro*.

Cam, dissi singhiozzando. Non c'era nient'altro che potessi fare. *Non riesco...*

Michael imprecò mentre qualcosa gli si abbatté sulla testa. Uno sviluppo inaspettato che mi lasciò di stucco. Perché non ero sicura di ciò che avevo visto.

Sto sognando?

Sono già morta?

Sul serio Lily ha appena...?

«Cazzo!» urlò Michael, quando lei lo colpì di nuovo con quello che sembrava un palo di metallo.

Indietreggiai affannosamente, sottraendomi alla sua presa, dal momento che ora la sua attenzione era tutta rivolta a Lily.

Si lanciò verso di lei, ma uno sparo lo bloccò a metà di un passo.

Facendolo finire a terra.

Dove giacque su un fianco. Senza vita. Con la bocca aperta. Lo sguardo vitreo. E il sangue che iniziava a colargli da un buco in mezzo alla fronte.

Fissai l'ingresso della stanza. Mira varcò la soglia e lanciò un'occhiata sprezzante al corpo esanime di Michael. «Un proiettile in fronte non è sufficiente a farlo restare morto» disse. «Devi tagliargli la testa».

Continuai a fissarla, stranita. Il mio cervello faticava a elaborare tutto quello che stava accadendo. «Devo… Cosa?».

«Prendi un coltello, Izzy» sbottò Mira. «E tagliagli la testa».

Perché…?

Tossii, ancora incapace di capire.

Mira era cattiva.

Mi aveva tradita.

Mi aveva data a Cam. Alla versione cattiva di Cam. Quella che mi aveva quasi distrutta.

E ora… ora voleva che… tagliassi la testa a Michael?

Perché mi stai aiutando?, avrei voluto chiederle.

Ma non importava. Non in quel momento. Non con il corpo di Michael a portata di mano.

Deve morire, pensai. E il mio cervello si fissò su quello. Non riuscivo a udire Cam, né a sentirlo. Quando Michael era stato sul punto di scoparmi, era stata chiusa una sorta di porta.

Non riuscivo a capire come riaprirla.

L'unica cosa su cui ero in grado di concentrarmi era ammazzare Michael.

Distruggerlo una volta per tutte.

Staccandogli la testa.

Scorsi una lama con la coda dell'occhio. Ora Mira si trovava accanto a me, accucciata sul pavimento.

Non mi voltai verso di lei, limitandomi ad afferrare il coltello che mi porgeva. Strisciai verso il corpo di Michael.

Quell'uomo era malvagio.

Era un mostro.

Era un vampiro che doveva *morire.*

Lo feci rotolare sulla schiena e gli conficcai la lama nella gola. Poi iniziai a segare. Non era una maniera efficiente per decapitarlo, ma non importava. Anzi, se soffriva era meglio.

Mossi la mano in alto e in basso, da un lato all'altro, distruggendo il suo collo una coltellata alla volta. Finché finalmente non udii uno schiocco.

E la sua testa cadde di lato.

Abbassai lo sguardo. Io avevo le mani coperte di sangue e il vestito macchiato. Lui aveva i pantaloni sbottonati, e la vista della sua erezione in procinto di svanire mi diede il voltastomaco.

C'era mancato poco. *Troppo poco.*

Un singhiozzo mi squarciò la gola e la mia mente si connetté all'istante con quella di Cam. Che sentii sussurrare: *Sono arrivato troppo tardi…*

Incontrai il suo sguardo sulla soglia con il cuore in gola.

Sono arrivato troppo tardi per vederti uccidere Michael, mormorò, terminando la frase. *Me lo sono… me lo sono perso.*

Fui quasi sul punto di scoppiare a ridere.

Perché tra tutte le cose per cui Cam poteva essere deluso, era stata proprio quella a turbarlo. Mi alzai dal pavimento e corsi verso di lui. Mi prese tra le braccia quando mi abbandonai su di lui, e le sue ginocchia assorbirono l'impatto dei nostri corpi che crollavano sul pavimento.

Poi lo baciai.

Appassionatamente.

Lo divorai senza curarmi di niente e nessuno. Mira. Lily. Il cadavere di Michael. I licantropi che ringhiavano. Le urla dei vampiri.

Non mi importava di nessuno di loro.

Solo di Cam.

Il mio Cam.

Affondò le dita tra i miei capelli e mi tenne stretta a sé, ricambiando il mio bacio feroce.

Ti amo, gli dissi. *Amo te. Il mio Cam. Questa versione. Ciò che sei diventato. Ciò che sei sempre stato. Il mio compagno. Il mio re.*

Ti amo anch'io, sussurrò. *Sei il mio cuore, Ismerelda. Sei la mia anima. Innalzare una barriera tra le nostre menti è stato il più grosso errore che abbia mai commesso. Senza la nostra connessione, ho perso me stesso. Sei stata tu ad aiutarmi a sconfiggere Cane, Izzy. Aveva torto. Non sei una debolezza. Sei la mia forza.*

Le sue parole mi fecero riempire gli occhi di lacrime, la sua mente mi confermò quanto fosse sincero.

Le nostre anime appartenevano l'una all'altra. Niente barriere. Niente segreti. Solo una connessione aperta e pura.

Insieme, eravamo imbattibili.

Re e regina.

Ma non eravamo monarchi destinati a governare un regno. Eravamo destinati a governarci l'un l'altra.

«Cazzo, non... non voglio guardare» udii il mio gemello borbottare poco distante.

«Cos'hai fatto, Izzy?» mi chiese Ryder. «Hai mutilato Michael con una forchetta?».

Tipico di Ryder, interrompere un momento così pregnante valutando il modo in cui era stato commesso un omicidio.

Mi staccai da Cam e, guardandolo negli occhi, risposi all'altro vampiro: «Ho usato un pugnale».

«Seriamente? Non c'è nemmeno un singolo taglio netto. Sicura che non fosse un coltello da burro?» chiese Ryder.

«Non avevo un'ascia a portata di mano» dissi, spostando solo allora lo sguardo su di lui. «Sei stato tu a insegnarmi a improvvisare. Ho *improvvisato* con il pugnale che...». Mi interruppi, guardandomi intorno alla ricerca della persona che me lo aveva dato.

Solo che Mira non si vedeva da nessuna parte.

Aggrottai la fronte. «Dov'è andata Mira?».

«Probabilmente è andata a cercare Luka» rispose Damien. «Ha collaborato con lui per tutto il tempo».

Le mie sopracciglia schizzarono in alto. «*Cosa?*».

«Ha fatto il doppio gioco, proprio come Hazel» spiegò Ryder, per poi scompigliarmi i capelli come avrebbe fatto a una sorellina. «Stai al passo, Izzy».

Feci per colpirlo, ma balzò all'indietro ridacchiando.

Vuoi che lo uccida?, mi chiese Cam. La sua voce mentale era molto seria. *Me ne occuperei volentieri.*

Gli lanciai un'occhiataccia. *Non puoi uccidere Ryder.*

Ti assicuro di sì, Ismerelda.

Forse fisicamente avrebbe potuto riuscirci.

Ma non era quello il punto. *Non lo voglio morto*, specificai.

Sollevò una spalla. *Come desideri.*

«Gli altri ribelli sono appena atterrati» annunciò qualcuno alle mie spalle, con un accento inglese piuttosto familiare.

Mi voltai ed ebbi la conferma della sua identità. *Cedric.*

Aveva un braccio avvolto intorno alla vita di Lily, i cui occhi spalancati stavano esaminando le tracce di violenza sparse nella sala.

Vederla mi spinse a staccarmi da Cam e correre da lei.

Cedric si raddrizzò istintivamente, mettendosi davanti a lei e assumendo una postura difensiva.

Probabilmente perché avevo caricato la sua compagna come un toro.

«Mi hai salvata!» esclamai, sentendomi un'idiota per non aver controllato che stesse bene. Girai intorno a Cedric. Con il suo permesso, ovviamente, perché sarebbe stato perfettamente in grado di fermarmi, se avesse voluto.

Lily mi guardò con un piccolo sorriso. «Ho fatto quello che potevo».

«Hai fatto molto di più» ribattei. «Avresti potuto continuare a correre».

Ci rifletté sopra per un istante. «Può darsi. Ma stavolta sono contenta di non aver continuato a correre».

Sentii Cedric ringhiare alle mie spalle.

Lily sorrise.

E in qualche modo mi ritrovai di nuovo tra le braccia di Cam, come se non riuscisse a tollerare di starmi lontano per più di una manciata di secondi.

Mio fratello alzò gli occhi al cielo. Poi guardò Ryder con un'espressione eloquente. «Presumo sia il caso di andare a dare il benvenuto a Jace e agli altri».

«Perché cazzo dovrei fare una cosa del genere?» chiese Ryder.

«Perché sei stato *tu* a svignartela con Khalid e Cedric senza dire niente a Jace. Non voglio avere di nuovo a che fare con quelle stronzate».

«Allora non farlo. Ignorali. Con me funziona benissimo» gli disse Ryder.

Mio fratello sospirò e scosse la testa. «È un miracolo che la tua regione sopravviva, con te al comando».

«Sopravvive perché tu ti occupi di tutto» rispose Ryder. «Tu sei il politico, Damien. Io sono solo il talento».

Damien alzò di nuovo gli occhi al cielo. «Sono sicuro di essere sia il politico che il talento» commentò, dirigendosi verso il corridoio.

Per poi indietreggiare di colpo, quando Luka, Mira, Thida e altri alfa entrarono nella stanza.

Osservarono il cadavere di Michael e i resti di Jasmine, poi guardarono Cam.

«Hai davvero ucciso tuo fratello» disse Thida. «Insieme ad alcuni dei miei lupi».

Inarcai le sopracciglia. *Hai ucciso Cane? E anche Thida è dalla parte dei licantropi? Come Jenkins?*

Sì, disse, rispondendo con un'unica parola a entrambe le domande.

Ad alta voce, invece, si dilungò un po' di più. «Sembra che ci sia stato un malinteso riguardo il mio coinvolgimento nei piani di mio fratello. Non mi considero innocente, ma posso affermare che le sue scelte non sono le mie».

Sia Thida che Luka studiarono Cam con un'espressione impassibile.

Mira, invece, sorrise. «Sapevo che Izzy ti avrebbe fatto tornare in te».

La fulminai con lo sguardo. «Vaffanculo» mi sfuggì dalle labbra senza che me ne rendessi conto. Okay, mi aveva dato un coltello. Ma mi aveva anche mentito e mi aveva portata all'inferno.

Per stare con me, mi mormorò Cam nella mente.

Sì, ma… Mi interruppi, non volendo rivivere tutto quello che era accaduto.

Perché nel grande schema delle cose, non aveva più

importanza. Ora era il mio Cam. Il passato era semplicemente storia.

«Ma grazie per il coltello» aggiunsi, rivolta a Mira.

«Forse non riuscirai mai a comprendere le mie ragioni, ma ho fatto quello che dovevo» mi disse Mira. «Volevo far vivere i licantropi più a lungo. Le ricerche di Cane e Lilith hanno preso una direzione che non condividevo e che probabilmente avrei dovuto prevedere. Ma quando mi sono resa conto di quali fossero le loro intenzioni, era già troppo tardi per fermarli. Così ho fatto il possibile per salvare la situazione».

Digrignai i denti. Soprattutto perché *capivo* le sue ragioni. Ma ciò non significava che potessi perdonarla.

«I licantropi si occuperanno di fare giustizia» annunciò Thida.

«In realtà, penso che quell'argomento, così come molti altri, dovrebbe essere discusso alla riunione dell'Alleanza di sangue prevista tra…». Khalid, che stava entrando nella stanza, si interruppe e guardò l'orologio. «Circa trentaquattro ore».

Emine fece il suo ingresso subito dopo. Aveva un'espressione annoiata, nonostante i vestiti sporchi di sangue.

Doveva aver ucciso diversi vampiri. Forse anche alcuni licantropi.

Khalid, invece, sembrava che non avesse mosso un dito. Il suo completo elegante era ancora immacolato. Così come i jeans scuri e la camicia di Ryder.

Dubitavo che si fossero trattenuti; avevano partecipato sicuramente al caos che si era scatenato al piano di sotto. Erano solo… *precisi e ordinati*, quando si trattava di uccidere.

A differenza di me, pensai, lanciando un'occhiata alle mie mani sporche di sangue. *Ho proprio bisogno di una doccia.*

«Mi rendo conto che la situazione tra i vampiri e i

licantropi sia a dir poco tesa, ma dobbiamo permettere a tutti i nostri fratelli di entrambe le specie di unirsi a noi, prima di prendere altre decisioni avventate» proseguì Khalid. «I tuoi lupi sono liberi. I vampiri coinvolti negli esperimenti sono morti. E sappiamo tutti che non c'era Cam dietro a tutto questo. Non è mai stato un alleato di Cane. Lo stesso non si può dire di te o di Mira».

L'ultima frase era diretta a Thida, e, mentre parlava, lo sguardo di Khalid diventò di ghiaccio.

«Sai, sto cominciando a pensare che tu possa essere un re migliore di Jace» commentò Ryder, rompendo il silenzio carico di tensione che si era creato. «E sicuramente saresti una scelta migliore di Cam».

«Chi ha parlato di avere un *re*?» ribatté Thida. «E in che universo pensate che i licantropi si inchineranno mai a un vampiro, dopo tutto quello che è successo?».

«Un altro argomento per la riunione» intervenne Khalid. «Prendiamoci trentaquattro ore per calmarci e poi parleremo di tutto».

Trasalii quando tornò la luce, fu come se mi esplodessero dei fuochi d'artificio davanti agli occhi. Cam rimosse rapidamente il mio visore. Quel cambiamento inatteso mi fece girare la testa, e mi strofinai gli occhi.

Per poi arricciare il naso, rendendomi conto che mi stavo spalmando il sangue sulla faccia.

Merda.

Lasciai cadere le mani e feci una smorfia, disgustata dallo stato in cui mi trovavo. Non solo mi sentivo ancora addosso le tracce di Michael, ma ora avevo anche il suo sangue *nei miei fottuti occhi*.

«Trentaquattro ore» ripeté Cam, prendendomi tra le braccia. «Saremo di ritorno per la riunione».

«Un attimo…».

«Non stavo chiedendo il permesso, Thida» sibilò Cam.

«Proprio come prima non vi ho chiesto il permesso di passare. Hai visto com'è andata a finire, e sarò felice di farlo di nuovo».

Il licantropo serrò la mascella.

Ma Luka si limitò a mettere una mano sul petto dell'altro, costringendolo a fare un passo indietro. «Lascialo andare» disse. «Khalid ha ragione. Ne parliamo alla riunione dell'Alleanza».

Senza aspettare una risposta, Cam uscì in corridoio e andò verso le scale.

Sai dove mi stai portando?, gli chiesi.

Nella stanza dove eravamo prima, rispose. *Dove adorerò con la lingua ogni centimetro del tuo corpo.*

Rabbrividii. *Prima posso farmi una doccia?*

Sì. Lo disse in tono piatto, ma l'intento che si celava dietro quell'unica parola era intriso di possesso.

Voleva eliminare ogni traccia dell'essenza di Michael dalla mia pelle e sostituirla con la sua.

Poi mi avrebbe reclamata.

Morsa. Scopata. *Amata.*

E, una volta finito, avrebbe ricominciato da capo.

Perché poteva.

Perché ero sua.

E lui era mio.

Nel bene e nel male.

Per tutta l'eternità.

CAM

Trentaquattro ore più tardi...

«La smetti con questa storia?» chiese Ryder, rivolgendosi a Kylan, mentre io e Ismerelda entravamo nella stanza. «Khalid ha scelto me perché sa che sono il migliore a sparare».

«Come fa a saperlo?» replicò Kylan. «Non ricordo che questa tua teoria sia mai stata messa alla prova».

«Non è una teoria. È un fatto».

«È una teoria» ribatté Kylan. «Una teoria che verificheremo non appena saremo liberi da tutte queste stronzate politiche».

«Oh, che carini, state organizzando il vostro primo appuntamento» commentò Damien, lasciandosi cadere su una sedia accanto a Ryder. «È veramente adorabile».

«Sai, penso di aver deciso chi usare per il nostro piccolo test» disse Ryder in tono leggero, continuando a parlare con Kylan. «Damien adora schivare i proiettili. Sarebbe il bersaglio perfetto per il nostro gioco».

Gli occhi scuri di Kylan brillarono. «Mi sembra un'ottima idea. Sarà ancora più divertente».

«Sì, sicuramente» rispose Ryder, sorridendo, e si voltò verso il suo vice. «Non credi, Damien?».

Il gemello di Ismerelda si limitò a guardare il reale. «Parteciperò solo se date una pistola anche a me e mi permettete di rispondere al fuoco».

Ignorando le loro frecciatine, premetti il palmo sulla schiena di Ismerelda e la condussi ancora più all'interno della stanza.

In realtà si trattava di un vero e proprio salone, chiaramente destinato a ospitare numerose persone. Ma al centro c'era un palco circolare, non un tavolo.

I reali avevano iniziato a scegliere le sedie, così come stavano facendo diversi alfa e un trio di Benedetti.

Un trio che mi fulminò con lo sguardo.

Sota e Troph li capivo. Fen, no. Non sapevo nemmeno che fosse sveglio. Ma forse gli altri due gli avevano detto cosa avevo fatto.

Certo, le mie azioni erano state il risultato delle manipolazioni di Cane, cosa di cui sapevo che erano stati informati nelle ultime trentaquattro ore, ma evidentemente non mi avevano perdonato.

Non era un problema.

Non mi importava essere il cattivo.

Molti licantropi mi stavano scoccando simili occhiate omicide, il loro disgusto era palpabile. Ma sembrava che il loro odio fosse rivolto anche a tutti gli altri vampiri presenti nella stanza.

Ciò spiegava il modo netto in cui le specie si erano divise intorno al palco: da una parte i lupi, dall'altra i vampiri e i Benedetti.

Mi sedetti vicino a Jace, osservando l'unico gruppetto in cui licantropi e vampiri erano seduti gli uni accanto agli altri. O Willow e Rae erano stanche di sentire i loro compagni battibeccare, o stavano cercando di comunicare qualcosa.

Jace seguì il mio sguardo e disse: «Sembra che Rae, Willow e Silas vogliano rendere chiara la loro posizione. Con il supporto dei compagni di Silas».

Mugolai il mio assenso, incuriosito e annoiato al tempo stesso.

La politica non mi interessava. Ma ero lì perché dovevo. *Per Ismerelda.*

Si sedette accanto a me. La guardai e mi accorsi che aveva un'espressione divertita. *Non ti ho costretto a venire.*

Ah, ti sbagli, mia regina. E per ben due volte, oggi.

Arrossì per il mio commento. *Non era quello che intendevo.*

Ma devi ammettere che si tratta di un argomento molto più interessante di questa riunione, mormorai.

Non saprei. Non è ancora iniziata.

Sospirai. *Eppure sappiamo già di cosa vorranno discutere.*

Darius e Jace erano passati nella nostra suite più di una volta, nell'ultimo giorno e mezzo. La prima per vedere come stessimo, oltre che per esprimere la loro frustrazione per ciò che era successo nel complesso. La seconda volta per decidere come muoverci per la riunione.

Avevo più che altro ascoltato, lasciando che fossero loro a determinare un piano di azione. Ismerelda aveva aggiunto qualche considerazione, che poi era l'unica cosa di cui mi importava.

Quando se ne erano andati, io e Ismerelda avevamo preso le nostre decisioni, di cui una particolarmente importante. Perché riguardava il suo futuro come vampira.

Posai la mano sulla sua coscia coperta dai jeans e le diedi una piccola stretta. *Sarai una splendida regina vampira.*

Continui a ripeterlo, rispose.

È la mia fantasia preferita, mormorai. *Non riesco a smettere di pensare a tutto quello che potrò farti dopo averti trasformata.*

Puoi già farmi la maggior parte delle cose.

È vero, confermai. *Ma mi divertirò a mettere alla prova la tua immortalità.*

Di nuovo, lo fai già…

In un modo molto diverso, precisai. *Non sei fragile. Sei forte. E diventare una vampira ti renderà indistruttibile.*

Si sporse per baciarmi sulla guancia. Poi si sistemò di nuovo sulla sedia, osservando Hazel che entrava nella stanza con Chiave. A quanto sembrava, l'umano aveva preferito diventare la sua ombra, invece che la mia.

Da quello che avevo capito, era arrivato con Hazel e gli altri, poi lei lo aveva lasciato sull'aereo mentre si dedicava al suo doppio gioco.

«Questo posto…». Il sussurro di Juliet distolse la mia attenzione da Hazel, attirandola sull'*erosita* della mia progenie.

«È dove è iniziato tutto» rispose Darius. I suoi occhi verdi incontrarono per un attimo i miei, prima di tornare sulla sua compagna. «Eri proprio lì». Indicò il centro del palco. «E io ero seduto lì». Indicò la sedia che ora era occupata da Ryder.

Juliet rabbrividì visibilmente. «La numero diciassette…».

«È una femmina caucasica di ventidue anni, dai capelli color mogano e gli occhi castani» continuò Darius. Stava recitando qualcosa che apparteneva al loro passato. «L'umana è alta un metro e settanta, pesa cinquantotto chili e parla inglese, spagnolo, giapponese e tedesco. Potete trovare ulteriori dettagli sulle sue abilità intellettive a pagina nove della vostra guida».

Le scostò una ciocca di capelli dal viso, gli occhi di lei traboccavano di affetto. «Ho visto solo le tue scarpe».

Darius sorrise. «E io ho visto *te*».

La strinse a sé e la baciò, attirando l'attenzione di molti tra gli alfa e i reali presenti.

Non sono abituati a vedere simili dimostrazioni di affetto, mi spiegò Ismerelda attraverso il nostro legame. *A Darius non è mai stato permesso di esprimere le sue emozioni, fin dal giorno in cui l'ha acquistata dall'Organizzazione.*

Capisco.

Quel luogo aveva un significato speciale per loro.

Perché era dove era iniziata la loro storia.

L'ha scelta come una distrazione, come un modo per dimostrare la sua lealtà all'Alleanza, aggiunse Ismerelda. *Ma era tutta una finta. E quel piccolo scambio, quel* bacio, *ha appena mostrato a tutti come stanno davvero le cose. Non si è mai piegato alle loro regole.*

Mi domando quanti altri abbiano recitato una parte in questo mondo che non apprezzano realmente, mormorai. I vampiri amavano rispettare le apparenze, e sembrava che l'Alleanza di sangue non fosse nient'altro che un guscio vuoto.

Khalid ed Emine furono gli ultimi ad arrivare, preceduti solo da qualche secondo da Cedric e Lily.

Ora che anche gli ultimi vampiri erano presenti, tutti presero posto. L'atmosfera era carica di tensione.

Jace si schiarì la voce. «Credo che ormai siano tutti aggiornati sugli ultimi sviluppi» disse, spostando per un attimo lo sguardo su Luka. «Giusto?».

Il licantropo annuì. «Abbiamo informato sia gli alfa presenti, che quelli che non potevano essere qui di persona». Lanciò un'occhiata allo schermo, da cui tre alfa osservavano il resto della sala. Il video era l'unico modo in cui avevano potuto arrivare in tempo alla riunione.

Yulian, il figlio di Jenkins, era uno dei volti sullo

schermo. La morte del padre doveva aver seminato il caos nel suo territorio, rendendogli impossibile viaggiare da quella che un tempo era nota come Siberia a Roma.

Anche gli altri due alfa provenivano da luoghi lontani.

«Abbiamo aggiornato anche tutti i vampiri» continuò Jace, riferendosi agli altri reali presenti. «E, come promesso, abbiamo imprigionato l'ultima alleata rimasta di Cane».

Sofia, pensai; sapevo la verità sulla sua affiliazione.

I registri di mio fratello erano molto dettagliati.

Registri che ora erano di dominio pubblico.

Per questo sapevo che chiunque fosse lì era a conoscenza di ciò che mi aveva fatto, di come mi aveva manipolato.

Avevo sfogliato alcuni degli appunti di mio fratello. Il senso di colpa che forse avrei potuto provare per la sua morte era diminuito, dopo aver letto la sua cruda analisi della mia *guarigione*.

La follia immortale aveva sicuramente avvolto i suoi artigli intorno al cervello di mio fratello, danneggiandolo irrimediabilmente.

Mi sarebbe mancato. Ma non l'avrei pianto.

Appoggiai il braccio sullo schienale della sedia di Ismerelda, mentre Luka e Jace si fissavano, senza che nessuno dei due mostrasse alcun segnale di sottomissione all'altro.

«Cosa ne sarà di lei?» chiese infine Luka, riferendosi a Sofia.

«Credo che la decisione spetti a te e ai tuoi fratelli licantropi» rispose Jace, facendo irrigidire alcuni dei vampiri presenti.

«Beh, io credo che dovremmo votare» intervenne Sahara. «Una reale non può essere semplicemente *consegnata* ai lupi perché si vendichino su di lei».

«Anche se votassimo, i licantropi sono la maggioranza» mormorò Naomi. «In più, è solo colpa sua: è stata lei a decidere di tenere alcuni degli esperimenti falliti di Cane come *animali da compagnia*».

Diversi licantropi ringhiarono, nonostante fossero già al corrente di quell'informazione.

«Ma se pensi che sia necessario *votare...*» continuò Naomi. «Beh, allora sentiti libero di farlo. Anche se io, personalmente, voto di non sprecare altro tempo sulla questione».

«Sono d'accordo» disse Jace. «Quello che ha fatto Cane è imperdonabile. I licantropi si sono più che guadagnati il diritto di infliggere a Sofia qualsiasi punizione ritengano opportuna».

«E cosa dovremmo fare con il resto di voi?» chiese Brandt. L'alfa del clan Calgary era palesemente agitato. «Non possiamo fidarci di voi, mi pare ovvio».

Alcuni licantropi grugnirono in segno di assenso.

«Non vi stiamo chiedendo di farlo» rispose Jace. «Anzi, non ce lo aspettiamo minimamente». Il suo sguardo si spostò dall'altro lato del palco, verso un paio di iridi turchesi. «Khalid?».

«Mmh» mormorò il reale, e rimase in silenzio per un lungo istante.

Poi salì sul palco.

«Penso che la soluzione sia molto semplice» disse, sollevando uno dei suoi piccoli dispositivi.

La stanza si riempì di schermi, facendo sobbalzare alcuni licantropi. Ma io ormai mi stavo abituando ai suoi giochetti di prestigio, anzi, mi ero quasi aspettato di veder comparire uno schermo davanti a me.

«Un tempo, ci siamo uniti in un'alleanza per progettare il nostro futuro» disse, indicando la mappa dettagliata che si dispiegò, identica, davanti a ciascuno di noi. «Ci siamo divisi in diciotto regioni e diciassette clan; le regioni sono state assegnate ai reali, i clan agli alfa. All'epoca ha funzionato. Ma ormai le cose sono cambiate».

E la mappa cominciò a cambiare a sua volta, alcuni nomi furono cancellati da un pennarello invisibile.

Silvano fu sostituito da Ryder.

Una "X" eliminò il nome di Lilith.

E subito dopo lo stesso accadde per Helias, Ayaz, Jasmine e Robyn.

Khalid lanciò un'occhiata ai licantropi, la dimostrazione sembrò fermarsi per un attimo. Poi una linea si formò anche sul nome di Sofia.

E una nota apparve sotto il clan Tómasson, designando Yulian come il nuovo alfa.

«Così tanti cambiamenti» commentò Khalid. «Così tante cose lasciate in sospeso».

Fu a quel punto che comparve il mio nome, in alto, con accanto un punto interrogativo.

«Dobbiamo creare una nuova mappa» proseguì Khalid. «E dobbiamo decidere se vogliamo un'alleanza globale che gestisca tutti i territori, o se preferiamo semplicemente governarci da soli».

Molti licantropi si scambiarono un'occhiata, mentre alcuni vampiri inarcarono le sopracciglia.

«Come faremo a regolare le scorte di sangue e le vite umane, senza una gestione a livello globale?» chiese Claude. «Cosa succederà all'Università del sangue? All'Organizzazione? E gli schiavi immortali?».

«Si potrebbe chiedere lo stesso per i campi per la riproduzione e la caccia della luna» borbottò l'alfa del clan Stella.

«Divideremo equamente le risorse umane tra tutte le regioni e i clan – o qualsiasi cosa decideremo di creare con la nuova mappa – e chiuderemo le sedi dell'Università. Le scorte di sangue e le vite umane, così come le attività per cui usiamo i mortali, verranno regolate tra noi, invece che sia tutto deciso da un'alleanza» spiegò Khalid.

«Sarà un po' come erano soliti governarsi gli umani, solo con molta meno politica» aggiunse Cedric. «Almeno in certi territori».

«Gli umani avevano un governo globale» fece notare Claude.

«Che usavano solo quando faceva comodo» ribatté Cedric. «Ed era usato solo da certe nazioni. Altre lo ignoravano completamente. Presumo che ci ritroveremo a formare comunque qualche alleanza, ma solo tra regioni e clan che la pensano allo stesso modo e condividono valori simili».

Khalid annuì. «Sì, potremo commerciare, condividere le risorse e consentire l'attraversamento dei confini, oltre a tutto ciò che comporta allearsi con un altro clan o con un'altra regione. Ma non saremo obbligati ad aderire a un insieme specifico di regole».

«Alle regole create dall'Alleanza di sangue, vuoi dire» chiarì Luka. «Stai suggerendo di smantellare ciò che abbiamo costruito e di andare ciascuno per la propria strada».

«Sto suggerendo di allontanarci da ciò che abbiamo costruito e concentrarci per un po' sui nostri territori» riformulò Khalid. «Abbiamo tutti desideri e bisogni diversi. Perché adattarci a un'unica serie di regole?».

«Per fare le cose in modo equo» rispose Sahara. «Per assicurarci che le risorse non vengano sprecate. Per *condividere* il cibo».

«Equo?». Brandt ridacchiò. «Il sistema è stato progettato per i vampiri. Niente di tutto questo è mai stato concepito a beneficio della mia specie».

«Sono d'accordo» disse Thida. «Cane non ha mai

voluto creare licantropi immortali, che era l'unica ragione per cui mi ero alleato con lui e Mira. Ma tutti i suoi appunti hanno rivelato come stavano davvero le cose: gli importava soltanto di ottenere schiavi umani immortali».

«I Benedetti» intervenne Sota con voce roca. «Ha usato il sangue dei *Benedetti* per creare *cibo*».

Alcuni vampiri gli lanciarono un'occhiata, stringendo le labbra.

Perché quelli erano i nostri *padri*.

E mio fratello aveva sperimentato su di loro quasi con la stessa brutalità riservata ai licantropi. L'unica differenza era che i Benedetti non avevano dovuto sopportare le sue torture troppo a lungo.

Mentre alcuni licantropi avevano vissuto nel tormento per più di un secolo.

«A prescindere da ciò che ha fatto e come, i suoi obiettivi erano chiari. E non avevano nulla a che vedere con i licantropi» sentenziò Jolene, mettendo tutti a tacere.

Almeno finché suo nipote non si schiarì la gola. «Direi che nemmeno la creazione delle università, dei campi per la riproduzione e della caccia della luna non hanno nulla a che vedere con la nostra specie».

Numerosi licantropi si voltarono verso Edon, alcuni inarcando le sopracciglia.

«Non abbiamo bisogno degli umani per riprodurci» continuò il giovane alfa. «E la caccia della luna è un passatempo morboso, un modo per sfogare la nostra rabbia sugli umani per quello che avevano tentato di farci. Eppure, ora sappiamo che era stato Cane a orchestrare tutto. Allora, a che scopo mantenere queste istituzioni?».

«Ha ragione» mormorò Jolene. «I nostri clan non hanno mai avuto bisogno degli umani. Abbiamo vissuto accanto a loro in pace per migliaia di anni, e possiamo farlo di nuovo. Ma con qualche precauzione in più».

«Stai proponendo di restituire agli umani alcuni dei loro diritti?» chiese Sahara. L'incredulità con cui lo disse tradì come si sentiva al riguardo.

Gli occhi scuri di Jolene si spostarono dall'altra parte del palco, dove Sahara era seduta praticamente sul bordo della sedia. «Sto proponendo di prendere in considerazione l'idea di Khalid e governarci da soli. Le vostre necessità sono diverse dalle nostre».

«Mi sembra ovvio» borbottò lei.

La conversazione continuò, incentrata soprattutto sulle risorse umane e su cosa farne.

Come avevano sottolineato Jolene ed Edon, i mortali servivano più ai vampiri che ai licantropi, e ciò implicava che dividerli equamente non aveva molto senso.

«I vampiri hanno bisogno di sangue» continuò a insistere Sahara.

«Vuoi dire che *tu* hai bisogno di sangue» ribatté Claude. «Nella tua regione, avete ceduto alla gola. Non vedo come questo sia un *nostro* problema».

Alcuni vampiri concordarono con le sue parole, e così pure i licantropi.

Ma, alla fine, il gruppo giunse a un accordo: gli umani che frequentavano l'Università sarebbero stati assegnati ai territori dei vampiri.

Ciò portò Khalid a ridisegnare i confini.

«Ha senso, per quelli di noi che sono ancora vivi, mantenere il territorio che possediamo già» disse Jace, parlando per la prima volta dopo diversi minuti di silenzio. «E questo vale sia per i reali che per gli alfa».

La maggior parte dei membri dell'Alleanza annuì, in accordo con lui.

Lasciando disponibili le regioni possedute dai vampiri alleati con Cane.

«Se vogliamo mantenere una distribuzione equilibrata

dei territori, quelle regioni dovrebbero andare ad altri vampiri» mormorò Naomi. «Ciò permetterebbe anche una transizione più fluida. Altrimenti, dovremo trovare una nuova casa per ogni abitante di quei luoghi».

«Vampiri e licantropi possono vivere insieme» disse Rae, senza preoccuparsi di celare la sua irritazione. «Non deve essere tutto diviso nettamente».

«Ai fini di questa discussione e dell'assegnazione del potere, è necessario che lo sia» rispose Khalid. «Ma una volta che avremo terminato le suddivisioni e determinato chi sarà a governare, i reali o gli alfa al comando potranno decidere come gestire il loro territorio e chi accogliere entro i rispettivi confini. È il bello di essere indipendenti».

Rae tacque e guardò Kylan.

Dopo un istante, il vampiro annuì, un gesto che sembrò far rilassare la sua compagna.

Anche Willow e Ryder stavano avendo una sorta di conversazione segreta. Ma invece di annuire, Ryder si limitò a piegare appena la testa di lato, guadagnandosi un'occhiataccia di Willow. Ma sembrava più un'occhiataccia scherzosa, che realmente arrabbiata. Come dimostrato dal sorriso che le danzò sulle labbra.

«Cam?» mi esortò Khalid dopo un'altra mezz'ora passata a discutere su chi avrebbe dovuto ottenere le regioni prive di un leader. La conclusione del dibattito rifletté ciò che aveva proposto Naomi: quelle regioni sarebbero andate ai vampiri. «Sei il più antico della nostra specie. C'è un territorio che desideri rivendicare?».

Guardai Ismerelda, i cui occhi verdi scintillarono. «Sì» mormorai. «Restiamo qui».

Calò il silenzio.

«Nel complesso?» chiese infine Jace in tono sorpreso.

Spostai lo sguardo su mio cugino. «Beh, non esattamente *qui*, ma a Roma. Vogliamo l'Italia».

«L'Italia» ripeté. «Solo l'Italia? O anche la regione di Sofia?».

«O quella di Helias» aggiunse Khalid. «Anche quella potrebbe essere una possibilità».

«Solo l'Italia» risposi.

«Ma qui ci sono poche risorse» disse lentamente Jace. «Il paese è stato abbandonato».

«Questo ci darà l'opportunità di svilupparlo a modo nostro» replicai. «Ma terremo qualsiasi umano desideri restare, inclusi gli immortali creati da mio fratello. I licantropi possono andare da chiunque voglia tentare di riabilitarli. E, naturalmente, i Benedetti continueranno a riposare qui».

Diversi licantropi si offrirono di accogliere i sopravvissuti dell'"unità cinofila" nei loro territori, una concessione che ottennero senza problemi.

Tuttavia, la mia rivendicazione delle sacche di sangue immortali scatenò un nuovo dibattito, con Sahara che sottolineava quanto fosse ingiusto che fossi l'unico ad avere accesso alle creazioni di mio fratello.

Ma Jace si affrettò a farle notare che non c'erano altri umani in quel territorio, a parte i vigilanti; si trattava, dunque, di una giusta ripartizione delle risorse.

«Ha anche tutti i vergini di sangue» sibilò Sahara.

«Abbiamo già stabilito che loro saranno distribuiti equamente tra i vampiri» le ricordò Khalid. «Proprio come gli umani che stanno frequentando l'Università».

La vampira tirò fuori qualche altra scusa per lamentarsi, ma alla fine fu costretta a cedere.

«Ora l'Italia è la regione di Cam» annunciò Khalid dopo un voto quasi unanime.

«La regione di Izzy» lo corressi.

Mi guardò con le sopracciglia inarcate, ma fu

abbastanza furbo da non fare commenti, limitandosi ad aggiornare il nome sulla mappa.

La discussione si spostò sullo stilare una lista di candidati per le nuove posizioni di reali. La priorità era assegnata sulla base del diritto di nascita.

E Darius era in cima alla lista.

Ma rifiutò di ricevere una regione, affermando che era felice di rimanere negli Stati Uniti nord-occidentali con la sua *erosita*.

Anche i due vampiri che aveva creato erano sulla lista, così come altri antichi membri della nostra specie con linee di sangue che si perdevano nella notte dei tempi.

«Dovremo incontrarli per verificare cosa desiderano e decidere di conseguenza» disse Khalid. «Fino a quel momento, le regioni dei vampiri rimarranno sotto il controllo dei sovrani esistenti. E i clan saranno affidati ai discendenti degli alfa defunti».

Luka e Thida annuirono, così come molti altri licantropi.

Fu quindi redatto un accordo sulla distribuzione delle risorse; circa il novanta per cento degli umani fu assegnato alle regioni dei vampiri.

«I licantropi terranno tutti i mortali all'interno dei loro territori. La scelta di continuare a usarli per riprodurvi o divorarli durante la caccia della luna è vostra» disse Khalid. «Ma non ve ne saranno dati altri. A meno che non si tratti di uno scambio con un altro clan o con una regione».

Altre teste che annuivano.

Khalid fissò la mappa che aveva fatto comparire al centro del palco, la stessa che avevamo sui nostri schermi. «Immagino... immagino che con questo la riunione sia conclusa».

La stanza piombò nel silenzio. Tutti si guardarono con

una strana espressione, come se potesse essere l'ultima volta che ci vedevamo.

Nessuno disse una parola per alcuni lunghissimi minuti, mentre i licantropi e i vampiri riflettevano su oltre un secolo di storia. Centodiciotto anni di fratellanza.

Ed era stato tutto fondato sulla menzogna.

«Signore e signori, è stata un'esperienza interessante» mormorò Jace, alzando il mento. «Al futuro».

«Al futuro» gli fecero eco in tanti.

Ed eccoci lì.

Al termine della riunione.

Quando l'Alleanza di sangue si aggiornò... per l'ultima volta.

CAM

Poco più di un mese dopo...

Mi appoggiai a una colonna, con lo sguardo rivolto verso la scala. La mia regina voleva giocare: lei sarebbe stata la preda, io il predatore.

Non appena fossi riuscito a catturarla, l'avrei divorata.

E poi... l'avrei trasformata.

Avevamo preferito aspettare che le proverbiali acque si calmassero, prima di procedere. Soprattutto per assicurarci che non ci fossero sorprese spiacevoli ad attenderci nel regno che avevamo scelto.

Per fortuna, tutto era andato per il meglio.

L'Organizzazione era stata smantellata.

I Benedetti erano addormentati.

I laboratori del complesso erano vuoti.

E le catacombe erano immerse nella pace e nel silenzio.

A parte per un tenue scalpiccio di piedi nudi.

Sorrisi.

Ti sento, piccolo cigno, mormorai, usando di proposito il suo vecchio soprannome.

La sua eccitazione addolcì il nostro legame, e i suoi passi presero velocità. Voleva correre. Giocare. Costringermi a inseguirla.

No, era molto più di questo.

Voleva che *le dessi la caccia*.

Ed era esattamente il motivo per cui non mi ero teletrasportato da lei quando aveva fatto la sua comparsa, concedendole invece l'opportunità di scappare. Di perdersi nelle catacombe e nascondersi.

Mi misi a contare, assicurandomi che udisse ogni numero attraverso il nostro collegamento mentale.

E quando arrivai a cento, diedi inizio alla caccia. *Quando ti troverò, ti distruggerò, amore*, la avvertii. *Non ci saranno limiti. Non mi tratterrò. Non sarò nient'altro che un predatore che si avventa sulla sua preda.*

La sua eccitazione aumentò, la sua mente sedusse la mia. Ma fu il suo odore che seguii.

Quel dolce aroma inebriante che si avvolse intorno a me come un caldo benvenuto, facendo impazzire di desiderio la mia bestia interiore.

Lasciai che Ismerelda percepisse quel desiderio. Lasciai che vi si crogiolasse. Lasciai che lo *temesse*. Perché non stavo mentendo: umana o meno, non mi sarei trattenuto.

Sarebbe stata la nostra ultima volta come vampiro ed *erosita*.

Come bestia e compagna.

Oh, sarebbe stata comunque mia. Ma, al tempo stesso, sarebbe cambiato tutto. *Nel miglior modo possibile*, pensai, con l'acquolina in bocca.

Morderla sarebbe diventato ancora più allettante.

Perché, una volta trasformata, avrebbe potuto mordermi anche lei.

Le sue zanne sarebbero affondate nel mio cazzo mentre le esplodevo nella gola. Sì, quella sarebbe stata la mia prima richiesta.

Okay, forse la seconda.

Perché banchettare tra le sue cosce sarebbe sempre stato il mio modo preferito di godere di lei.

I tuoi pensieri stanno per farmi venire, gemette Ismerelda attraverso il nostro legame. La sua eccitazione era come un faro nella notte per i miei sensi.

Ti stai toccando, mio dolce cigno?

Sì, sussurrò, facendomi ringhiare.

Perché volevo essere *io* a toccarla. A leccarla. A scoparla.

Dovresti essere in fuga, le ricordai.

Lo sono, promise, e il suono del suo respiro affannoso confermò che stava dicendo la verità. Perché ora potevo sentirla, udivo i suoi piedi nudi che correvano sul pavimento. E la fragranza che stava lasciando nella sua scia era un chiaro invito.

Non mi misi a correre a mia volta.

Camminai.

No, la *pedinai*.

Si trattava di un gioco volto a intensificare il nostro bisogno, e il pulsare della mia erezione dimostrava che stava funzionando.

Non ci sarebbero stati preliminari. Solo una brutale appropriazione.

Ismerelda aumentò la velocità, e il battito del suo cuore era come il canto di una sirena nel silenzio delle catacombe. Con un sorrisetto stampato sulle labbra, mi fermai e appoggiai la schiena alla parete, in attesa.

Ti sei persa, piccola?, le sussurrai nella mente.

N... no, balbettò. *È che...* La paura stava prendendo il sopravvento, rendendo il nostro gioco ancora più entusiasmante. Non era realmente spaventata, stava solo pregustando il momento della cattura.

Un'emozione che voleva prolungare.

Solo che si era persa, le catacombe erano peggio di un labirinto.

Chiusi gli occhi, inalando il suo profumo, mentre i suoi passi la conducevano verso di me, invece che allontanarla.

Povero piccolo cigno, la presi in giro. *Perso nella tana del leone...*

Balzai in avanti per catturarla, solo per ritrovarmi con le sue unghie che mi graffiavano la faccia. «Allora è un bene che sia una fottuta leonessa» ribatté, per poi saltarmi addosso e avvolgermi le gambe intorno alla vita.

Le sue labbra reclamarono le mie prima che potessi reagire, in una svolta inaspettata che apprezzai.

Perché *cazzo*, quella donna era la compagna perfetta. E glielo dissi possedendo la sua bocca con la lingua.

Rimase avvinghiata a me mentre ci trasportavo a velocità soprannaturale attraverso le catacombe, diretto in un luogo speciale. Che avevo creato apposta per lei.

Una cripta.

Dove sarebbe rinata come vampira.

Ma prima... dovevo essere dentro di lei.

La sistemai nella bara, il suo sottile abito bianco era quasi trasparente alla luce soffusa delle candele. «Sei stupenda» la lodai, adorando il suo aspetto etereo.

Somigliava a una sposa. Dolce e innocente, e pronta per essere corrotta.

Solo che fu una dea ad alzare lo sguardo su di me. Il suo potere era intangibile, eppure travolgente.

«Togliti il vestito» le dissi, compiaciuto che obbedisse senza fare obiezioni.

Era quella la nostra dinamica.

Io mi piegavo a lei. E lei a me.

Eravamo uguali.

Anime gemelle per tutta l'eternità.

La baciai mentre il suo abito cadeva sul pavimento, la mia bocca affamata tornò sulla sua.

Era nuda.

Niente biancheria intima. Solo pelle rovente, una donna pronta per me.

Libera il mio cazzo, le ordinai mentalmente.

Lei mi afferrò la cintura, la slacciò rapidamente, aprì il bottone e abbassò la cerniera.

La mia erezione pulsò nella sua mano, anche il mio corpo era altrettanto pronto.

Guidami, mia regina. Mettimi dove mi desideri.

Lei gemette, mentre la sua mente vacillava tra l'obbedienza e la provocazione.

Alla fine, però, il bisogno prevalse su tutto il resto.

Avvolse di nuovo le sue lunghe gambe intorno ai miei fianchi, premendo i talloni nel mio sedere e costringendomi ad allineare l'inguine al suo.

Poi si sistemò la punta del mio sesso tra le cosce e disse: «Scopami, mio re».

La lussuria mi fece correre un brivido rovente lungo la schiena, il mio ventre si tese.

«Come desideri, mia regina». Mi spinsi in avanti e la costrinsi ad accettare ogni centimetro di me. Il suo sesso si contrasse in risposta, le sue labbra si schiusero in un sussulto.

Poi la misi a tacere con la lingua.

Tieniti stretta, mormorai, dando inizio al mio assalto sensuale. *Non mi fermerò finché non sarai venuta almeno due volte sul mio cazzo.*

Non sarebbe stato difficile, visto che era già sul punto di esplodere.

Mi si avvinghiò alle spalle, e sentii le sue unghie conficcarsi nella carne anche attraverso la camicia.

Le afferrai un fianco, posizionandola nel modo in cui la volevo, mentre con l'altra mano le strinsi la nuca.

«Cam» ansimò, inarcandosi verso di me.

Una delle sue mani abbandonò la mia spalla per aggrapparsi alla bara. Il suo bacino si sollevò per incontrare i miei movimenti.

Era così sexy.

Così eccitante.

Ma non abbastanza.

Non sarebbe mai stato abbastanza.

Quella donna era mia. Il mio cuore. Il mio passato, il mio presente e il mio futuro.

La amavo, nonostante fossi incapace di amare e non mi importasse di nessuno.

Era la mia umanità.

Il mio legame con il mondo.

La mia ragion d'essere.

Lasciai che sentisse tutto il potere del mio amore. L'intensità della mia rivendicazione. Il desiderio di possedere ogni centimetro di lei ancora e ancora, per tutto il resto delle nostre vite.

Si serrò intorno a me, il suo piacere rasentava l'estasi.

La tenni lì, sull'orlo del precipizio, rallentando il ritmo.

Poi mi abbattei su di lei con una spinta che la gettò oltre il limite.

Gridò, un suono che era come musica per le mie orecchie.

È così bello, mormorai. *Così fottutamente bello.*

Gemette in risposta, biascicando qualcosa di incomprensibile mentre continuavo a scoparla.

Le sue mani si avventarono di nuovo sulla mia camicia, stavolta per tentare di strapparmela di dosso, facendo saltare i bottoni e lacerando il tessuto.

Inarcai un sopracciglio, sorpreso da quella violenza.

E lei reagì strattonando le maniche. La lasciai andare per un attimo, per permetterle di sfilarmi la camicia. Poi la strinsi di nuovo a me e ricominciai a scoparla con ancora più forza di prima.

Mi abbassò i pantaloni con i talloni, e io li scalciai via, insieme alle scarpe, divertito dai suoi ordini silenziosi.

Poi catturai di nuovo la sua bocca, dandole a mia volta alcuni ordini con la lingua.

Ordini a cui feci eco con il movimento del bacino.

Spingendo.

Scopando.

Possedendo.

Si aggrappò di nuovo alla bara e a me, riuscendo a tenere il ritmo nonostante la sua mente fosse inondata dalla beatitudine. Era tutto così istintivo. *Primordiale.* Un bisogno che le nostre anime capivano bene quanto i nostri corpi.

Le morsi la lingua.

Lei morse la mia.

Le nostre bocche si riempirono di sangue.

Un bacio vampirico.

Bello da morire.

Affondai le dita tra i suoi capelli, li strinsi nel pugno e la tenni premuta contro di me, tentando di placare un desiderio che prevaleva su tutto il resto, anche sui miei movimenti più in basso.

Poi le afferrai un seno con la mano libera, trovando il suo capezzolo roseo con il pollice.

Oh, Ismerelda. Uscii fino alla punta e poi mi immersi di

nuovo dentro di lei, penetrandola in profondità. *Continua a stritolarmi. Sì, amore, così. Dominami.*

Ringhiai.

Era così stretta.

Ma avevo bisogno che venisse di nuovo.

Solo allora sarei potuto venire anch'io.

Scopami, Izzy. Esci da quella cazzo di bara e scopami.

Fremette e obbedì immediatamente, muovendo i fianchi. Ogni spinta verso l'alto le faceva sfregare il clitoride sulla base del mio sesso, e i nostri corpi ora erano incollati insieme, dalla bocca all'inguine.

Perché non si era limitata ad alzarsi, ma si era praticamente arrampicata su di me, con le braccia avvolte intorno alle mie spalle e le gambe intorno alla mia vita.

La spinsi giù, facendola stendere nella bara, e la scopai con forza.

Sapevo che era doloroso.

Ma lei lo accettò.

E fu allora che cominciò a venire.

Perché la mia regina amava la mia ferocia. La mia oscurità. Adorava le preferenze della mia bestia e non si vergognava di mostrarmi le sue.

La baciai mentre cadeva in uno stato di totale euforia. Il mio cazzo si godette i suoi spasmi finché non riuscii più a sopportarlo.

Ringhiai ed esplosi dentro di lei, riempiendo la mia compagna con il mio seme. Reclamandola. Marchiandola come *mia*.

«Adesso» ansimò. «*Adesso*, Cam».

Sapevo cosa intendeva, di cosa aveva bisogno.

La accontentai, affondando le zanne nel suo collo e succhiando la sua essenza. Il suo sapore delizioso mi fece gemere, il suo sangue era così fottutamente *buono*.

Sarebbe cambiato.

Ma in meglio.

Sarebbe stato ancora più inebriante.

Perché avrebbe avuto il sapore dell'immortalità.

Raggiunse di nuovo l'orgasmo, precipitando in una spirale d'estasi causata dalle endorfine del mio morso. Il suo umido calore si serrò intorno al mio sesso ancora eretto.

Resterò dentro di te, mentre ti trasformo, la avvertii.

Sì, sussurrò. La mia non era una domanda, ma ero contento di avere la sua approvazione.

Inghiottii un altro sorso di sangue, e lei mi stritolò il cazzo.

Era un momento di pura perfezione.

Quasi venni di nuovo.

Ma dovevo concentrarmi. *Ascoltare*. Perché quella era la parte fondamentale del processo: aspettare che il suo battito si indebolisse al punto giusto.

Un punto che si rivelò incredibilmente sfuggente a causa del suo legame con la mia immortalità. Il suo corpo voleva rigenerarsi. *Guarire*. Ma dovevo portarla il più vicino possibile alla morte.

Alla fine i suoi fremiti cominciarono a diminuire, e il suo corpo si afflosciò sotto il mio.

Un ricordo di me che la uccidevo aleggiò per un attimo nei suoi pensieri. Ma lo scacciò in fretta.

Perché si fidava di me.

Del *suo* Cam.

Del suo compagno.

E si rifiutava di permettere al passato di rovinare il futuro.

Sospirò, con la testa che ciondolava di lato, con il battito che ormai si percepiva appena.

Bevvi un ultimo sorso, poi mi staccai da lei e mi morsi il polso.

Le sue labbra si schiusero in un rantolo, e premetti la mia ferita insanguinata sulla sua bocca, costringendola mentalmente a bere.

Si attaccò all'istante, il suo corpo era chiaramente pronto per la fase successiva della sua esistenza.

Sei nata per essere una vampira, mormorai. *E non una vampira qualsiasi, ma una regina vampira.*

Avevamo ancora molto da conquistare nel nostro nuovo territorio. Umani, vampiri e altre creature immortali.

Ma avevo fiducia nella nostra abilità.

Avremmo prosperato.

Insieme.

Come il re Cam e la regina Ismerelda.

Il mio cuore ebbe un sussulto, indicando che avevo dato alla mia *erosita* un po' troppo sangue. Ma sarei stato bene.

Era lei che aveva bisogno di tutta la forza possibile, per garantirle una transizione senza problemi.

«Ti amo» le sussurrai sulle labbra. «Perdonami».

Le spezzai il collo prima che potesse rispondere, e la sua vita finì davanti ai miei occhi.

La osservai per qualche istante, la mia regina nuda.

Poi uscii dal suo dolce calore e la presi delicatamente tra le braccia.

Quando si fosse svegliata, mi avrebbe trovato al suo fianco.

Sottoterra.

Nella bara che avevo costruito proprio per quello scopo.

Sollevai il coperchio e il mio sguardo si posò sul letto imbottito che avevo creato per noi.

Era lussuoso. Sensuale. *Vampiresco.* Un simbolo della vita che ci aspettava.

«Dormi, amore mio» mormorai, sistemandoci entrambi all'interno della bara. «Al tuo risveglio, il futuro sarà nostro».

Premetti un pulsante per chiudere il coperchio e calarci nel terreno, e l'oscurità ci avvolse.

Chiusi gli occhi, la mia mente cercò la sua. *Quando sentirò che stai iniziando a tornare in te, ti sveglierò scopandoti.*

Poi mi sarei inginocchiato ai suoi piedi.

E l'avrei adorata per l'eternità.

EPILOGO – IZZY

LE MIE COSCE SI STRINSERO, mentre qualcosa di grosso e duro scivolava dentro e fuori di me. Le mie viscere bruciavano.

Tutto bruciava.

Gemetti, contorcendomi sotto qualcosa di caldo e muscoloso.

Il mio Cam, pensai, delirante per quell'assalto sensuale.

La mia Ismerelda, mi rispose nella mente. Il nostro legame aveva ripreso vita.

Ma c'era qualcosa di strano. O forse no.

Non era strano.

Era… era *giusto*.

Ma in un certo senso sembrava anche più profondo. Più radicato. Come se le nostre anime fossero ancora più unite di prima.

Mi inarcai quando mi colpì in profondità. Il mio corpo stava tornando in sé prima ancora che riuscissi ad aprire gli occhi. Era tutto buio, l'atmosfera stranamente fredda.

Eppure, mi sentivo ancora bruciare.

Troppo, troppo caldo.

Le mie terminazioni nervose sfrigolavano.

Strinsi spasmodicamente le cosce.

Oh… sto… sto venendo…

Le stelle esplosero nella mia mente, il mio cervello andò in cortocircuito. Lottai per avere un minimo di chiarezza. Per *capire*.

Cosa mi hai fatto?, domandai, confusa. *Dove siamo?*

«In una bara» mi sussurrò all'orecchio. Il suo corpo era come una coperta di calore virile sul mio. «Sotto terra».

Rabbrividii. *Sotto terra?*

«Nelle catacombe, amore». Mi diede un piccolo morso al lobo, facendomi sussultare e spalancare gli occhi di scatto.

«Per… perché…?». Mi interruppi, sbattendo le palpebre nel buio.

Che non era poi così buio.

Riuscivo a vedere le decorazioni incise nel legno sopra Cam.

Una bara, ripetei tra me e me. *Siamo… siamo in una bara.*

Mmm, mormorò in segno di assenso. Il suo divertimento si propagò nel nostro legame. *Stiamo scopando in una bara.*

Trasalii quando affondò ancora di più dentro di me, riempiendomi completamente.

«*Cam*» ansimai, inarcandomi verso di lui.

«Ismerelda» disse lui, aleggiando con le labbra sul mio collo. «La mia regina vampira».

Vampira… Quella parola mi rieccheggiò nella mente, il mondo cominciò a materializzarsi. Era… torbido. Come se stessi nuotando nell'acqua scura, alla ricerca di una luce.

Ma tutto ciò che riuscivo a vedere era Cam.

Chiaramente.

Vividamente.

E non solo perché era sopra di me.

Ma anche perché era *dentro* di me. La sua anima era sposata con la mia. *Siamo ancora accoppiati.*

Sì, lo siamo, mormorò.

Non avrebbe dovuto sorprendermi: Kylan e Rae avevano già dimostrato che era possibile. Ma sperimentarlo in prima persona… Rabbrividii di nuovo. *È tutto così intenso.*

Sì, concordò Cam. *E stupendo.*

Sì, gli feci eco, inarcandomi ancora una volta verso di lui. *Sento tutto.* Non solo lui, ma il mondo intorno a noi. La *terra.* Le catacombe. L'aria.

Era come se i miei sensi si fossero finalmente risvegliati.

Come se stessi vivendo *davvero.*

Lo strinsi tra le braccia, con movimenti sorprendentemente forti e veloci. Poi lo girai, in modo da poter essere sopra di lui. Ma il coperchio della bara mi rese impossibile raddrizzare la schiena.

Ringhiando, diedi una gomitata al legno.

Che saltò via.

Cam ci fece scambiare di posto ancora una volta e allungò una mano per afferrare il coperchio, prima che potesse cadere di nuovo su di noi.

Spalancai gli occhi.

Lui ridacchiò.

Poi lo gettò sul pavimento della cripta e si chinò per baciarmi. *Ti insegnerò a controllare le tue nuove abilità,* mi mormorò nella mente. *Possiamo cominciare con lo scoparmi più forte che puoi.*

Il mondo girò ancora una volta quando mi rimise sopra di lui, la mia mente vorticò per un breve istante. Ma poi si calmò.

Era sconcertante quanto fosse tutto così naturale. Così *entusiasmante*.

Premetti le mani sul suo petto, sistemandomi sul suo sesso.

La sua mente mi disse che probabilmente stavo morendo di fame, eppure l'unica persona da cui volevo nutrirmi era lui.

E non era il suo sangue che desideravo, ma il suo corpo. Il suo piacere. I suoi *ringhi*.

«È il mio turno di distruggerti» lo provocai.

«Fa' del tuo peggio» rispose, sorridendo. «Spezzami. Fammi *sanguinare*».

Gli graffiai il petto, facendolo inarcare.

Le sue mani trovarono i miei fianchi e mi penetrò ancora di più, con forza, togliendomi il fiato. «Scopami come la dea vampira che sei». Si mise a sedere, con le dita a stringermi i capelli. «E non trattenerti».

Lo baciai. I miei denti... no, le mie *zanne*, affondarono nel suo labbro inferiore.

Lui ricambiò il favore, e il nostro abbraccio divenne violento.

Eppure, sotto a tutto c'era un accenno di voluttà. Una promessa sensuale tra le nostre anime. Un amore che nessuno avrebbe mai potuto toccare.

Perché quell'uomo era mio. E io ero sua.

C'era una volta un vampiro che si accoppiò con una mortale, mormorai. *Lei era il suo cigno e lui il suo eroe.*

Ma ora le cose non stanno più così, sussurrò.

No. Ora siamo nel futuro, risposi. *Un futuro dove non ci sono eroi. Non ci sono cigni. Ci siamo solo noi.*

Solo noi, confermò, accarezzandomi il labbro inferiore con la lingua. *E saremo solo noi a scegliere il nostro destino.*

Sì, e io scelgo te, il mio Cam... quello giusto.

Sorrise. *Anch'io scelgo te, amore mio. La mia dea vampira.*

Il mio re vampiro…

Grazie per aver letto l'ultimo libro della serie
Alleanza di sangue!

Se il libro e la serie vi sono piaciuti, vi invito a lasciare una recensione. È il modo migliore per rallegrare la giornata di una scrittrice. <3

Se non siete ancora pronti ad abbandonare il mondo dell'*Alleanza di sangue*, vi consiglio di dare un'occhiata a *Il Giorno del sangue* (che racconta la storia di Cedric e Lily) e *Desiderami* (che affronta quella di Nyx e Vesperus).

A proposito di Nyx, forse vi starete chiedendo perché non sia apparsa in questo libro.

Beh, è perché non si è ancora destata. Altrimenti, sarebbero morte molte più creature soprannaturali. La troverete nella serie *Blood Reckoning*, uno spin-off ambientato in questo mondo (i cacciatori vi dicono niente?).

Ma prima, tocca alla storia di Khalid ed Emine, *Blood City*. Sarà il ponte tra il vecchio mondo dell'*Alleanza di sangue* e il futuro rappresentato da *Blood Reckoning*.

E sì, ho anche intenzione di pubblicare *Frost Bitten*, un romanzo bollente che ha come protagonisti Ivan, Trevor e Ivy, la loro vergine di sangue. Il racconto si sovrappone alle linee temporali de *Il re vampiro*, *Un morso crudele* e *Un morso eterno*, ma sarà comunque autoconclusivo.

Spero che vi unirete a me in questo viaggio. Dopotutto, è uno dei miei parchi giochi erotici preferiti!

Vi abbraccio forte!

xx,

Lexi

Il Giorno del Sangue

Un romanzo della serie Università del Sangue
Ambientato nel mondo dell'Alleanza di Sangue

Il Giorno del sangue.
La mortale cerimonia di laurea che stabilisce chi diventerò
in questo mondo dominato da vampiri e licantropi.

Non c'è scampo. Non c'è via di fuga. O obbedisci o muori.

Il mio nome non è importante. La mia identità non
significa nulla. Sono i miei risultati che contano. E Cedric è
deciso a bocciarmi.

Mi inchino. Imploro. Striscio.
Ma non è abbastanza per l'antico vampiro dai crudeli
occhi neri. Vuole che sanguini solo e soltanto per lui. Ma la
nostra società non funziona così.

Non posso fallire.
La mia vita dipende da questo.
Combatterò fino all'ultimo respiro. Anche se dovesse
significare morire in ginocchio davanti al vampiro che
presiede la mia classe.

Benvenuti nel futuro, in cui a dettar legge sono le stirpi superiori.

*State per entrare nel mondo dell'Università del sangue, dove gli umani
non hanno alcun diritto. Nessuna scelta. E dove non ci sono seconde
possibilità.*

Procedete a vostro rischio e pericolo.

Nota dell'Autrice: Questo romanzo è uno spin-off della
serie *Alleanza di sangue* che introduce la serie *Università del
sangue*. La storia include tematiche oscure che potrebbero
non essere adatte a tutti i lettori. È importante consultare
l'avviso all'interno del libro.

DESIDERAMI

*Un tempo, sulla Terra si aprirono una serie di portali che permisero
alla magia di riversarsi nel mondo degli umani.
Furono create delle casate a cui i Soprannaturali vennero assegnati. E
si formò un nuovo equilibrio.
Da quel momento, tutti i nuovi arrivati dovettero unirsi a una casata.
Questa è la storia di una dea che si rifiutò di farlo, e del re che la
costrinse a piegarsi.*

Nyx.
Dea della Notte.
La mia nuova ossessione.

Quella donna sfrontata ha ucciso uno dei miei uomini.
Ora, in qualità di Re della Casata dell'Oro e del Granato,
è mio dovere fargliela pagare.

Oh, ci sono così tante cose che vorrei fare con quella sua

boccuccia disobbediente. Ma Nyx è molto più forte di
quanto sembra.

E adesso ho un desiderio che non riesco a placare.

Perché un morso non mi è bastato.

Sarai anche la Dea della Notte, ma io resto comunque il tuo re.
Ti inginocchierai.
Implorerai.
E, soprattutto, sanguinerai.

Benvenuti nella Casata dell'Oro e del Granato, dove il sangue è la
valuta preferita.
Procedete a vostro rischio e pericolo.

Nota dell'Autrice: *Desiderami* è un romanzo dark
paranormale ambientato nell'universo della serie *Vizi e
Virtù Immortali.* Ogni libro di questa raccolta garantisce un
lieto fine e una conclusione soddisfacente, priva di
cliffhanger.

**Per i fan della serie *Alleanza di Sangue*, questa è
la storia di Nyx e Vesperus, la dea e il suo amante
vampiro che hanno dato inizio a tutto…**

La scrittrice di Bestseller per *USA Today* Lexi C. Foss è un'autrice persa nel mondo della tecnologia. Vive ad Chapel Hill, in Carolina del Nord, con suo marito e i loro figli pelosi. Quando non scrive è impegnata a mettere crocette sulla lista dei posti che vuole visitare. Nella sua scrittura si ritrovano molti dei luoghi in cui è stata, tra cui il mitico mondo di Hydria, basata su Hydra, nelle isole greche. È eccentrica, consuma troppo caffè e ama nuotare.

www.LexiCFoss.com